U1076378

岳麓書社

读名著　选岳麓

白蛇全传

梦花馆主 著

中国古典小说普及文库

岳麓书社·长沙

白素貞與小青

許仙

法海

許夢蛟

出版说明

“滴水之恩，当涌泉相报”，历来是中国人的传统美德，但并不是所有的人都愿意恪守这样的行为准则。《白蛇全传》的作者“梦花馆主”有感于世事凉薄，借一出旷世的爱情故事唱了一首劝世的歌。

一开篇，作者便开宗明义地写道：“做了一个人，不可以忘恩负义；就是一个妖怪，也要报答前世的恩德，才能够修成道果，位列仙班，何况明明是个人，非但不知报恩，还要以怨报德，岂非蛇妖都不如吗?”《白蛇全传》以报恩为主题，以白素贞与许仙的婚姻爱情为线索，通过赠银、开店、盗草、水漫金山、产子、镇塔、升天等关目结撰全篇，行文波澜起伏，妙趣横生。

本书成书于民国时期，在此之前，有关“白蛇”的故事已广为流传，它最早出现在宋代话本小说《西湖三塔记》中，至冯梦龙的《白娘子永镇雷峰塔》，故事基本定型。一开始，白娘子是以负面形象出现的，至清代玉山主人的《雷峰塔奇传》和方成培的《雷峰塔传奇》等作品，才将其作为正面人物予以歌颂。《白蛇全传》中的白素贞脱胎于以上作品，但又有所不同，她既非一味诱人沉迷色欲的妖精，也非不食人间烟火的仙子，她和小青都是地地道道的世俗中人。比如小说第三回，白素贞托小青前去做媒，小青认为自己不能从中求得好处，连连摇头道：“我是一个丫环，怎么好做媒妁呢? 还是娘娘亲自去的好。”白素贞听了，知道小青有心作难，便假意说道：“你能把亲事说合，将来和你夫妻三七均分，你道好么?”闻此言，小青立即变了口气道：“如此，待丫环到书房中去说来。”二人行事作风，活脱脱一副市井小民之态。

白素贞最为可贵之处，就在于她知恩图报。金母娘娘告诉她在尘世尚有一段深恩未报，听闻此言，她在心里暗暗决定，“那怕走遍天涯海角，也情愿拼此微躯，找访恩人”。在遇见许仙之后，白素贞一心要帮助他过上富足安稳的生活，奈何愿望虽好，却因虑事不周，屡屡使许仙陷入险境。比如这边白素贞赠给许仙两锭元宝，那边许仙就被指控盗窃库银；前脚偷盗宝物助许仙在赛宝盛会上大出风头，后脚许仙就被押上公堂。如此便生出许多令人捧腹的笑料，而白素贞对许仙的真挚情感就表现在这一次次的危机中，即便时常遭受许仙的误解，她也始终不改初心。与白素贞相比，许仙这个角色就要暗淡许多。他生性善良，但有时不免有些糊涂，想法太易受人影响。只要有人告诉他白素贞是妖怪，以往他与白素贞的恩爱之情便即刻消失无踪，但是经白素贞略微哄骗几句后，他又马上赔罪认错，与其和好如初。小说没有回避许仙的这些缺点，有时甚至直接刻画了他自私狠毒的一面。比如第四十回《产贵》，白素贞艰难生产时，要许仙去请稳婆，许仙听信姐夫的话，恐白素贞生下妖怪惹出祸端，既不去请稳婆，也不上楼看望，让白素贞在痛得死去活来中产下儿子。可怕的是，其薄情的一面并非只此一端，但作者并未对此过于批判，有时不过揶揄几句也就放过去了，这不免流露出男权时代的特征。

小说分前后两部，前部四十八回，后部十六回。前部幽默风趣，颇多精彩之处。比如成亲一节，乐人鼓手都是召的孤魂野鬼，于是堂中“笙歌迭奏，赞礼传声，却不见这些乐人”；宴席之上，“见有五碗小菜，一碗是小馒头，不像花烛夜饭，简直是上坟菜”。这犹如一场闹剧，令人忍俊不禁。后部有强做续书之嫌，首先，胡媚娘与青蛙精的设定与白素贞和小青重复；其次，多涉及朝堂之争，趣味性大大减弱。

此次出版的《白蛇全传》以民国时期上海广益书局印本《寓言讽世说部前后白蛇全传》为底本，后世以白蛇为题材的戏曲和影视戏多以此为蓝本。

原　序

世俗常说美人蛇蝎。他的意思，以为大凡妖冶女子的居心，大率都是险毒。表面上事事媚惑男子，心中却是包藏奸恶心计，破坏他的家庭，戕害他的生命，以图自己的欲念。那些好色的登徒子，往往受了她的妖惑，不能勘破情网，只爱其美，不知其毒，终究弄得家破身亡，还是不知悔悟的，历来也不知有多少。照这样说起，那美人岂不是毒如蛇蝎么？

但是也有许多贤能女子，可以牺牲自己的一切利益，来卫护男子。只因不善妖媚，反而不能得到男子的欢心，而被遗弃的，也不知有多少。这不是世间上一件大不平的事么？

《白蛇传》中的白素贞，本是一条蛇精，因为要报答许仙的恩情，所以她爱护许仙，无微不至，甚至不顾自己的生命，冒险去偷盗仙丹，救治许仙。这种牺牲的精神，何等的伟大勇敢！即明明知道她是蛇精，并不恶毒，也当敬爱她啊！但是许仙竟然忘恩寡情，听信了法海的话，将她禁压在雷峰塔中间，简直要使得她永远不得超脱，才得甘心。这件事在稍有人心的人看了，谁不替白娘抱屈，痛骂许仙？直到《后传》中许仙、白娘和好如初，梦蛟替国家建立功业，一同超升仙界，才使得人人心中大快。这完全是作者深心讽世的寓言，不可当他是怪诞无稽。不过原本是唱词，很是鄙俚不雅，而且前后传两相矛盾的地方很多。经过梦花馆主重行编撰，大加修削一番，方才成为完本。现在已经排印完竣，特地介绍给诸位读者。

不　悔

目　　录

前白蛇传

后白蛇传

前白蛇传

作者生存在科学昌明时代,素不迷信神怪的事实。为什么偏要把那部《白蛇传》唱本,编成了寻常白话小说,却有一点儿缘故在内。因为这书看似神怪,颇含着讽世的深意。就是开章仙踪一段,也不过提纲挈领,做个全书总冒,说明报德的来源罢了,完全与《西游记》《封神榜》及各种剑侠小说等大不相同。所以他这种弹词,风行于江浙两省。虽是妇人孺子,说到白娘娘、小青青,没有一个不知道的。并且忘了他是个妖怪,反恨那许仙的薄情,仿佛实有其事一般。妙在他说得入情入理,又借用着雷峰塔古迹,使人以假作真。这也是从前做书人的故弄狡狯,不要上了他的当。总之,原书的本意,是说做了一个人,不可以忘恩负义;就是一个妖怪,也要报答前世的恩德,才能够修成道果,位列仙班,何况明明是个人,非但不知报恩,还要以怨报德,岂非蛇妖都不如吗?《大学》有云"可以人而不如鸟乎"一句,作为引证,并望阅书诸君,勿看做神怪就是了。表明本旨,言归正传。正是:仲尼不语斯为圣,庄子寓言亦足多。

第一回　仙　　踪

四川有一座峨眉山,虽不与五岳并列,却也是天下名山之一,古来在这里修仙学道的人,不胜枚举。我今一概不说,单说山上有一小小洞府,洞府中有一白蛇,修炼了几百年,采取天地灵气,收受日月精华,已能幻化人形。那天晚上,月光十分皎洁,万里无云。白蛇探身向外,眼前透起一道光华。中有一粒鲜红的舍利子,是人物精灵结成的内丹。转头向上一望,见半山腰里,坐着一个老和尚。认识他是得道的癞虾蟆精，到此山中已有多年，他的行为，平日颇不正道，因此很看不起他。可巧今夜月光之下，他从嘴里吐出一粒内丹，这还是初次看见，腹中暗暗称羡，不觉起了贪心。妙在这颗舍利子，从下而上，正及面前，相距不到丈许，便即耸身而起，运气一吸，把这舍利子吞入腹中，急忙退入洞里，也不管下面和尚的生死。幸得这和尚功行甚深，虽失去内丹，打掉了五百年道果，还可重行修炼。后来他脱去凡胎，是否要来报复，今且不表。

仍说白蛇吞下内丹后，功行顿添了五百年。他便化成了一个绝色女子，自己取名素贞，时常出外闲游。这日正在山中采取琪花瑶草，走到白云深处，见一古貌清奇的道姑，知是神仙中人，忙上前叩问法号。那道姑见他虽是异类，却未曾伤生害命，是个参修正道的精灵，便说："我乃西池金慈圣母门徒蕊芝仙子便是。"素贞急忙跪下，恳求收录。蕊芝仙子怜念他一片至诚，就收为弟子，赐名叫做六支。当时把他带到西池，派他在桃园中打扫落叶。只因为从前齐天大圣偷取蟠桃之后，凡在桃园充当职事的人，须得要法力兼全，所以他的师父传授他九九玄功，和那捉怪降妖移山倒海等各种法术。他虽心中喜欢，却有一事还未满意：在此修炼了又是二百多年，尚未见过金母一面，不能够名登仙录，位列仙班，也是一桩憾事。这天因师父往广寒宫去了，他仍取了拂尘，来到园中打扫，吾且慢说。

此刻要说到西池极乐金慈圣母了。因南海慈航大士，请金母去赴盂兰胜会；又因梨山老母相约，要往海上三山游览，所以金母先到梨山，同老母赴过胜会，一路游览十洲三岛，携手回转瑶池，观看桃园风景。众仙迎接入内。金母便传唤职掌桃园的蕊芝仙子，众仙奏说："蕊芝仙子去赴广寒宫之约，尚未归班。只有扫叶女郎，权掌此职，可要叫他来伺候圣驾？"金母微微一笑，含有愠意，深责蕊芝擅离职守，太觉疏忽了。还亏老母从旁劝解，金母方起身陪着老母，一同来到桃园。见那园中胜景，真是世上所罕有的。这时顶上蟠桃却还未熟，颗颗放出红艳的毫光。二人正在游玩谈论之际，素贞慌忙赶来接驾。双膝跪下报名道："专司桃园蕊芝仙姬班下女婢素贞迎接二位慈驾。"金母问道："你就是素贞么？抬起头来。"素贞道："慈尊在上，婢子怎敢抬头。”金母道:“恕你无罪!”素贞听了,心中好生欢喜,暗想:“我自到此间,从未见过他的金面。今天有幸得来迎驾,不负我平日的一片虔心了!”心里这般想,早把头抬了起来。金母目运神光,看那素贞尚有俗世之缘未了,便道:“可将蕊芝交仙部议处,把素贞贬下凡尘!”梨山老母代恳道:“素贞虽是出身微贱,可怜他千载修行,一心向道,从未伤害生灵,还求格外施恩,指示根由,叫他下山了此尘缘。如能坚贞不变,将来可回仙岛,修成正果。”金母道:“只是他属异类,难列仙班。”梨山老母又替他代辩说:“上八洞果老仙翁,也非人形;南极班下的鹤鹿二仙童,亦属异类。怎说不能位列仙班呢?”

这样一说,金母方才点点头,吩咐道:“我和老母到上苑丹霞阙,把这素贞发落便了。老母即叫素贞快谢了圣慈,随往丹霞候旨。素贞过来谢恩,又谢了老母,胸中一喜一忧,彷徨不定,一同到了丹霞阙。二母分宾主坐下。众仙侣请过圣安,分班站立左右;素贞却跪伏在旁,听候发落。少顷金母开言,唤他进前,问道:“你既身登仙境,可知道本来面目么?”素贞道:“婢子愚昧无知,还求圣慈指示。”金母道:“今日胜会,合当你的造化。只要你心虔顶礼,将来定有厚福。若说你的出世之期,你且听了:你在汉光武中兴的时候,那年是辛巳年,二月十二正逢辛巳日,在午前巳时降世。只为东海白龙奉命行雨,龙性最淫,忽然有感,落下几点龙精,正滴在峨眉山前,受了日月精华,和那雨露的滋养,化作一条长蛇。蛇的形体属五行,按干支而论,大千世界,气属金,故体象纯白;辛属阴,故为女身。形体虽然属蛇,因是龙身,却未脱去龙形。幸得你修炼千年,不离正道,所以有此机缘。但功行未足,怎能够名登仙录呢?”素贞听了一番训示,不觉心惊胆战,脸泛桃花,失声道:“阿呀!如此说来,婢子是蛇身变化的了。怪不得当年师父赐号六支,原来有意思的。一向如在梦里,直到今日惊醒。还望圣慈垂怜超度,脱此躯壳,感恩不尽!”金母道:“你好妄想呀!全不想业障缠绵,深恩未报,姻缘注定,岂可违逆天意呢?”素贞道:“婢子仔细想来,恩怨两字,心里从来没有的。”金母道:“想是你已忘怀了。你从前身在凡间,露出原形,难逃劫数,要死在刀斧之下。幸得遇见一个善士,心存恻隐,愿出钱二千文,买了放生,才能够到得今日。救命之恩,还未报答,如何妄想成仙!”

素贞听金母这般一说,便问道:“婢子的恩人,如今还在尘世中么?”金母道:“你的恩人,世世为善,已经转过轮回二十世了。现在托生佛地天堂,一到西湖,便可相见。只等到凡间清明佳节,你看飞来峰石畔,见此人在万人丛中,要算他最长的,就是你救命的恩人。报恩后功成缘满,方许你脱壳登仙了。”

这几句话,暗藏哑谜,素贞一时难以参解,却不敢烦言多渎,冒犯慈颜,只好唯唯应命。暗想此去,那怕走遍天涯海角,也情愿拼此微躯,找访恩人,完成功果的。金母知他很有良心,存心要提拔他。赐给他一盏琼浆,又取出锦囊一封,命他好生收贮,下凡后慢慢开看;还有偈言四句嘱咐道:“遇黑而明,逢青而有,见海而惊,闻雷而寂。你须牢牢紧记,细细参详,自有应验。”素贞问道:“小妖下凡寻觅恩人,不知可有甚冤业么?”金母道:“那冤字不须问得,自有人前来找你。只要你忍耐承受,自能消免。惟有传帐由关,你当留意。”两下正在谈论根底时,旁侧仙姑送上琼浆。又吩咐另取一杯,赐给素贞吃下,好叫冲破卵胎,消除毒气,方可亲近凡夫,生出这个状元郎来。梨山老母便唤素贞叩谢圣恩,又嘱他勿忘偈言。素贞即忙双膝跪倒,接取琼浆饮下。异香扑鼻,脏腑清凉,精神倍长。金母复道:“你是白龙精气所化,此去凡尘,以白为姓。但不可任意强暴,伤害生灵,待将来了明恩怨,方可归班。倘有异心,上天降罚,岂容你逃避呢!”素贞道:“谨依恩命!小妖如果伤残生命,永坠地狱不得超生。”金母点头道:“若得如此便好,你可速速下山去罢。”素贞叩了一个头,谢过金母,起身告辞而出。

便不说二位圣母仍在园中游览。单说白氏素贞离了丹霞阙,回到自己修炼的地方,取了几件应用的东西,也等不及候师父回山告别,匆匆向外。走至山前,正欲驾云而去,忽觉腹中疼痛异常,胸前一阵难过,想是要呕吐了。急忙奔入树林,吐出许多黑水,知是千年毒气,被那琼浆赶出来的。但留毒在此,岂不要遗害生灵,违了圣训?便在身上解下一个葫芦,把那毒水一齐收入,好在将来自有用处。又想起金母训示，却不知天堂现在何方，怎生去寻访恩人？心里十分踌躇，只有口中默祷金母。忽听得山下樵夫在那里唱歌道："上有天堂清明界，下有苏杭锦绣城。人生欲觅姻缘路，南土西池仙可成。"素贞听了这歌声，心中早已觉悟；记下苏杭两字。立刻驾起云头，向南而行，瞬息已过万里程途。路过镇江，遇见了黑鱼精，自称黑风大王，蒙他款待甚殷，结为兄妹，赠送夜资。分别后又到武林，武林是杭州的别名，在钱塘江口收服了青蛇精。那青蛇精也有七百年道行，变作一个女子，便叫他做了随身的婢子，取名小青。

要知到了杭州，是否遇见那有缘人，报答从前救命深恩，且看下回分解。

第二回　游　湖

话说白素贞到了杭州,收得小青作伴,俨然一主一婢。打听得后天便是清明佳节,他们隐避在荒僻清静的地方。捱到这一天,同来到西湖塘上,果然春色无边。见那西湖十景,都在眼前,虽不及西池仙界,超出尘凡;但看到六桥三竺间,水碧山青,桃红柳绿,楼台亭阁,掩映清流,真不愧有天堂之称。且喜今日天气清和,游人更多,来来往往络绎如梭:男的女的,俊的俏的;有三五成群的,有独自行乐的;有来访古凭吊的,有来寻芳猎艳的。说不尽游人许多的兴趣。

这时素贞和小青也是随波逐流的走去,热闹异常,却惊动了一班看客。你想:白氏的姿容,真可称得天仙化人,“闭月羞花”四字,还不足以描写他的美貌。就是小青也出落得妖娆动人,十分可爱,看他身上的打扮,显见是一主一婢。引得当地这班浪荡少年,风流子弟,纷纷的挤将过来,一个个垂涎欲滴,口口啧啧称赞。有的品头评足,说那不好听的话;也有交头接耳,访问是谁家的眷属。因此看的人越聚越多,跟着他们主婢行走,一路行到飞来峰畔。白娘装出走不动的样子,便拣一块光洁的大石,把手中的绢帕,拂了几拂,和小青并肩坐下。那些看客还不肯散开,围绕了一个圈子。白娘都不在意,偶然瞟目向上一看,见那峰石上,站着一位俊俏后生,心中一动,暗想:“当日下山时,金母对我说此去临安,清明午后,在湖塘飞峰石畔,人丛中最高的,就是你的恩人。我今在此等候多时。这人实居众人之上,好似鹤立鸡群,有矫然独出的态度,分明是夙世救命恩人无疑。”便回头问小青道:“你可知有缘人即在目前么?”小青问在那里,娘娘丢了一个眼色,小青早已会意。手扶着娘娘起身,娘娘却暗中在小青左手上写了一个“迷”字,又向他耳边轻轻的说了几句话。小青点点头,便请众人让路。嘴里说着,这双俏眼,只注视那峰石上的美少年。这一来不打紧,众人也跟着他的视线,向上一看,都说这个后生,一定是两下有情份的。当时众人你一句，我一言，说得峰石上的后生，面皮也红了，自觉无颜，急从上面下来，一直向前跑去。

要知道这个含羞奔避的后生，是否救命恩人，书中不能不细细表白一番。此人姓许名仙，字汉文，祖籍浙江钱塘县人。父名仁远，在日开过一爿药材行，所生一子一女。他在幼小时，父母不幸相继病故，家业萧条。还亏姊姊已经出嫁，他的姊夫陈彪，把他抚养成人，今年已是一十七岁了。现在王员外行中，仍学本行生意，脩金每年只有数两银子，仅不过添补衣服鞋袜罢了。今当清明佳节，家家要去上坟祭扫，他因自己是单传一脉，也须前去上坟。隔日便到姊姊家中，预先办了祭物纸锭，今早带了小二同往西湖孤山扫墓。祭拜已毕，烧化黄阡，就打发小二挑了东西，先行回去。他却顺便到西湖塘上，游玩春景，一个人独自行乐。见有许多人要到飞来峰去耍子，便跟着众人信步而行，过了玛瑙寺葛封岭，又在岳王坟观玩一回，方来到得飞来峰。望见许多人围绕着圈子，不知看些什么；因前面挨不进去，却喜山脚下有一块尖角的峰石，他便爬将上去，一手抓住葛藤，才得站定了脚。注目向人丛中一看，原来是两个绝色的女子，坐在石上，可称为千娇百媚。许仙看得也呆了。此刻见他们站起身子，那个形似婢子的一双俏眼睛，正对着自己打个照面；又见众人在那里指手画脚，说长道短，讲什么相好不相好，羞得耳根发赤。急忙从峰石上下来，径向湖塘边跑去。这一段我算表过。

仍说主婢也从人丛中走出，跟着许仙而行，后面许多看客，仍旧相随不舍。这时小青忽紧行一步，超出许仙之前，娘娘在后面叫一声："青儿走来！"小青答应，回转身躯，正与许仙面对面，相近身边，将身一侧，做出要跌的样子。许仙看不过，用手来搀扶他，说声"看仔细！"小青便把左手在许仙胸前一拍，然后走到娘娘跟前，低声说了几句话。那知小青这一拍，将"迷"字拍入心中。从此许仙官虽是聪明，也带着三分呆钝，不然，终究要猜疑的呢！表过不谈。

只说后面的许多人，见了这个形状，哄然一笑。笑得仙官满面通红，低了头只望前走。娘娘一想："不好！可恨这班人随来随去，怎好同他细谈衷曲？不如我作法驱散了众人，再作道理。"想定主意，口中便念动真言。忽然西北角上飞起一朵乌云,遮住了太阳。霎时间天昏地黑,大雨倾盆。这一来,众人四散奔逃。只可怜那班妇女们,更是怨天恨地,有叫船的,有坐轿的,有躲入茶坊酒店的,纷纷不一。那许仙官越发着急异常,又可惜身上新衣鞋袜,一时找不到藏身的地方。见那边有一株大柳树,急忙过去躲避,看看自己浑身是水,好不肉痛。娘娘见他躲着不走,又使神通,举手向树上一指,顿起一阵狂风,把树摇动,上面积的雨一齐倾下。许仙那里还立得定,连忙走到湖边。可巧芦苇中荡出一只小船,船上摇橹的是个老人家,便高叫船家快些摇过来。船家见是一位相公,便问:"叫船要到那里去?"许仙道:"到钱塘门去。你要多少船钱?"船家道:"下雨天气,至少要一百大钱。"许仙还价,从五十文加到一百文,且不准另外搭人。船家总算答应。许仙上了船,进舱坐定。

船家正待撑篙离岸,听得岸上娇声高叫:"船家!你肯撑我们过去,多给你一些船钱。"船家回说:"有人叫定,不肯搭人的。"又听得岸上哀求说:"可怜我们女流行路艰难,望你做些好事,撑了我们罢!"许仙在舱里句句听得。从船窗口向外一望,却好就是飞来峰相遇的两个佳人,顿生恻隐之心。便叫:"船家撑了他罢。"船家道:"只要相公答应,不扣我的船钱就是了。"又向岸上道:"船虽可以撑得,但是我相公要到钱塘门去的,不知你们便不便?"娘娘道:"只要你答应,没有什么不便的!"便说:"钱塘门也有亲戚人家可以住得。"当由小青搀扶娘娘上得船来。许仙见他们很有宦家气象,让入中舱坐下,自己却守着男女授受不亲的古训,反坐在头舱篷外,涨红了脸,连头都不敢回转来。娘娘看他年轻老实,不肯进舱,怎好同他说话?因此暗暗弄一阵风,吹入舱来。许仙连说:"不好!雨点打进来了。"主婢二人忙叫许仙进内,许仙还是不肯。娘娘道:"相公若不进来,我们只好上岸的了!"许仙因他如此说法,只得勉强进舱,在舱门口坐下,脸儿依然向外。娘娘暗赞他少年老成。启口问他姓名籍贯,府居何处,许仙都据实相告。娘娘又问他作何贵业,他却说小本经营,自己开了一爿药行。这句分明是谎话,不觉对他微微一笑。此时许仙也问:"小姐尊姓?贵府何处?"小青从旁代答道:"我家小姐姓白,不是这里本地人。原籍四川，先老爷官居处州总镇，只因奉旨征讨番邦，战死沙场。太夫人得此凶耗，也归地府。小姐欲待奔丧，又苦无依无靠，难以料理。故而权且住在此间，等待家信来时，便要走的。”许仙听了这番话，心下也觉惨然。

两下正当谈话之际，那船家在那里高喊道：“前船让开些，船里的客人要上岸哩！”这一喊，惊动了娘娘，晓得钱塘门已到，难道我也跟他上岸不成！当即默念真言，又起一阵狂风，吹得自己这只船，滴溜溜一转，直向湖中心泻去。吓得船家魂飞魄散，双手拿住了船舵；闭了眼睛，嘴里只念着：“救苦救难观音菩萨。”等到风定船停，睁开两眼，还说：“吓杀吓杀。”忽又称奇道怪，揩着眼睛一看，诧异道：“怎么不多一会儿，就到了这里清波门了呀？”许仙接嘴道：“既如此你与我摇回去！”船家那里还肯再摇，说：“我这条老命很重的，还想多活几年，一定不摇的了。”小青道：“这一阵风，倒凑着我们的便了。只是相公回去远些。”许仙道：“原来尊府就住在这里么？”小青道：“是的，上岸不多几步就到。既是船家不肯再摇，便请相公到我家去暂坐片刻，吃一杯粗茶，借了雨伞，然后回府不迟。”许仙道：“怎么惊吵小姐府上！”娘娘也道：“今日承蒙不弃，许我同船，也是三生注定的缘份，何必这样的拘拘见外呢？”小青又在旁说道：“小姐欢喜老实，当作自己人看待，请相公不要客气了。”许仙被主婢二人，说得过意不去，便道：“我也在这里上岸，只是造化了船家。”便在身边摸出钱来，统共只有一百文，要想开串，觉得有些难为情。便说：“内中二十文，是小姐的酒钱。”船家伸手接着，并不计较。那娘娘转头向他称谢破费，便请许仙先上岸去，小青也扶了娘娘上岸。娘娘吩咐小青赏给船家两锭酒钱，小青手术很快，摸出两锭银子递给船家，说是小姐赏你买酒吃的。船家接银在手，连声称谢，开船自去。行至半途，取出银子一看，却已变了颜色，原来是两个田螺，连说晦气，望着湖中一抛。毋须细表。

再说许仙同着主婢二人，转过清波门，走不多几十步路，见有一座高大墙门，主婢二人立定说道：“这里就是了。”许仙抬头一看，果然十分气概，八字门墙，上有“总镇第三”字匾额，真是个大官宦家。

小青上前举手敲动门环,听得里面有人应道:“来了,想是小姐回来了么!”小青答言:“正是。”那扇门便呀的一声开了。

要知开门的是谁,以及怎生得成亲事,且看下回分解。

第三回　说　　亲

却说小青上前叩门，里面有人答应，分明是老人家口气。将门开放，娘娘招呼许仙入内。许仙走进二重门，只见小青把门闭上，却不见那个老家人，心中甚是疑惑："难道他到隔壁门房中去了么？还是先进去了么？"其实那个人并不是人，乃是黑风大王所赠的五鬼，随身伺候，听凭使唤。为什么开了门即便隐去？只因为鬼脸难看，恐被仙官疑惑，所以避了开来。

当下娘娘先自进去，小青请许仙到书房中坐下，说一声"我去取茶来"，便回身到里边去了。上楼见了娘娘，问道："有缘人现在书房，不知怎生的打发他？"娘娘便托小青作伐，前去说亲。小青一想，你们贪图欢乐，我却没有好处，自己太不合算。连连摇头道："我是一个丫环，怎么好做媒妁呢？还是娘娘亲自去的好。"娘娘听了，知道他有心作难，便假意说道："你能把亲事说合，将来和你夫妻三七均分，你道好么？"小青听得自己有份，虽是娘娘为正，我是偏房，倒也罢了。就变了口气道："如此，待丫环到书房中去说来。"说罢转身下楼。忽然暗叫了一声："且住！此刻没有香茗细点，怎好进书房去见他？且待我吸取了来，再作计较。"主意已定，即便驾起云光，远远向城中四处一望，见一大户人家，有个小书僮手捧一只方盘，盘中摆着四样点心，一碗好茶，是送与主人吃的。小青就隐身下去，夺了他的盘子便走，也不管那僮儿惊骇啼哭，急匆匆驾云而回。暂且慢表。

先说许仙独坐书房，好生纳闷。等了多时，还不见小青出来，觉得没趣。立起身来，看看壁上挂的书画；又候了一回，见那天色将晚，多有不便，不如不别而行去了罢；况且天已放晴，更不必向他告借雨具了。打定主见，心里还记得门户在这边，便来找看，却是没有。四面一瞧，尽皆墙壁，不觉暗自称奇："方才我从什么地方进来的呢？难道门在庭心里么？"踱步向外，立在阶下一看，非但门户不见，却见墙边几堆死人的枯骨。这一吓非同小可:“阿呀,我莫非误入迷魂阵,遇见了花妖木怪不成!”

许仙正在心头着急,背后小青一只手拍他的肩头,低声说道:“相公请用茶。”许仙惊问道:“阿呀! 青姐,你从那里走进来的?”小青用手一指道:“我从这扇门里进来的呢!”许仙道:“我方才四处寻门,简直没有,怎么此刻便有了门,真是奇怪得很!”小青道:“只怕是相公眼花看错了。那有房屋不开门户的道理!”许仙道:“这便算我眼花。墙边那几堆骷髅白骨,不知是什么缘故?”小青被他一说,自知有失检点,好比说书的有了漏洞,必须要修补的。忙把指头对着两堆枯骨一指,口中却向许仙道:“相公问我的,可是这两堆么? 这是太湖石堆成的假山呀!”许仙仔细一看,果然是假山,不觉笑道:“哈哈! 我真是眼花看错了。”

小青见这桩事已经遮饰过去,便请许仙坐下吃些茶点。许仙正当腹中饥饿,因为今天清早起来,只吃了两碗炒冷饭,一直出来扫墓游春,并未吃过别的东西。到了此刻,实在饿极了,连忙坐下呷了一口茶,把盘中的几样糕饼点心,一齐吃了。觉得香甜味美,十分可口。腹中暗暗好笑:“我今日白吃了人家,少停一走就完了。”忽听小青在旁启口道:“我有一句话,奉恳相公,总要你相公应允的。”许仙一听不好:“敢是要问我借银子的。但我做一小伙计,也是个穷人,怎好回答他呢?”既而一想:“却也不妨,凭他说什么,我都一口应承。停歇离了这里,他到那里去寻找啊!”便问道:“不知青姐有何吩咐,倒要请教。”小青道:“不瞒相公说,只因为我家老爷太太,早已归天。现在寄住客边,家下乏人照顾,零丁孤苦,实是可怜。若说我家小姐,也不是闺女。攀对了人家,那位姑爷便死了。”说到这里,许仙插口道:“照你这般说,小姐是个望门寡了?”小青点点头,又道:“我家小姐自怨命苦,立誓永不改嫁,情愿守节到老。如今实因缺人照料家务,我便在旁再三相劝,小姐虽已回心转意,却不肯嫁给做官的人。他深知那些做官的,身在朝廷,伴君如伴狼虎;若迁调了外任,又不免万里奔波。莫说别人,就像父亲战死沙场,弄到眼前这般田地,倒不如嫁给平民,那怕睡到日高三丈,也是不妨事的。”许仙又搀言道:

"那么,小姐要嫁那一样的人呢?"小青道:"只要像相公这样做生意的人。所以今日船中,便看中了你。命我丫头来作伐,愿托终身,请你不要推却,丫头面上也有光辉了。"许仙一听,做亲是用得着,但自知一个穷汉,那里娶讨得起!就是定亲也很难,怕不要数百两银子,还是回绝的好。忙摇手道:"这个动也动不得!小姐是宦室千金,我是卑微穷汉,怎能仰攀得上!还请你善言回覆了罢。"小青见他不允,无非为着缺少银钱,这还好办,只要他不费半文,总可应允的。便道:"我家小姐主意已定,无可更改。况且郎才女美,六礼完全,可称是坐产招夫,各样东西都有。只要相公应允,不费你半个钱,今夜便好成亲。"这几句话,听得许仙十分有趣,这种便宜事体是难逢难遇的,错过了未免可惜。所以并不决绝的回答道:"多承美意。但我家中清苦,自问也觉惭愧,且慢慢的商量商量,再作道理。"嘴里这般说,却把头点了几点。

小青见他点头,知已应允,便说:"相公请坐,待我回覆小姐去来。"说罢回身入内禀告娘娘,当即料理一切。娘娘差遣五鬼分头搬运,又托小青主持遣派,凡结亲时应用的物件一样一样的吸了来,总算勉强齐备。只有乐人鼓手等,五鬼变不来的,却到荒野孤坟上去,召了几十名鬼魂,内中拣七八个能够吹弹歌唱的,充为掌礼音乐,其余做了婢仆人等。洒扫厅堂,张灯结彩,供奉三牲,红毡铺地,直忙到黄昏过后。小青见诸事停当,各物完备,便吩咐音乐吹打起来。这时许仙在书房中坐着,隐隐听得笙歌奏乐的声音,心里诧异道:"难道真个成亲了么?"再等了一回,只见小青一手拿了灯照,一手提盘,走进书房,口称"恭喜相公"把灯照放在桌上,盘中取出大红海青方巾皂靴,复道:"请相公换了吉服,到堂前交拜天地。"许仙忙道:"青姐,莫非拣的好日子,就是今晚成亲么?只怕来不及的。"小青道:"小姐道拣日不如撞日,况且今天本是好日。一切应用各物,家中原有现成的,更不劳相公费心。"仙官听了一想:"足见大户人家,果然比众不同。若是平等小家做亲,只怕一年半载,也办不完成呢!"想未毕,又见两个家人,都是罗帽直身乌靴,走将进来,叫声:"姑爷在上,小的们叩头!恭喜姑爷,请姑爷上堂行礼。"小青吩咐他们在外伺候,便替许仙更换了衣巾吉服，打扮得宛似公子模样，态度翩翩。耳听外边奏乐已及三通，即引导着许仙缓步而出。将到堂前，只闻乐声嘹亮，入耳洋洋；又见堂中高悬灯彩，红烛辉煌；桌上供着天地纸马，地下铺着五彩绒毯。陈设得十分华丽。正看时，笙歌迭奏，赞礼传声，却不见这些乐人。许仙问道："这班乐人在那里啊？"小青答道："他们都在厢房里。这是我家的规矩，不许这班人上堂的。"说着，又闻赞礼念了诗句，请新贵人缓步抬身，升单行礼。许仙先立在红毡单上，少时一派笙歌，引出新娘。双双参拜天地，送入洞房。这许多礼节繁文，毋庸细表。

只说到了洞房中，小青替新娘挑过了方巾，夫妻并坐，共饮合卺杯儿。见那些喜娘伴妇，过来叩头，嘴里却不发一言，都向外边去了。仙官在灯光底下，好似云里雾里，并不曾看清他们的面目。结末小青过来恭喜，许仙身无半文，只好说声："得罪请起，明日酬劳。"因他是一位大媒，不可以轻慢的。此刻腹中又觉得饿极了，要想举箸便吃，却有些不好意思。亏得小青在旁说："相公请用酒，随意吃些。"仙官也不再客气了。见有五碗小菜，一碗是小馒头，不像花烛夜饭，简直是上坟菜。这样的局面，怎么配得上呢？转念一想，却也怪不得他们。仓猝之间，原是来不及的，这不过家常便饭，随便吃吃罢了。当下连吃了几杯酒。看看房中的摆设，五光十色，美丽异常；又看看这位新娘，可称得沉鱼落雁，盖世无双，不觉令人心醉。所以饮过两次成双杯，便叫小青收去。小青送过脸水香茗毕，忙到厨下去收拾，无非把吸来的东西什物，一一仍归原主。又打发众鬼魂去讫，只有五鬼常川伺候。诸事停当。回到房中，便说道："相公，娘娘，夜深了！新婚燕尔，早些安息罢。"说罢，将身退出，带上房门去了。

娘娘见仙官涨红了面，老不开口，只得先开口道："官人请睡罢。"那知许仙是老实人，从未近过女色，今夜是第一回，忸怩着答道："娘子叫我睡在那里啊？"娘娘听他的话，好像是个呆徒。微笑道："自然睡在床上。"仙官道："那么娘子睡在那里呢？"娘娘道："夫妻自然同睡。官人先请睡罢！"仙官方将外衣卸去，脱了靴袜，却留着短衫裤不脱，便钻入锦被中睡了。直等到娘娘卸妆上床，并头睡下，得着甜头，真是说不尽的欢乐。睡到旭日东升，二人方才起身。小青送进银盆脸水，梳洗完毕，小青又去转了一转，手脚真快，摄得参汤点心，送进房来。二人吃过之后，要知赠银回去一节，怎生祸到临头，且看下回分解。

第四回 赠 银

却道娘娘多得小青助力，昨夜得与有缘人团圆花烛，遂了心愿。此刻起身后，和许仙梳洗方毕，又见小青送进参汤点心，知道是他吸取来的，颇合大家风范。二人用了参汤，吃过点心，娘娘方启口道："官人，本欲相留吃饭，怎奈你昨晚一夜不归，今朝定要着急，故而不敢挽留。还请早些回府，到晚上候你回来，免得做妻的悬望。"许仙点头应是。其实他的心里，得着这种好地方，只管住下去也不妨，还想什么家里呢！现在被娘娘提醒，只好应了几声是。娘娘即忙取了钥匙，起身来到箱边，去了锁上三簧，捧出雪花银子，放在桌上，始向许仙嘱咐道："这两锭元宝，你今带了回去。见有热闹的市房，你不妨租了下来。若说开店的资本，我这里还有，只要你留意就是了。"嘱毕，就把手帕包好，递给仙官手内。仙官只顾听话，并未细看银两。双手接过，便愁眉不展的起身告别。娘娘在后相送，仙官很有些依依不舍，几次回头观看姣容，懒洋洋走到楼梯跟首，娘娘止住了步，吩咐小青代送出外。仙官便说："娘子请进去罢，我傍晚就要回来的。"说着，走下扶梯。不知怎么一来，一脚踏空，谷碌碌跌了下去。娘娘忙问："不妨事么？"仙官回说："还好还好！"小青把他扶起，心知娘娘用的遮眼法，看是好好的扶梯，实在缺少了几级，以致跌了一交。当时又替他拂去衣上灰尘，一路引领他出了大门墙。许仙道："我去了，你关上了门罢。"小青恐他少刻回来，认不出地方，又把仙官唤住，说："你回来休要认错了。记着门前有两株槐树，旁边有一带竹篱，那首是财神庙，东墙内放着桃花，正中八字高大门墙，隔岸还有照墙一座。你须认得清楚，早些回来，免得娘娘悬望。"许仙连称晓得，兴匆匆一路进城去了。

小青关门入内，回复娘娘说："相公已经去远，不知晚上来与不来，还请娘娘细查一查。"娘娘便抡动指头，把他阴阳一算，不觉失声惊讶道:“阿呀!不好了,主人有大祸临头,捉到当官,此罪非同小可呢!”小青道:“如今怎么是好?到底为着何事?所犯何罪?”娘娘道:“是非都从元宝而起。这元宝乃是钱塘县库银。现他县官命捕役四处查缉,十分紧急,你主人正值归家,被他姊丈见了,赃证分明,尚有何办!”说至此,顿了一顿,又道:“这也是他命中注定的劫数。二年徒罪,算来是不能免的。若讲眼前,有官差来到这里,你可如此这般的发付他们。我却暗中运用神通,好救夫君出此县衙,你道好么?”小青点头称善。准备公役到来查勘。但是书中所说的元宝,娘娘从那里得来的呢?原来娘娘下山后,在镇江遇见黑风大王,结为兄妹。知道他访见了良人,报答大恩,要去出嫁凡夫,想世间最重的是金银,所以就在钱塘库内,盗取了一千两银子,连同五鬼跟随使唤,一并送与妹子,作为添妆之用,娘娘却并不知情。也不曾将银子细看,一时失于检点,转赠了许仙,弄出事来。这一节,我算数言表过。

再说许仙进城,一路回到家中,见了姊姊。他姊姊是陈彪的妻子,正在那里悬望兄弟,此刻见他回来,便说道:“你好、好、好,怎么昨日上坟湖塘,竟然一夜不归?行中也差人来问过几次,到底存留在何处?你是个少年人,为甚这样的不学好呢!”仙官道:“昨夜不归,原是小弟之罪。但今日有天大的一桩喜事,所以特来告知姊姊。”他姊姊忙问有何喜事。仙官便从头至尾,把昨天经过的事实,滔滔不绝的说了一遍:如何游春遇雨,如何逢见二美,如何同舟到他家中,如何当晚交拜成亲,如何赠银命我回来找觅市房开店。说到这里,双手打开绢帕,取出两锭元宝,向桌上一丢,又道:“姊姊不信,请看这银子,便知小弟不是说谎话了。”他姊姊见了,自然十分欢喜。究竟是个妇人家,那里晓得什么呢!

姊弟二人正说得高兴,外面陈彪来了。那陈彪是许仙的姊夫,精通拳棒,智力过人,现充钱塘县里捕役头儿。县官知他办事能干,如遇一切疑难案件,都叫他前去办理。今日因本官唤他入内,说库房中封皮不动,门户不开,失去了一千两银子。着他多带伙伴,分头访捉贼人,限五天定要破案,如违比责。陈彪奉命退出。暗想此案离奇,定非寻常可比,因此急急回到家来,准备别了妻子,带了用费,然后会同伙役，好去办案。当下到得家中，一见许仙，就埋怨他一夜不归，后生家太不老成。许仙忙道："姊丈且休埋怨，只问姊姊，便知明白。"他姊姊便在旁接嘴，把兄弟告诉他的一番话儿，详述始末。陈彪听了，笑道："如此说来，我倒失贺了，哈哈哈！"嘴里虽说笑着，心中却不相信，世上那有这种事情。就算富贵人家，办事容易，东西都是现成的，也没有才得见面，当晚成亲的道理。况且陈老大是个捕快头儿，怎能骗得信他。所以笑了一笑，又道："既然这样，银子现在那里呢？"许仙便在那边桌上取了两锭元宝，递给姊丈。陈彪接银在手，仔细一看，上有本县的印子，大吃一惊。暗暗的叫苦不迭："这就是库银，怎么在他的手中呢？莫非他做了窃贼不成？或者结交了强盗，把这赃银送他的么？我若顾了亲情，隐匿不报，日后发觉起来，连我的身家性命也不保，岂不是两败俱伤吗？"既而一想："仙弟素来诚实，决不结交匪类；况且年轻胆小，怎敢做出这种事来。大约昨夜他去嫖妓，却巧另有一个强盗，宿过娼家，把这赃银浪用。那妓女贪恋仙弟生得貌美，暗贴银子与他，也未可知。我今前去出首，一来顾全自己要紧，二来他未做大盗，误受赃银，谅无大罪。还可向官府讨情，从轻办理。但妻舅之情，怎好下手呢？"眉头一皱，计上心来。便道："仙弟，你要房子，很是凑巧，县前却有一所房子空着。前临大街，后通河道，我同你去看一看。言明房价，便可成交。"许仙欣然答应。便依着姊夫的话，把元宝包好带去，跟随陈彪出了家门。

到了县前，陈彪心里好生难过。也叫没法，回头说道："这里是孙隆兴银店。你可在此等一等，我去约了房主，取了钥匙，和你去看房子。如果合用，今日就好成交。但这两锭元宝，不好使用。少停换些零碎银子，才能够活动呢。"嘱毕自去。不说许仙在此等候。

只说陈彪来到一爿酒店里，踏步上楼，他手下一班伙计见了，大家起身叫老大，说船已备好，行李也发到船上，只等老大吃了酒，就好上船去了。陈彪摇头道："兄弟们，如今不要去了，盗赃已经并获。"众人咋舌道："这一来足见头儿能干，船也不开，案已破了。究竟强盗是那一个，现在什么地方？"陈彪道："若说这个强盗，连你们也都认得的，就是妻弟许仙。"众人不信，道："汉文兄自然认识。但他是文文雅雅，一个本分生意中人，不像做强盗的。据我们看来，内中定有个委曲，不知你老大心里以为怎样？”陈彪道：“话虽如此，真赃现在他手中，实是不解。但我与他是至亲，不便伤了情份。所以相烦兄弟们，悄悄到孙隆兴银店门首，认明元宝赃证，将妻舅锁拿。暂时押在班房，待我去禀明本官，再行定断。”众人应是，取了练子要走。陈彪又嘱托伙计不要惊吓了他，那伙计答应自去。随后陈彪也下了酒楼，径往县衙中去了。

先说许仙在银店中呆坐等候。那个柜内开店的，很巴结生意，看见许仙手捧着大锭元宝，料想这一桩交易不小，便和许仙尊姓大名的攀谈起来。许仙是老实人，便说：“我在此等候一个人来，还要作成宝店，把这两锭元宝，换些零碎银子。”店主一听，果然是主顾，忙请他柜内坐下用茶；又叫他取出元宝看看成色，放在天秤上称了一称，问：“先生自己可有成数？”许仙道：“大约一百两光景，不知秤有多少？”店主道：“只有九十九两三钱二分。不信，银子现在这里。”说着，仍将元宝放在柜上。这时候，见有两个公差，走入店来，说道：“仙官，你在这里兑换银子么？”许仙应了一声是的，那差人又道：“你把银子借给我看看。”拿来手里，便说：“一些不差，正是许仙。伙计快来上了练子！”就把这两锭元宝，揣入怀里。后面一个差人，将练子套在许仙颈上。许仙大惊，忙问：“你们为何锁我？”那差人道：“你的真赃现在，你是个盗元宝的强盗，到这里来变赃的！伙计，快把他拿进衙门，当堂回话！”不由许仙分辩，拉了就走。还有一个差人，身边摸出练子，顺便向店主敲诈，叫他拿出十八只元宝补数。吓得店主连称冤枉，说了许多好话，总是没用。还是银子可以开口，从十两加到四十两，方始买得“路获”两字，不与店家相干；那两个公差才离了店，把许仙带入县衙，在班房中暂押。

陈彪得信，走将进去。见本官已坐早堂，审问别案。等了一回，见已完毕，然后跪到案前，说道：“禀大老爷，小的奉命捕捉盗库银犯人，今已拿到。并有原赃两锭元宝呈上。”知县喜问道：“你把人赃一并拿到了么？”陈彪道：“拿到了，现在押锁班房伺候。”知县道：“你把盗犯捕到，重重有赏。但是这个盗库银的，是客路呢，还是本地叫什么名字?”陈彪道:“小的不敢隐瞒,就是妻弟许仙。”知县道:“既是你的妻舅,快把他带上来!”一声吩咐,差役便将许仙带上公堂,到案前双膝跪下。知县问道:“你就叫许仙么? 看你小小年纪,有这样大的胆子,敢盗库中银子,这还了得!”许仙连呼冤枉。那知县便变了脸,逼他从实招供。

不知许仙是否供出赠银情由,且看下回分解。

第五回　踏　　勘

却说知县听许仙口呼冤枉，怒道："本县知道你不止一个人，总有余党。一共多少人数？怎生到得库中盗银？从实的招上来！若有虚言，哼哼，看大刑伺候！"许仙经此威吓，自然据实招供。先说自己籍贯年纪，药店生理，是个安善良民，素不结交匪类的；然后说到清明扫墓，湖上游春，忽逢大雨。知县道："胡说！该打嘴巴。昨日好好天气，怎说下雨！这时候，许仙还亏得有照应，众公役上前说道："禀老爷：昨日城中没有雨，西湖上果然下雨很大。因为小的们也到西湖上坟，所以知道的。"知县听了点点头。又问道："遇雨以后便怎样呢？"许仙续供道："小人在堤边雇船回去，来了附舟的两个女郎，自称一主一婢。那小姐谓白秀英，婢女叫小青，他父亲是处州总镇，阵亡在川中。他们因为奔丧无力，寄居在这里的。约我到他家里，许借雨具。那知留我在书房中，用些茶点，偶然谈及家事，说小姐尚未对亲，那小青便从中撮合，愿为媒妁，当晚就此成亲。今天早上，赠我银子两大锭，不知是库中国宝，还望老爷详察。"知县道："既然自称宦室千金，他公馆现在那里？"许仙回说"住在清波门外大墙门"。

那知县听罢供词，细细一想，分明是一派胡言。那里有相逢片刻便可成亲！此话断难取信。又对着许仙看看，不像为非作恶的人。也罢，我今发出朱签，且把白秀英、小青拿到，再作道理。佯怒道："那里什么千金小姐！据本县想来，若不是青楼妓馆，定然是狐妖花妖。且去捉来再说！"立刻判了朱签，吩咐陈彪、金升道："朱签一支，你们二人，押了许仙到清波门外，捉那白氏秀英和婢女小青。速去速来！"县官说罢退堂。这里差役伙计押了许仙就走。陈彪在旁假意蹬足，推说伙伴们弄出事来，叫我也难顾亲情。如今没有别法，待我同你到妻家去，我是当马快的，看了便能明白。

一路说话，已出了清波门。公差去找本图地方，叫他领捉。这里地方叫王十千，寻到他家里一问，知他在小酒店里吃酒。过去一看，那个王十千正和酒保相骂，一边吃醉了还要添酒。一边酒保不肯，说他前后欠了六千八百文，你须还了再好赊；一边说我是老主顾，只欠得六千八百文，你要我不再来吃，你找结我三千二百文，和你清账。可晓得我叫王十千呀！两下正当争吵时，公差走将进去，高叫一声“王十千”，顿时把他吓醒了一半。抬眼一看，见是县里的几个公差，忙道：“我道是谁，原来是几位大叔。请坐请坐！酒保快拿一瓶酒来，写在我的账上。”公差道：“此刻不是吃酒的时候，有公事要紧。你看朱签一支，在你图内，要捉白氏秀英、婢子小青，快快领行，官府立等回话的！”王十千道：“住在我的图内，紫黄赤黑都有，并没有姓白的人家。只怕你们写错了。”公差道：“怎么会写错呢？现有许仙活口，昨夜在你图内成亲的。”王十千道：“阿呀！如此说来，在我图内，为什么喜酒也不请我吃一杯呢！”公差道：“你不要再说混话了！在你图内要人，你若不认得，许仙和他同去就是了。”于是众人一同出了店门，兜弯曲折，仙官领路向前，只可怜颈上锁了一条铁练。

仍从原路走来。到了这里门前，不觉大吃一惊：怎么好好的总镇门墙，变成了祠堂景象！战兢兢的说道：“各位，这里就是了。”陈彪抬头一看，门上悬有匾额，写着“曹锡公祠堂”五字，诧异道：“这是祠堂，怎说是人家？”许仙道：“姊丈，说也奇怪：今早还是气概门庭，为什么此刻变了这般光景？连小弟也不明白了。”公差道：“这里面有人家住着没有？”王十千冷冷的答道：“有两家人家住着。一家姓妖，一家姓怪，每到下雨天气，时常出来迷人，很可怕的。”那几个差役听了，齐声说道：“我们奉公差遣，如果空回白走，怎好回答本官呢？倒不如我们大家进去，叫许老大领头。”许仙道：“我听你们这样一说，连我也害怕起来。”差役道：“你昨夜亲也成了，今天倒怕起来了？快些走！”许仙只得勉强推入门去。只见庭心里面，小青朝内扫地，便问道：“小青，为什么房子这般光景，是何缘故？”小青答道：“相公，你走错路了。这里是后庄，早上出去是前庄呀！”许仙和小青说话时，后面众人跟来，见四周围坍塌不堪；又听得许仙叫他小青，谅必无误，便叫地方上去拦腰抱住，我们好上练子。王十千道：“我不去。倘然是邻舍人家,我去捉他,他就叫唤起来,这个强掠妇女的罪名,担当不起的。”众人道:“他是小青,朱签上有名的犯人,有什么拿不得!”内中有一差人道:“那么我去拿他,你们拿练子来锁。”众皆答应。那差人便轻轻的走到小青背后,用力一搿,嘴里说声“在这里了,你们快来!”来字还没喊出,忽然平地刮起一阵狂风。飞沙走石,对面不见人影,似在云雾中一般。那差人怎能抱得住他!小青的身子向上一冲,这叫做抽心逃走。吓得陈彪失声大叫,许仙满面通红,众人也心惊胆战。

直等到风定后,方始睁开两眼。问小青可曾捉住,那差人道:“拿是拿住的,却现了原形,变成一把扫帚。”众人却说:“不要管他,就把扫帚锁入城去,见本官回话。但是朱签上还有个白氏秀英,大约是粪箕精了。也要擒他去。只怕不在后面,定在楼上呢!”说着,向上一看,扶梯缺少了两层,好像无人上下的样子。正猜想时,听得楼上“呀”的一声,楼窗开了。众人一齐退到庭心,昂头注目,见有一位绝色佳人,身倚窗前。许仙忙叫道:“娘子,你害得我好苦呀!”陈彪便问道:“你们是何等样人?你且说个明白。”白氏就叫了一声姑夫。陈彪道:“谁是你的姑夫!何方妖怪,盗取库银,陷害我妻弟许仙,快快说来!”白氏不慌不忙的说道:“我想翁姑去世的时候,因他年幼无知,临终重托姑夫。可怜家业萧条,只剩下三百两银子,要赖你扶养成人。当时你一口应承,为什么平地忽起风波,连郎舅亲情都不顾,移花接木害我丈夫?”陈彪道:“明明你盗取库宝害人,反说我移花接木,岂有此理!”白氏道:“若说元宝,并非赃物。乃是先君任上的俸银,你休弄错了。”陈彪道:“你说些什么话!元宝上都有印记,岂有拿错的道理。如今许仙若不交出真赃,难免受刑问罪。你既说是父亲传下,于心无愧,何不自到公堂分辨,以脱许仙之罪?”白氏道:“要我去也不妨。只是我生长名门,抛头露面,去到公堂,未免惭愧罢了。”道罢,关上楼窗。

楼下众人听说白氏情愿同去,等候了好一回,不见动静。正商量上楼去拿捉,忽见白氏一声不响的站在那人背后。吓了一跳,问道:“娘娘,你什么时候下来的?大家都没有看见,倒叫我们吃了一吓。”

娘娘却不回答。那人又道:“女娘子鞋弓袜小,不好走路。我去唤一乘小轿,抬了去罢。”娘娘方答道:“我夫犯了王法,做妻的怎好再坐轿子!”众人听了,却说他倒是一位贤德娘娘。但是脚小伶仃,步行到县前,约有三四十里路呢,如何走得。王十千道:“这样罢,你把一只手搭在我肩头上,慢慢的走。你道好不好?”娘娘点头称谢。众人叫伙计拿了扫帚,带了许仙,同着娘娘,一并出了祠堂,从街坊上一路行来。只有王十千心中得意,这一只玉手搭在肩上,弄得骨软筋酥,低声说道:“阿奶奶,你放心到县,各事有我照料,包管无事。”嘴里这般说,却不便捏他的手。只好低着头,将下巴搁在娘娘手背上,移来移去寻开心。娘娘早知道他不怀好意,少停停叫他吃些苦就是了。此时众公役押解人犯进城,在热闹街坊行走,惊动了许多闲人,议论纷纷。将近到县衙前,差人对着娘娘说道:“有一句不中听的话:带进衙门里去,照例要套上练子的。停一回就开,你道使得么?”娘娘道:“这是朝廷王法,理所当然,有什么使不得!”那差人便取出练子,对准娘娘头上套下,嘴里说一声“得罪了”,陡然起一阵狂风,呼呼呼的几响,眼睛也睁不开了,那条练子仍搭在地方肩上,众人只喊着“好大风,好大风!”

一径奔到县衙,钱塘县正坐堂上。公差先上堂跪下,交还朱签,回禀:“白氏已经拿到。小青婢女,小的们将他捉住,他就变了一把扫帚。”知县问:“可曾把他带来?”差人说带来的。知县便吩咐带上堂来,差人即将扫帚呈上。知县也是一时糊涂,问道:“你可是小青么?”差人忙禀道:“他是没有嘴的。”知县听了,自己觉得好笑,命将扫帚用火烧毁。一面吩咐把白氏带上来。少顷白氏带到,去了练子。知县道:“你是年轻女子,琐琐裙钗,怎敢盗取库中银子?你有多少羽党?从实招来,免受刑罚。快讲!……怎么你不开口啊?”差人也在旁催促道:“老爷问你银子怎样盗的,快快说上来!怎么一句供也没有,反在那里笑呢?”知县怒道:“你笑什么?掌嘴!”旁边衙役过来,就把他粉面上,一二三四五,把面皮打坏了,一看不对,转身禀道:“白氏变了一个地方王十千了。”知县道:“说是地方,怎么变起白氏来?”王十千道:“小的领捉白氏小青,到了曹锡公祠堂内,当时先捉小青，变了一把扫帚。后捉白氏，帮同押解进城。忽起一阵狂风，见一恶鬼，将一张白纸，贴在小的脸上。这张纸只有三个小洞，所以两眼看见，口中好出气，却说不出话来。一直云雾漫漫，进县来见太爷的。”知县道：“既然说不出话，为什么只对我笑呢？”王十千道：“太爷对着小的叫白氏，所以小的笑起来的。”知县道：“这妖怪果然利害！待本县亲自踏勘去。”

要知踏勘详细，以及讯配情由，且看下回分解。

第六回 讯 配

却说知县虽知妖怪利害，但是库银被盗，事关重大，只得亲自前去踏勘。吩咐打轿，把许仙一同带去。传齐三班衙役，簇拥着官轿，打道出行。一路上吆吆喝喝，出了城关。只可怜许仙带了锁练，押在轿后，眼泪双垂。不一时，到了祠堂跟首。地方跪下道："禀老爷，这里就是了。"知县停轿。出轿将祠堂一看，蛛网尘封，是长久无人出入的所在。便唤许仙近前问道："你昨晚在这里成亲，可就是这个样儿么？"许仙答道："昨天原是这里。若就门户房屋，好生气概，如今却是大不相同了。"知县道："这就是作怪呢！且同到里面去看一看。"便叫地方在前引路，后面公役三班押着许仙，跟随知县一同入内。知县见四处墙坍壁倒，柴草盈庭；祠堂正面，坐着曹公偶像，袍帽凋零；两旁木主，摆设歪斜；后边有三座堂楼，也是潦倒不堪。堂中桌椅，一些没有；楼板也参差不齐。便对从人道："这样的破坍屋宇，怎说许仙昨晚成亲？岂有此理！"又唤地方过来，问道："这祠堂现在可有经管的人么？"地方道："禀老爷，向来却有子孙春秋祭祀，后来子孙穷绝，便不来祭祀了。近时出了妖怪，常常到外边迷人，因此有人知道的，都不敢经过此地了。"知县道："竟敢如此作祟，那还了得！且上楼去看个明白。"差人道："这扶梯少了几级，不好走上去。"知县忿怒道："总须上去看一看，倘然没有，只把许仙带回严讯，追究库银在那里，不怕他不招出来！"

话未毕，楼上"呀"的一响，窗已开了。知县便晓得有人在上面。和众人退到天井中，抬头一看，只见一个绝色佳人，身靠楼窗。许仙高叫："娘子！你害得我好苦啊。"娘娘道："官人，受了冤枉了！但此银并非库银，官人但请放心，自有做妻的承当。"知县道："你是何方妖怪，胆敢殃民盗库，还不下来领罪！还在那里妖言惑众么？"娘娘叫一声"老父母"，便说道："奴本是名门闺女，我父官居处州总镇官，名叫白远芳,籍贯四川。只因征伐蛮方,沙场战死。家中既无叔伯,又无手足,不能奔丧前往,暂住钱塘。若说这两锭元宝,是我父任上的俸银。还望父母详察,不要屈陷我的夫君。”知县道:“你说不是妖魔,是个宦家之女,为甚飞沙走石,改形换貌,婢女也变为扫帚,这是什么缘故?”娘娘道:“不瞒父母,奴在七岁时候,得遇梨山老母,说我与他有缘。度我到仙山上去,传授呼风唤雨之术;且能抡算阴阳,得知过去未来之事。三年学成归来。所以我方才略施小术,怎说我是妖魔呢!”知县道:“好好好,说得倒也干净,真像一个千金小姐。也罢,你既是千金小姐,可晓得我老爷姓甚么、叫什么名字、是什么出身、那里人、家中怎么样、共有多少亲丁人口?说得明白,我就信你是仙家传授。”娘娘道:“怎么不知!父母是世代书香,府居北直良乡县。嫡姓周、继姓欧、两榜出身。”知县搀言道:“这两句不算出奇。那一个不知道本县是两榜出身、世代书香、姓周么?你可知我太爷是什么官?”娘娘道:“太爷叫周天禄,官为翰林院学士左春坊;太夫人今年六十一岁,上年八月做过寿的。令正夫人韩氏,乃系姑表联姻。可是么?”知县道:“这句话差了!若说夫人,现在衙门,怎说在家?”娘娘微笑道:“说来还怕得罪父母。现在衙中的,并非结发,乃是夫人裙带上的小丫环呢!”知县忙道:“这个不用说。我问你:我有几个儿子?几个小姐?”娘娘道:“一位小姐,今年十三岁了。两位公子,大的十一岁,小的九岁,现在书房中读书。那个教读先生,便是你的重堂叔父。”知县道:“这话虽是,你可知我住在城内城外?共有多少房屋?门面是朝南还是朝北呢?”娘娘道:“你家住在城中。门面朝南向阳,东首是城隍庙,大小房廊四十五间。后有园亭桂树,东边新造八幢楼房,尚未油漆完工。不知是也不是?”知县点头道:“奇呀!好像到过我家中一般。你既然是仙家传授,但本县库银,封皮不动,门户不开,千两花银,从那里拿出来的?况且我又是个穷官,赔补不起,叫本县怎生结案呢?”娘娘道:“奴只求老父母好好释放我夫。这些须银两,我来赔偿。你若不识时务,把我夫略受损伤,我便驾云先到良乡县,立即散派瘟殃,管教你家老少亲丁,一齐绝灭。到那时再来求我,是没商量的。”说罢,闭上楼窗进去了。

这时知县被这一吓，暗思："我就算把许仙释放，这库银如何结案?"正愁闷间，蓦地一阵狂风，吹得天昏地暗。众人都吓得无处奔逃，只有闭着眼睛等死。只有知县口中默默求告娘娘仙女，指示原赃，决不敢难为许仙，即刻开放便了。祷告方毕，风已定了，云雾也散开了。众人眼见青天，都说道："天将晚下来了，请老爷回去罢。"知县正要起身，瞥见堂楼下正中央白光照耀，足有一大堆。吃了一惊，只道妖怪又作起法来。仔细再看，原来是一堆元宝，正是库银，不多不少，只有十八只。知县大喜！便吩咐地方，到家取了包袱两块，将银包好，带回衙中入库。此时县官出祠堂上轿，众差役带着许仙，簇推进城回署。许仙仍押班房，听候明天发落，因为此刻天已晚了。知县回到上房，一夜不曾睡着。心中又是害怕，又是踌躇，想不出两全的妙法。

天明以后，便请师爷到签押房中计议。这刑名师爷很有才干，说此事都不打紧，幸得宝银已经入库，就办他一个真赃假盗的罪名，从宽发落，只不过打了几板，发配两年，就可回来了。知县点头称善。便传该房书吏入内，备好文书，通详各宪，待三天后上司批准。这一日，知县升坐大堂，书吏差役分立两旁。吩咐将许仙提出班房，带上堂来发落。将文书填了年月，发放到苏州徒罪二年。其时娘娘在祠堂中早已算过阴阳，知道丈夫发配苏州。后日相逢，定在金阊门内。但发落的时候，难免要当堂受责。所以娘娘驾云赶来，立在云端里往下注视，要保佑夫君不受痛苦。这个当儿，许仙正带到堂上跪下。知县道："你是个安分良民，虽不曾亲自盗库，却不该贪恋女色，苟合成亲。本县念你无知，格外施恩，问你二年徒罪，也不冤了你。"许仙道："实是小人该死，自投罗网。今蒙老爷开豁，感不尽再造之恩。"知县道："既如此，拉下去打二十板起解。"伸手在签筒里拔出四根签，往下一掷。旁边行刑的衙役，当即一声吆喝，过来拉着许仙，好似鹰拿燕雀一般。把他底下的裤子褪下，到案前献过了板子，便将板子高高提起，嘴里吆喝着，正要打下。娘娘看见了，好不心酸：照这样雪白的肚腿，怎好受此苦刑！心里实在舍不得。只得口中念念有词，将一个指头，向空中一划，抵桩划到老爷屁股上去。一想勿好，究竟他是朝廷命官,我若惊动了他,岂不有犯天条?亏他转念得快:倒不如划到上房夫人腿上去罢。好在这位夫人,并非正室,是裙带上的梅香,难为他一些也不罪过的,便划了过去。这一划不打紧,苦了上房这位奶奶,正从净桶上立起来,裤子还没有上束,觉得眼前黑暗,被两个恶鬼一抓,按倒在床沿上。只听得豁挞一声响,腿条上已着了一下,痛得他杀猪般叫将起来,说:“老爷坐堂打人,怎么打起我来?丫头,快出去报告老爷呀!”其时老爷正在拍案大怒,因为许仙口中并不呼痛乞免,还道差役容情卖法,连打了几次倒板。忽见里面送出一张纸条,押在茶碗底下,上写着“奶奶打死了”。知县暗说不好,又来作怪了!急忙吩咐停板放起,把许仙带上来。谕话道:“许仙,本再打你二十板,念你年轻身弱,姑且饶恕,只把你徒配胥江,格外施恩,你可知道么?”许仙道:“多谢老爷恩典。”知县即点解役张升、李贵两名,命他们押解许仙到苏州,投文收管,守了回批即回。又向许仙训斥了几句话,就此退堂。慌忙去看奶奶,方知妖魔暗里作怪。一面用好言安慰,一面请医生调治,毋须细表。

单说许仙同了解役,走出头门。先有姊丈陈彪过来,叫声仙弟道:“这叫做闭门家里坐,祸从天上来。也是你年灾月晦,不必悲苦。解役是张兄弟李兄弟,一路全仗照应。”二解役道:“老大尽可放心,令舅汉文兄,一路都在小弟等身上,决不轻慢就是了。”陈彪道:“全仗大力。我有碎银几两,仙弟权为路费,你的铺盖衣服,我已叫人到行中取去了。”许仙连声称谢。陈彪便同他们到酒楼中坐下,吃了几壶酒,先向许仙劝慰了一番,又对张李两解役嘱托了几句。正说之间,药店中的老员外来了。就坐后,便先开言道:“贤侄!不料你平地风波,竟遭此祸。内中委曲,我已明白。听得你起解姑苏,特来相送。你的衣服,都已发在舟中。白银五两,作为路上零用。还有荐信一封,你可收好,此去苏州地陌生疏,我有胞弟王永昌,现在西濠卢家巷内,开张大生堂药材行,你可到彼投送,便向驿中取保出来,在他店内做生意,免得受苦了。”许仙即忙跪谢道:“叔父如此恩待,恨难报答。今因官事羁身,就在这里拜辞了!”老员外口称“不敢”,双手扶起。原来并非叔侄,实是师徒。因许仙的父亲和王永春、王永昌都是至交好友,结为盟兄弟;又承临终嘱托,所以许仙长大后,便送到王家学业,一直总是叔侄称呼。此时解役在旁催促动身,许仙回头向陈彪道:“相烦姊丈回家,说我多多拜上姊姊,叫他不必悲切,不过两年之久,我就回来了。”陈彪道:“仙弟路上保重,诸事全仗二公。我因县中有事,不及登舟相送了。”说毕,解役就同许仙离了酒店,登舟往苏州去了。欲知到苏逼丐情由,且看下回分解。

第七回　逼　　丐

且说许仙解到了苏州，船抵胥江停泊。解役先把文书投入驿中，照例要打几板，却亏得二役使用机谋，才得免打，安歇在驿中。那解役守得回文，回杭覆命，过去不提。

如今说到白氏娘娘了。娘娘暗中保佑仙官上船去后，便叫小青料理一切，备好许多木器什物，连箱笼床帐以及绫罗缎疋零星杂用等类，无不应有尽有。又雇定了两号沙龙大船，一齐装载上去，充作官宦人家模样，船头上立着家人，果然气概轩昂，所以主婢乘轿上船时，引得岸上人多来观看。见有旌旗高挂，上写着“都督府”，却不知谁家官眷，搬往那里去的，大家都啧啧称赞。你道他这许多家伙物件，是几时买来的？谁知他们的东西，不用钱买，都由小青和五鬼吸来，原不过用那搬运法儿罢了。只有吸取银子，最为十分留意，因被库银吓怕的缘故。专吸那班浪荡败家子弟和赌场里的银子，东也一百两，西也二百两，从整千整万里取出，无可查考的。一言表过。

只说主婢下船后，立即吩咐开船，一棒锣声，径向苏州而去。船上小青暗向娘娘问道：“我们到了苏州，不知在那里去安身呢？”娘娘道：“我把阴阳算过，早已安排定了。苏城金阊门内，有一条专诸巷，巷中有一所高大楼房，无人居住，空在那里。乃是王姓的房屋，主人叫王锡章，久任太仆京乡，他的儿子名万青，出身两榜，现官祥符知县。只因前年搬取家眷，上任到河南去，把房屋空锁，托左右邻居照管。我和你正好借此存身，管教有一日会见我夫。”小青道：“只怕不妥当的。我与他们从未认识，又没有真凭实据，倘被他们盘问根由，这便怎处?”娘娘道：“不妨事的。我把王锡章认为母舅，他儿子便是我的表兄。只说他任上有命，叫我到来居住，谅必邻里不会生疑的。”主婢计议了一回，别无他说。

过了两天，舟抵金阊门外码头停泊。金锣筛动，岸上早来了许多扛抬脚夫。便吩咐将船上装载的东西,扛抬进城。已是黄昏时候,命五鬼押担而行。一时灯球火把,照得明亮,灯上写着“都督府”,宛然是大乡绅的样子。又唤了一乘大轿,一肩小轿,娘娘和小青坐着。一进城关,闹哄哄转入专诸巷,惊动了左右大小邻居,有的说:“这种热闹,敢是人家失火吗?”有的说:“不是火着,一定是强盗来打抢了。”却不敢出来开门。都推开沿街窗子,往下一看,但见许多人扛的扛,抬的抬,押的押,灯球火把,照耀如同白昼。惊问道:“这时候人声鼎沸,是强盗打劫呢,还是在那里火着啊?”不防下面操着京腔骂道:“不开眼的狗忘八!咱们是河南任上送小姐回来的!什么强盗不强盗,好混帐的忘八蛋!”苏州人一听弯舌头的京话,吓了一跳。还没有弄清楚,亏得有几人听明白的,说不是强盗火着,是间壁王家送小姐回来,所以这样热闹呢。有的人说,他家没得小姐,明朝倒要问问他的。还有一个老乡邻,姓陆,排行第三,年老诚实。所以王家接眷到任上去,把这空屋封锁,托他照应。早被娘娘阴阳算准,先命家人前去投送书信,见了陆老,说:“我们从祥符县来,奉家主命,特送小姐到苏居住。今有书信一封,礼物四色,请老相公收了。内中一切情由,看了信自然明白。”陆老听了,连称不敢收受,多谢你家老爷太费心了。那家人递过书信礼物,并不多言,告辞而去。陆老只得关上了门,回身进内。拆开书信一看,上写道:

陆老先生惠鉴:久未问候起居,深以为歉。前年某选任祥符,搬取家眷,舍下多蒙照拂;又将空房奉托,代为管理,多费清神。但某既入仕途,归期难卜,故致书杭城表妹,特地接彼来苏,在舍居住。还祈照顾为祷。送呈微礼四色,伏维笑纳。一切叨蒙庇护,容异日还乡后,登门面谢。专此布达,并请

台安　　　　邻弟王万青拜启

陆老看毕,又看看四色礼物,是绸绫两疋,桃枣两匣,心中大喜:“我到了明天也应当登堂送呈贺礼才是。我虽是王家的老邻居,知道他没有姊妹,如今看了信上的话,方晓得是他的表妹了。”不言陆老欢喜。

听那间壁王家扛抬什物,忙乱纷纷,直闹到二更过后,方才停当。又开发轿夫脚夫,找给船钱,外加喜封酒钱,十分丰富。所以人人讨

好，个个奉承。末后娘娘吩咐小青，将应堂房户应用的家伙物件，摆设齐整。有五鬼帮忙，揩抹打扫得干干净净，真所谓蓬荜生辉。正厅上供着佛马，红烛高烧，内外挂灯结彩，通宵明亮，开了正门送神，百子连声。直到天明，将兴隆吉糕果子等，分送四邻八居十二红。

到了午餐后，各乡邻都来道喜。就是陆三老阿爹领头，同了张王李沈四乡邻，到来叩门。小青走出把门开放，便道："原来是陆老相公和众位高邻。里面请坐！"众人到厅上坐下，小青入内禀报。少停娘娘步出屏门，众人便起身作揖称贺。娘娘还过了礼，仍请就坐，方问道："这位是陆老相公么？"陆老道："不敢，正是小老。昨承厚礼，特来恭贺叩谢。"娘娘道："这些薄物，何足挂齿！"众人也说道："今早蒙赐喜糕馒首，多谢多谢！还要请教娘娘：你和王老爷是什么亲谊，为甚送到这里来呢？请道其详。"娘娘知道他们一定要问，早已预备好了。便不慌不忙的答道："此地我也曾到过，算来已有十多年了。太仆王公是我的亲母舅，祥符县是我的表兄，祖居浙江临安府，也是世代做官的。"陆老问道："从前听说杭州有一家亲眷，不知贵姓甚么？"娘娘道："我家姓白。父亲官为总镇。"众人道："怪不得昨夜灯笼上面写着都督府呢！此刻却便怎样？"娘娘就捏成一番谎话，答道："众位高邻，容我一言奉告：我因父母双亡，孤立无助，早发音信到河南去了。但我在去年冬间，已经婚配，不幸丈夫不理家务，终日出外闲游，寻花问柳，奴把良言相劝，反生气恼，怪我有妒忌心肠，不别而行，追寻无着。幸亏母舅差人到家，并得表兄来信，命我来苏居住，真是一举两得，可以留心寻访我夫。"众人道："怎么晓得他来到苏州呢？"娘娘道："有个缘故的。我夫在家时，常常道及姑苏是天堂，所以料想他定在此间。还要有烦各位高邻代为留意，得寻我夫回来，感恩非浅！"众人都说："岂敢岂敢！既承相托，自当留心就是了。但不知姑爷贵姓大名？"娘娘道："姓许名仙号叫汉文，原籍浙江武林。"众人道："知道了姓名，便容易找寻了。"正谈话间，小青送出香茗来。众人饮毕，说："昨天晚上，看见府上尊纪很多，到今日一个也不见，不知到那里去了？"娘娘道："这许多人，有回杭州去的，有回河南去覆命的，所以都不在此。想我今日多蒙众位惠临，又赐厚礼，实不敢当。本欲略备水酒,聊表寸心,怎奈舍下乏人,多有简慢,且待夫妇团聚,再行补情的了。”众人又说了几声“岂敢”,一齐告退而出,都称赞这位娘娘美貌,又是贤德,我们应当帮他寻访丈夫,使他们夫妇重圆。议论一番,大家各自散归,我且不表。

再说到许仙在驿中安身。起初还有剩下来的银子使用,过了几时,渐渐的用完了。那知驿子便是乞丐的头脑,苏人叫做甲头,心肠最狠。现在见许仙手中没有了钱,顿时变了脸面,对着许仙发作起来,逼他出去讨饭。许仙欲待不肯,定要挨打,只得勉强答应。受着甲头指教,改变做乞丐的样子,把自己衣服脱下,头上戴一只破蒲包,身穿一件破衲袄,下身裤子上有不少的补丁,腰间束着一条麻绳,脚上套一双半新的草鞋,手里拿一根青竹竿,还有一只篮,一只碗,扮得很像。那甲头又教他怎样的行走,怎样的叫喊,怎样的求乞,自有仁人君子,肯发善心,给你银钱了,快些去罢!许仙被逼不过,心中虽不愿意,却想到此番出去正是大好的机会。他便回到里面,取了王员外的荐信,藏入怀中,就此离了驿中。走到街上,又想:“我此刻正好到南濠走一遭,投递这封书信。但我做了乞丐,像这般的形状去见他,唉!世态炎凉,他怎肯容留着我呢?这不容留,岂不要死在苏州,做一个饿莩么!”心里这般思想,一路行来,见两旁店铺林立,这条胥门大街上,来往的人挨挨挤挤,十分热闹。他低着头,满面羞惭,又恐怕回去无钱,被那甲头鞭打,没奈何将身跪下,伏在地上哀哀求告。引动街坊上一班人都来看他,有的说他品貌端整,又不是残疾,为什么不做生涯,做一个讨饭的化子;有的说此人生成的穷苦命,谅必是连年晦气,生意折本,弄得这般光景的。便从袋内掬出二三十文钱,丢给与他。说也奇怪,只要一个起了头,随后就有许多人各发善心,你也三个,我也五个,也有数十个不等。不消片刻,篮里已有好几百文了。这是许仙前世结下的善根,所以到了今世里,能使人一见生怜呢!少时再向前走,还有那些软心肠的妇女们,凑出钱来给他。因此许仙讨到傍晚时候,回到驿中,检点篮里的钱,约来九百有零。那甲头看了大喜,买些酒菜替他称贺,要算是驿中的状元了。

这天已过,又到来朝。许仙是否到南濠去投信,且看下回分解。

第八回　驿　　保

且说许仙被逼做了乞丐，讨得许多钱回来，心中本非所愿，总须将书信投送才是，所以一早起身。那甲头反拍他的马屁，请他吃了一些点心，又指教他一番讨饭的经济。许仙口中唯唯答应，那里放在心上，仍换了乞丐的装扮，出了驿门，并不去跪街求乞，一路匆匆向前。问信到得南濠卢家巷，抬起头来，便见"大生堂"招牌，并写着"发兑人参"和"川广道地药材行"几个大字。侧首一间是饮片店，果然气象轩昂。许仙此时也顾不得自己身上蓝缕，硬着头皮踏上街沿，把书信拿在手中，走进店门。见有几个店伙立在柜边，便装着笑容，拱手叫一声"先生请了！"那些店伙见他走入，都说："这个告化子，怎么对我们拱起手来！"许仙也知道自己原是告化子，并不和他分辩，便说道："我从杭州来。有信一封，要送交王员外的。"店伙听了，说："大员外既然有信，怎么偏叫这告化子送来呢？"接了许仙手中的书信，就叫喜官拿进去。那喜官是行里的出店，他有一个毛病，见了钱一定要落下几个的，听得呼唤，他就拿了这封信，直到里边，便叫："员外！杭州大员外有信寄来。酒钱三十文，我已经交付了。"那位员外就是王永昌，接信在手，拆了开来，从头至尾细细一看，问道："喜官，这个送信的人呢？"喜官道："已经去的了。他因为有要紧事，所以立刻便去的。"员外骂道："混帐的东西！这一些些的小事，你便想落钱了！可知道这封杭州来的书信，是他自己拿来面交的，要什么酒钱，真是在那里放屁了！"喜官道："那个送信的，是一个告化子呢！"员外道："他是杭州大员外的爱徒，叫做许仙官。因为误被妖怪陷害，问成徒罪，到此送信，是来投奔我的，要什么酒钱呢？"喜官强辩道："员外果然有眼力的，一看了信里的说话，你都明白了。我并不要酒钱，原不过试试你的才学，肚子里到底通也不通。"员外道："一派胡说！你不要假撇清了。我且问你：可是一个年轻小后生么？"喜官点头应是。

员外又道:“料想他身上狼狈不堪,这个样子进来,太觉难看。你先到我书房里去,拿我的旧衣巾鞋袜,引领他到黑暗处换好了,然后请他入内,好让我出来相见。”喜官答应出外,照着员外吩咐的话,取了衣巾袜鞋,领许仙到旁侧门房里,叫他上下通身更换。只是衣服宽大,不称身材,也只好将就的了。

喜官方进内通报,员外便出外迎接。先开言叫一声:“老贤侄。”许仙已走到庭心中,急忙抢上一步,连称:“不敢! 敢劳叔父大人降阶相迎,岂不要折杀小侄么!”员外道:“贤侄说那里话来,里边请坐!”就挽着许仙的手,同上厅堂。许仙鞠躬行礼,口称:“叔父大人在上,小侄拜见。”员外也还了一礼。礼毕,分宾坐定。喜官送过香茗,许仙道:“叔父大人一向纳福。”员外道:“托赖粗安。我和老贤侄久违了,多年不见,这般长大了。从前我和令先尊何等亲密! 不想去世多年。幸留后代,可接香烟,高阳有望。”许仙道:“这是多蒙大叔父提拔,感叨厚德,教育成人。”员外道:“托在世交,分所应当,这都是老贤侄少年英俊,所以如此。我还要请教贤侄:此番的事,信中已详载明白,但我想贤侄少年老成,是个见色不乱的人,怎么上了这个当呢?”许仙便把此事原委,细述一遍,又说:“做事如在梦中,今虽醒悟,怎奈玷辱了家声,使我百身莫赎的。凡事全仗叔父提挈,推念先父母之面,小侄感德不忘!”员外道:“老贤侄但请宽心。各事都有老朽承当。不要说家中有信重托,就是没有信来,今番贤侄来到苏州,理宜尽力资助。驿中取保,我当差人前去。现在屈留贤侄,在我店中帮忙。待等二年徒罪满期,送你还乡便了。”许仙称谢不尽。员外吩咐阿喜去买点心,顺便在巷口兴隆馆内,定一桌一两六钱的菜肴,停一回叫他送来。喜官答应自去,但是他的毛病,终不能改,银钱经他的手,总要扣头回用的。又返身叫了馄饨。店家认得他是药材行里的人,任他拿去。喜官临走时,说:“铜钱我就送来,勿必来收的。”叮嘱好了,方才端了汤炉,回到行里,在桌子上一摆。又取了四只碟子,四角一放,又炖了半斤药烧,请许相公、员外用点心。

员外便同许仙过来坐下,喜官在旁斟酒,两人谈谈说说,无非叙述家常。吃到中间,员外吩咐喜官:“到帐房里去,替我写一张保状,取我的名帖，再备四色礼物，兑足八两银子，拿了拜匣，挑了礼物，到姑苏驿中，必须面见老爷交待。说我多多拜上，因为有个问徒罪的许仙，是我的亲戚，我已收留在店内，今具保领，并备微仪，聊伸敬意。倘使朔望点卯，请人代替；许相公的衣服物件，你就挑了回来。总总叨光，容日后自来面谢。"喜官奉命，即刻走进帐房，备办端正，仍到跟前侍立。员外道："礼帖备好了，你就去罢！立在这里做什么？"喜官道："我要等你们吃完了，拿了五十六个钱，把这汤炉送还了，那时再去也不迟。"员外晓得他的毛病，喝令快去，喜官没法，只得答应就去，连忙拿了花银拜匣，肩上挑了四色礼物，出了店门，竟向驿中投保状去了。毋烦细表。

再说许仙见喜官已去，心里还有些惶惑不定，因问道："叔父如此费心，深感大德。但取保状不到驿中，只取叔父一张名帖，驿官那里就能准保么？"员外微笑道："贤侄放心，此事无有不准。驿官和我相好，时常到我行中来便饭的。这不是我做叔父的夸口，就是城内那些佐二杂职，也都来亲近的呢！"许仙道："原来如此！足见叔父盛名。"谈讲了一回，用过点心，自有小僮收拾开去。见那点心店里的走堂，前来收取汤炉，只要三十五个钱。员外听说，骂道："阿喜这个混蛋，怪不得他要自己送去。原来他想落我的钱哩！"又回头叫一声："老贤侄，我和你到外边帐房中去罢！"

于是两人移步向外，走入帐房，与众伙友一一施礼。员外便在中间介绍道："这是家兄的爱徒，只因含冤负屈，发配到此。他姓许名仙，表字汉文，一向在家兄行中办事。今日得见来信相托，欲留在我店中帮办，还望各公照拂，指教一切。"众人都说："岂敢岂敢！员外吩咐，自当领教。"员外又指着二伙道："这位是邱先生，那位是周先生，贤侄有事不妨请教。"许仙又作了两揖，二伙也拱手道："原来是杭州汉文兄。久仰久仰！"许仙连称："惶恐。"员外道："贤侄在店中停坐，少刻水酒一杯，聊申敬意。"许仙道："多谢叔父，不必劳心。"员外道："这个算不得什么，如果你的铺盖来了，就在店楼上安歇罢了。此刻我到里面去，有些小事，少停再来相请。"说罢，王永昌回身进去了。

隔不多时，喜官从驿中回来，奔得热汗淋漓。入内见了员外，把回信一封、谢帖一张呈上。员外看过后，问："驿官可有甚话?"喜官道："他说许仙既是令亲作保，领去何妨。开发脚钱，倒有两封。许相公并无什么行李，只有一条被头，几件旧衣服，其余都是当票。一齐拿回来了。"员外就叫他发到店楼上去。喜官听得吩咐，却还在那里东张西望，员外道："寻些甚么？汤炉已经拿去了。"喜官道："铜钱想必还未拿去。"员外道："也拿去了。我看你这混帐的东西，不论什么事，一经你的手，定要落下几个钱的。就是现在他要三十五，你便要五十六。以后再是这样，只好滚你妈的蛋！"喜官强辩道："想必新店里今朝特别大减价，所以这般便宜呢！"员外道："你不要在这里放屁了，快去端正了饭，少停请许相公进来罢。"喜官答应退出。当晚员外盛席接风，十分款待。又面许每年脩金五十两，四季衣服。许仙连连称谢，感德不尽。自此以后，他便一心一意做着生涯，勤劳耐苦，营业比前更为发达。

不觉已过了半月。员外十分敬重他，只有邱、周二伙心生嫉妒，常在旁边察看。许仙也并不放在心上，日间照常勤力办事，但是到了晚间，心中常常挂念着妻子。因为他着了"迷"字，再也抛撇不开。想起娘子这般恩爱，生生的拆散了鸳鸯，不知他现今耽搁在何方，何日才能够破镜重圆。想到伤心之处，眼泪便淌了下来。起初不过在枕上嘤嘤啜泣，后来禁不住失声一哭，弄得夜夜难以安睡。那一天王永昌提了灯笼，前后照看，忽听得店楼上隐隐有悲苦的声音。暗想半夜三更，谁在那里哭泣？他便撩衣走上楼来，脚步放得很轻，一眼看见许仙身坐床沿，双眉紧蹙，口中不住的悲欢。虽未曾听得清楚，却已被永昌猜透。便启口问道："贤侄，为什么这般的悲切?"许仙见是永昌，未免呆了一呆，忙把眼泪揩干，答道："小侄有些心事，偶然想起，故而如此，反劳叔父动问。"永昌道："我听你哭的是妻子，并非记念父母，难道你还不怕妖怪缠扰么？这真是笑话了。但我也不来怪你，大凡做了一个人，到了这般年纪，总有娶妻之念，不过你要认清头路才好。这个妖怪，想他做甚！只贪眼下欢娱，总有相害的日子。你若要家小何难？只消做叔父的作主，凭你看中了合意的人，讨娶一房,我行中空屋也有,收拾两间住下。我只要你认真生意,就花费了三百五百银子,也是平常。两年徒罪满后,或者送你归家,或在苏州入籍,你都可以自由行动了。”许仙道:“多谢叔父恩待。”永昌略顿一顿,又道:“我看你这几天心事不宁,明日就托你进城干些小事,顺便去散散闷罢。此刻我要去睡了,你也睡罢。”许仙送他下楼去后,也就上床安睡。

到了来朝,是否进城遇见妻房,且看下回分解。

第九回 复 艳

却说王永昌昨夜听得仙官在楼啼哭，知道他思念妻房，执迷不悟，有意要叫他出去散散心事，所以命喜官去请许仙进来。许仙走入内账房，见了永昌便问："叔父有何见谕？"永昌道："老贤侄请坐。我因为你这两天有些心事，坐着也没有兴趣，倒不如替我出去讨账，顺便散散闷的好；况且你自到苏州，从未出门闲逛。今朝趁此机会，你进了阊门，右首转湾，问到黄鹂坊桥堍下寿元堂药材店，有票子一张，你代我讨人参银子五十两。出来一直朝东，就是城隍庙，还算不得十分热闹；再望东走，那里是玄妙观，观中医卜星相，三教九流，无一不有，倒可以游玩一回。这里有二百文钱，你带在身上，连点心也都有了。"许仙道："多承叔父厚待。"永昌又叫喜官把前天裁缝新做的海青，取来与许仙穿了，又道："只要你生意认真，四季衣服都在我处。"许仙就将新衣穿上，不长不短，果然称身，连声称谢，即起身告别而出。走到店堂里，向那邱、周二夥道："二公少陪片刻，我去讨账，就要回来的。"二夥道："可是寿元堂的一笔欠款么？"许仙点头应是。

就此一径上了街坊，沿路问讯。进了阊门，依着永昌的话，转弯抹角，见两旁店铺林立，问到了黄鹂坊桥。抬头一看，就是寿元堂药铺，挂着金字的招牌。他便走上街沿，立在柜台前一问，那店夥道："大生堂的参银，方才带出南濠面交去了。"许仙只得回身退出。要想到玄妙观去游玩，不觉叹了一口气，想："我那有什么心情，还是早些回去罢！"拿定主意，仍从原路而行。

正走到专诸巷口，恰巧小青在那里等候。一见许仙官，暗暗称赞娘娘的道行高深，确是真的。连忙急步上前，一把拉住了衣服。仙官吃了一惊，便道："像什么样儿，还不放手！"小青道："相公！丫头不放手，总要同去的。"这时候，看的人聚了不少，那不认识小青的，七张八嘴，立在旁边胡闹，早惊动了四乡邻，过来询问。小青道："他就是我家的许官人。”邻居道:“原来是许汉文兄! 娘娘早已托过我们的了。若说夫妻淘气,甚是平常。有一句俗语,叫做‘船头上相骂,船梢上答话’,何必这个样子? 出外了多时,一些消息都没有,快听我们大家相劝,一同回府罢!”许仙忙答道:“嗳! 你们不知其细,我家娘子不是人呀。”众邻又劝道:“这都是气话,不必说了。停一回夫妻见面,自然明白。快些同走同走!”可怜许仙说不出妻子是妖怪,被他们推推拉拉,竟到门前。小青道:“这里是了,请相公进去。”众人也随声附和,都说许姑爷进去罢。许仙见是高大门墙,十分气概,与间壁房屋不同,只怕又是祠堂了。回头问道:“请教各位,这里可是祠堂么?”众人道:“此处是王大老爷的住宅,就是你娘娘的母舅家。说什么祠堂不祠堂,快些进去罢!”小青手拉着仙官,同到厅堂。后面众邻人大半散去,还有两个想吃白食的,跟了进来,小青招呼他们坐下,便与仙官走入里边,高叫一声:“主母,相公回来了!”

那娘娘今朝打扮时新,越显得十分娇媚。一听说相公回来,好像一只美丽的花蝴蝶,直扑出来。叫声“官人”,眼泪便像断线珍珠般滴下,呜咽着说道:“奴在闺中日夜思念官人,谅必你也思念着做妻的!”许仙道:“这个自然。”小青在旁禀告说外面有二邻人坐着。娘娘就在袖里一算,听得这两个是小人,吩咐小青:“取二两银子,分作两包,随我出去。”又向着许仙道:“官人请坐,待我打发他们出去,就进来的。”说罢,轻移莲步,走至堂前。只可笑这两个邻人,想今朝有些微功,一定请我们吃点心的,所以装出规矩样子,坐在厅上等候。此刻见娘娘走出,连忙起身叫应。娘娘便说:“今日蒙二位帮忙,劝得我夫回家,理宜备酒相待,怎奈家下乏人,连点心都没有,真是待慢极了。”说到这里,小青走来,娘娘就从他手里取了两个红纸包,又道:“这些些薄礼,请二位收纳,莫嫌轻微。”二邻喜出望外,假作不肯收受,略推一推,就此接了过去,同声称谢,告别而退。小青送出关门,然后跟了娘娘,走入内堂,端整备茶。

娘娘向许仙动问别后事情。许仙便将前后经过的苦楚,一一细述。直说到发配落驿当街求乞,眼泪就落了下来。略顿一顿,又说:“幸蒙王员外赠我荐信一封,投见南濠二叔,方将我驿中保出,帮他为伙,想不到今日进城索取欠账,可巧在专诸巷口遇见小青的。”娘娘道:“如此说来,真是害了你了。”许仙也问娘娘别后情形。娘娘道:“奴和你成亲后,赠送花银,原是好意,那知反累你遭此冤枉。”许仙道:“这元宝是库中国币,竟使我有口难辩。”娘娘道:“内中有个缘故的。只为昔年我父征讨蛮寇,领兵前往,那个解粮官便是周上达,迟到三日,应该斩首,当时众兵求免,恕了他的死罪,责打军棍四十。他如今做了钱塘县令,因此怀恨在心,把这俸银认作库银,公报私仇。幸亏做妻的略使梨山仙法,跳出他的网罗。后来打听得你发配苏州,累奴日夜啼哭。谁知祸不单行,老家人夫妇相继而死,弄得我零丁孤苦,无可奈何。还亏母舅来信,差人接我到此居住。此地是我母舅锡章王公的府第,现今伴驾在京,我的表兄也赴任到祥符县去了,所以这所空房,就叫我在此照看。今早我忽然心动,便把阴阳一算,知道午后定可相逢,因此特命青儿在巷口等候的。”许仙听了娘子的一番假话,说得句句有理,全无妖气;况且专诸巷是人烟凑集的地方,决不是祠堂变化,可见旁人之言,听信不得的。原来他有“迷”字在心,怎么就能够省悟呢!

此时小青送过香茗,又用了些点心。娘娘道:“官人可去看看这里的房屋。”便伸玉手挽着许仙,先到外边,见是双开间门面,高大向阳,说此地街市热闹,将来可以自己开张店铺的。许仙点头称是。缩身进内,看那库门用着方砖砌成,正中是三间大客堂,侧首里是书房,翻轩内有长窗,外面装着金漆栏杆,朝外摆着天然桌子,左右屏风两扇,上挂天官轴子,两旁大字对联,上联是:“欲平天下须弓马,”下联是:“要安社稷赖文章。”笔法十分苍劲。临窗排着藤杌,里边分列着六把紫檀椅子,四只方茶几。从白垩屏风推进去,是三间小小的楼房,后面还有仓廒等零星小屋。此刻二人走进厨房,见廊下挂着许多的风鱼火腿等物,内间里应用的东西,样样完备。一座五眼灶,收拾得十分洁净。许仙举目一看,突然问道:“娘子,为什么不供灶君呢?”这一问,分明起了疑心:此等大户人家,怎说没有灶君?难道又是祠堂变化的么?娘娘听他问及,自怪失于检点,露了马脚,不觉脸上一红。急中生智,答道:“其中有个缘故的。从前我外祖做过吏部，所以不供灶君；连外面家堂也没有的呢！”许仙道：“原来如此。”娘娘不等他说下去，便道：“我们到外面去罢。”于是手拉着许仙向外，省得再看出什么破绽来了。两人到了楼下，娘娘用手一指说：“这一间是内坐室，楼上三间是奴的卧房。”许仙道：“楼上既是娘子卧房，这倒要上去看看的。”娘娘道：“扶梯就在西首厢房里面呀！”说着，并肩挽手，同上扶梯。前面隔开的一间，是小青的房。走过中央一间，把东首房门推开，一阵兰麝的香气，钻入许仙鼻孔，不觉令人心醉。许仙跨入房内，见床是床，帐是帐，橱是橱，箱是箱，排设得十分齐整。样样华美，色色精奇，妆台上摆着各种奁具，无不应有尽有。

两人坐下后，小青又送香茗进来，茶罢收杯退出。这时候，许仙面对着娘子这般美貌，打扮得异常娇艳，早把那祠堂搜赃一事，抛入九霄云外去了。说话之间，色心大动，勾勾搭搭，欲求片刻欢娱，却被娘娘婉言拒绝。说：“我与你是正大光明的夫妇，比不得私下偷情的男女。倘被丫头进来碰见，还像什么样儿！”这几句话，说得许仙欲念冰消，暗想：“他这般的正经，可称是贤德的妻房。若再有人说娘子是妖怪，我一定要和他拼命了。如果是妖怪，那有不喜淫欲的道理？”如此一想，心中疑惧尽释。又略谈了些浮文，起身告别，娘娘道：“少间早些回来，做妻的端整薄肴，在此等候接风。”许仙连声答应，便说：“自己家中，何必送我，况且我晚上就要回来的。”娘娘就叫小青送相公出去关门进来，自己却送到楼梯跟首，看许仙和小青下去了，方始回房，毋须细表。

单说许仙出了这里大门，一径回到南濠街。走入行中，来见叔父。王永昌看他满面春风，含着笑意，先启口问道：“贤侄今天出外游玩，想必很快活的。城隍庙、玄妙观两处，可热闹么？”许仙道：“我都没有去过。寿元堂的银子，他们说早已送来的了。”永昌道：“果然已经送来，你真是一个老实人。我今日原叫你出去散散心的，你却未去顽耍。且待过几天，我陪你同去如何？此刻你来得正好，有一个姓焦的客人，他从山西原籍来，昔年和你的父亲，很有交情，他十多年不曾来过，现在他到杭州，听得你父亲早经去世，你后来又到了苏州，所以他带货至此，我连忙备酒接风。他却固执得很，定要见过贤侄，方肯入席饮酒。如今你已来了,好极好极!快些同我进去会客罢。”立即起身拉着许仙走入。

不知许仙见了焦客人,有何话说,今晚是否归家,且看下回分解。

第十回　客　　阻

却说这位山西的焦老客,坐在内厅等候。见王永昌同一少年走入,从中介绍,知是许氏的后人来了,好生欢喜。许仙上前拜见。那焦客操着山西口音,说道:“啊吓!乖乖我的儿,想死噜子了!”许仙听了,气得发昏:“刚才见面,就讨便宜,叫我儿子,岂有此理!”暂时权且忍耐,深深拜下。焦客道:“罢了罢了,只行常礼罢。”许仙道:“老伯请坐。”于是三人坐下。喜官再送香茶,焦客道:“咱同你老子是老朋友,噜子十多年不到杭州,怎知你老子早经去世,不能见面了!幸有后代留传,稍宽我心。咱为今带来药材,杭州不卖,情愿在你行中销了罢。”许仙免不得称谢了一声。焦客又道:“你看他好一个标致脸蛋儿,真是许门有幸。”旁侧喜官微微一笑,低低的说道:“焦客人看中了许相公了。”弄得许官脸涨通红,羞惭无地,心中已是不悦,也只得忍耐下去。

少顷厨房中菜肴备好,天色已晚,点上灯烛;把酒席摆设在正中八仙桌上,便请入席。自然焦客人坐在中间,员外和许仙东西对坐。连连敬酒,焦客满面堆着笑容,酒到杯干,一连吃了十几杯。喜官端菜忙碌,看见许仙一只手,被焦客捏住,口中不住的赞好。仙官此时脱身不得,又羞又恨。并听那更楼上已经起鼓,一心记着妻房嘱咐,好生难过。那知焦客存着一番美意,酒至半酣,很亲热的说道:“小许我的儿,你老子和咱是知己好友,只要你有志气,咱当发本开行,继承父业,管教你耀祖荣宗了。”这几句话原不打紧,忽又问道:“你的卧房在那里啊?”许仙道:“就住在店楼上面。”焦客道:“这样很好。咱的铺盖也发在店楼上,你和咱可以早晚盘桓了。”他的用意,要想试试小许的才学。谁知许仙一听,误会他别有邪心,竟气得目瞪口呆,站起身来,叫声:“老伯,晚生酒已过量,要告退了。”焦客还想拉住他饮酒,许仙却忍耐不住,脱身向外而走。

来到账房，一声长叹，流下两行泪来。想起焦客这种说话，“又呼我为儿子，如此戏弄欺侮，叫我还好做人么！”越想越气。其实山西的焦老客，性情直爽，说的都是亲热的好话，不过他操着乡音，反弄得两下误会，为好成歹了。这一来，可见得我们中国人，言语不通的弊病。莫说许仙不曾交接过远方人，就是王永昌也难免听错，觉得焦客似太无礼，我须去安慰他几句。所以站起身子，说道：“老客请坐，待我去唤他来。”说罢，立即赶到账房中，看见许仙气恼，连忙安慰道：“老贤侄不必动气，明天打发他起身，不替他销货就是了。”许仙道：“这还不妨，但小侄禀明叔父，今夜要回去了。”永昌听说回去，还道是气话，便道：“你要想回到那里去啊？就算你好回去，夜已深了，你要到什么地方去呢？”许仙道：“不是的，就在苏州。我家娘子已从杭州来了。”永昌道：“据大员外信上说，他是一个妖怪啊。”许仙道：“并不是妖怪。现在专诸巷内，大房子住着。王锡章就是娘子的母舅，命人接他来住，岂是妖怪么？请叔叔放心，容我回去，明天一早到店便了。”永昌道：“王锡章我也认识，早年和他通过谱的。既是这样，你回去也不妨，但是要留心一点。倘然再入网罗，我做叔父的也难救护你呢。”又吩咐喜官：“点灯送许相公回府。如果城门关了，你叫一声就来开的。”喜官答应，便张灯送去，一路回家。这里王永昌仍去招待焦客人，毋须细表。

再说娘娘和小青在房中闲谈，觉得时候已经不早，怎么相公还不回来？娘娘抡指一算，知道被远客所阻，饮酒陪待，难以脱身。少停归家，只怕城门要关闭了。“你可替我走一遭，等你主人进了城，便在墙门首等候便了。”小青奉命，飞身来到城门边。那管城门的兵目共有五个，听得天交二鼓，两个兵起来关城门，一人推一扇，素来是这样的。那知今夜作怪，再也关不上，凭你费尽气力，仍旧不动分毫。忙去唤齐了五个人，一同用力来推。个个弄得浑身大汗，也不济事，嘴里都说今夜关上这扇门，除非要请李存孝，再请那二十八罗汉……仙人。他们刚刚说出“汉”字，却巧许仙已经赶到，便对喜官道：“幸喜城门未闭，你把这灯交与我，我进城了，你回行中去罢。”喜官道：“那么我去了。相公明朝早些回店啊！”许仙也不回答，一径进了城门。这五个门兵正当齐心用力,不妨一声响亮,两扇门突然转动,一齐跌倒在地。连称"奇怪,怎么这个人进了城,城门就活动了呢,难道进来的是汉代仙人吗?"许仙也听错了,认做叫自己的名字,顺口应道:"岂敢!小可正是。得罪了,少陪各位。"那些兵缺乏智识的,只道他真个是仙人了,把门关上,自去睡觉不题。

只说许仙转弯进了专诸巷,到门前轻轻一叩,小青正在门边等候,将门开放,故意问道:"相公怎么此刻才回?娘娘等候得心焦了,在那里怨恨着你,说你是个负心汉呀!"许仙心中着急,忙将灯笼递给小青,三脚两步,先自进去。到堂楼下站定身子,听得楼上隐隐的哭声,他便放轻脚步,上得楼梯,再侧着耳朵一听,果然怨恨着他。说他"心肠太狠,把奴当作妖怪,倘然今夜不回,明天待我到南濠去,把这条命和他拼了罢!"许仙听到这里,暗叫一声"险呀!"急即推进房门,装着笑容,上前说道:"娘子休要气坏了身子。我已来了半晌,因恐娘子在盛怒之下,所以未敢惊动呢!"此时娘娘早将身子站起,把眼泪揩干,方开言道:"做妻背后之言,官人休要见怪。女人家惯好啼哭,还望官人宽恕这第一遭。"许仙道:"娘子言重了。实是我来迟的不好,怪不得娘子生气。我也本想早回,因被客人缠绕,不能脱身,也叫出于无奈呢。"娘娘便说:"官人请坐,这话不必提了。"许仙正要问娘子可曾用过夜膳,见那小青送茶进房,方开口问道:"你们吃过饭没有?"娘娘道:"整备酒肴,要候官人回来同吃。"许仙忙道:"岂不要饿坏了身子!小青快去端上来罢。"一言吩咐,那消片刻,酒菜并至,摆满了一桌子,和那前番成亲时吃的菜肴,大有天渊之别,色色精工,样样都好。夫妻入席,对面坐下,娘娘执壶斟酒,许仙连吃两杯,方说道:"我和娘子自己夫妻,只须家常便饭,何须如此盛席,未免太费了。"娘娘道:"并不是做妻的糜费,只因当日成亲一夜,便告分离,所以今天晚上,当做二次小登科。你看妆台上面,不是一般的点着花烛么?"许仙方知娘子的用意,点头称是。正所谓"酒落欢肠"。又觉得下酒的菜蔬,十分可口,一连吃了几杯。小青端菜添酒,实在忙得很。直吃到二更过后,方命小青收过残肴,又送进脸水香茗。事毕,小青出房去了,顺手将房门带上。夫妻对坐谈了一回心,方始上床安睡,不必细叙。若是在弹词中唱起来,定要描摹得淋漓尽致了。其实夫妻同床,本是常事,那一个不知道呢!闲话少讲。

只说这一回是专诸巷二次重逢,一宵已过,又到来朝,许仙仍回店中办事去了。自此以后,朝出暮归,照旧很巴结的做着生意,王永昌也没有什么话说。但是娘娘心里一想:“我为着报恩来的,他替人家做一个伙计,终非了局。我须要叫他大显门风,做一番荣耀的事业,方称我心。不过王永昌如此恩待,情谊难却,一时怎能分手?总要用一条妙计,使他们疏远才是。”想了好一回工夫,暗说:“有了有了,只消使一离间之计,管教他宾主分开。”娘娘主意想定,便渐渐的试演起来。要晓得这个法子,待我书中略表几句,自然明白了:本来许仙早出晚归,如今要他迟出早回。倘使他这天起身得早,说要到店,娘娘却有意款留,说做妻的有些小事奉托,即写一篇细账,无非鱼肉柴米油盐茶炭等项,交与许仙。又说:“本不敢有烦夫主,只因家下乏人,小青丫头年纪已大,差他出去未免旁观不雅,故烦官人一办。带些零碎银钱去,如果价值大的,只叫他送货还钱便了。”许仙一听,明知这一番兜搭,到店就要迟了;欲待不去,又是不好。仔细想来:“现在我不费半个钱,做了当家人,只怕天下没有这种好处。一切开门七件事,都是妻子的钱,丝毫不要我用,只要替他代办代办。若再推托,良心何在!”因此一想,只得依允,拿了银子,照账而办。办毕到店,已将近午餐时候了。店里这班夥计,自然在员外面前言三语四。永昌却不以为意,原谅他新婚燕尔,未免要办些什物;暂时来得迟些,也属平常,并没有一句话埋怨他。那知娘娘有心用那调虎离山之计,朝朝有事牵缠。或是叫他去剪取绸缎,或是差他去看裁衣裳,有时要他坐着看梳头,有时还要请他吃点心,亲自去烧起来,并且备了几样好菜蔬,叫他吃了饭去。照这个样子,不过半月光景,起初员外还不在心上,后来渐渐有些留意;再加上邱、周二夥在旁冷言冷语,说:“员外既然爱他,尽可以不必到店,在家食俸就是了。”这几句话,说得员外气恼起来。邱、周又说许仙已另寻生意,就在巷口拥珠堂参行,每年脩金有二百四十两呢!所以他故意迟来早回,只要你员外一声回绝,他便趁势进新店了。二夥把这小扇子连连几扇,登时炉内生烟,怒气勃勃,骂一声:“弃恩负义的小畜生!”便吩咐喜官道:“明天如果仙官来迟,你就叫他进来,我有话要问他一问,究竟他的心肠,是怎样生的,真叫我气死了!”

这里王永昌被二夥激怒,不知到了明朝,许仙是否清早到店,且看下回分解。

第十一回 辞 夥

却说许仙自知连日到店太迟,也觉得不好意思。所以一早便要起身,却被娘娘兜搭了一回,方得穿衣下床,红日已经照上纱窗。小青端进脸水香茗,娘娘替他梳洗毕,又见小青送上点心。许仙欲待不吃便走,娘娘说:"时光尚早,我今日想要绣一条五彩湘裙,托你去买些花线。"说时便将一张线账、二两银子,交在他手了。许仙没法推却,料想买线还容易,去去就可回来,只得胡乱吃了一些点心,拿了线账银子便行。谁知花线照账配选颜色,最为麻烦:或深或浅,或退或换,往返了几次,直弄到吃饭过后,方才停当。娘娘还要叫他吃了饭去,许仙摇摇头,急忙忙出城到店,忍着腹中饥饿,脸带羞惭。又被邱、周二夥嘲笑了几句,心里暗怨着妻房作难,这也是无可奈何。

只见喜官出来唤道:"许相公,员外叫你进去呢!"许仙嘴里答应,明知要被叔父埋怨,懒洋洋的走入。喜官高叫:"许相公来了!"永昌便借题发挥的骂道:"好一个混账的东西!既然许相公来了,为什么不去早些端整夜饭出来呢?老贤侄请坐。"许仙忙问:"呼唤小侄,有何见谕?"永昌冷笑道:"呼唤两字,是不敢当的。只怕将来请你也请不到了!"许仙道:"不知叔父此言何来?"永昌道:"做了夥计,自有夥计的样子。你怎么好一厢情愿呢?"许仙道:"原是小侄来迟的不好。只因家事纠缠,出于无奈,还望叔父原谅。"永昌道:"我何尝不原谅你,但是家务事体,那一个没有?无非开门七件,或是添补衣服、置备器具等项。办好后,也要隔几天再办,断没有天天要办的。就算天天买些新鲜蔬菜,也只消清晨一办,就可到店。你看此刻日已斜西,有这个道理么?"许仙连连自认不是。永昌却一时气愤,又道:"哼哼!你还当着我不知道么?你的来迟,分明是有意的。只要我动了气恼把你职歇,你就可以进新店了!"许仙道:"断无此事!小侄怎敢?叔父休得听信人言。"永昌道:"若要人不知,除非己莫为。你还要瞒我则甚？但我在此想，用不着这种办法，只要你老实对我说，别人家肯出多少脩金，我也可以照样。如果你另换新店，有人敢用你，那怕他铁包头、铜包脚，可要试试我做叔父的手段！饶他也没有这个胆量。我虽然这样说，并不是要你一世做我的夥计。你若能够自己开店，我决无一句说话，这叫做人望高走，鸟望高飞。倘然到别家仍做夥计，我的面皮，被你削尽了。唉！我叫你一声老贤侄，你也要想想前后，怎样来，怎样去，不要去了青竹竿，忘了讨饭时啊！”许仙听到了这两句触心话儿，又羞又恨，不觉面涨通红，眼中流泪，暗暗的叫苦。永昌也自知失言，连忙住口。

却巧喜官送进饭来，笑嘻嘻的说道：“许相公，吃夜饭了。”永昌就趁势脱卸到喜官身上去，骂道：“混蛋！一些规矩都不懂。我同许相公祖父相交，况且是大员外的徒弟，只有我可以埋怨两声。你是什么样人！也敢胡言乱语。我这里用不着，快与我滚出去！”喜官道：“我只说得一声吃夜饭呢。”永昌道：“你不用强辩了。停一回儿，你去买两尾鲫鱼、一斤肉，把肉切成圆子，塞在鱼腹中，请许相公吃夜饭。此刻老贤侄将就先吃一些罢。”许仙对小菜一看，无非三四碗百汁汤。暗想喜官狗眼看人低，有意端出来的。便答道：“小侄已经吃过，吃不下了。”永昌道：“既然如此，少停再吃罢。方才为叔的也是一时气话，你不要放在心上，店里去罢。”许仙告退而出。走入店堂，邱、周二夥见他满面愁容，眼眶含泪，晓得他受过员外埋怨，自以为得计，还在旁边说几句风凉话。许仙更觉得坐立不安，店里的生意都不顾。只看那太阳西下，好容易巴到黄昏时候，便唤喜官过来，托言身子不快，要想回家早些安睡，员外跟前代禀一声，说我明天到店，决不迟延。喜官道：“今夜员外叫我端整的鲫鱼塞肉，请许相公吃了回府。”许仙道：“多谢你家员外，实是吃不下了。你拿了灯来，我就要回去了。”喜官将灯取出，叮嘱他明朝早些到店，许仙点点头，接灯在手，急急忙忙出了店门。

一径进城回家，把门乱叩。小青把门一开，便问：“相公今日为何能早？”许仙满腔怨恨，无可发泄，便道：“哎，早又不好，迟又不好，你要派定我几时回来才好？”小青听得惹气，暗想：“我若不看娘娘的面,触恼了我的性子,我就一口把你吞下肚去!”现在只好忍气吞声,关上了门,跟随入内。见许仙撩衣直上扶梯,一脚尖踢进房门,把灯笼丢过一旁;娘娘连忙过来吹熄。看他将衣巾一齐卸下,坐上床沿,抛去脚上两只鞋子,身体横下去一滚,早钻入被内去了。娘娘目睹这般光景,心里也有些慌乱,忙过来问道:“此刻黄昏才过,谅必未曾夜膳。可要吃些么?”许仙道:“那个要吃这硬饭!我如今要死的了,活在世上,还有甚面目见人呢?”说罢,翻身向里而睡。娘娘知道他动了真气,气坏了不是耍的,我们要安慰他才好。便说:“官人不可如此。”嘴里说着,忙宽下了衣裙绣鞋,挨身入被去偎他,用手按摩他的胸前。又道:“你不要气坏了身子,今日好好的到店,为什么回家这般样儿?可能够说与妻房的知道?”许仙叹了一口气,答道:“我只恨自己八字生得不好,不幸幼年父母双亡。若得至今还在,我岂不是摇摇摆摆一个小店官么!可怜现在家贫为夥,只向他人手内讨针线呢。”娘娘道:“莫非二叔埋怨了你么?”许仙道:“是的。二叔埋怨我恋家不顾店务,每天到店太迟,这倒也罢了;又说我有意迟到,欲换新店,那是万万不能。”娘娘道:“这般说来,难道终身替他做夥计不成?”许仙道:“只可自己开店,他却并无一言。这句话,他明明笑我无力开张。初时是求乞上门的,所以他又说做人总要来去明白,不要抛了青竹竿,忘了讨饭时。这样的讥笑我,叫我还好做人么?”娘娘安慰道:“官人切莫伤心。可知道古时的伍子胥,尚且在市上吹箫乞食,有甚可耻?如今王公已许你自己开店,决无他言,你正可以趁此机会,明早到店辞职,回来准备开店便了。”许仙道:“娘子又说笑话了。可叹我囊空如洗,怎能开店?今生不敢妄想的了。”娘娘道:“这是正事,何敢取笑。若说开店,只要你二叔跟前,准你辞职,那开张的资本,自有做妻的独力担当。我家门前,现空着三间屋子,正不必另觅店基,你道好么?”许仙听了,哈哈大笑道:“不料娘子果有厚奁,能替我争这一口气,你真是我的恩人了。我明日一准到店辞夥,决不延迟。只是腹中饥饿了,快取夜饭来吃罢!”

原来许仙这一天粒米未进,直到此时才觉饥饿,身子早已坐了起来。娘娘见他有些孩子气,也不去笑他。二人重又起身穿好衣服,同下床来。可巧小青送茶走入，便叫他快端夜膳上楼。少顷夫妻对坐而食，先吃了些酒菜。娘娘忽问道："你今番开店，不知要多少资本才够?"许仙道："白银千两，便可开张；若要兼兑人参，还须另添资本。"娘娘点头道："这也容易。你不妨兼兑人参，更觉得场面大些。"许仙连声称谢。吃过了饭，又呷了一杯茶，天已二鼓，两人上床安睡。

只有许仙心事未了，清早起身梳洗毕，辞了妻房，匆匆离家，出了阊门，直到大生堂本店中，将身走入；邱、周二夥起立问笑道："汉文兄怎么这样的早啊?"许仙道："早又差了，到底什么时候到店，方称你们的意呢?"气烘烘的竟向里边去了。二夥被他蹧蹋了几句，互相埋怨起来。不必说他。

只说王永昌见许仙走进，先说道："老贤侄来了，请坐请坐。照这样子，我还有什么话说呢！可知道我昨天的埋怨着你，因怕行中各夥看样，说了几句，原不过遮人耳目，贤侄休要见气。"许仙道："叔父金玉良言，教训得极是，怎敢见气。小侄今有一事，要与叔父商量。"永昌不等他说完，便道："我明白了，现在贤侄成了家，家用一定很多，不知十两银子可够？就是二十两也不妨。"许仙道："小侄非为脩金而来，特地到此辞夥的。"永昌惊讶道："你要辞夥，可是昨天埋怨了你，定要进新店了么?"许仙道："小侄若到别家帮夥，听凭叔父处置便了。"永昌道："你既不来帮我，难道回家坐吃不成?"许仙道："小侄自从配到苏州，事事多蒙恩待，理当效犬马之劳。怎奈家务纷繁，不能遵守规则。昨日回家与妻子商量，他却略有私蓄，愿与我充作资本。只要叔父允许，便可准备开张了。"永昌道："原来如此！实是可喜，老贤侄但请放心，自己开店，再无异言。不过开店二字，颇非容易。先要聘请夥计，置办器具家伙物件，然后进货。你只得一个人，怎生料理得开呢?"许仙道："一切还望叔父指教。若得生涯发达，自当连前补报厚恩。"永昌道："我和你先翁交情很厚，理宜效劳。只可惜你开了店，我却少了一个帮手了。"这两句确是本心话，嘴里说着，心中好生难过。暗想他既完全托我，我不妨暂时坏一点良心，略略运用机谋，好教他店业闭歇，仍旧到我店内帮夥，方称我意。又说道："老贤侄先请夥计，倒有两个凑巧在此。张、李二公，都是年轻有才，生意精明，为人诚实，可以荐与你的；还要用一个出店，就是喜官的兄弟，住在乡间，也可以叫他出来的。更有一桩事太为凑巧，开店应用的柜台家伙，铜锡磁瓶，以及铡刀斫磨筛扁等物，件件备足，却有现成的在那里呢！”许仙忙问何处去买来？永昌装出很诚恳的样子，叠起指头再说。

不知又有何话，且看下回分解。

第十二回　开　店

却说许仙问到店内生财，现在何处，王永昌续说道："老贤侄有所不知，这还是去年冬间，有一药店，欠了我的银子，就把这店底全副生财，抵还欠账。如果贤侄合用，不妨照账取去，岂不是现成的么？"许仙道："如此甚好。不知要多少银子？"永昌却并不多要他，便道："这还不算多，只准得一百二十两银子。不过招牌要改换字号，旧的用不着。不知你改用甚么堂名？"许仙道："据小侄的意见，到是向日的保和堂罢。"永昌点头称好，赞成他重兴旧业。就在账箱里取出原账，交给许仙道："这篇账你先带去，便可照账点收了。讲到药料，就在我行中交易，包你格外道地。我当留心拣定，配好多寡，陆续发来，不用贤侄劳心。"许仙听了，感激万分。就说："明天送上白银五百两，请叔父收在账上，后当总结。"永昌道："银子有甚要紧，慢些也不妨。"许仙见事已停当，就此告辞回去，得意洋洋，得感激叔父恩待：不但许我开张，又且仰仗他的大力，推荐夥计出店，事事替我劳心。因此心头快活，只当王永昌是个好人。谁知他暗里放刁，把这些霉烂走性药材，发了过来。二夥为何并不说破？因念着推荐的恩情，含糊过去。那个出店吕小二，又有臌胀病的，只能吃饭，不能做事。这是后话，我先略表几句。

许仙此时还在梦中。喜孜孜回到家来，将细情告诉妻房。娘娘也是庆幸，未把阴阳抡算，料不到他暗使机谋，所以晚上取出花银一千两，交付许仙检点毕，上床安睡。一宵已过，又到来朝。王公那里把家伙一齐发来，照账点毕；还有种种药料，也按着账单收清。许仙先交去五百花银，其余找结再算。此时张、李二伙已至，唤匠人来收拾店面，装好橱柜栏杆，加上油漆，便觉鲜明，和那新的一般。铜锡磁瓶，安置停当，又将药料配搭均匀，短的铡，长的切，或是焙炒，或是研磨，分门别类，也要费几日功夫。正当忙碌之际，出店小二也来了。

许仙见了，顿然吃了一惊，因他的脸儿，好似猴子一样，生来手脚很小，只有肚皮像斗一般大，形状变做了一个橄榄。分明成功了臌胀病，怎么荐他来做出店呢？“幸亏我有一丹方，很为灵验。只要煎汤服下肚去，泻出许多恶水，包管病体除根。”当下如法炮制。这也是小二合当有命，不多几日，果然体健身轻，格外感恩效力。可巧新做的招牌送到，便选定明日黄道大吉，悬牌开张。备好了佛马财神。许仙入内报告，娘娘叫他去办两席酒，差人送到卢家巷，聊表多时同店的情谊；再办四席，备帖邀请邻舍；还有那甲头坊长，各秤二两银子相送。许仙一一领命照办。店中结彩张灯，忙了一回，诸事都已备妥。又见各邻送来贺礼，一概璧还不受，只请他们来饮酒。

这里仙官开店好生得意，那边王永昌懊悔异常，自知失言，无从反悔。到了许仙开张这一天，早上送来两席酒肴，这也是他的意思，所以永昌虽暗藏奸计，却不好不去贺贺他；再者要去看看这位娘娘，到底是人是怪；谅他逃不出我的眼光。便吩咐阿喜叫账房里秤了一只银锭，封了一个兴隆代仪。不必上账，料想他也不受的。又叫阿喜：“跟我去恭喜，你倒有脚钱到手。快去端整好了！”阿喜去不多时，回身见员外换过衣服，他便手捧拜匣，跟随在后，一路进城。到了专诸巷，留心观看，早见保和堂的招牌，果然气概轩昂。双开门朝阳店面，装饰得金碧辉煌。招牌密密层层的挂着，无非是花露丸散、龟鹿仙胶，以及饮片药材等类，分列左右。正中是保和堂，写着杭州分此。主仆走至近前，又见柜台上铺着蓝布镶滚的细席，后面一排隔幔纱窗。其余一切陈设，样样完备。不觉暗暗赞叹。并且今朝是新开店，挂灯结彩，热闹非常。当即步上阶沿，把手一拱。许仙见了，慌忙出接，叫声“叔父”，迎至中堂。便说：“叔父大人请上，待小侄拜谢厚情。”永昌道：“贤侄说那里话来！今日特来贺喜，反蒙厚赐盛席，太不敢当了。”许仙道：“粗肴便饭，不足以报大德。请叔父上首坐。”永昌坐下，许仙侧首相陪。小二送过香茗，员外见他精神有力，想必病已全愈，问了几句，小二道：“我是亏得许相公医好的。”永昌道：“这也是你的福气。一到福地，病就好了。”小二收杯退下。

永昌方又说道：“今日一来拜贺贤侄，二来要见见令正娘娘。你进去请他出来。”许仙道：“这是理当如此。待小侄唤他出来拜见。”立即起身入内，说：“外面来了王永昌。他来送礼贺喜，定要面见娘娘。不知你肯见他么？”娘娘听了，就在袖中巧算阴阳，知他暗存妒念，又想窥我行藏。但你是个凡夫肉眼，只怕转世投胎也看不出的。我若避不见面，反被他背后谈论嘲笑了。主见打定，就说：“你先出去陪待，待我整理衣裙，然后出来拜见。你可命人到菜馆中，再添一席，留他多饮几杯。”许仙应“是”而出。娘娘换过一身衣服，叫小青拿了大红毡单，走到屏门跟首，说一声：“娘娘出来。”

这时许仙已命小二去添一席酒，摆在书房，返身到厅上陪待。听得娘子出堂，便起立道：“侄媳出来拜见了。”永昌鼻边香风阵阵，留神一看，见这位娘娘珠围翠绕，耀目争光，金莲窄窄，跨出屏门。小青在前，便把毡单铺地，娘娘向上而立，便说：“叔父大人在上，容侄媳拜见。”永昌连忙推让，却被许仙扯到正中坐定。娘娘就端然拜下，弄得永昌心里着急，连说“请起请起”。见礼已毕，大家就坐，小二又送过一道香茗。只有永昌十分难过，又不好不出见面钱，白受人家的头，暗想：“我招文袋里，有两锭压袋的小元宝。计重不过十两，把红绿线穿好，自己也舍不得用，此刻只好割爱。”伸手摸将出来，递给许仙道：“这两只小锭，不算什么，送与娘娘买些花粉，作为见礼之资。”许仙欲待不受，想不到娘娘接嘴道：“长者赐，不敢辞。辞之不恭，受之有愧。既是大人抬举，拜领了罢。”许仙就此领谢。旁侧小青也过来磕头。永昌自知无钱开发，只得叫许仙代出，后来在账上划算。这一节，分明表出王永昌的性情吝啬，脱不掉市侩气，却也算不得他不是好人。因此娘娘对他伸说了几句，无非感激恩情，述明开店缘由，又托他从中照拂，永昌明明谦逊。娘娘就说：“请叔父便饭，酒席摆在书房中，官人必须多敬几杯，缓日还要请叔母大人到舍盘桓。”永昌道：“本当要早来的，只因家务烦多，抽身不出，且待秋凉，前来拜望罢。”娘娘不再多言，就此告退进去。永昌暗想：“这位娘娘出言文雅，体格温柔，一点妖气全无。照我的眼光看去，只怕杭州大员外信上，简直弄错了！”心里这般想。

许仙便请叔父到了书房里面，酒席已经摆好，推他正中坐定，自已侧首相陪。连连执壶敬酒,小二端菜忙碌。就在旁边值席。员外开怀畅饮,酒到杯干,口中不住称赞娘娘贤德。外面喜官,另有小二,在厢房中吃酒,一连吃了二十多杯,已是酩酊大醉。小二还要去照料他,忙乱异常,比别人加倍辛苦。少时内外酒阑席散。小二从账房中拿了拜匣,来看他的哥哥,说:"员外要起身了,快些吃饭罢。"喜官道:"肚皮里已经塞满,再也吃不下了。"小二便把拜匣交给了他,说:"银子璧还,在外脚钱二百四十文,你拿好了,快进去伺候罢。"其时许仙和永昌也吃得都有醉意。永昌道:"据杭州大员外信上说,他是个妖魅,岂知一派虚言。今日我亲自见面,实情是一位贤德的娘子。可喜你有此妻房,何愁家业不兴!"说罢起身告退。许仙挽留不住,从书房里相送到厅堂上。喜官正要进来伺候,永昌便叫他跟了回去,就此走到外边。店堂里张、李二公都叫应员外,说:"我等因店务在身,未曾进来陪侍,得罪之至。"永昌道:"不必客气,改日再会罢。"便带着喜官跨出店门。许仙在后送到门外,一拱而别。眼看那一主一仆,都已吃醉,脚步歪斜,向着那边去了。一路上酒鬼打浑,主仆忘形,回到行内,不须细表。

再说许仙缩身进内,料理一切。送过佛马财神,在门前放了百子高升,天已晚了。又请邻舍都来吃酒,欢呼畅饮,直等到酒完人散,已是二更时分。端正闭门结账,盘算银钱,今朝第一日生意,计有银子十二三两,铜钱七千几百文。收藏在柜内。诸事停当,来到房中交账,娘娘见了欢喜,料想以后生意,定然兴发。夫妇谈了一回心,上床安睡。

到了第二天,许仙一早起身到店,生意更忙。上半日已卖了二三十千文,谁知到了下半日,却是不好了:主顾多来退换。问他们什么缘故,他们就打开药包,尽是霉烂不堪,蛀虫咬坏;并说吃下非但不效,反添重病,所以要来退还,到别家去买了。许仙把药细看,果然霉烂虫蛀,只好退还钱文。十有八九,心中暗暗叫苦,明知是永昌奸计,二夥容情瞒蔽,要我闭歇生涯。不觉恼恨起来,便向张、李二夥道:"二公果然大才,名不虚传。小二你把店门关了罢,还要做什么生意!二公承情少陪了。"说完,起身进入里边。二人听得店东发话,走了进去，料想自己生意不保。张夥道:“他说少陪，是再会的意思，歇生意的别名。你想是不是?”李夥道:“本来我也说过，员外发来的走性药材，理当对汉兄说一声。都是你不好，要替员外隐瞒，如今弄得这样，连累我一同滚蛋。倒不如把店关闭，上楼去打铺盖罢!”张夥道:“就算今夜辞歇我们，夜饭总要吃的。况且不是真的歇生意，停一回等他再出来，方好定夺。此刻急些什么呢?”当下二夥惶惑不定。

要知许仙入内去见妻房，娘娘是否有振兴店业的法子，且看下回分解。

第十三回　散　　瘟

且说许仙进内见了娘娘,愁容满面,口中只说:“此店开不成了。”娘娘问:“是何故,出此不利之言?”许仙道:“多蒙娘子一片美情,发本开张,指望我争一口气。谁知王永昌暗使机谋,把这走性的药材发来,害得娘子亏本。唉!也是我生成的苦命啊!”说到这里,止不住腮边落泪。娘娘却并不着急,反加劝慰道:“不妨事的。虽是王公心存不良,你总要厚道待人,不必对他伤了和气。常言道:除了灵山,别有庙宇。将来药料,可向别行去贩买的。”许仙发恨道:“难道把这二三百斤的走性药料,一丢抛弃不成!”娘娘道:“做妻的自有道理。我想起自幼在梨山学法,到现在还记在心上。老母曾经说过,说那走性药材,偏是无价的珍品,能医腹痛的最好良方呢!”许仙听了,将信将疑,沉吟不语。娘娘又道:“做妻的平日抡算阴阳,须知上天震怒苏邦,只因这里民间造孽,多杀生灵,轻贱五谷,不日便要降下瘟疫来了。你今快去将此药多多准备,煎汤服下,病即消除。管教你坏药销完,财源茂盛,并且仙名可以传遍四方,岂不是名利双收么!”许仙不觉笑道:“依着你这般说来,倒是因祸而得福了。但不知怎样的办法呢?”娘娘便分付他:“快到外边,请二夥努力办事,速将走性药材,一齐翻了出来。长的切成短的,杂在一处和匀,不必开方配搭,只要秤准三钱,用纸包好,包面上写明:天泉水一盏、老姜两片。包得越多越好,明天生意加倍忙碌,只恨店中人手尚少,再叫小二也在旁相帮。你可把招子写好,命人在桥头巷口贴上几张,好叫人家知道。”许仙问:“招子上怎样写法?”娘娘回说:“这张招子,字还不多。上写‘专诸巷内保和堂,发兑肚腹痛药。每服三分,不折不扣,煎汤服下,立刻见效如神。’还有一说,我预算后天生意更忙,就是我和小青也要来相帮的。但是今夜二夥做到更深时候,精力疲乏,理当备一餐稀饭才是。到了天明,早饭要轮流替换。另外不妨备些糕饼,免得饥饿。”

许仙一一领命。来到外边，心里总有些不信，单怕没得这种好处呢！但是我也只算做夥计，不好违背他的命令。所以先叫小二置办各物，然后步入店堂中来。这时二夥正在心焦，指望吃了夜饭，打铺盖回去。忽见许仙走出，叫了一声“二公，今夜不要睡了”。张夥道：“汉兄，不好叫我们连夜转身的。就算不用，今天夜饭总要叨扰，一夜总要耽搁，到了明朝，听凭你打发便了。”李夥也说：“总要东翁保全我们的脸面。”许仙道：“此话何来？那个停歇你们的生意？”李夥道：“因为汉兄说今夜不要睡了，分明要我们连夜回去的意思，所以这样说的。”许仙道：“二公弄错了。我叫你们不睡，是要费神办事，并无别意。”张夥道：“嗄，要我们办事，理应效劳，无不从命。”许仙就照着娘子分付的话，叫他们把霉烂走性的药，尽行搬出，切短配匀，每包三钱，包上写字，越多越好，包到天明，自有用处。因此说不要睡了。二夥一齐答应，却不知他的意思。只有叫小二翻出坏药，等到吃过夜饭后，紧紧赶办，不消细说。

单说许仙写好了几十张招子，命小二在城内城外，桥头巷口，四处分贴。然后回到房中，娘娘叫他“今晚早睡，明日好做生意”。所以用过夜膳，听得更鼓已起，娘娘替他宽衣解带，安顿丈夫先睡，自己在灯下做些针线，候他睡熟。那知许仙睡不安稳，从帐中探出头来，定要娘子陪他同眠。却被娘娘正言厉色的说了几句，只得翻身向里而睡。少顷鼻息呼呼，已入梦乡。娘娘方站起身子，轻轻拿了锁匙开了箱子，取出四寸长的葫芦来。一手执着灯照，悄悄地走出卧房，低声唤小青起来。小青问有何事，娘娘道：“今晚要托你帮我去办一桩事。因为日间东人进房，愁恨异常，他说南濠王永昌，坏了良心，把那走性药材发来，买去都来退换。弄得我无计可施，只好假造虚言，说天上要降灾殃，那些走性药料，能治瘟疫。所以叫你驾云前去，带这葫芦里的东西，散布四方。见有瓜果菜园，以及井泉水缸，都可分散。但远处官塘大河，切勿洒下。恐有过路商人，沾染疾病，虽然吃了也不损命，却难免几日痛苦呢。”小青问道：“自己井缸可不妨事么？”娘娘道：“就算误入井缸，只用贯众连香沉香等药可解。因我在金母驾前曾经立誓,不敢损害生灵草木,所以你须小心谨慎,向四处均匀散派,恐防受疫过重,伤人性命。我本该亲自腾空飘洒,又怕你主人醒后唤我,只得今夜重托你了。”小青应命,立即化一阵清风,穿窗而出,驾起云光去了。娘娘见他已去,回房安睡。

只说小青起在空中,先向四处一望,然后把手中的葫芦,拔去盖头,却不知葫芦里卖些什么药。“我且不要管他,遵奉施行便了。”心里这样想,身子宛似莺梭燕翦一般,在那云雾中穿来穿去。只见葫芦内透出一条黑线,随风散开,东西南北,四处皆有。周围十余里,瘟疫普遍郡城,那怕人家门户紧闭,黑气也能飞入。幸得不伤生命,上天还可以宽恕。照此说来,白氏这番行动,也出于大不得已呢!此时小青把瘟疫散毕,回到房中,交还葫芦,已相近四更时分,又去安排稀饭,毋须细说。

如今要表明葫芦中的药味,究竟是什么东西呢?原来娘娘这个葫芦里,并不是药。因蒙金池圣母赐他一盏琼浆,吃了下去,顿时腹中作痛,伏在山林里,吐出许多黑水,乃是千年积成的毒气。娘娘恐害生灵,故将葫芦盛起,随身带来。现在因为欲解夫忧,没奈何借他一用。好得四处派开,沾染了也不伤命,四五天自能全愈的。

表过后,要说许仙一觉醒来,已是五更天气,急忙起身办事。走出外来,见张、李二夥手忙脚乱,把这走性药材,切的切,秤的秤,包的包,包上还要写字,足足有几万包。凡店中一应柜内抽斗栲栳,都已放满。便吩咐小二开店,专候生意大忙。

不一回,天将明亮,赌场已散,走出两个人来,都是唉声叹气,自怨“赌运不通,连遭大败,输得床头金尽,回家见不得老婆,如何是好?”伸手摸摸衣袋里,只剩下十几个零钱。二人一路叹苦,觉着腹中饥饿。看见陆三阿爹的汤圆店已经开了,就此走入坐下,各吃了三个汤圆。那知不吃犹可,一吃之后,都捧着肚子呼痛。起初还道夜里受了风寒,后来越痛越利害,觉得不对,说汤圆一定下了毒药。三阿爹当他们是诈人,有意来冤枉我,自己也吃了一小碗汤。正想要骂他们几句,腹中一样的绞痛起来。顷刻间三人痛倒在地,滚来滚去,叫痛连声。哄动了过路的人,多来询问原由,实在希奇得很,料想水中有毒，也未可知。正纷纷议论间，内中有一人说道："你们可曾见巷口贴的招子么？专诸巷里保和堂，有专治肚腹痛药，每服三分。快去买三服来，吃了就好。"那开店的三阿爹听了，不管此药灵不灵，忙差阿四买了三服，并在一锅，加六片生姜，天泉水煎好；三人吃下，立刻全愈。众人一见，个个称奇，都说保和堂的药，真是仙丹。逢人传布，到处传扬。那里知道城内城外的肚里痛，多得极了。不论男男女女，老老少少，各处大街小巷，一大半喊着腹中疼痛。忽听得有人传说，要买止痛的仙丹，除非保和堂的灵药，包管一吃就好。照这样的一人传十、十人传百，四散宣扬开去，自然满城都知道了。所以此刻专诸巷里，热闹非常，保和堂门前买药的，堆山塞海，挨挤不开。有买三包五包的，也有买十包数十包的。因此店中东、夥连出店四个人，一时那里分发得开！又恐怕外边的栏杆挤坏，再用挡木拦住，你想买药的人，多也不多？弄得店里粥饭也不好吃了，还亏娘娘料事在先，预备下糕饼充饥。今日这般的盛况，怎能交代得许多！只不过择要说说就算了。

现在却说到南濠的王永昌。他本欲阴谋暗算，反累着自己遭殃。一家老小都患腹痛，叫苦连天。听见街上来往的人，纷纷传说，要买仙丹止痛，快到保和堂去买药。永昌没法可想，立刻差人买了一服回来，拆开来仔细一看，却是不多几样霉药，平常得紧。他便照样搭配，煎汤服下，一些功效全无，仍是疼痛难当。怎奈买了一服，只好一个，不觉暗暗称奇道："想不到这种走性药，一进许仙店里去，竟然发起财来了。我照样把好药合成煎服，也无应验。唉！实在痛得熬不过，只好再去买了罢。"回头唤喜官过来，吩咐道："你到账房中取钱一千，到许相公店里买五十服，快去快来！好得行里人多，谅情大家也要痛的。"喜官奉命，拿了钱进城，走到保和堂门前，那里挨挤得上。半日方能拥入柜边，忙叫许相公道："铜钱一千，买五十服。欠找明日带来。"许仙道："你是喜官，难道员外家也痛么？"喜官道："一齐痛倒了。"许仙道："既然如此，员外那里，分文不要，竟拿五十服去。你替我多多拜上员外，说我缓日要来亲自叩谢，你去罢。"喜官连声称谢。心里暗喜，一径回来，把这一千钱落入腰囊，只拿五十服药送入书房。永昌看了,照旧和前一样,真令人难解难评。但眼前救痛要紧,就命将五服一煎,分送各人吃下,果然应验如神。好生奇怪:究竟是甚么意思呢? 猜想了多时,自以为醒悟,道:“大约走性的药,可以医治肚子痛的,这个倒容易办到呢。”便叫人搬出两担药来,堆在一间空屋里,浇上两大桶水,等他霉烂起来,合成肚腹痛药。每服也买三分。那知六七天后,无人腹痛买药,反弄得大亏其本。这是后话休题。

仍说保和堂今日生意,一直忙到三更过后,只得打烊关门。要知道生意一连五日,总共发了多少财,是否有他事发生,且看下回分解。

第十四回　赠　　符

且说许仙见这些走性药料，得有销路，自然精神抖擞。第一天保和堂门前，直闹到三更后才歇，除将银两收拾包好外，那些散钱无暇计数，尽行装入叉袋，暂放在空栈房中。此时二夥也得饱餐一顿。看看存下的药包，明日不敷应市，再将坏药搬出，小二切，二夥包，仙官写，连娘娘、小青也在里面帮忙。忙到四更敲过，又包了不少。大家略睡片时，等不及天色明亮，外边人声嘈杂，又在那里打门了。二夥起身，唤小二开了店门。许仙也走了出来，吩咐今日长价，每服四分。众人都说只要吃得好，那怕四两也不妨。有的五服十服、有的三十、五十服，生意比昨天加倍。一连五日，价钱从三分长到六分。及至第六日肚痛少了，生意也定了。原来人的身子有强弱，受毒有浅深，发作有迟早，过了五天，也就不发作了。所以六日之后，稍有空闲的时候，把栈房里堆积的散钱，从许多叉袋中倒出，足足盘了几日。又将银子秤过，一总计算，共卖了六千数百两有零。许仙快活进房，交付娘娘执管。从此，“保和堂”三字，名播姑苏，人称为“许半仙”。而且发了这次财，资本充足，更可以内看人参。店中张李二夥，连日辛苦，各酬劳白银十两；小二也另赏二千文，以后还要加添薪工。一个个心满意足，内房夫妻和好，只指望兴家立业，育女生男，称了娘娘下山报恩的心愿。

谁知好事偏多磨折，孽障又来牵缠。那一天，许仙坐在店堂中办事，见街上游人络绎如梭，十分热闹，不知为了什么缘故。二夥道：“今日是四月十四，吕祖诞期。此地苏州风俗，名为挤神仙，亦叫做轧神仙，一应九流三教，和那小本摊场，姑苏耍货，多在庙内营生，有好几天热闹哩。”许仙听了，暗想“吕祖乃是药材的祖师，我且瞒过妻房，备了香烛，一来虔心烧香，二来游玩神仙福地，有何不可！”便叫小二把香烛买来，用一方帕子包好，拿在手中，起身欲去。张夥道：

“汉兄,可是真要去烧香么?”许仙点点头。李夥也道:“我们吃了药材饭,吕祖必须敬重。求福得福,求子得子,应当要去烧香的。”张夥忽想起一事,又道:“汉兄且慢些走。现有二两人参,托你顺便带了去罢。因为汉兄出了门,我们就走不开了。”许仙道:“吴趋坊是顺路,待我带去也不妨。”当即取了人参,出店走上街坊。本欲从吴趋坊兜抄过去,既而一想:“不好,我是虔心特地去烧香的,未便先办他事,倒不如回来送去为是。”故而一直朝前,过了皋桥,绕到下塘,行近神仙庙,只见人山人海,擦背挨肩。好容易挤到山门跟首,上写着“福济观”三字,果然气概轩昂。当下进了山门,两旁边是摊场,九流三教,医卜星相等类,般般都有。那些做小生意的,也都借着神仙名称,譬如卖花的,叫做神仙花;卖耍货的,或是神仙皮老虎、神仙扳勿倒;卖动物的,就是乌龟也叫做神仙。诸如此类,色色神仙,样样神仙,连那说书、出戏法、卖画张、看西洋景,无一不是神仙了。许仙格外诚心,并不东看西看,从人丛里穿过,走上月台。宝鼎中烟云绕缭,香气氤氲。缓步跨进长窗,一半是游人玩耍,一半是虔诚拜祷。抬头见吕纯阳祖师像,高坐中央,旁侧站着柳仙,忙将香烛呈上,一心拜祝。怎奈拜单上面,人已跪满,并无空隙之处。见有一人跪在当中,磕头不止,嘴里“通诚保佑弟子生意兴隆财源茂盛”,颠颠倒倒,总是这几句。旁人催促他起身,说他已经磕了八十六个头,他却总不肯让。许仙也等得不耐烦了,走将过来,叫一声“仁兄,叩光略让些。”那人转头一看,便说:“我道是谁,原来是认得的许仙,奉让请拜。”许仙连称“得罪”,即便跪倒在拜单上,默默祝告道:“弟子许仙,求祖师保佑我店中生涯鼎盛,夫妇齐眉,四季平安,早生贵子。”拜罢抽身站起,退出殿来。见那些青楼妓女结伴同行,惹得一班轻年浪子,随来随去的观看;仙官却见如未见,也不到各处游览。

才从月台上走下,偶一举头回顾,正望见东南角上,搭着一座平台,上面坐一位道士,生得浓眉暴目,阔口大鼻,高颧阔额,两耳招风,金发红须;头上戴一顶如意金冠,身上穿一件天青色嵌金八卦道袍,脚踏棕鞋白袜;面前放着一张桌子,上有纸墨笔砚,七星旗,宝剑令牌,一只拜匣,内藏零星物件;还有盗取师父几张玉印灵符,乃是镇山之宝，所以这般的卖弄神通。口中朗诵，声若巨雷，对着台下围观的许多人说道："贫道张英，出家茅山，奉师父法令，往天台进香回来。路过贵地，缺少盘费，借此神仙福地，出卖风云雷雨灵符、驱邪镇宅符、逐疫治病符，每道只卖三分银子。要者就买，不可当面错过。"说完几句江湖上的话，自有一班好事的人，拿出银子来，当场试验。有买雷的，有买雨的，也有买风云的。道士命众人伸出手来，在手心里画一道符，喝一声"太上老君急急如令敕"。一一画过，各把拳头捏紧，到空处去试放。说也奇怪，果然灵验。买雷的放出一声霹雳；买雨的滴下一场大雨；买风的刮起一阵狂风；买云的飞上一朵乌云。因此台前的人越聚越多。

此时许仙正来观看热闹，那个道士举目一望，不觉大呼："奇怪！见那边走来一位居士，顶上透起两道妖光，家中定有妖魔缠绕。"便站在台前指着说道："这位居士请过来叙话。"许仙听得叫唤，便请众人让开一条路，走近台边，问："道长唤我何事？"那道士就请他上台，问明了姓名，方说道："贫道见你头上透起一青一白两道妖光，知道妖怪在你府上作祟，可有么？"许仙回说："那有此事！"道士又道："妖怪迷恋，怎能辨别。但是平日总有可疑之处，你却自己不能省察罢了。"许仙被他点醒，想起盗库搜赃一事，便道："事虽有因，却也无碍。"道士道："可见你迷而不悟，只要孽缘已满，性命就难保了。"这句话，说得许仙害怕起来。忙问："可有解救的方法？"道士道："我有灵符收镇，管教立刻降妖。但此符非同小可，须化二十两银子，方可请得。"许仙道："银数却也不多，只是今日出门未带。仅有二两人参，我把他权为抵押，明日将银取赎，不知可使得么？"道士应允，请他亲自封入匣中。然后提笔在手，口中念咒，画成三道灵符。嘱咐道："一道贴在妖魔出入之所；又一道是护身符，藏在自己发髻里面；这一道焚化在水内，喷在妖魔身上，好教他立现原形。"许仙忙道："若现原形，必然要来害我，这便怎样？"道士道："不妨。有了护身符，自有神灵保护，还怕甚么！"许仙方告辞下台，藏着三道灵符回去。我且慢表。

先说娘娘偶然问及小青："方才你送茶出外，相公可在店中？"小青道:“听说相公因为今日吕祖诞期,往神仙庙烧香去了。”娘娘心中一动,暗想:“烧香也是常事,少停便可回家。且待我算一算阴阳,看内中可有别情。”算他初时却还好,焚香祝告,原存着一点良心;再算到后来,连叫:“不好了,我们有大祸临头了!”小青忙问何故,娘娘就说:“他回来时候,遇见茅山道士。看他顶上透出妖光,便用言语煽惑我夫,竟将二两人参抵押,请得灵符回来,要把你我降伏。你快快逃避去罢,我是走不掉的,只有听天由命的了。”小青听了大怒,要到庙中去杀死贼道,却被娘娘阻止道:“你若在人烟凑集的地方,杀伤人命,岂不要累及主人么?”小青愤恨道:“娘娘这样的待他,他下得那般的毒手,还要顾他则甚!”娘娘道:“青儿!你难道尚未知晓么?我此番奉命下山,原为报酬恩德,了却尘缘,并非贪恋色欲。曾经在金母面前,立誓不伤草木生灵。岂可以怨报德,反结冤仇?所以任凭郎君无情无义,我也甘心受死。你却与他风马不相关,应当远遁为是。少顷灵符一到,性命便难逃了。”小青道:“娘娘法力高深,怎么反怕这茅山道士来?”娘娘道:“我岂怕他!因他带着镇山之宝,玉印灵符,非同儿戏,故而心中害怕,一时恐遭不测呢。”小青下泪道:“一旦与娘娘离别,叫婢子怎生放心得下?”娘娘道:“你若舍不得我,不妨离开苏城百里以外,在高山僻静处,远远瞭望。如见天上红光下降,白光上冲,红白二光相合,我已被天神收伏。只要白光一灭,我就死了,你也不必回来。若是红光散去,白光仍在,还可和你相叙。”说到这里,鼻边闻着微微香气,耳旁听得隐隐雷声。知道天神将降,说声:“不好了,青儿快走罢!”小青心中痛苦,向娘娘叩头告别。急忙化一道青光,穿窗而走。已见红光满目,不能向前,便从斜刺里奔逃。约离苏城百里以外,在无锡惠泉山落下,等候红消白透,方回家来。我今慢说。

再说娘娘心胆俱寒,见窗外光芒射入,知是天神下降:“我不妨诉此衷情,谅必神明也讲道理的。”想定主意,连忙端一张半桌,摆在窗前;炉内焚香,低头跪下,通诚祝告道:“素贞虽是蛇形所变,恪遵金母慈训,奉命报恩,完此夙愿,实非贪淫好色;又不敢伤害生灵,只待恩怨一清,即便回山。伏望天神垂怜宽恕,鉴我微忱。”祝告时,红光满目,天神已经下降。你道天神是谁?就是黑虎玄坛赵天君。听得娘娘一番诉告,深合情理,何忍伤他性命;况且他另有结局,与我无关。所以赵天君回归天阙,霎时红光渐散,白光上升。娘娘见大难已过,感谢天神,起身把香案搬开。且待他回来试过了法,方能解去他的疑心。故而身倚妆台,假作朦胧睡着的样子,等候他来。这时候,许仙走进店门,心中突突乱跳,也不顾二夥叫唤,一直跑到厨房里。不见小青,他便回身轻轻上楼,步入房中。见娘娘倚靠妆台,托腮而卧,正合己意。

要知许仙如何下手,妖怪是否现形,且看下回分解。

第十五回　斗　　法

却说娘娘倚靠妆台而卧,正中许仙的机会。连忙又到厨房,取了净水半杯,拿出三道灵符,将一道塞在发髻,一道焚化在净水杯中,再有一道拿上楼去,贴在房门上面。战抖抖托着净水杯,要想下手,却觉得心中不忍;又恐他遗害他人,罪在自己,使我欲罢不能,所以暗说一声:“娘子休怪!”便将符水吸入口中,照定娘娘面上一喷。只见娘娘身子略动,把头一摇;许仙只道摇头之下,即现原形,慌忙退出房门。那知娘娘声色不动,仍然熟睡,外貌虽是那样,内里十分难过,好似万箭攒心,急将修炼的元神相迸,咬紧牙关忍耐。许仙又喷一口,喝声:“变!”娘娘越发难熬。还亏得道行高深,迸了过去。若换了小青,早已身子跌倒,现出原形了。弄得许仙诧异起来:分明这道人一派虚言,自己上他的当。已把疑心,去了大半。

此时娘娘知道第三口符水还要难降,倒不如早些醒罢。便伸了一个懒腰,睁开两眼,软洋洋的站起身来,对着自己一看,问:“那一个把我衣衫淋湿的?”许仙暗说不好了,娘子醒了,只得答应“是我”,反着手退缩就走,要想放下这符水杯。谁知放了一个空,符水和杯子一并打翻在地。娘娘就取出手帕,揩抹衣上的湿水,方说道:“原来是官人。为什么这般慌张局促啊!”许仙道:“没有什么,我和你取笑罢了。”娘娘道:“那有这般取笑之理! 内中定有缘故,待我算一算阴阳,看是怎样。”许仙知要淘气,却又阻止不住,更觉局促不安。那娘娘假意用指头抡算,算到其间,顿时双足乱跳,发怒道:“你今干得好事啊! 我一向道你是个多情种子,把一片真心待你,助你成家立业,想不到你今天行此毒手,要害做妻的性命,我好恨啊!”许仙忙摇手道:“没有这件事的,休要多心。”娘娘道:“你还想瞒我么? 我平日怎样嘱咐你的? 切勿与僧道相商。你却完全不听,瞒着我前去烧香,倒也罢了,不该听信贼道谗言,说你家中有怪物害人,你便把二两人参作押，换得灵符回来，降伏我妻婢二人。好好好，你且过来细认一认，看做妻的到底是什么妖怪啊！”许仙连连赔礼道：“娘子不要气坏了身子。总是我误听谗言的不好，以后再也不敢胡为了。”娘娘道：“你就算我是妖怪精灵，也该念及前情，稍加宽恕。你怎么一些不顾，忍心害死我呢？”说得许仙无地自容，身子跪了下来。娘娘反觉过意不去，连忙用手扶起，说：“今番就算罢了，以后若再如此，我和你决不干休！”此时许仙好比皇恩大赦，胸前搬去了一块大石，连说：“再也不敢了。”

忽见小青送茶进房。原来他在无锡避难，遥望红光已散，白光渐起如前。知道娘娘太平无事，他便驾云回家。听他们说话已完，方始取茶送入。见娘娘衣衫打湿，动问：“为了何事，弄得这般光景？”娘娘就从头至尾告诉了一遍。小青有意做作，走近身来说道：“相公谅情看得准确了，娘娘是怪、婢子是妖，快来收呀！快来降呀！”许仙道：“阿呀，你也来说我了。快去送水上楼，与娘娘揩拭换衣罢。”娘娘道：“此事虽然罢了，但明日一早，命小二备了香烛，唤一乘小轿伺候。”许仙道：“未识要来何用？”娘娘道：“一来做妻的为要烧香，二来要会会这茅山贼道，讨还人参。”许仙连连摇首道：“这个动也动不得！那里人山人海，挨挤不上；还有一班无赖棍徒，在彼混闹。男子去烧香，尚且费力，何况女流之辈！恐怕要吃亏的，劝你不要去的好。”娘娘暗想：“我若出去，谁敢惹我！”嘴里却说道：“难道这人参不要讨还了么？”许仙道：“人参待我明日自去讨还。这些些小事，娘子若亲身往讨，未免有失雅道。”娘娘忽然冷笑道：“你今看做些些小事么？不是我有意埋怨你、嘲笑你，把这旧事重提。你在王家半徒半夥，一载脩金能有多少？现在自开药店，兼兑人参，何等体面，就将人参二两看得轻微。虽说店中生意甚好，那一件不亏我暗里调排呢？”许仙道：“实是我叨光不尽。一时失言，娘子幸勿着恼。”娘娘道：“我明日定要去讨还人参，问问这茅山贼道，为甚妖言惑众，欺侮着我！”许仙听见娘娘执意要去，只得唯唯退出，吩咐小二安排一切。当日别无话说。

到了来朝，小二香烛办好，小轿已经唤来。娘娘起身梳洗后，小青在旁伏侍,便道:“娘娘可要小青跟去么?”娘娘道:“你的功行浅薄,更兼性情急暴,恐怕惹出事来,不要同去的为是。”少顷许仙上楼来回话说:“香烛轿子都已整备,是否叫小青跟去?”娘娘道:“他要在家做事,不必跟随。”许仙道:“如此,可叫小二跟去了罢。”娘娘也说:“不用,只命轿夫拿着香烛去就是了。”许仙听了,自去吩咐轿夫在外等候。

不多片刻,娘娘打扮停当,出外上轿。许仙连忙过来搀扶,顺手把毡单放入轿中;又嘱咐轿夫抬稳,回来多给酒钱。轿夫一声答应,抬出店门。才到巷口转弯,就见行人挨挤,轿马纷纷,大半是去烧香的。从大街抄到下塘,过了杨家园子巷,更是热闹非常,轿子已不能上前,有的偏要过去,弄得轿子轧坏,坐客跌了出来。娘娘见此光景,只好作些小法,嘴里叫轿夫小心抬上去,却用一个指头,向前一指,轿前的许多人顿时大乱起来,你打我,我推你,不由自主,分开一条去路,娘娘坐的轿子正好过去,毫无阻碍。一直抬进山门,在人丛里穿过,引得两旁看的人,个个称赞娘娘美貌,娘娘却无心观看景致。

到得月台下出轿,步上丹墀,轿夫拿着香篮毡单,跟随在后。娘娘跑进长窗,抬头一看,果然神像端庄,殿庭气概,真是个神仙福地。那轿夫认得这个老香工,是他的娘舅。就把香烛香金交付与他,并说:“今天我抬专诸巷许家娘娘来烧香的。”老香工格外讨好,要请娘娘拜佛,怎奈烧香人众,无从拜跪。立等了多时,亏得轿夫想出一条计策来:拿了毡单,走出长窗外,嘴里高叫“官府来了”,就将毡单一折,套在头上,一路么么喝喝的来。众人只道真的官府来拜,大家连忙立起闪开。轿夫趁势把毡单一铺,说:“娘娘快来拜罢!”娘娘方得深深叩拜,默诉衷肠。这许多话,和前回祝告赵天君相似,不过说明要会茅山道士,还望神仙暗中保佑。

拜祷已毕,就命轿夫跟随,要去会会这茅山道士,讨还那二两人参。轿夫道:“茅山道士出卖风云雷雨,就在东首角里,那边是很热闹的。”娘娘点点头,步行过来。见那道长身坐高台,下面围着一个人圈子,所以走近台前,便说:“诸位请让一让。”众人认道:“这位美貌娘娘,也来买风云雷雨,让他走入。”那道人瞧见白蛇进来,大喝一声:“蛇畜！休得近前。”娘娘道:“你这贼道,还敢骂人！妖言惑众,拐骗人参。快快还我,万事全休;如若不还,把你这贼道送官究治!”气得道人嘎哗哗的说道:“你这孽妖,如此猖狂,还当了得！看我的法宝,定叫你死在眼前。”说完,要想拿宝剑,宝剑不好拿;要想拿令牌,令牌也拿不起;要想化符念咒,又是动不得。

你道究竟什么缘故呢？原来娘娘运用玄功,早差五鬼上台,把道士的两只手捏住。故此虽有法宝,不能施展出来。又怕他说破此事,有关夫妻脸面,又加念了几句禁口咒,好叫他不能言语。弄得这茅山道士,有法难施,有符难画,好比张天师被鬼迷住,有法也无法了,只在台上嘎哗哗的叫着。谁知他内里的缘由,作者却有一句话交代。本回名为“斗法”,其实唱弹词的人,所唱的斗法一事,说什么“道士拿起葫芦,放出许多白鹤,飞舞空中,娘娘便将鞋底棉花扯碎,变做寿星,吹入云中,只见许多老寿星,骑鹤四散而去。又拿起令牌宝剑,架起天空,耀武扬威,都被娘娘破掉。又把茅山道高高吊起,鞭打再三,然后放下,抱恨而去”。这一种说法,虽觉得热闹好听,但是和情理不合。你想神仙庙在城市大街人烟稠密的地方,岂容那妖魅斗法,各显神通么？将今比古,世事原是一样的,郡府那有不来访拿的道理!只怕许仙也不能在苏地存身了。所以把这些荒诞的话,还是删改的为是。

这一节表过明白。仍说台下围观的许多人,有几个开口问道:“请教娘娘,可是这道士赊欠你的人参,要向他取讨么?”娘娘道:“并非赊欠,实是拐骗去的。”众人道:“岂有此理！不知怎生被他拐骗的呢?”娘娘便造出一番言语,说:“我夫在专诸巷开设保和堂药店,昨天来庙烧香,遇见这茅山道,被他用恐吓手段,说有妖怪在我家中。我夫受了他的愚,把二两人参押换灵符,回家吵闹,好似痴颠一般,吓得仆婢人等几乎寻死。所以我特地来讨人参,要问他一个妖言惑众的罪名。”这些话很合情理,听得众人个个动火。都说这贼道骗了人参,害人的性命,大家去拖他下来,送官究治！内中有一老者调解说道:“与其送官追究,多费衙门使用,还要同他上堂质对,倒不如罚他磕两个头,还了人参,不许他再在这里妖言惑众,放他去罢。”娘娘一听,正合己意。便道:“既承各位讨情,只是造化了他。”众人即对道士说道:“亏得娘娘宽宏大量,快些磕几个头,把人参拿出来,还是你便宜的。”那道士嘴里虽是嘎哗哗,却将桌子拉开,跪在台上乱磕头;并不是真情赔罪,实是五鬼作耗,不由自主,叩头不止。众人问他人参在那里?却见他叩头不答,料想藏在拜匣里。便上台开匣一看,果然在内,取出送给娘娘收了,请娘娘饶了他罢!娘娘道:“如此叫他起来,放他便了。”五鬼奉命放手。道士就站起身说一声:“罢了嘎罢了。”拿了令牌宝剑等物,即便下台,在众人中一溜烟走了。到后来要报此仇,今且不表。

此刻娘娘向众人道谢,见轿子已抬了过来,就此上轿回家。不知以后当有何事发生,且看下回分解。

第十六回　端　　阳

却说娘娘回到家中,许仙迎入,知道人参已经讨还,便重赏轿夫去讫,然后进内闲话。娘娘取出人参,问:“可是官人亲笔加封的么?”许仙道:“这是我一时糊涂!不知娘子怎生向他讨还的?”娘娘道:“非但他自愿奉还,并且叩头不止,再四求饶,我才放他去的。”许仙道:“为何道人见了娘子,这般的低头伏小呢?”娘娘道:“只因我袖里阴阳有准,知他的本来面目,是三百年修炼的老狐狸。我本待送官究治,又恐累夫上堂,只要人参到手,所以我顺手推舟,放他走的。”许仙道:“足见娘子仁慈,令人可敬。我今想起此事,懊悔无及!以后再若如此,便凭娘子处置便了。”夫妻叙谈了一回,和好如初,不须多说。

只说娘娘想到此番一辩,谅必真心贴服,可以安度光阴了。只有一桩心事,天天挂在胸怀,你道为了甚么?日子过得很快,四月一过,已近端阳,若到天中午刻,难免在楼头出丑。“我虽道行尚深,也怕不能避此大难。”因此心中烦恼,泪下双行。却巧小青送茶进房,问:“娘娘为甚这般烦恼?”娘娘道:“你还不知道么?我和你都是妖变人形,枉作千载修行,一到天中,仍不免现形出丑。反不如人间妇女,可以庆赏端阳佳节。在你功行浅薄,尤宜早避为是:先在家主跟前装病,到期遁往深山,任你原形现出也不妨。”小青道:“主母便怎样?”娘娘道:“我是随侍夫君,难以脱身。只得随机应变,度此难关。”这一来也是娘娘自恃修道功深,或可支持恶运;岂知事出意外!丈夫请他吃雄黄酒的后话慢表。

当下主婢在房中闲话,许仙走将进来。娘娘叫小青送茶,小青就此假装病痛,喔唷连声。许仙忙问道:“小青为何这般光景,满面病容?”娘娘道:“今早起来就是这样,想是昨晚受些风寒了。”许仙道:“既然有病,不必送茶。快去睡罢,免得再冒了风。”小青答应退出。

娘娘道:“今日是五月初一,店中帐目可有么?”许仙道:“本店初开,还没有什么帐目。”娘娘便把端节应办各事,一一嘱咐道:“你在明后两天,准备礼物,如金腿、盐蛋、粽子、黄鱼等类,送分各处知交;还有姑苏驿里,却须官人亲自前去。回来再到卢家巷,王永昌虽然身心不好,究竟是他提拔起来的;此外本县地方,也须送二两银子代席。左右邻居分给粽子。夥计脩金、小二工钱,一律算清,另外加给赏封。你是个当家人,件件要自己操心的,你先出去开了一篇帐,快去整备罢。”许仙道:“小青赏他五两银子,可够么?”娘娘道:“多谢官人,待他病好再给便了。”许仙道:“自家夫妻,谢些什么!我到外边开帐去了。”说罢,来到店中,把帐开好,命二夥出去备办停当,明天就叫小二分送各处。

到了初二清早起来,问小青寒热可曾退凉。娘娘道:“仍旧发热未退。”许仙要想到小青房中诊脉,娘娘恐他看出假病,便正色道:“小青年纪大了,你要到他房中去,想些什么念头?”这一句话,说得许仙难以为情,就到外面去了。停了一回,他遵着贤妻嘱咐,自到驿里、南濠两处走了一遭。并不是他惧内,实在心里敬服妻房,所以这般的唯唯顺命呢。

初三一过,便是初四,这两天生意很忙,等到料理清楚,已是黄昏时候。归房用过夜膳,说:“小青生病,乏人帮忙,件件都要娘子辛苦,心实不安。而且明日端阳,备办祭礼,岂不要忙坏了你呢!”娘娘说:“这些小事算甚么!你请宽心。”二人谈笑了多时,天已二鼓,上床安睡。只有娘娘睡不安稳。今夜忽然心血来潮,翻来覆去,觉得胸前梗起一条,难道这恶时辰逃不过么?若现真形,那还了得!只好自己装病,明日在床上睡一天,叫他去看龙船,就算我迸不过,也不被他瞧见了。

打定主意,所以睡到三更后周身发热,好似火烧一般。许仙逼得喉咙干燥,一觉醒来,忙启口问道:“你身上怎么这般的发热?”娘娘连声:“喔唷,好难过啊!”许仙伸手一摸,和火炭差不多。吃惊道:“娘子果然病了,谅必感冒风寒而起,口中一定发燥,待我取茶与你吃。”身子早已坐起,披上汗衫,穿好绸裤,实在自己也热不过,下床觉得凉快些。就在妆台上摸去,幸有一壶冷茶,却未便叫病人吃,自己先吃了两口,又呼一口漱了几漱咽下,然后再呼一口,候得温了,哺到娘娘嘴里。一连四次。娘娘知他这般多情,把这张嘴做了活风炉,但恐冷气结坏了牙齿,所以忙说不要了。若然称他的意,就是两大缸冷水也吃得下呢!此时许仙身坐床沿,等候天明,娘娘却叫他睡下。他只得勉强熬到窗前发白,就此穿衣起身。摸摸娘娘热势未退,问:"今日可要请医?"娘娘道:"做妻的不过冒受风寒,你不要放在心上。今日端阳佳节,请医觉得不利,料想明天就可全愈的。但是我不能帮你备办菜肴,只好在酒馆中包办一席,祭祀祖先。少刻拿来请二夥饮酒,叫他们早些关了店门,去看龙船。就是小二,吃过了饭,也另外加赏他百文钱,叫他出去游玩便了。做妻的无福陪夫饮酒,你嫌一人寂寞,何不也去看龙船呢?"许仙道:"家内无人,却叫那个来关门?况且娘子有病,我也没有心绪去看龙舟了。"娘娘打发他不开,心里未免担忧。因为自己保不住不现原形,所以要遣开他们,就算实在迸不过,也没有人看见了。只好说:"我今日怕烦,恕我不得奉陪,还是出外去的好。只要将门反锁,也就无妨。"许仙怎知内里机关,便答道:"少停停再作道理,我今下楼去端整茶水上来。"说罢下楼,开了库门,叫小二烧好茶汤,亲自拿到楼上。

自己梳洗停当,方才来到店中,与二夥相见后,就说:"今朝我妻有病,不免待慢二公。少时早些关门,二公不妨出外观看龙船,游玩一回。"二夥听得放假半天,自然心里欢喜。又吩咐小二取钱二千,快去备办祭礼,到酒馆中包一席菜肴。小二想着今朝是节日,便说:"各酒馆逢着节上讨帐的日子,一家都不开的。"许仙听了一呆,忙问小二:"这便怎么?"小二道:"没有别的法子。相公拿出两吊钱来,让我去包办了罢!勿是我夸口,我从前在酒馆里烧过三年火的,包你烧得好吃。"许仙只好依他,给他两吊钱,另外二百文是买香烛银锭的。小二领钱出外,不多片刻,买了回来,样样完备。用去了一千二百文,余多皆落入他的腰包。急忙到厨房里去,把买来的鸡肉鱼蛋等物,煮的煮,煎的煎。亏他做独脚戏,居然手段名工,不消多时,都已办好,出来报告主人。许仙问他可是两席,小二答应:"是的,不知摆在何处，要用几付杯箸。”许仙一一指派：“厅上供三代祖宗，要摆杯箸六付；厢房中供岳父岳母，只要两付就是了。”小二奉命入内，拿了长盘端出，两处摆得整整齐齐，请主人过来一看，还算成文：是南腿、红烧黄鱼、拌鸡丝、盐鸭蛋、三丝汤五碗。还有一盆粽子，名叫五簋一点。许仙看过后，小二问：“好也不好？”许仙点头道：“倒也亏你。”当将香烛点好，叫小二且慢走开，“待我上楼去一趟，就要来的。”急忙忙登楼进房，娘娘就问他上来则甚，许仙道：“今日端阳祭祀祖先，都已摆好，一席摆在厅上，一席在厢房中，是祀祭岳父岳母的，只是有屈得罪了。”娘娘道：“正该如此，多谢官人。”嘴里虽然称谢，心想：“丈夫这样的多情，只是我的爹娘，不知那两条烂死蛇？连我也不晓得呢。”又说道：“我本当下楼祭拜，怎奈病体难行，只好你代我之劳，多叩几个头罢。”许仙应“是”，欲走，娘娘又照前嘱咐了几句，叫他“不要上楼陪我，反觉心烦。倘嫌一人寂寞，你不妨反锁后门，去看龙舟为是。我虽有病，家中还可照料，你去罢。”许仙道：“如此你请安睡，我要下去祭祀了。”

当即下楼来到厅上，奠酒三次，拜过了祖先，再到厢房里去祭外堂父母，一样筛酒叩头。事毕，烧化纸钱，方叫小二折酒收了杯箸，摆开桌子；又叫他到店中去关上店门，请张李二公进来用午膳。小二奉命走出，见店门已经关好，就请二人入内饮酒。二夥道：“今朝本来没有生意的，只有几个主顾门，讨取苍术、白芷、雄黄、太乙丹罢了，所以我们把店门关上，只留一扇开着。若说吃饭，不必客气了，你进去谢谢相公，说我们家里也要过节，只好明天早上出来到店的了。”说到这里，各人拿出四钱红封包递给小二，说道是：“辛苦了你，送与你买点心吃的，我们也不进去告辞了，托你去转说一声罢。”说毕开门自去。

小二称谢后，正要关门，看见街上有人喊卖加料臭蚊烟，一文钱一条。便将他唤住，问他可有还价。他说：“你若二十条一齐买去，可以打一个七折。”小二听得便宜，就付与他十四文，拿了蚊烟条，套在臂上，顺手关好了门，进来见主人道：“张李两位相公不来吃饭了。他们要回家去过节，叫我回禀一声，还给我四钱封包买点心吃的。”

许仙道:“这是你的造化。你进去吃了饭,我也赏你百文钱,你可出城去看龙船,闲放一回。早些回来。”小二称谢要走,许仙问他:“臂上套的什么东西?要来何用?”小二笑道:“怎么这个老什子,相公还不识货么!这叫做蚊烟,端阳午时点了,一切蛇虫五毒秽恶的气味,都可以驱逐的。”许仙道:“既然苏州有这风俗,不知要多少钱一条?”小二道:“每条七文,不折不扣。”许仙道:“这倒不贵,我与你一百四十文,都算是我买罢。”小二一听,快活得很:一百六十文趁到手,又得赏钱一百文。连忙到里边吃了饭,径向山塘上游玩去了。只剩许仙一人,无精打采,略略吃了一碗饭,也不去看龙舟,在店中取了送剩的苍术、白芷、雄黄等,走上楼来。

不知房中的娘娘,到了午时可曾现出原形,把这许仙吓死,且看下回分解。

第十七回 现 迹

却说许仙一人在家,倒也很忙:轻轻走上楼来,拿了提炉、手炉、香炉;又下楼到厨房里,在风炉内取些用过的火炭;然后把苍术、白芷加入各炉;回到楼头,一齐拿进房中。床底下、踏板上、妆台前,尽行摆好。又拿了脚炉盖、缸盆盖等,点了二十条蚊烟,内房点到外房,弄得腾腾烟雾,双眼难睁。耳中听得娘子鼻息呼呼,也不去惊动。便下楼去端整雄黄酒,从灶下各处喷了一回,我且慢表。

再说娘娘睡在床上,浑身难过,手足抖战,胸前和火烧一般。拼将千年修炼的元神,迸过这午时三刻。此时恰当正午,忽见满房烟雾齐起,揭开罗帐一看,那些蚊烟条,宛似蛇形,只道丈夫作法,默使神通,要我的性命,所以这般难熬。及至仔细认清,方知是苍柏蚊烟,怪不得气味触鼻,令人舌燥喉干。慌忙起身跨下床来,套了许仙的一双鞋子,先将蚊烟条条踏熄;然后走到妆台边,亏得有一壶冷茶,自己呼了几口,喉间觉得滋润些;又将各处炉内用水洒灭,顷刻房中烟消气淡,两眼能开。对窗一看,午时已过其半,只消再迸一回儿,就可免了。此刻不再上床睡觉,就在春凳上坐,身靠妆台,双眉紧蹙,心里发慌,满身骨节疼痛,手足和散开相似。只得用尽元神,竭力收将拢来。暗恨着夫君不听我言,独自在家厮守,偏不肯去看龙舟。不然,我在房内现形,也就无人看见了。

正怨恨时,那个冤家又来了。许仙手拿着雄黄酒碗,上楼喷酒。见妻子倚妆台,面赤唇红,便问:“娘子怎么坐在此间?怕不要受了风寒。”娘娘道:“我此时心烦腹痛,你休来胡缠,快快下楼去罢!”许仙一想,雄黄酒可解风寒,便道:“娘子请用一口,病就好了。”娘娘看见酒碗,觉得气味难闻,好比尖刀触脑,忙将鼻子掩住,回说不要吃。不料许仙有些孩子气,一只手勾住娘娘玉颈,一只手拿起酒碗,说:“你不要吃,闻一闻也是好的。”娘娘想:既然这样,假作闻一闻就完了。不防他把酒碗凑到鼻下，趁势向嘴里一灌，娘娘的头往后一仰，连雄黄也灌了下去。顷刻间胸如刀绞，肝肠打结，小足乱顿，脸上露出玻璃纹，白中透亮，全不像一个美貌佳人，吓得许仙和痴呆一般。娘娘明知此番难免出丑，双手在仙官肩上用力一推，叫一声："快走！"许仙见此光景，变了样子，只道雄黄拿错了砒霜，急急奔出房门，到店中查看去了。

这里娘娘在房，实在耐不得了，腹内似滚油煎熬，遍体如乱枪挑刺，把头摇了几摇，青丝发也散了，身子一交跌倒，霎时房中白光顿起，现出蛇形：眼若铜铃，齿同刀锯，血盆大口，额上矗起一只角，周身雪白，和那蛟龙相仿，足有二丈多长，在房中盘绕。旁边摆着的箱柜，叮当夷摇动。这时候心里虽已浑乱，还有三分明白：倘若家主上楼，怎好见他！且到床上去，躲避藏身。怎奈蛇大床小，藏头不藏尾，藏尾不藏头，盘旋数次，房里一应家伙物件，尽皆震动，声若雷鸣，他的脑袋，仍在帐子外面，嘴里㭎叉舌头吐出伸进，犹如大红汗巾一般。

再说许仙下楼直到店中，将用剩的雄黄一看，一些不差，并非砒霜。"为甚吃了下去，变做这般光景，敢是他犯了痧气么？待我取些痧药上去，与他吃了，或者就好的。"想定主意，就拿痧药瓶在手，来到里边堂楼底下。听得楼上呼罗罗罗，声如雷动，早已惊疑不定。勉强走将上去，到得房门口，把门帘一掀。那知不掀犹可，这一掀，可怜许仙肝胆吓碎，三魂渺渺，七魄茫茫，往后一交跌倒在地，已经死去了。

其时娘娘已成蛇形，非但不能说话，并且吃了雄黄酒，醉得心里模糊，虽过了午刻，一时也难骤醒。还亏得小青回来了。

小青假装有病，在深山中避过了午时，仍变人形，一心记挂着娘娘，急急回到家中，看看娘娘可好。一径走上楼头，早听得雷声阵阵，好生奇怪。三脚两步，跑到外房，见相公直挺挺跌倒在地上，忙伸手向嘴里按了一按，气息全无，大吃一惊。不知娘娘现在那里！当即揭开门帘一看，也不觉呆了一呆：但见一条白蛇，周身红筋绊满，笆斗般的头，铜铃般的眼睛，顶上一只黑角，从血盆般大口中，伸出三尺多长的舌头来，还自呼啰啰啰的声音，十分可怕。小青想："我与他是同道中,尚且见了惊骇,怪不得相公要吓死了。”原来娘娘的原形,小青也是第一次看见,若把自己和他比较,正所谓小巫见大巫了。便对着他连叫:“主母,主母!相公被你吓死了,还不快些藏形么?”怎知娘娘药性未消,雄黄酒果然利害,如果功行浅的,仿佛吃了砒霜,连性命也难保呢!所以午时虽过,心尚模糊,凭你连连叫唤,全然不理。只得用手拔他的角,这叫做搭角,苏州人又叫做阿角搭,是问他可有知觉的意思。娘娘有些觉着,小青便抓住了角,他也随手而行,来到床前,将蛇头推入帐中,用力盘旋,和那转磨一般,竟然满满一床。就顺手取一条单被,盖在身上。然后站在床前,低声呼叫:“娘娘醒来!醒来!”

又停了半晌,只见被中渐渐缩小移动;又停了片刻,喉间略有声音。小青将单被揭开一看,仍旧是个绝色美人。方说道:“娘娘,相公被你吓死了!还不起来。”娘娘好似梦中惊醒,忙问:“相公吓死在那里?”小青道:“就在房外。”娘娘一听,吓得魂飞魄散。坐起身来,穿好底衣,随便汗衫换了一件,下床急走向外。怎奈两腿酥麻,身子跌倒。爬起来膝行上前,哭一声:“夫呀,做妻的害了你了!”泪如雨下。口对口和他灌气,那知热气换了冷气,声息完全没有一些,真是死了。娘娘痛断肝肠,诉说道:“我原叫你去看龙舟,不要上楼,你偏不听妻言,还把雄黄酒灌我,弄到这般地步。不然,我自料午时可以迸过。如今报恩反为结怨,做妻的罪孽,真是上通于天了。”小青道:“哭也无益,不如依我的意见,把相公好好的埋葬后,我与娘娘走遍天下,怕没有多情美貌的郎君么!”娘娘道:“你说那里话来!我奉金母之命,特地下山报恩,并非贪图淫欲。如今他已死了,我还活在世间则甚!只是负了你跟我一场。我死后你休牵挂,但愿你另访名师,早成正果。不要来顾我了,你快去罢。”小青道:“听娘娘这般说,我倒想起来了。”娘娘问:“想起什么来?”小青道:“平日我听得娘娘谈话,说及昆仑山有不老丹,还有起死回生草。何不到仙山上采取一根,怕不能救活相公么!但是要娘娘亲自前去才好。”娘娘点头道:“仙山原有此草,幸你提及,我倒忘了。”可见娘娘此时心乱如麻,所谓旁观者清,当局者迷。一经提醒,定一定神,便分付小青把相公尸首抱上牙床，直僵僵的躺着。两只手捏紧拳头，手里还捏着一瓶痧药，分明他是来救我的，怎不叫娘娘十分悲痛！小青道："娘娘不用伤心。只等仙草拿来，相公便可还阳。事不宜迟，快些去罢！"

娘娘揩一揩眼泪，嘱咐道："青儿，我有要言奉托，你须一一依办，切记在心！今将相公交你侍奉，常在房中陪伴，不要走开。日用三餐，可叫小二包办，里面由你主持。二夥倘然问及主人，你只说有病在床，不可泄漏风声，惹人猜疑，至关重要！我此去不知是凶是吉，倘遇不测，我就一去不回来了！"小青道："娘娘何出此言！我想娘娘有这般神通，还愁些甚么？"娘娘道："你那知此中的利害。昆仑虽远，我却不怕；只为洞中有人看守，鹿童尚可拒敌，若遇白鹤童儿，我命便难保了！"小青道："亏你一片诚心，吉人自有天相，包管天明回来。"娘娘道："话虽如此，时日却难断定。你去取泥土一块，放在主人胸前。"小青问是何用意，娘娘又道："古云：万物土中藏。好教他阴魂不散，藏在胸膛；还仗你的精神灵气在旁呵护，可保得尸骸不败。还有一件事，也很紧要：关了南面的窗，免得热气进来；开了北面的窗，好引凉风吹入，别无深意。还要头前点一盏灯，不但他阴灵不昧，并且做得标准：你只看此灯若灭，我已死了，休望我回返苏城。如为师徒一点情分，可将我夫安葬，另访名师修道。若然此灯不灭，我还在世，各事都要你当心料理的。"小青道："婢子都已明白，请娘娘放心去就是了。"

娘娘更无别嘱，忙去开了箱子，取出一套衣服来，然后把青丝挽就双丫髻，四串红须，拖在鬓旁；身穿白绫盘云衫子，猩红色片锦镶裤子，白袜粽鞋，腰束鹅黄色丝绦；背插一口青锋宝剑，手里拿着拂尘。打扮停当，又叮嘱了小青几句话，对着许仙尸首看了一看，说声："官人请安睡，做妻的暂别你了！"便转身穿窗而出，驾起云光一道，径向昆仑山方面去了。这里的事，我且慢叙。

单说娘娘救夫心切，在云雾中急急走了两日，越过了多少千山万水。且喜前面已是昆仑，但见山上红光直透，五彩冲天，所以不敢驾云，步行上山。一路看那高山层叠，古树峥嵘，奇花异草，怪兽珍禽，果然风景与尘凡迥别。正观览间，忽有一只白鹤，从半空中飞来，吓得娘娘魂飞魄散，跌倒在山坡上。只道是对头的冤家，要来取我的性命。谁知是寻常的凡鹤，早已飞过去了。惊魂方定，重又起身上前，听得流水潺湲，见有一道清泉下注，那里高筑白玉牌坊一座，滑腻无瑕，上贴蓝字匾额，写着“洞天福地”；石柱上左右对联，上联是“太极原无极”，下联是“先天即后天”。因为仙翁执掌乾坤太极图，故有此道。再向前走，穿过牌坊，又闻波涛汹涌，那条深阔的山涧，并无舟楫，知是弱水，连鹅毛都要沉下去的。上面驾着三条桥，又高又狭，叫我怎生渡得过去！真令人毛骨皆酥。中桥如朱砂造成，红光焰焰；左桥如赤金打就，金光闪闪；右桥如白银铸造，银光灿烂，光华夺目，难以辨别分明。回头看那牌坊背上，也有匾额，是“隔凡桥”三字。娘娘一想：这桥就是仙凡交界的地方了，但红桥金桥，谅不能走，且从右边银桥过去。怎奈银光万道，照耀得两眼难开，只得闭目进行，缓步上桥。

不知娘娘可能过得桥去，盗得仙草回家，且看下回分解。

第十八回　盗　　草

却说娘娘一心救夫，拼着自己性命，冒险来到昆仑山。行至隔凡桥畔，从那光芒灿烂的银桥上过去，两眼不能逼视，只得垂头闭目而行，默祝仙翁保佑。不知不觉，已过银桥，自称侥幸。纵目四望：仙境超凡，林峦环绕，花草长春；见那边宫殿巍峨，楼台层叠，似在云雾中间，忽隐忽现，若有若无；又望到平坡上面，有一高大的仙洞，上书“太极宫”三字，洞口清烟缭绕，鼻边闻得阵阵香风，洞里朱门闭着，也刻着一付对联，上联是“道合天心心合道”，下联是“通玄奥妙妙玄通”。

娘娘一路观看，一路向前。打从玛瑙石坡走将上去，两旁苍松翠柏，夹道成行，却不知灵芝仙草，何处才有。记得师父从前谈及，只在丹炉左右。我且到洞门跟首侦察一回。正举步间，忽闻“呀”的一声，洞门开了。急忙向树边一闪，见里面走出一个仙童，正是这个冤家对头，叫做白鹤童儿。生得颈长头高，十分可怕，顶上有一朱砂红点，发挽双丫髻，一张嘴和雷公相似；身披白色羽衣，穿一条猩红叉裤，白袜粽鞋，手执拂尘，撑在腰间。他奉着师父命，在此看守丹炉芝草，恐有野仙异兽到来偷盗，所以天天出外查看。在那里伸长颈子，东张西望，不敢擅离。还亏娘娘躲藏得快，未曾被他瞧见；若是当面遇着，就算盗得仙草，也难逃命。因为鹤是蛇的克星，凭你道行高深，断不能与他抗拒，只有远避为是。

既然这样说法，眼前蛇在鹤旁，相距甚近，那有闻不出的道理？但是娘娘这条蛇，非比等闲，吃过金母赐下的琼浆，呕去毒水，一些蛇的气味全无，故而鹤童闻不出来。若换了小青，早已被他查见了。此时娘娘虽是躲过，心里却万分着急。这个当儿，又走出一位仙童来，头上挺起双丫角，身穿紫色衣，上有梅花斑点，绿色的裤子，他便是麋鹿仙童。也职掌灵芝仙草，兼管丹炉。今奉师父法旨，更换白鹤童儿入内,叫声:“师兄,师父唤你进去。”鹤童说道:“师父在内何事,唤我做什么?”鹿童答道:“师父在内打坐,不知有什么事情,你进去便知道了。”鹤童说道:“师弟在此看守,须要当心。”回身去了。

再说娘娘看见鹤童进内,换了鹿童出来,心中暗喜:不妨上前相见。便从树林中闪出,脸上不露急遽的形色,手挥着拂尘,飘然上前,把手拱一拱道:“大仙,稽首了。”鹿童听得有人说话,回转头来,向娘娘上下一看,眼睛虽睁得很大,却看不出他的根本。也回说:“请了,请问道长是何方使者?从那里差来的?”娘娘道:“我在数百年前会过一次,难道大仙竟忘了么?”鹿童道:“怪不得有些面善。到底在那里会过,俺竟忘了,倒要请教。”娘娘就欺他看不出,顿时心中生了一计,说道:“我乃洞宾仙师台下黄衣童子便是。数百年前,我在瑶池,与道兄会过的。”鹿童道:“敢是有的。不知今天到来何干?”娘娘道:“我奉师父之命,欲议蟠桃大会。先要查考群仙,乞示一期,以便邀集圣母诸仙会议。相烦通报仙翁。”鹿童只道真有此事,便说:“你请少待,容俺进去通报。但俺奉命看守丹炉,和这些灵芝仙草,分身不得,倘被野仙异兽前来偷盗,那还了得。只好相烦你看守一回,俺进去就要来的。”娘娘道:“交与弟处,但请放心。”说着,果见鹿童回身进去。心中大喜,暗说:好了,此时不下手,更待何时!

原来娘娘识得仙草,又经鹿童指点在这一边,定是灵芝仙草无疑,稍一迟缓,便难盗取了。捏定主意,连忙走将过去,跪下身子,见芝草颜色晶莹,十分可爱,伸手轻轻采了一瓣。究竟娘娘是有根本的,不比寻常的妖怪,存着多取的贪心。一心专为救夫起见,所以灵芝入手,不敢耽延时刻,起身步行,却未便驾云而走,走得他淋漓香汗,湿透了衣襟。因为仙山上非比他处,懂得规矩的,怎好放肆驾云呢?

此刻再说鹿童进洞通报,见南极仙翁身坐蒲团,和那睡熟一般,鹤童也在旁侧侍立等候。低声问师兄道:“师父唤你进来,有什么话儿分付?”鹤童道:“师弟不要说起,师父一直出定去了,禀了几次,未有一言,因此等候。你进来做什么?”鹿童道:“外面来一个洞宾仙徒,他说有事要禀,特来求见。”鹤童道:“师弟,你我都进来了,那丹炉仙草,却叫谁人看守?”鹿童道:“这倒不妨,已托黄衣童子,代管一回。只是师父就要醒来才好。”

二童问答时,见仙翁举起两手,搔搔自己的长寿头。头皮常常痒得很,因为下界凡人,牵他的头皮,说什么‘拆空老寿星’‘勿局老寿星’‘屁出老寿星’‘棉花老寿星’,还有‘古董老寿星’,牵起他的人太多了,所以时常要痒的。搔起痒来,怎么要双手高举?又因为仙翁的身体,连头不过五尺长,头倒有二尺五寸,若不将手高抬,却是搔不着的。而且他迷了眼睛,一天到晚不动气,不住哈哈地笑了又笑。此时鹤鹿二童见师父已醒,一个先上前启禀:“师父呼唤鹤童,有何法旨?”一个也随后禀告道:“今有洞宾仙师,差遣黄衣童子到来。因要考察群仙,特来禀见请你。”仙翁听了,并不回言,好似没有听见一样。二童又说了一遍,仍是不答,只把眉头皱了一皱,方说道:“可惜他已去了。”二童都不解所说何话。仙翁又道:“我想你们道行尚浅,不能参悟玄功奥妙。说甚么黄衣童子到此,又何来吕祖的玉音?他是一个蛇妖,曾在峨眉山修炼了千年。一叶仙芝已被盗去,所以我皱了一皱眉头。你们仙妖难辨,两眼如瞎,枉在我门下为徒,你还进来禀报我!看你站立仙班,岂不惭愧啊!”二童连称知罪。

这一番训话,说得鹿童目瞪口呆,快快退下。走出洞门,那个黄衣童子不见了,仙草果然失去一瓣,气得他三尸神暴跳,七窍内生烟,嘴里哇呀呀的叫将起来。骂一声:“胆大的孽妖,竟敢哄俺进洞,偷盗仙芝而去,还当了得!俺定要追擒他杀了,方雪我恨。”原来鹿童受了师父训责,要想在白娘娘身上去出气,立即手挽双戟,驾云追赶。到底腾云比步行的快,片刻之间,已到面前。大喝:“蛇妖休走!快快前来领死!”娘娘听得叫喊,抬头一见,见是鹿童,心中略略放宽;若是鹤童追来,我命便难保了,岂不是枉费前功。虽说不打紧,且待我上前敬礼他,看是如何。便道:“仙长请了。实因夫病危急,凡药难医,故而冒死到此,求恳仙芝一叶,以全夫命。仰望大仙转达仙翁,慈悲方便,恕我擅取之罪,恩德不忘。”鹿童道:“你这孽妖,尚敢利口!妖变人形,假作仙童,哄俺进内,盗取仙芝,实是可恨!特来取你的性命。”说罢,飞也似的下来,手挺双戟,直刺胸前。娘娘侧身躲过，嘴里却求恳道："大仙休要卤莽。万事总看仙翁之面，还望容情宽恕，恩加一线罢！"鹿童气吁吁的骂道："你这孽妖！任你花言巧语，休想逃生。"又是一连两戟，刺将过来。娘娘见哀求无用，不觉心头火起，伸手拔出宝剑招架，剑来戟去，两下在山上厮杀。怎奈一剑难当二戟，看看要败将下来。暗想："我若今朝不下杀手，他要看得我不值半文钱了。"因此便将口内混元珠吐出，一道白光，劈面打去。鹿童被光芒一射，两眼难睁，叫声"不好"，慌忙回身逃走。那粒明珠正打在背脊上，疼痛异常，大叫好利害，拨转云头走了。娘娘暗自欢喜，打退了鹿童，安心向南而行。过了隔凡桥，步下山坡，方可驾云。算算自己在此仙山没有一夜，不觉已是两日有余了。

慢说娘娘驾云竟走。再说仙翁仍在那里打坐，鹤童又开言道："请问师父，方才呼唤弟子进来，有何分付?"仙翁道："少停停跟我去巡山，你且伺候着。"鹤童口虽应"是"，却暗想："老阿爹老得有些呆了。既是停一回儿巡山，何必早来唤我，等候到这个时候，反被蛇妖哄骗盗去了仙草，看得我仙山竟无人物。理当差我去擒捉，请我吃一顿配胃口的三鲜大面。他偏不要，叫我站立多时，真令人懊恨极了！"正想时，只见鹿童受伤而来，大叫："师父，弟子打坏了！"鹤童问："那个打坏你的?"鹿童道："被这蛇妖打了一珠，痛死我了。"鹤童听了，怒气勃勃，要想替师弟报仇，又恐师父不许。但觉得情理难容，我且退去洞门，再作理会。所以叫声："师父，师弟既被打伤，待徒弟出去看守丹炉。"便慢慢的退了出来，心里越想越气："我不免瞒了师父，飞身追赶，吃了蛇妖，取还仙草，与师弟报仇便了。"转定念头，立时展开两翅，飞奔追去。里面仙翁仍是笑呵呵的对着鹿童道："你不先来禀我，擅自追拿，故有此苦。"鹿童道："我实在气他不过，敢在师父洞中，行强盗取，目无师长。师父不替徒弟报仇，反加训责，却是为何?"仙翁道："你怎知他的根本！若说道行，你还不及他哩！他虽是个蛇妖，也曾在桃园扫过落叶。那日朝见金母，恳求度脱，怎奈受恩未报，结怨未消，难入仙班。圣母赐他琼浆一盏，命他下凡了此恩怨。今因救夫心切，盗此仙芝。我念他一点诚心，所以并不追究。若是要拿他，只要鹤童前去，冤家见面，性命就难逃了。现在你吃了痛苦，快取灵丹敷治,养息片时罢。"鹿童领命自去。仙翁正想出外巡山,传唤鹤童,鹤童不在洞前,方知追赶白蛇去了。我且慢表。

再说鹤童双翅很快,早看见娘娘驾云在前,越追越近。大叫:"俺鹤爷爷来了,还想往那里走!"娘娘在云雾中回头一望,这一吓非同小可,险些儿云头站立不牢,跌了下去。因为冤家对头,顿觉浑身骨节酥麻,残生不保。"我早知盗得仙草,仍死在此地,倒不如与夫同死在楼头的好。"但事到临头,急也无益。只得叫声"鹤大仙饶命。"鹤童道:"你这孽妖,盗取仙芝,又伤我师弟,还想活命么!"一剑砍将过来。娘娘不敢拒敌,急忙落下云头,将仙草含入口中,现出原形,望着小路上窜避。鹤童也把原形显出,在后赶来。

不知白娘娘性命如何,可能脱得此难,且看下回分解。

第十九回 救 夫

却说娘娘见鹤童追来,自知逃生无路,蛇身伏地等死,动也不动。虽说是听天由命,其实神疲力乏,再也游不动了。此时鹤童飞将过去,见此形状,恐他有计,反不敢贸然落下。只在空中盘旋了一回,仍不见有甚动静,方始侧翅飞落。先伸铁锚般的一只脚,抓在白蛇的七寸里,爪痕深入,已弄得皮开肉绽。正想张张嘴啄他的蛇头,忽听得背后道人高唤:"鹤童不可如此!"回转头来一看,见是师父,连忙放松脚爪,仍变人形,双膝跪下。仙翁道:"你好呀,不奉师命,妄作妄为! 可知此妖很有来历,不应该死在你手,日后他自有果报!"鹤童道:"弟子因他盗取仙芝,这倒罢了;他还恃强伤我师弟,所以气忿不过,冒昧赶来报仇的。"仙翁便喝止他不用胡言,把这蛇妖的底本缘由详述一遍,又说:"你若伤了他性命,连我也有失察之罪哩。以后不可这样造次,快回洞门看守去罢!"鹤童只得告罪而去,不表。

再说仙翁看那白蛇七寸上已受重伤,就命执杖仙童在葫芦里取出灵丹一粒,敷治他的伤痕,立刻就好,叫六支快化人形。白蛇伏在地上,本来昏昏沉沉,不知已死未死,但觉背上疼痛难当。过了片时,忽闻一阵香气,顿觉精神爽快,疼痛渐消。又听得唤我"六支",举目一看,方知是仙翁来救。急忙敛迹收身,变了人形,将嘴里仙芝取出,藏入怀中,走上山坡,跪倒在地,口称:"小妖六支,叩见仙翁,愿仙翁万寿无疆。"仙翁道:"你且听我道来:我在蒲团打坐,忽然心血来潮,知你被鹤童追赶,性命在呼吸间,故此特来相救。虽私自盗取仙芝,原有罪孽,姑念你一点诚心,下凡后安分守己,不生邪念,恪遵金母之命。但是已过端阳五日,若再迟延,身败神散,汝夫便不能救了。我今助你一阵仙风,成全了你的志愿罢。"娘娘问道:"不知小妖后来结果如何? 还请仙翁训示。"仙翁听了,未便泄漏天机。却又是可怜他,因说道:"我有四句话,你且听了:休生烦恼莫生愁,上界问知根底由;金玉之言须切记,山中莫把老僧求。这是我的要言,你须牢牢紧记。驾云去罢。”娘娘道:“小妖在仙翁跟前,怎敢放肆!”仙翁道:“恕你无罪。以速为妙。”娘娘请过了罪,方敢驾云而起。但是此刻回家,还要路上耽搁两日,恐怕施救不活。所以仙翁举起拂尘,在娘娘背后一拂,助他一阵仙风;又念动真言一催,变作仙云,快如奔马,只听得耳边呼呼风声不绝。那消半日,已到苏城。足见仙翁道力无边。这里仙翁自回太极宫,不题。

单说娘娘到了苏城,拨开云雾一看,正是自己家中,从庭心内落下,且喜无人瞧见。轻轻步上楼梯,走近房门边,站定身躯,侧耳一听,听得小青还在房内守护尸骸,口中虽出怨言,只是记挂着主母,并未丧失良心,倒也可敬。当下推进房门,叫一声小青。小青见娘娘回来,变忧为喜,回叫娘娘说:“相公在床,我用冷云拥护,身子还不妨事呢。”娘娘点点头,把身上仙童装束换去,仍穿了旧日衣裙,称赞小青办事精细,亏你今番建此大功。小青看娘娘这付形景,面有得色,便问:“仙芝想已到手了么?”娘娘听他问及,反含着一包眼泪答道:“说也话长,将来慢慢的告诉你罢。此时救夫要紧。”就在怀中取出仙芝,交付小青快些煎去。小青接在手里,看这一片仙芝和秧苗相似,五寸多长,很是平淡。连忙放入人参罐内,在炭火上一煎。等到水滚,满房香味,直透脑门,顿觉精神爽快;而且这一片草,越煎越加青翠,所以能够起死还魂。少停煎好,娘娘亲手倒入碗内,就将煎过的草,付与小青,用红丝线缚好,挂在有风无日之处,后来自有大用。小青领命而去。

娘娘对碗仙汤一看,青翠碧绿,姣艳异常。又唤小青近前,帮同将相公扶起。一个在里床,一个在外床,拿一块手帕填入颈下。怎奈嘴里牙关紧闭,难以进药,只好用银簪子轻轻拨开,方取茶匙盛了汤,慢慢的灌下去。不消片刻,一碗汤尽行吃完。说也奇怪,仙汤一下肚,霎时上至泥丸宫,下至涌泉穴,周身毛窍骨节皆通,就是已经吓碎的苦胆,也替他修补完好,比从前大了一些——所以后来再吓,这个胆也不会再碎了。少顷许仙咽喉间微有气息,身体温和,渐渐活动起来,娘娘和小青快叫:“官人醒来!相公醒来!”许仙好似做了一场大梦,悠悠苏醒还阳。耳中听得叫唤,朦胧间微睁两眼,有气无力的诧异道:"我记得端阳那日,妻婢都已病倒,怎么今天你们全无病样,我反病卧床衾呢?"说到这里,神思懒倦,一个翻身,又向里鼻息呼呼的睡熟了。娘娘摇摇手,分付小青不要惊动他。因见天色已晚,就叫他下楼料理夜膳。小青奉命去后,唤进小二帮忙,烧好了饭菜,一面由小二送入店堂,一面小青端上楼房。娘娘已是六日未吃烟火食,此刻心定神安,方与小青吃了一些。收拾过后,娘娘命他先去睡了,自己也宽衣解带,陪着夫君安睡。

黄昏直睡到天亮,许仙先自起身,小青送进脸水香茗点心,却见他匆匆梳洗毕,略略吃些,不发一言,抽身下楼去了。那时许仙走向店堂中来,二夥一齐问道:"汉兄,这几天不出来,可是有些贵恙么?"许仙道:"我家娘子却有病,如今是好了。"二夥道:"这句话有些不对。我们因为东翁连日不出,进来问候。据青姐姐说,相公有病在床。所以我等问及汉兄呢。"许仙道:"小青病倒了几日,如今也好了。我倒要请问二公:昨日端阳,你们可曾到虎邱观看龙船么?"二夥道:"这是汉兄缠错了。端阳有龙船,昨日是初十,莫说我们没工夫出去,就算在外游览,也没有龙船可看啊!"许仙道:"昨日是初五,今朝当是初六,怎说是初十呢?"二夥道:"真是笑话了!汉兄病了两日,怎么日子都缠错了四五日?只要把店里的日清帐一看,就明白了。"便将帐簿摊在许官面前,又道:"你看可是昨日初九,今朝初十了么?"许仙道:"待我想来。"这一想不打紧,顿时目瞪口呆!想起"端阳那一天,我拿了痧药上楼,听得呼啰啰啰的声响。揭开门帘,见一极大的怪物……"想到这里,忽然"阿呀"一声,立起身来就走,直到厅堂上坐下,好似发了疯癫一般。二夥见他这般样子,也是吓了一跳。张夥道:"东家病还未好,为什么不请医生,反放他到外边来,怕不要感受了风么?"李夥道:"怪不得汉兄说话,七不搭八,所问非所答。我看上去,只怕是竖头伤寒,在那里发狂谵语呢!"

二夥窃窃私议,无非说他有病在身。其实许仙呆坐厅堂,心里不住的突突乱跳,"自己房中,那得有此巨怪,分明一妻一婢,都是妖化人形。"越想越疑,越疑越怕,想:"我是好好一个人,怎么和他同淘作伴，倒不如暂且歇宿在店里罢。”捏定主意，重又走入店中。二夥倒吃了一吓，忙说道：“汉兄为甚又出来了？店里有风，病人避风要紧，到底进房去安睡的好。请一个郎中来看看罢！”许仙怒道：“你们这些话，真是放屁！谁人生病，要请什么医生！”二夥见讨好变惹厌，只得闭口不言。

惟有许仙一人，满怀疑虑，不敢入内再见妻房，躲避在外。到了午膳时候，并不进去，就在外面胡乱吃了一些。黄昏后，夜饭也在店中吃了。少停店门打烊，分付店小二入内禀告娘娘，推说：“店内抛荒了五六日，我因稽查店务，清理帐目，没有工夫进房，就在店中安歇了。”里面娘娘得悉，毫不在意，却叫小青取了夹被蚊帐等物，交与小二代为安排。

起初一些不疑，那知一连几日，推三阻四，日夜都不上楼，显见得夫君有了异心。便把袖里阴阳一算，果然为着端阳现形一事，不觉伤心下泪。却巧小青送茶走入，看见娘娘悲苦，忙问何故。娘娘诉说原由，小青性子暴躁，便说：“既然他这等薄情，我们还要跟他则甚！难道世上没有美男子么？”娘娘道：“实情我为报恩而来，你休意会错了。我今有一事托你帮办：你到了明朝，替我在厨房中备好一席酒肴。因为你的主人，吃了仙草，把胸前“迷”字勾消，莫怪他心头害怕，不敢和我亲近。现在我思得一计，使他复迷后，抛去了惊骇才好。你只要如此这般依我办理，他的疑虑自然完全消释了。”小青领命。

当晚送过夜膳后，请了两次，许仙仍不进房。二夥在旁相劝，都说：“汉兄今夜进去睡罢，到底夫妻是拆不开的。就算两下争吵，也是寻常小事，过几天就完了。况且青姐姐两次相请，这口气尽可消得，何必执之一见？我劝你还是进去的好。”许仙道：“你们不知道的。我不进去，不劳相劝。”二夥劝他不听，也只索罢了。这夜许仙仍宿在外。

到了明朝，里面小青依着娘娘分付，把酒肴备办停当。已及午牌时候，又走到店堂里来相请。许仙见了，假装忙碌，顺手抽过一本账簿，翻开观看，再拿算盘胡乱算了一回。小青叫声相公，道：“小婢奉娘娘之命，请相公进去，有话商议。”许仙道：“我因没有工夫，不及进来。有话不妨传言一句就是了。”小青道:“相公既是店忙,只消进去片刻,说不多几句话,就可以出来的。”许仙道:“现下正在结账,分身不开,如何是好?”小青道:“不相干。娘娘分付:一定要相公进去!若不去时,只道我请得不诚心,要受娘娘处责的。”李夥在旁一看,有什么要紧账目,便说道:“汉兄算的不是账目,是一本隔年历本,看他做甚!”许仙道:“阿呀,我竟拿错了。”李夥道:“汉兄,我今又要劝你了。想娘娘特地请你进去,分明是赔你的罪,你还不顺水推舟。定要娘娘亲自出来赔罪,到底不像样的,快些进去罢!”张夥也道:“你不要带累我们做难人,倘若再不进去,娘娘必将青姐姐责罚。倒不如我们奉陪你进去罢!”小青便趁势说道:“相烦二位相公劝劝,免得小婢受责了。”张夥道:“青姐姐放心,你先进去等候,包在我们两个身上,送相公进来。”小青称谢先生。张李二夥就将许仙推推扯扯,一头劝,一头走,不让他自己做主,送进了库门,便把门儿扣上,自回店中去了。

此时许仙没奈何,到了里边。不知见了娘娘,怎样解释疑团,言归于好,且看下回分解。

第二十回　婢　　争

却说许仙被二夥送入，到了里边，心里不免三分惧内。一来听得娘娘已近楼门，二来怕妻房变羞成怒，现出原形，我立刻就要伤命；所以脸上强装欢笑，硬着头皮走上楼来。娘娘出房迎接，携手入内。仙官却靠近房门而坐，恐防一有变端，逃走便当些。娘娘问问店中忙碌情形，许仙便说："生意甚好，此刻进来，也是忙里偷闲，不知有何见谕？"正问时，小青送进茶来，娘娘先分付小青把酒肴摆好，然后说道："做妻的今日竭诚端正水酒一杯，与夫一叙。"许仙问："此酒因何而设？"娘娘道："你且坐下，待我细细与你闲谈。"许仙忙道："我已在店中吃过早饭了，此刻只怕吃不下呢！"娘娘道："坐坐何妨，有甚要紧！"许仙只得应了一声"是"。暗想："不要却了他的情，如果触恼了他，只怕逃到店里，他也会追来的，还是领情吃了两杯，再想脱身之计罢。"

此时小青摆好了酒肴，已经卸开身子，干他的正经去了。所以娘娘请他坐定后，亲自执壶敬酒。并说道："只因今岁天中佳节，做妻的有病在床，未能欢叙同饮，虚度良辰，故而今日特备粗肴，与官人重庆端阳。"说到这里，许仙忙蓢住道："阿呀娘子，这端阳两字，快不要提起了！"娘娘却不去理会他，仍说道："这不过略表做妻的一点情意，奉敬你一大杯。"许仙道："小杯足够了。"娘娘道："如此，我只敬你一杯可好？"就拿大杯子过来，满满的斟了一大杯。杯面上的酒，好像浮着几点灰尘，便取一个馒头，在酒上连连几掠，暗里写成"迷"字，方始递将过去。许仙接到手中，一口饮尽，已将"迷"字送入心胸。果然十分灵验，便换了口气道："多感娘子，仍换小杯罢。"娘娘嘴里答应，再要执壶敬酒，那知壶中酒已罄尽。忙唤小青怎不上楼来添酒，连叫几声不应，便起身说道："官人请坐，待做妻的自去取来。"许仙阻止不住他，见他轻移莲步，手执银壶，嬝嬝婷婷的走出外房。

“这样的千姣百媚,绝世无双,如果真是总兵千金,可称得一生艳福!惜乎他是蛇妖所变,真叫我空费周章了。”

正当转念时,忽听得外房一声响亮,又夹着呼啰呼啰的声音。许仙急忙走出一看,见娘子的身躯,跌倒在楼梯跟首,酒壶抛在旁侧;又见一条大蛇,和那前番看见的差不多,呼啰呼啰。大叫:“小青快来!”怎么小青不见,并不在下面答应“立刻就来”呢?原来小青忙得很,在那里做独脚戏。既要变做蛇,又要变做丫头,凭你变得快,总有些来不及,故而一时不能答应上楼。要知道小青变蛇的缘故,就是娘娘叫小青如此这般的计策,好解丈夫的疑虑。不过小青这条蛇,颜色是青的,而且比白蛇短小一些,怎么许仙并未看得清楚?这却难怪:如果他能够仔仔细细的一看,他也不会吓死了。既然这样,此刻看见了大蛇,为何并不吓死?一来见过了一次,不是猝然遇见;二来吃了仙草,把他的胆修补完好,比前大了一点,所以再也吓不死了。数言表过。

再说小青仍化了人形,慢慢的走上楼来。一见娘娘身倒在地,假作吃惊道:“阿呀,主母为何这般光景?”许仙不及回言,一手扶定娘子,一手掐他的人中,唤着:“娘子醒来”,小青也叫:“娘娘苏醒!”娘娘装着假死,拼住了一口气,又不好立刻就醒,直等许仙掐人中,方始喉间略略轻转气息,都说:“好了好了。”小青又问:“娘娘为何如此?”许仙道:“小青,这所房子住不得了,竟有怪物出现。端阳所见,即是这个东西,说来可怕得紧,我和你搀扶娘娘进房,快些端整姜汤罢。”小青应命,帮着许仙搀扶,将娘娘放在榻上安眠,然后去把姜汤煎好,送上楼房。娘娘吃过后,方启口道:“阿呀,吓死我也!”许仙道:“娘子受惊了。这怪物果然可怕,与我端阳看见的相同,险伤一命。今日又来吓娘子了,所以这所房子住不得了,准备早些迁移才是。”娘娘道:“官人所见的,其实并不是怪物呀!”许仙问道:“不是怪物,究竟是什么东西呢?”娘娘道:“我记得外祖从前向我母提及,说我家仓廒里常常增多粟米,因为世代有仓龙在内呢。”许仙问:“仓龙可要害人?”娘娘道:“不但不为害人,并且有了仓龙,家道自然丰盛了。”许仙道:“如此说来,倒是祥瑞了。不过形状可怕得很。”

此时娘娘早已坐起身子，便分付小青去添酒上楼。少顷酒已添来，夫妻重行入席坐下。许仙执壶敬酒，先替娘子压惊，娘娘连称不敢，回敬双杯，劝他丢开心事。现在许仙又着了迷，疑虑全消，和进来时大不相同。你一杯，我一杯，细语谈心，直饮到未牌时候方歇。小青收拾过去。送进脸水香茗后，仙官对娘子细看，实在真好，却不起身就走，坐着闲谈。娘娘有意和他作耍道："既是店中生意很忙，账目烦多，还请官人住宿在外。况且现值暑天，理应分铺而睡的。"许仙却带着些孩子气，答道："我实情舍不得你，今夜定要和你同睡的了，望娘子宽洪大量，休得挂怀。"娘娘听了，心内暗喜，原不过假作推辞罢了。此后夫妻和好如初。

只有小青的三七夫妻，尚未实行，自思："我小青跟随了娘娘，名为主婢，实是师徒。所以一心一意，帮着他干了多少大事，并无异念。因为当日娘娘与有缘人会晤，面许夫妻三七均分，指望早日成就。那知事隔半年，娘娘从未提及一字，竟把前言抹去。连近日我与相公说话，反有防闲的样子，未免太觉欺人了。"越想越怨。这几天无精打采，心事重重，有时还挂下泪来。今日正当烦闷，听得娘娘呼唤送茶，勉强倒了一杯，送入房中，就在娘娘面前一舂。娘娘道："你敢在我跟前使性么？"小青道："丫头怎敢在主母跟前使性！"娘娘道："你既不使性，为何这般光景？难道我看不出你的么？近日见你一腔心事，闷闷不乐，定有不遂意之处。你不妨老实对我说了，我好与你消解！"

小青起初还不肯实说，却被娘娘催逼不过，便老实表明自己的心事，并说："娘娘许我的三七夫妻，为什么至今绝不提起？岂不是失信于丫头么？"娘娘道："原来为了此事！我和你讲了罢。并不是我娘娘不肯出口，因为你道行尚浅，未曾得到补阳之法，恐防相公与你着体，枯竭精血，故而劝你暂且宽心忍耐，待我传授你玄功秘法，日后自可陪伴相公了。"小青听罢这几句话，分明在那里骗小孩。如果玄功一年不学会，就等一年；十年勿学会，再等十年；只怕青春已过，将近老了，便有什么情趣呢！所以心里懊恼起来，便说道："娘娘道行虽高，形骸则一。休说这样欺人的话儿搪塞下去。我本不敢痴心妄想,不过娘娘出言太甚,说什么男人近体,便要伤损:难道我小青嘴里有砒霜,周身插着刀枪的么?”娘娘怒道:“你这贱人,擅敢挺撞!就是算我不肯,你敢奈何我么?好一个大胆杀泼的贱人!”小青道:“想我小青无甚过犯,何故只管骂我?”娘娘道:“你这贱人,骂你何妨!从前面许你三七夫妻,我岂肯失信于你?你全不想自己近人有害,便这般的性急,轻狂太甚,就算我今朝回绝了你罢!”小青听得一声“回绝”,前功尽弃,把三七夫妻这句话,完全打消,所以含着一包眼泪说道:“主母你也太认真了,全不念旧日情份,口口声声骂我贱人。想我小青并未卖身投靠,不过在途中相遇,权称主婢。你今真个把我看作下贱,不知卖了你家多少银子?请你快将卖身文契拿出来啊!”娘娘又骂道:“你这贱人,这等放肆!虽不是卖身到此,现在我这里用你不着,快些去罢!”小青道:“娘娘不用我,我就出去,难道活活饿死不成!”娘娘道:“好好好!看你的本领罢。我也难道没有了你,就不能过日子了么?要去就去,不必迟延!”小青道:“娘娘真个不用,丫头也只好去了。”说至此,却不见娘娘留他,只得摆动金莲,急步下楼去了。娘娘看他已去,心里也有些难过。因为聚首多时,做了自己的心腹,一旦分手,自然舍不得的。既而一想,此地他没有熟识的人,却要到那里去呢?便把阴阳一算,肚里早已明白。书中暂把娘娘搁过一边。

再说那含酸吃醋的小青,含着眼泪,急行向外。从柜台边走过,许仙一眼看见,忙问道:“小青到那里去,为何这般光景?”小青道:“娘娘不用丫头,赶出我来了。”许仙道:“娘娘不用,有我在此,只要我进去一说就完了。现在你陌路生疏,却走到那里去?你且在此等候片刻罢。”小青道:“娘娘既然不用,在此也没有光彩;况被他这样辱骂,还在这里做甚!小青去了。”说完,就此出门而去。许仙叫唤不住,连忙命小二去追。那知小青别有神通妙法,凭你小二追赶得紧,近不得他的身,只在后面叫唤:“青姐姐,相公叫你回去!”小青一声也不应。小二直追到黄鹂坊桥十字路口,可巧前面一担稻柴挑来,对他一撞,跌了一交,爬起身来看时,小青在柴边一隐,就不见了。小二料想“柴担里躲不进去,大约是我眼睛看错的”,再上前追寻。一路向人动问："可曾看见一个年轻貌美的女子?"那些人都回说没有。他还心不死，各处找了一回，仍无踪迹。只得回到店中报告相公。

许仙心头纳闷，立即入内去见娘娘。进房坐下后，便埋怨道："小青不好，娘子理当教训，就是打他骂他也不妨，不该赶他出去。娘子觉得欠通了!"娘娘道："据官人的意见，难道容他使性撒泼么?"许仙忙道："娘娘你休误会了。我因为小青年方及笄，身在异乡，况且姑苏地方，人多油滑，恐怕遇见了拐子，那还了得，故而打骂由你，赶出未免过分。再者小青平日很为勤俭，纵有过失，也该宽恕他一遭啊!"娘娘听了这几句话，一想让不得的，倒要截住他的，免得他常来惹厌。因此微微冷笑道："原来得罪了你的心上人了，所以埋怨我么? 怪不得近日他任性妄为，仗势与我争吵。我若早知如此，也不敢得罪你的二娘娘了!"许仙被娘娘这样一说，情知要上我的船上，忙说："这种闲事，不与我相干。"便起身下楼去了。回到店内，仍差小二出去寻找，不必交代。

回头再说小青，使一个隐身法，一径望东南而走。来到旷野的所在，见是王府坟墓，将身站定，想得一个主意，要在娘娘跟前争一口气，顿时驾起一朵青云，随风飘荡而行。

不知小青来到何方，且看下回分解。

第二十一回　香　　迷

却说小青与娘娘斗口后，出走在外，要想照着娘娘的样儿，寻访一个美男子，结为夫妇，欢乐几年，还要比娘娘高胜一筹，也算争了一口气。“我且驾云随风而去，看有机缘，再行定见。”当下念动真言，驾起一朵青云，就想着娘娘的好处来了：自经娘娘教训后，功行渐深，从前的云，只驾得四五十丈高，现在竟有八九十丈以外。正遇着很大的西风，身边呼声声响，随风一直向东，行不片刻，拨开云雾一看，见是个山青水绿的地方。料想定有美貌的男子，如意的郎君，我不妨就在此间访觅几时。

想未毕，说也凑巧，那旁来一位美少年，容颜俊秀，品格风流，气宇轩昂，不啻潘安宋玉，像是个宦家公子。若得此人成为连理，更胜那苏州许相公了。他连忙按下云头，直落在坟墓树木间，将身转到坟前，坐着等候这位公子走来。你道这位公子是谁？说来很有名望，他姓顾名连，表字锦云，祖籍苏州昆山县人氏。父亲官居工部尚书，在朝伴驾；母亲潘氏，诰授一品夫人，单生这一个儿子。年方十七，生得相貌超群，文才出众，去年已经采芹入伴，尚未联姻，还在那里用功读书，巴图上进。只因夏日天气炎热，常到僧房中避暑，与东堂长老下棋。此时顾生见天色将晚，便离了寺院归家。一路缓步前行，忽听得很尖俏的叫苦声音，从那树林深处发出。他见是一所坟墓，竟当做鬼邪叫声，头也不抬，只管走他的路。小青一看不好：他要走过去了，我终须留住他才是。顿时使出神通，又是一声：“苦呀！”吹一口气，直送到顾生脸上。公子鼻边闻着一阵香味，不是松花香，也不是兰麝香，觉得分外有趣，倒要立定看他一看。望到树林深处，墓门跟首，坐着一位少年女子在此啼哭，不知是何原故，且待我近前一问便知。

但顾公子是个正经人，岂不知男女有别，不便交谈？皆为他被一阵香风，迷住了本性，不由自主。走近前来一看：既不是富家小姐，又不像贫户之女。便道:“原来是一位大姑娘。为什么独自一人,坐在这里啼哭呢?”小青道:“我因迷失路径,所以啼哭。若肯指引归途,感激非浅。”公子道:“请问大姑娘尊姓,府居何处,可有同伴,意欲何往?说得明白,我当指引你回去。”小青就捏着一篇假话,回说道:“小女子家住乡村,离城不远,我家姓杨,父母训蒙度日。也曾名列泮宫。”说到这里,公子道:“如此说来,原来是前辈老先生,失敬了!”小青道:“说也惶恐。前年我父一病身亡,抛下母女二人,零丁孤苦,因此将奴送与人家做养媳,我母便到城中去做绣娘,弄得母女分离,十分悲惨。可怜我年方十五,又遇着凶狠的公婆,时常打骂,遍体鳞伤,故而拼死逃走。本欲赴水轻生,实因丢不下亲娘,意欲进城寻找。怎奈单身迷失道路,反叫我进退无门了。若得相公指引,感德不忘。”说罢又哭。公子道:“果然可怜得很!大姑娘且免悲伤,我还有话动问:此地市梢,离城不远,不知令堂在城内那一家做绣娘呢?”小青道:“城中从未来过,又忘记了姓名,只知道是乡宦人家。可能够去查问么?”公子眉头一皱,说道:“这却难了。城中乡宦甚多,况且天将傍晚,又是个年轻女子,地陌生疏,怎好挨家去查问呢?”小青听了,就道:“今晚难见亲娘,栖身无地,却叫奴到那里去呢?”又不住的痛哭亲娘。顾生看他满面泪容,好似雨打梨花一般,越现出许多情趣,不觉十分心动。鼻中又闻那阵阵的香气,这香气是小青的妖术,任凭你鲁男再世,柳下重生,也不免心醉欲迷,何况是顾公子呢?

此时顾公子深入彀中,便道:“我有一个计较在此,未识大姑娘可能应允我么?”小青道:“相公有甚言语,但说无妨。”公子道:“令堂的住址姓名,既未得熟,今夜定难寻问。不如暂且同我到舍,在我母房中屈留一夜,待到明天,我当差人在各乡宦处,访问明白,然后送你过去,使你们母女相逢。你道可好?”小青道:“若得如此,深感大德!只是奴与相公,从未识面,又不知姓名住址,怎好打扰尊府!况且瓜田李下,恐有嫌疑,这便怎处?”公子道:“那倒不妨,你如问起昆山顾府,谁人不知。我父官居一品,母授皇封,单生我一个;若说瓜田李下,请你益发宽心,不是我夸口说,那个敢多讲一句话儿!但请放心,快同我走罢。”小青道:“多谢相公!但不知尊府在那里?”公子道:

“就在前面,不多路了,自当领导。”于是顾生带着小青同行,一个在前,一个在后,一个频频回顾,一个有意做作,在路上引诱顾生。公子因他脚小伶仃,搀扶他过了三接板桥。早望见树林高耸,便用手指着说道:“大姑娘请看,这就是我家的园林了。”

做书的写到这里,却有一句话要交代:为什么顾生不进正墙门,偏从后面出入呢?因为夏天炎热,他在园中避暑读书,夜间也歇宿亭内。所以走到园门跟首,便道:“大姑娘,你且站在我背后,待我叩门。”公子伸手在门环上连叩几下,又叫一声文琴开门。文琴书童料想是大爷回来,拔去门闩,把门开放,果然是的,便说:“大爷请进,让小童来闩门。”公子道:“我难道不会闩门么!你快去端整煎茶要紧,我因为路上走得十分口渴了。”文琴还要多开口,却被公子骂了几句,只得回身就走。暗想:“大爷今朝有些邪气,刚才我开出门去,他背后有一个人影子,遮来遮去,不肯给我看见,一定有什么道理在内。且让我抄到侧首的假山洞里,细细的看他一看就是了。”

此时公子把书童打发开后,方叫小青走入,顺手闩上园门,一路穿芳径,绕回廊,过小桥,引领他直到自己歇宿的方亭中,方才并肩坐下。情话喁喁,公子早被小青迷住了心。从此以后你贪我爱,如影随形。一天一天的过去,你想一个是文弱的书生,一个是成精的妖魅,早弄得精枯力竭,骨立形消,不像个样儿了。况且小青不懂此事,只管自己追欢取乐,不顾别人伤生害命;更兼他功行尚浅,毒气未净,怎好与人交接!所以娘娘虽许他夫妻三七均分,却不肯实行其事,还要禁止许仙与他勾搭,就为这个缘故呢。闲话少表。

却说书童文琴,那日看见大爷领进一个绝色美人,在方亭中朝欢暮乐,算来已逾半月。叫我不许走漏风声,每日赏银五分,至今不见分文。我时常在旁相劝,大爷总是不听,终朝迷恋荒淫。那知近日形容惨白,骨瘦如柴,病势渐深,卧床难起,越看越不像了。若再隐瞒下去,将来倘有三长二短,吃罪不起,岂不被主人活活的处死?所以硬着头皮,含了一包眼泪,入内禀告太太。夫人正在房中静坐,丫头春梅把文琴引入,见他这般样子,忙问他为了何事,如此慌张?文琴便据实禀告说:“大爷在外带回一女,留宿亭中,嘱我隐瞒。如今弄得病在垂危,不敢不来禀报。请太太速延名医救治要紧。”夫人听了,又惊又怒,大骂狗才,命丫环取家法板处治。文琴忙叩头道:“小童实是该死！不过未曾得贿,还求太太开恩。”夫人道:“此时暂且缓打,待我看了公子,再来问你。你先出去,我就来了。”

说罢起身,立既带着几个丫环,来到园中。心里暗暗埋怨儿子:“读书人不该做出这种事来。倘被京中老相公知晓,岂不要说我治家不正呢?”想到这里,已经走至方亭。文琴迎接进去,到了里边,走近床前,揭开帐子一看,吃惊不小:全然不像亲儿的样子,瘦得似骷髅一般。看了好不痛心！唤声:“儿吓,做娘的在此看你呢!”公子微微睁眼,喘吁吁的答道:“母亲放心,不妨事的。孩儿的病,明日就能好了。”夫人道:“我看你病得这般光景,一时怎能起身!”回头吩咐丫环们:“去唤这贱人来见我。”丫环奉命找寻,四面看过,连床底下也一一搜检,并无踪影,只少把三间方亭翻了一个身。文琴道:“方才我出来接太太,还看见他坐在床沿上,又没有见他走出去,真正希奇得很,不要他就是个妖怪么?”“妖怪”两字刚出口,就吃着了一记耳光,打得很响。文琴一声“喔唷”,问:“那个打我的?”丫头回说:“我隔着台子,怎好打你?”文琴道:“奇极奇极,我一说妖怪……阿呀,亦是一记。”丫头接嘴道:“看上去,你说不得‘妖怪’……喔唷,连我都打着了！还是改口叫‘仙姑’的好。但不知这几记耳光,从那里打来的呢?”这时候,夫人心里也不免害怕起来。命丫环快叫家人们进来,将大爷移到上房去。一言未了,小青厉声说道:“谁敢动手搬移!”文琴道:“既是仙姑,为甚不走出来讲话,躲在暗里搭虚空架子呢?”夫人道:“文琴你是见过仙姑的,如今你代我之劳,恳切哀求,说我顾家单传一子,务望仙姑留我后代,举家感德不浅。倘蒙保全,今日且免搬移,待我明天再来看他罢。大爷有病在床,你要小心伏侍,不可怠慢。”文琴应了一声“是”,夫人便含泪而去,带着丫环回到上房,吩咐传总管进见。

那总管叫顾能,听了夫人一番言语,知道公子被妖迷病重,惊得呆了。夫人还有些主见,一面叫他发书进京,报告老主人;一面再请高僧高道,解冤释结,镇宅驱邪,必须要挨着次第举行。顾能唯唯应命,等候夫人写好了信,方始告退出外。办事那敢迟缓,立即唤福、寿、康、宁四弟兄,来到面前。命福、寿二童速往苏城玄都观请法师设坛捉妖,又命康、宁二童次日到玉峰邀请僧人。等到僧道齐集,顾能很恭敬地招待,把他们应用的法器坛场,分排在东厅西厅。一时宣扬佛号,拜诵道经,施符念咒,钟鼓齐鸣。闹到了第二天,小青得知此事,“他请僧道来压制我,我当略使神通,看他们怕也不怕!”所以来到外边,正见法师画符召将,就弄起一阵妖风,霎时飞沙走石,地黑天昏。吹得两处经堂里面,好似雪片一般,那挂的长幡宝盖佛轴神位,和香案蜡台经文法器等物,一齐倒翻在地。吓得僧道四散奔逃,没处藏躲。有撞伤头面的,有跌坏手脚的,一个个狼狈异常。风定后,总管过来招呼,检点损坏物件,一一照估赔偿;又取银子,算还经钱,送他们各归寺观。然后进内禀知夫人,夫人愁闷更甚,无法可想,只好叫总管写几张榜文,四门张挂:如有人降妖者,谢银三千;兼能治病,照数加倍。当下打发总管去后,再到佛堂里去拜求观音大士,虔诚祷告,救护儿子的性命。这一来,早惊动了姑苏白氏娘娘了。

要知娘娘如何得悉此事,如何托梦聘仙,且看下回分解。

第二十二回　聘　　仙

却说白氏娘娘想起小青去后,少了一个心腹。虽曾算他已到昆山,该与顾公子有一段孽缘,但不知近日作何景况?且再算一算阴阳,看是怎样?便在袖里屈指一抡,暗自说道:“好个无知道浅的小丫头,全不顾顾生死活,弄得他骨瘦如柴,奄奄待毙。莫说我娘娘不依,如果绝了顾家后嗣,岂不要犯天条吗?连我也担当不是。我若不去相救,有谁救他?好在他家张挂榜文,降妖治病,特备厚酬。这一笔酬谢的银子,我夫尽可赚得,倒不如借水行舟,两全其美。只消我一道灵符,便可收回这顽劣的小丫头。但是要他来请,更觉得冠冕些。幸亏这位夫人,敬重观音大士,我不免化作观音法像,托梦与夫人,指引他一条路罢。且喜我夫今晚在邻家饮酒,要到更深方回,我不妨就此走一遭。”主意打定,立即化成白衣大士,手执拂尘,驾起云头而去。那消片刻,已抵昆山。来到顾宅里边,见夫人正在房中,和衣斜卧床上。朦朦眬眬间,忽听得窗外有人说道:“潘氏夫人起来!听我分付,我乃观音大士是也!你子命数该终,顾氏当绝。因你世代忠良,为官清正,平时又敬礼观音,虔心感动,故来指示迷津。你可速往专诸巷内保和堂药铺请得许仙,其人立可降妖治病。须要虔诚,有求必应。”说罢,香风阵阵,祥云冉冉,自回苏州不表。

这时夫人还在梦中,便说:“请菩萨暂住云头,容女弟子拜谢指示之恩。”不觉醒来,方知是梦。连忙起身下床,跪在窗前,叩头拜谢;满房香气犹存,真是观音下降,心里无限的感激。拜罢抽身,正见众丫环进来,问:“太太何故叩头?”夫人就说:“观音梦中指示,如今大爷有命了。你们快去传换总管进见,房厅回话。”丫环领命去讫。夫人便下楼等候。少时总管入内,又细述梦中情景:因我虔心求祷,得蒙慈航显圣,命我速往姑苏专诸巷,到保和堂药店内,有个姓许名仙的,他能降妖治病。只不知梦中的话,是假是真罢了!顾能起初也有些不信,恐系日间结想所致。夫人又说醒来香气甚浓,非寻常做梦可比。顾能道:“如此说来,真是菩萨显圣无疑了。”夫人道:“宁可信其有,不可信其无。你可端正千金聘礼,八色礼物,连夜开船,到苏访问。果有其人,定是观音指示。倘使没有,你就回来,也无妨碍的。”

顾能奉命退出,便问顾寿兄弟:“你是苏州人,可晓得专诸巷开药店的许仙人么?”顾寿道:“个个人晓得的。今年春天时疫,满城里人人腹痛,都去买他的药,一吃就好了,所以称他为许半仙。”总管道:“照你这般说,此人果然有的了。但不知他是道家呢? 还是释家?”顾寿道:“非僧非道,是个生意人,开设保和堂药店的。”总管听了,深信是菩萨显圣,连忙到账房里兑了千金聘礼,备好八色礼物。无非四穿四吃,绫罗绸缎,燕窝、海参,风鱼、火腿。写了礼单拜帖,然后同了两个弟兄,连夜开船。

天明到苏,船泊金阊码头,唤了几名脚夫挑进城中,每担一百文,回来到舟中开发。顾福、顾寿押担,总管顾能持帖入城,转弯进了专诸巷,早看见保和堂药店的招牌,不多几步,已至店门。总管踏上阶沿,把手一拱,说道:“请了! 那一位是许相公?”许仙答道:“在下就是。老伯何来?”后面顾福、顾寿接嘴道:“原来就是许仙,我等奉揖了。”许仙道:“不敢当。请问列位到此,有何见谕?”总管道:“老汉从昆山顾府中来,只因小主有病,特来相请。”就将礼单名帖呈上。回头分付道:“你们把礼物抬进来!”许仙一看,正应了一句苏州俗语,叫做山东人吃麦冬,一懂才勿懂。请郎中何消这样的盛礼,谅必别有缘故,便说:“老伯请到里边坐。”总管道:“正要登堂请安,恕老汉不恭了。”谦谦逊逊,许仙同他一同走进,小二忙将中门开放,上了厅堂,各施一礼,分宾主坐下,送过香茗。那些礼物已搬到厅上,许仙满腹疑猜,便把礼物再看一看,第一是聘金千两,已经呆了,忙说道:“多蒙老伯抬爱,但我许仙一个商人,岐黄并不熟悉,即使粗知脉理,亦属见笑大方,怎敢当此厚礼! 断然不敢受的。”总管道:“许相公休得过谦,容老汉细诉原由:只因小主病势沉重,访求各处名医,多说此病全由妖魅而起,服药也不中用的。我家夫人为此心中着急,所以终朝祷求大士,留此单传一脉;幸蒙菩萨托梦,指示迷途。特命我到来聘请,专候同舟下降昆山,万勿推却。”

许仙听了,实在解不出这个理由,暗想:“菩萨为何替我说谎?我不曾学过降妖的法术,就是懂些医药,也是不通的。勉强到了昆山,于事无济,原不过徒劳往返罢了。但把他送来的礼物,完全退还,被邻里人家知晓,未免脸上无光。且待我与妻商议,或者他有成全的妙法,也未可知。因他学过梨山法术,一定有降妖手段,可以成功的。”想定念头,方说道:“贵公子既是被妖魔缠绕,待我进去查一查看,老伯请宽坐一回。”说罢,起身入内,来到房中,叫声娘子:“有一桩奇事来了!”娘娘问:“有甚奇事?”许仙道:“今有昆山顾府,送来八色礼物,千两花银,作为聘礼,并用尚书的名帖,命老家人前来相请,因为公子被妖怪缠绕成病,要我到昆山拿捉妖精。我未曾学过道术,怎好耽承此事?故而进来与娘子商议,我好去回覆他们。”娘娘道:“想我虽与师尊相别已久,降妖之法却还记得,你不妨耽承下来,万般总有做妻的在此,包管此去太平无事。这些礼物聘金,不必推让,尽可照单全收,发入内厅。外面来人,须备早饭请他。你的动身行李,待我立刻整顿便了。”许仙应是而去,走到外厅,家人们都起身问:“许相公可曾查明甚么妖邪?”许仙道:“这是个极利害极凶狠的妖精,非我亲自前去不能降伏的。”总管道:“原是,原是。相公如已整备停当,就请下船。”许仙道:“老伯请用了便饭去。”家人们都说道:“船上饭已端整,实情救主心切,请许相公船中用饭罢。”许仙道:“如此性急,只是太觉有慢。待我进去片刻,一同下船就是了。”

当下回进内堂,见铺程行李等物,都已备好,就吩咐小二搬出去。然后向娘子告别,并求降妖之法。娘娘取出灵符两张,嘱咐道:“一张贴在妖邪出入的地方,一张焚化在阴阳水内,叫那病人吃下;妖怪见符早已逃遁,不现原形,切莫惊慌失措。倘他们问你妖在何处,你可假意虚张声势,便说妖已降伏了。还有一包灵药,煎汤服下自愈。那时降妖治病,都出自你,一定格外酬谢你了。”许仙道:“这事全仗娘子大力,我不过挂名罢了。”娘娘又安慰道:“此去但请放心,只是秋气初凉,自己要保重身子,休忘了嘱咐之言。”许仙口虽答应,心尚惧怕,还亏娘娘壮了他的胆,勉强抬身出外,颇有些依依不舍的情状,懒洋洋跨出屏门。总管便请许相公登船:“行李铺程早已发去,不知可有降妖应用的法器等东西么?”许仙道:“用不着的。就请同行。”回头又向张、李二夥嘱托店务毕,方和总管等离了店门,出城到码头下船,在官舱中间坐定,总管在旁侧相陪。即听得船头上筛动金锣,船已开了。

后梢头把预备的早膳端出,就在桌上摆好。于是饮酒谈心,用过午餐,不知不觉,从苏州到昆山七十里路,顺风顺水,申牌时候,已经到了。停泊水墙门首,总管道:“许相公,待老汉先上岸去,通知一声,好开正门迎接。”许仙拦阻不住,总管已上岸去了。走入门房,众家人多问:“仙人可曾请到?”总管道:“请到了,只是这位许仙人是观音菩萨指示来的,快去开放正门。少顷请到正厅,必须用香案供奉他,在正面献茶,整备丰盛夜膳酒肴,兄弟你休要怠慢!”吩咐毕,自到水墙门首,叫船上打好扶手,然后说道:“老奴奉夫人之命,代小主迎接许相公。”许仙道:“老伯何须如此,不当之至。”当下踏跳登岸。总管引领他从正门而入。众家人两旁分班站立,见许仙生得眉清目秀,体格不凡,暗暗称赞,都说他仙眉仙眼,仙骨飘然,虽是生意人打扮,很有仙家的模样。迎接到正厅上,请他正面坐下,面前摆着香案,香烟缭绕,红烛高烧,排列着八盆果品,一盏香茗,和供奉神佛一般。合府家人齐来叩拜,弄得仙官局促不宁,忙叫:“各位请起。”众人都说:“全仗仙术,救病降妖,感德非浅。”一齐起身,左右站立,和总管在旁伺候。许仙道:“我许仙有何德能,敢劳各位管家如此多礼,真使我惶恐难当。若说降妖治病,这有何难,你们只管放心便了。”他嘴里虽是这般说,其实毫无把握,心中惶惑不定:不知两道符,一包药,灵也不灵?如今到此地位,也只好说几句大话的了。

等到天将傍晚,总管命兄弟们一面端整酒肴,一面收拾书房,预备少停安歇,再向许仙动问:“降妖是今晚呢?还是明天?”许仙道:“明日五鼓降妖罢。”总管又问:“可要备办什么东西?”许仙未及回答,里面传话出来,夫人唤总管进去,总管只得入内听命。这里买办东西的家人,到厨房里吩咐备酒。厨子问:“仙人做法事,是否吃素吃荤?免得弄错了,反为不美。”那家人听说有理,回到厅上来问,许仙不好意思说吃荤，便随口说一声不论。那家人不懂不论两字，当做仙家的特别食品，答应下去，忙到帐房中取了一千文，出去买这个“不论”。谁知走遍昆山，总没有买处。后来问到了一爿店里，亏得有一位老人家对他说：“不论就是随便的意思，何当有这个东西，可以买得到的？你休要误会了。”那时心里方才明白，反恨着仙人放刁，带累我奔断了脚跟，停一回我拿妖怪来吓吓他，看他怎生光景，就知道他有法无法了。不说他心中怨恨。

再说许仙坐在中厅，自有家人们分班伺候，送香茗，供点心，川流不息。因见他们如此看待，真当我是个仙人，我必要降伏妖怪，抱着稳瓶才好。倘若不能降伏，叫我满面羞惭，怎好见人呢？正想时，天色已晚，傍侧家人端上酒菜，般般是山珍海味，和那鸡鸭猪鱼鲜果干果等类，桌上分排着十六盆。设席后，家人们在旁说道：“许相公，总管现在上房，少刻就来，这些淡泊粗肴，请许相公随便用些。”说罢，左右轮流斟酒。许仙上口一吃，酒也好，菜也好，果然比众不同。饮过几杯，方启口说道：“我要请问管家，你家贵公子，卧房在于何处？”家人道：“在后面花园方亭里。”许仙道：“如此，妖怪也在那里了，你们可曾见过没有？”这一问，那个买“不论”的家人，忽然过来回答。

要知回答的什么话，许仙能否降妖，且看下回分解。

第二十三回 降 妖

却说许仙在饮酒中间，问及妖怪可曾见过，有一家人答道："我们却不曾见，只据文琴说，是一个美貌的姑娘，将大爷迷住的。"还有一个因着"不论"两字带累他奔跑的，有意谎说道："这妖怪我也见过的，生得实在可怕，三头六臂，青面獠牙，赤发红须，眼睛和铜铃相似，来去飞沙走石，忽隐忽现，变做姣美的女子，显出原形，便要吃人哩。而且吃人不吃一两个，一吃就是五六个，只当一顿点心。你想利害不利害?"许仙听了，竟把这假话当做真的，吓得呆了，浑身发抖起来。暗恨妻房害我，脸上顿现惊慌之色。那家人见此模样，问道："许相公，为什么身子在那里发抖呢?"许仙定一定神，摇头道："不是的，我平日不喜饮酒，所以觉得有些酒寒。"

说未毕，总管自内走出，连说："失陪，失陪！得罪，得罪！"许仙就说："老伯请坐。"总管道："许相公不要客气，正厅上那有老奴的坐位，还请相公多用几杯。"便立在旁侧斟酒。那些家人们却是交头接耳，窃窃私议，都说："这位仙人，只怕有些靠不住呢。他一听妖怪吃人，身子便零碎动，这般无能，岂不是夫人白费心么?"有的说："不要管他，等到五更时候，包管飞沙走石，打得他头破血流了。"只有总管一片诚心，还要敬酒。许仙无心再饮，推说量窄，已经醉了。又恐酒后误事，反为不妙，况且腹中已饱，连饭都不要了。总管也不再劝，便道："多多简慢了。方才夫人传我进去，命我转达相公，因为顾门止此一脉，务求上紧降妖，幸勿疏忽，关系非小。"许仙道："老伯放心，降妖易如反掌。夫人处代言请安，多多上达夫人，包管妖降病退便了。"总管道："若得如此，合家戴德，真是莫大恩人了。但不知要预备些什么，还请吩咐。"许仙沉吟半晌，嘴里大话虽说，心里却突突乱跳，好生着急。想这妖怪要吃人，索性多端整几个，只要不吃我就好了。所以信口说道："我既不要设坛召将，敲什么令牌，又不要道家装束,步什么罡,踏什么斗;只要桃枝柳条,用十二名童男在我前面走,十二名童女在后跟随,我在中间,手仗宝剑。叫他们各执桃枝柳条,合府管家为后拥,一齐助威呐喊,同到方亭,我自有神通降伏妖怪,不必担忧。”总管道:“这样办法,倒也新奇。待小老安排停当,左右伺候。兄弟们,前面张灯,请许相公书房安睡。我还有事指派,恕不能侍奉了。”总管退去,这里四个家人搀扶仙官走进书房,居然异香扑鼻,华美异常。用过了茶,服侍他上床睡好,只留两个在床前听候使唤,还有两个来到外边。见总管分头办理妥当,大家和衣略睡片刻,准备四更天起来干事。若说童男童女,府中尽有,只要拣年轻的书童丫头二十四名,一些不难。应用的桃柳枝条,花园中现成有的,那是更容易了。

此时只难为了胆怯的许仙官,那里睡得安稳。可怜他战战兢兢,一心挂念着妻房。因此惊动了姑苏白氏娘娘,他一个人用过夜膳后,静坐房中,忽然心血来潮:难道小青不服,反把我夫呼吓了么?忙把阴阳一算,“原来他在那里记挂着我了,并且怨我贪财不顾了他。虽是过虑,也有道理的,倘若小青任意行凶,累及我夫担惊受苦,这却不可不防。欲保太平无事,必须我亲自往昆山走一遭。谅小青见我还有些害怕,敢不低头向我讨饶么!”

主意已定,立即穿窗而出,驾起白云前往。远远听得谯楼已敲三鼓,好得云头很快,不片刻已抵昆山。落在顾府花园中,潜身走入方亭,就在窗缝中细细一瞧,见小青身坐床沿,将手在公子胸前挪动。那位顾公子瘦得十分可怕,不像人形。小青却无法可医,还说:“我和大爷原期偕老,不想你得了咯血的重症,合府之人都怨恨着我,骂我是妖怪。太夫人也说我害了你,叫我有何面目再在此间?明日我要去了,恩爱从此两丢开罢。”那公子那里舍得,还要拉着他共效于飞。小青竟不顾死活,嘴里答应着,正要睡将下去。这个当儿,娘娘在窗外听得仔细,暗骂贱人心肠狠毒,到了这般光景,还想和他同睡,简直良心丧尽的了。即便轻轻咳嗽一声,向外而去。

小青已经听见,觉得声音极熟,连忙从床上下来,推窗一看,正是主母。也就跟随出来,离远了亭台楼阁,穿曲径,绕回廊,走出竹林深处,向外一站。看见了娘娘,不知为了什么,不怒而自威,不威而自怕。软绵绵低头伏小的说道:“娘娘在上,容小青叩头请安。”娘娘正色道:“你下得好毒手呀! 你道顾公子是何等样人,你敢害他的性命么?”小青道:“婢子心昧无知,还求娘娘训示。”娘娘此时浑身穿白,立在修竹丛间,小青跪在面前,外面月光照入,宛似紫竹林中白衣大士,小青很像龙女,大好的一幅画景。

闲话少叙。再说娘娘听他请训,便说道:“我把他前世原因,说与你听了罢。你从前未得道的时候,本是一条青蛇,在西湖边往来游玩,无拘无束,自在逍遥。却巧上界拣香童子空中经过,见你青翠可爱,颜色娇妍,无意中偶然笑了一笑,顿起思凡一念。因此贬谪尘凡,投胎顾府,承接宗祧,与你该有这段姻缘。万不该如此淫乱,害他犯了痨病。你只看我待夫君,加意爱惜,所以唇红面白,不改丰标。你待顾郎十分狠毒,弄得他周身皮尽骨焦,是何缘故? 可晓得顾生乃是天星下降,做了善门的后嗣,你若将他迷恋死了,上界得知,怎肯饶你? 难免律犯天条,被雷击毙。就是天肯饶你,我也不饶!”小青听得毛骨竦然,忙道:“总求娘娘恩典,救度丫头,感德不忘。”娘娘道:“如今还敢任性违拗,不奉教训么?”小青道:“从今以后,情愿真心贴服,听候使唤,再不敢违命了。”娘娘道:“如此起来,救你便了。”小青谢过娘娘,起身站立。娘娘方和颜说道:“小青听我吩咐:这里夫人痛子病重,命在各处张挂榜文,凡有降妖治病的人,两桩都能办到,共谢六千两银子。所以我略显神通,化身指示,叫他前来相请。他备千两花银,聘你主人到此,降妖治病。恐你不服管束,故而我也在后赶来。你能医好此病,一来消你的罪孽,二来帮助主人趁得花银,岂非两全其美? 此刻你仍回园中,只须略用小术,虚张声势,欺吓众人,好似串戏一般。主人说是什么精,你就现出什么精。我在云中等候你,串演完毕,跟我回转家庭,不得有误。”小青应命退去。娘娘驾起云头,停在空中瞭望。

听得谯楼将转五鼓,总管最是关心,起身独早。合府家人和书僮婢女,也都穿衣齐集。应用的桃枝柳条等物,也预备好了。这时候,许仙睡醒下床,梳洗后,用过点心,方在招文袋里拿出两道府来。要知这两道是什么符,说也可笑,一张叫有若符,音同无。一张叫鬼画符,比不得茅山玉印灵符,可以召将降妖的,要他何用?原不过摆摆架子,装装门面罢了。许仙却当他是宝物,便道:“管家过来,先有两道灵符,一张贴在妖怪出入的地方;一张化入阴阳水内,与病人吃下,妖怪便不能近身了。”家人答应“领法旨”,手接灵符,转身就走,取些浆糊,粘帖在方亭上。再有一张,要化入阴阳水内,送给病人吃的,他却听错了,水变做了尿,因为苏州人的字音,尿不读鸟,和水字声音一样,所以他拿了杯子,在尿桶里舀了大半杯,将符化入尿内,送进方亭,轻轻灌入病人口中。可怜公子臭气难闻,尿一到胃,连打几个恶心,呕出些黑水来,稍觉安宁。这也是祸中得福,那小便可算得很灵的医方呢。

外面总管见诸事齐全,就请仙人进内,前有十二名童男开路,后有十二名童女相随,许仙在中间仗剑而行,心里突突乱跳。到了方亭跟首,先吩咐开放长窗,然后一拥而入,行至床前,命童男童女左右排开,外边家人呐喊助威。正要假作法事,那小青躲在床后,已等多时,只要相公说长就现长,说短就现短,一显神通,便跟随主母回家了。谁知许仙心慌意乱,对着床上一看,嘴里叫声:“阿呀,不好了,妖怪在那里了。管家们快把桃枝柳条打过去啊。”那家人道:“这个不是妖怪,就是公子呢。”许仙道:“原来我一时看错了,待我再作起法来。”

其时小青听得不耐烦了,一看自家主人,已经吓呆了,说不出什么来,倒不如我随便现出一物,当做妖怪罢。所以蓦地里吹起一阵风来,呼啰啰,豁喇喇,顿时烟雾迷濛,把方亭上摆设的物件,弄得颠颠倒倒,那些对条书画,飘扬半空,灯火尽行打灭。吓得许仙脸涨通红,慌忙钻入床底下去。还亏小青心灵,就把夜壶当做怪物,丢在房内,又变了些鲜红的血水,算是妖精击死了。当下那些童男童女躲避无门,急得缩做一团,家人们也心胆俱碎,四散奔逃。

直等到风势平定,烟雾全消,早现出淡淡的月光。这一班家人陆续走出,来到方亭观看妖怪踪迹,见里面陈列各物,东倒西歪,如同雪片,又见童男童女一个个藏头露尾,听得人声,方敢啼哭。只是看不清楚,地当中好像有一件东西,不知是些什么,忙去取火点上了手照灯,仔细一看,却是一把紫铜夜壶,打扁在地,旁边还有鲜红血水,分明是个夜壶精,已经打死的了。但是不见了一个仙人,大家都来寻找。拿着手照灯照看,幸喜公子不动声色,安然睡在床中。那床底下的仙官,早听得明明白白,暗赞妻房有莫大的功劳,一道灵符,妖怪已死。足见梨山仙法,比众不同。现在事已过去,可以出来了,便开口道:“喔唷,这妖怪好利害啊!”家人们听见仙人的声音,过来把他搀扶起来。都问道:“许仙人,许仙人,请你降妖,怎么躲在床底下呢?”许仙道:“你们那里知晓,我在床底降妖,如何说是躲避?”众人问:“降的是什么妖怪?”许仙就说:“是夜壶精,凶狠得紧的。”众人又问:“夜壶的尸骸,怎生发落?”许仙命将桃枝柳条烧火,撮上掩埋地下,便可无事。如今妖怪已降,只须看治公子的病了。家人道:“病人在床,便请诊脉。”许仙当即身坐床沿,细看病容,果然形体全空,虚劳已极,虽有卢医扁鹊到来用药,也难挽救,只好用我娘子的单方了。正想时,总管走入称谢道:“许相公降妖辛苦了。”许仙道:“岂敢,岂敢!妖已擒捉,现在当以治病为重。”总管道:“是吓,是吓。全仗费心。但是小主的病,可还有命么?”许仙道:“贵公子命脉虽存,挽救非易。在这方亭中歇宿,太觉风凉,速宜移榻上房,把这方亭封锁为是。还有一说:公子煎剂难投,非寻常药饵可愈;我有灵丹一服,煎汤饮下,当能起死回生。”总管道:“多谢相公,请相公到书房歇息奉茶。”许仙起身将行,总管便吩咐众弟兄道:“你们去通达夫人,取醉翁椅扛抬公子,移榻上房,再将方亭封锁了。”说罢,陪着许仙到书房中,送进点膳香茗;吃过后,又奉上一盏参汤,并说道:“相公辛苦极了,请略睡片时,养息精神罢。”许仙道:“老伯请便,少停停呈送灵丹到上房便了。”

欲知灵丹救得公子性命否,且看下回分解。

第二十四回　虑　　后

却说顾公子被妖迷恋，病已深沉，惟存一息。今由家人们扛抬移进上房安睡，夫人见他挺卧在床，目定神枯，精气将绝，止不住两泪交流。正当独自伤心时，忽见总管顾能进来，问道："你在书房陪着仙人，进来做甚？"顾能道："老奴陪仙人用过点膳参汤，请他养息，略睡片时。他说公子病已危笃，寻常药物，却难见效，故而付我灵丹一服，煎汤吃下，便可还原。"夫人道："竟有这等事？吃下如果即可还原，他真是当世神仙了。仙丹取与我看。"顾能双手呈上。夫人便叫总管出去，端正早膳，格外丰盛，款待仙人。总管应命退出。夫人把仙丹一看，青翠碧绿，颜色鲜妍。虽前番煎过一次，被风吹干，尚未变色。当下放入参罐中，在风炉上一煎。水还未滚，香气已透，闻了可以却病延年，满房中都觉得精神爽健。原来此香非比等闲，就是娘娘九死一生，向昆仑盗来的灵芝仙草，救得许仙还阳，今番是煎第二次了，顾公子也亏他救活了性命。仙丹煎好后，倒在碗内，依然青翠可爱，拣两个精明灵巧的丫头，过来服侍，夫人亲手执碗，立在床前，叫春梅、秋桂，一个里床，一个外床，两边扶助，然后对公子一看，眼泪扑簌簌滴了下来。见他嘴唇枯黑，人中也吊了，眼睛上已起了白翳，定着不动，口中一些津液全无，怎好下药？略想一想，就拿了一只调羹，超了一些药汤，在他唇舌牙齿上润了一润。果然仙丹与他种煎药不同，一进嘴唇，满口活动，一下咽喉，周身转运，上至泥丸宫，下至涌泉穴，没有一处不到，实在十分灵验。一碗吃完，就此安睡，把满身毒气消尽，自然血脉调和，精神回复了。睡了一回，慢慢的身体转侧，骨节轻松，翻身向外，微睁两眼，开口叫声母亲。夫人便说"我儿好了"，丫头也都说："大爷醒了，大爷醒了。"

公子便道："娘呀！不知那位先生看治我的，吃了此药，好似仙丹。"夫人道："幸得为娘虔心拜佛，大士临凡，指示到姑苏聘请仙人，才能够降妖治病,保全我儿的性命呢。”公子道:“如今仙人谅还未去,可能留他在此盘桓几天?”夫人道:“且待我去说就是了。”公子问:“仙丹可还有么?”夫人说:“只有一服,你若要吃,连这药渣也吃了罢。”公子便叫拿来。夫人将芝草分碎了十几块,放在他的嘴内,一块块咀嚼下去,香甜味美,不一回都已吃完,他又睡熟了。外面总管陪待仙人用过酒肴,又到里边问候。公子已经睡醒,连吃了三碗粥,精神也有了,不过身子瘦弱了一些。夫人十分欢喜,果然病已全愈。公子道:“孩儿追想前事,和阴司放还一般,渺渺茫茫,如在梦中,我此刻还觉心寒。”夫人道:“这是你年灾月晦,该有此事。”公子道:“今得恩人救我性命,待孩儿下床后,还要和他盘桓几时。”夫人道:“这事再作商量。但不知救命深恩,怎样的酬谢他才好?”公子道:“他能保全儿命,功劳不小,有关顾氏宗祧。莫说贵重珍宝都可相送,就是家产平分,也是不妨,悉听母亲作主便了。”

当下总管已在旁侧,见公子神气已复,也很快活,过来禀告道:“老奴陪许相公吃过了早饭,他说以后不须服药,只消把人参汤滋补,不久还原。老奴要留他多住几时,他说家下乏人,店中事务又忙,谁来照应?没有弟兄亲族,身在异乡客地,单留妻子一人,所以不能从命。”夫人道:“这也难怪他。既如此,不必勉强,但是怎样谢他呢?”总管道:“前番夫人出榜许过,付过一千,再找银五千两就是了。”夫人道:“我因公子感激情深,另外还要谢他呢!”说到这里,想了一想,又道:“有了,我家绫罗缎疋很多,拿来装满箱内,四箱男衣,四箱女衣,分春夏秋冬四季,每箱放银二百两,作为成衣之费;首饰珍珠,另藏匣内,帽巾鞋袜,别备筐笼。此外山珍海味,一切食品,装载满盘。足兑纹银五千两,打成五个大包,这是正项酬谢金。你今一并备好,和他同船送到家中,聊表我一片报德之意。你看如何?”总管道:“送这点东西,约值万金,也不为过。且待老奴出去,叫帐房开单照办便了。”

当时顾能向夫人领了钥匙,出外开了各库,一样一样的整备起来,照着礼单配齐,忙个不住,还要留许仙再住一夜。许仙却归心如箭,定要动身,连夜饭也不吃了。总管道:“既如此,不敢强留。今奉夫人之命，有一些薄礼，望祈笑纳。”便将礼单呈上。许仙见礼物甚多，辞不敢受。总管道：“许相公若不收受，那是嫌少了，反使夫人心中不安。”许仙听了，只得受了下来，连连称谢，说：“小可理当面谢夫人，叩辞回去，不知可使得么？”总管虽说不敢当，入内禀告夫人；夫人倒也心喜，本想看看这位仙人，立即出外相见。许仙因为这位皇封，是一品老夫人，所以行庭参见子侄礼。夫人甚是谦逊，先讲了许多感激话，又说“些微薄礼，实不足以酬报万一，且待小儿病体复原，自当登门叩谢。”许仙连称：“不敢！敬谢厚赐！受之有愧！今因家事无人照料，只得告辞了。”夫人也不勉强挽留，吩咐顾能将酒肴发下船去，你可相送前往。又说：“许相公慢请，恕老身不送了。”许仙却请夫人回步，然后同着总管退到外面，带了顾福、顾寿，从水墙门下船。见行囊礼物，完全发下。时已薄暮，就此解缆开船。舱中摆好酒席，总管陪着许仙饮酒，许仙放开怀抱，饮至更深，方才安睡。

天明船抵姑苏码头停泊，起身梳洗后，用过香茗点膳，岸上已热闹异常，来了许多脚夫，把行李铺陈箱笼礼物一齐搬运上岸。扛的扛、抬的抬，自有福、寿二僮押着。总管方请许仙离舟登陆，一同进城。不多片刻，到了专诸巷保和堂里。许仙陪着总管入内，看那一担一担的东西，尽行挑进内堂，照数点清无误。总管立即起身告辞，许仙要留他吃中饭，送给银子路费，总管却丝毫不受，便同福、寿二弟兄去了，回家覆命。不必细表。

单说许仙送客后，急忙进内来见妻房。娘娘早已迎出，两下见面，许仙就将那张礼物单，递给娘子观看。娘娘见礼物甚多，便道：“这是官人的时运到了。”许仙道：“实是叨娘子的恩惠呢。”夫妻对面坐定后，见小青送茶出来，叫应相公、娘娘，许仙问道：“娘子，小青几时来的？”娘娘道：“他还是昨天来的。”许仙道：“小青，你一向在那里存身呢？”娘娘道：“你快跪在相公面前，细细禀告一番。”小青应了一声“是”，就走到主人面前，双膝跪下，禀诉道：“婢子自从那日出门以后，举目无亲，失了依靠，一时心头气愤，欲寻短见，在胥门外官塘投水，却被客船上救起。坐船的主人，是杭州姓米的大乡绅，救我上船，幸得遇见我家胞叔，顺便带我到杭州，留住在家，暂且度日。虽蒙叔父十分爱惜,怎奈他晚娶的婶娘心肠恶狠,终朝打骂凌辱,可怜我遍体鳞伤。还亏叔父心中不忍,将我送到金阊来,向娘娘求情收养。昨天因为主人不在府中,娘娘还未恩准,暂留在此。"

这几句假话,捏得很像,许仙自然相信。问道:"你进来的时候店中夥计们说些什么?"小青道:"我因自己没有脸面,所以同叔父从后墙门进来的。"许仙道:"你主母怎样说呢?"小青道:"用与不用,娘娘不肯做主,要等主人回来,方能定夺。"许仙就搭着架子说道:"哼,哼!现在你晓得别家饭是难吃的!莫说别家,说是亲叔父尚且如此!哼,哼!你动不动便要变脸,如今还求我怎么呢?"小青道:"只求收养,感恩非浅。"许仙道:"你将来还敢使性违命么?"小青道:"以后再也不敢了。"许仙听他讨了饶,方敢转向娘子恳情道:"你看小青这般央求,却也可怜,请看我的薄面,收用了罢。"娘娘道:"官人乃是一家之主,做妻的怎敢不遵。"许仙道:"说那里话来!丫头在内堂使唤,当然由娘子作主为是。小青你且起来,到主母面前谢了。"娘娘道:"你谢了相公就是了。"这一来,倒弄得小青没有主见,只好立在当中,叩谢相公娘娘收养之恩。

这一出戏,总算串演已毕。果然把许仙骗信了,并且迷字在心,更无一些疑虑,就是店中二夥闻知,也是不妨。从此夫妻和好,如鱼水一般的过度时光。把昆山得来的衣箱饰物,藏入绣房,其余食物留存厨下,备作羹汤。此时许仙在苏州,名气愈大,可称得运来福凑,名利双收了。

独有娘娘随着夫君朝欢暮乐,不知可能地久天长,心里却有些安放不下,所以他把袖里阴阳抡算,推测自己的命运,究竟如何?但是书中也须交代几句:娘娘的阴阳,算那过去的事,无不全准,那怕年深月久,隔了多少时代,也能参透得出。若说未来之事,只有三分准,七分总觉得渺渺茫茫,直等到事体发作起来,方才完全了解。故而此刻娘娘推算未来,终未能彻底明白,只晓得将来必有祸殃,住在苏州断难长久,还要夫妻离别,拆散鸳鸯,却不知怎样发生变动,又叫人难察难详。难道此地的屋主人,将要回来了么?如若一朝回到苏地,怎得隐藏过去,倒不如日后迁往他乡,较为安稳。可见娘娘深谋远虑,早已把主意打定了，只等丈夫进来，再作计议。

正想时，许仙走进内房，喜孜孜的说道："今日正逢七夕之期，特备几品佳肴，晚上与娘子饮酒，坐看牵牛织女双星，好不有兴。"娘娘应是。便请许仙坐下，方说道："做妻的想起一事，有话与你商议。"许仙道："倒要请教。"娘娘道："我今蒙君宠爱，乐度良宵。况且店中生涯茂盛，家道富足，谁不钦敬着你？但恐好事必多磨折，乐极难免生悲——并非我多愁多虑，却也是持盈保泰的意思。"许仙问道："不知娘子意见如何？"娘娘道："我因为身离故乡，终非久计，今已侥幸得利，当思我家祖父基业，皆在浙江，岂可轻弃！自古道：树高千丈，叶落归根。理宜预留地步为是，纵有事变，也可保得衣食无虞。所以我与你计议及此。"许仙连连称是，娘娘又道："今店中已有积聚，顾家送来的谢仪银子，完全未动，这一种意外之财，你当觅人寄往杭州，修书一封，将银交付姑丈姑母，托他费心料理。在附近买一所房屋，要门前可以开店的，最为合宜；余多的银子存庄生息。料想他顾念亲情，一定依允的。如此安排地步，后来便可在杭州立定脚跟，安居乐业了。"

这一番深谋远虑的话，不知许仙听与不听，且看下回分解。

第二十五回 赛 盗

却说许仙听了娘子一番说话，便道："娘子深谋远虑，料决如神，自当领命。今夜我和你庆赏七夕佳期，待明天早上，我往南濠街去见永昌叔父，问他可有诚实可靠之人，如果有的，即便寄去便了。"谈过正事，天已傍晚，就叫小青暖酒端肴，摆在桌上，夫妻对坐饮酒，同赏七夕良宵。少时明月东升，倍添兴趣。许仙道："我想上界牛女双星，尚且乌鹊填桥，一年一度，何况我等凡人，任凭你十分恩爱，难免有分离的时候呢。"娘娘点头道："原是这个意思，所以我和你图久之计，回念家乡，这就是君子务本的办法。但明日写这一封信，须要留神。"许仙请问怎样写法，娘娘便把信上应写的说话，一一指示："开头除问候起居、叙述契阔外，从你配到姑苏说起，多承永昌叔父收留，替我作伐成婚，这是装做妻的体面，只说嫁来奁资不少，因此开张店铺，继承父业，兼行医道，银钱颇有盈余。惟客居终究不便，久后还须回返故里。只为许氏一脉单传，祖父坟墓，缺乏祭祀，定耽不孝之名，被人唾骂。说幸叨在至亲，不得不仰仗大力，有费清神，奉上银子三千，代买附近居房一所，预作根基之地，日后归来，方不致家徒四壁了。如此说法，你姊姊、姊丈一定快活的。"许仙道："足见娘子大才，说得有理，自当遵命。但今夜七夕良辰，且与你尽欢才好。"小青在旁斟酒，你一杯，我一盏，直吃到酒阑席散，方始上床安睡。

次日许仙清早起身，便往南濠大生堂去。却巧行里有便船回杭州，是王永昌的亲族中人，顺便可以代递银子，起程只在两三日内，不得迟延。所以回到家里，连忙写好书信，把这笔银子送去。过了六七日，得到杭州的收据，方才放心。怎奈许仙正交着竹节运，欢娱未久，愁恨又来。

荏苒光阴，何等迅速。七月一过，已将近八月中秋了。中秋佳节，苏州城里自有一番景象，这是年常的旧例，或商店，或人家，有的挂灯结彩，有的搭台唱戏，打太平醮的，齐月宫的，各家摆着香案，烧着大香斗，点着大蜡烛，陈列许多古玩珍宝，争奇斗富。说得很好听，上保求生意茂盛，合境平安的。这里专诸巷一带，接连阊门大街，东西中市，更是个最热闹的地方。所以当地的闲汉头脑，当做一件公事，大起忙头，带了一班游手好闲的小弟兄，到处敛钱。如果打醮待佛，搭台做戏，还要叫他写疏簿，他另外又要钱的，挨家逐户，这里地段上，出钱的居其大半，更注重着有名的大商店。只剩保和堂一家不要写疏，因为手下夥计们辱骂了他，故而情愿自家待佛。一应灯彩摆供，也归自己独办，不劳费心。那个头脑得到手下报告，心里恼恨异常，便吩咐众夥计道："我们且把疏簿写完了，先定堂名，全苏州城内城外最好的几家，完全定下，所有一切灯彩，都拣鲜明新样时式，和那玻璃角灯，也要早些租赁下来。那么，好叫这个杭州客边的人，灯也没有租处，鼓手堂名也没有定处，倒倒他的霉，也出了我们的一口气了。"这种说话，明明有意欺着异乡人，你想可恶不可恶？许仙那里知晓，正所谓强龙不斗地头蛇呢！要去租赁鲜明的灯彩，都回说没有时新的，去唤堂名鼓手，也只有极不堪的，好容易勉强将就，反惹得街上闲人，哄然大笑，齐说很气概的大药店，弄得这般样子，真正倒尽他的霉了。你一句，我一言，连那些哑喉咙的堂名，不成腔的鼓手，也都走了，弄得许仙愈加羞愤，钻头不出。店堂里坐不牢身子，只得避到里边，忍气吞声，闷昏昏直上楼头，急步走入内房，把外面的衣服脱下，帽子丢过一边，含着眼泪，红着脸儿，身子斜睡在床上。这副形景，娘娘不懂他为了什么，坐到床沿上去问他。许仙还未脱孩子气，受了别人气恼，反在自家人面上装腔作势，因为平常日子被自家人引惯的了。娘娘问道："今夜店中供奉香案，结彩悬灯，何等热闹，正好出去照料，怎么反到房中睡了呢？"许仙发恨道："如今做不得人了，被他们欺死了。"娘娘道："那个敢来欺你，快快说来，做妻的与你排解。"许仙道："说来实是可恨，因为这里年常旧规，要打三天清醮，敬奉神明。那些闲汉挨家写着疏簿，要写我十两银子。"娘娘道："这也是小事呀！"许仙道："虽是小事，他们却出口骂人，故而我不肯写给分文，自愿独家待佛，不要他们费心。他们赚不得银钱，心头怀恨，把上等的堂名灯彩,一齐包办了去,弄得我这里无从租赁,勉强杂凑成功,反招他们嘲笑,说我的敬神,实是现世,叫我在苏州怎好做人?站在人前,有何面目?倒不如死了罢。"

娘娘见他这般怨命,也有些着急,想我来报答恩情,总要他天天欢喜,没有一些烦恼为是,便道:"你何不早说呢?想我等身在异乡,苏州风俗未谙,既是闲汉上门,要你写银十两,你应许他也不妨。这等小人只贪小利,和他斗气,太不值得。到如今费了钱又不讨好,反被他暗箭所伤。但事极细小,说什么削了面皮?我劝你休要烦恼,管叫你到了明天,街坊上个个称赞,你道好么?"许仙道:"若得如此,那是最妙了。不知怎生博得人家称赞呢?"娘娘道:"我父传下几件无价宝物,耀目增辉,可称得世上无双的活宝。陈列到外边去,定可叫你脸上顿生光彩。"许仙道:"那么,娘子快去取来我看。"娘娘便唤小青拿钥匙,开那边一只大官箱,把这几件古玩取出,准备明天赌赛。小青一听,暗想大官箱里,没有什么古玩,叫我拿出什么来?就对着娘娘一看,娘娘即丢了一个眼色,催促道:"你快去取来呀。"小青心灵,早已会意,嘴里应是,假作找寻了一回,方说道:"丫头记得放在抽斗里的,怎么竟不见了?"娘娘佯怒道:"这钥匙是你经管的,怎说不见?贱人这等不当心,还不与我跪下!"小青居中一跪,亏他装得像,搔头摸颈,好似再也想不出的样子。娘娘更是十分做作,大骂小青这贱人,如此疏忽,当以家法处治。又向许仙说道:"你去取一柄斧头来,待我把这箱子劈了,还怕不见么?"

此刻许仙坐在床沿,看见娘娘动气,又要责罚小青,自己倒不动气了,即便起身道:"娘子何必性急!今日天色已晚,就是拿了出来,也须明天摆供的了。且待来日清早,我去唤一个铜匠来,再开这箱子,也还不迟。若说小青,不过一时记不起,料想总在房中,决不会丢掉的。这是小过,还可宽恕,只要以后当心一点。请看我的薄面,饶了打罢。"娘娘道:"做妻的生性燥急,要这件东西,不得见面,总是气恼的。"许仙劝解道:"娘子不用气恼,饶了小青这一遭。"娘娘就趁势说道:"既是官人讨情饶恕,小青起来!你明日再找不出来,哼,哼!"小青方站起身子,许仙便差他下楼吩咐小二关店,端正晚膳上来。因为到了夜间，灯彩已收，无颜到店，就在房中饮酒吃饭，与娘娘谈谈说说。预料明日把宝物摆设在外，定然脸上威风，就是没有灯彩，也属平常。所以仙官心里欣然，多吃了几杯酒，已经醉了。扶到床上，霎时便呼呼的睡熟了。娘娘方对小青说道："方才倒难为了你了。"小青道："娘娘说那里话来？丫头明白的。"娘娘道："我今夜有一事托你：此时初更天气，你替我驾云到昆山顾府中，他那里有几件活宝，借来比赛，两日后便可送还，料也无妨。"你道顾府中的宝物，娘娘怎生知晓？原来是小青在娘娘面前夸奖过的，所以就差他走一趟。

小青奉命即行，一道青光，穿窗而出，脚底生云，望东直到昆山，在顾府庭心中落下，见书院中灯还未灭，耳边听得朗朗读书的声音，便用舌尖舐破纸窗，向内偷眼一看，正面居中坐着锦云公子，旁边有一人打瞌睡，是书房伴读的老家人。此时将及三更，为什么不是值书房的文琴僮儿？因为前番容情瞒蔽，故而夫人把他发在门房里去的，现在换了一个年老的承值，有些见识，不致误事。小青一想：人还未睡，怎好进去？只得用一点小法子，便从窗缝里吹了一口气，直送到顾生面前，其味很香，好似贼人的闷香，透入鼻孔，就打一个呵欠，伏在书案上睡着。那老家人更是不必说了。小青方伸手推进长窗，回想着多情多义的郎君，相离只有一月，怎能忘却！我道他容颜憔悴，一时难以复旧，谁知反胜从前，未免动了感念之情。但是今番特来借宝，未可造次，将身一径入内。凭你重门关锁，总是无妨，他有娘娘教的开锁咒。就走进储藏珍宝古玩的书轩，记得顾生曾经说过，第四口红木橱里，藏着宝物，只消念几句咒，锁已解放，开门取宝，只拿了三件。那三件呢？是钧天奏乐图一轴、八卦时辰香炉一个、羊脂白玉净瓶一只，其余古玩尚多，要算这三件最佳。借了回去，开起胜会来，定可叫相公脸上增光。当即变了一条包袱，把宝物包好，背上肩尖，在胸前打一个十字结，仍将门户重重关锁，然后出来。

她如果就此回家，人不知鬼不觉，或可后来无事。那知小青惹祸招灾，到了外边，见公子睡曾未醒，心中留恋旧情，就走近公子侧首，将手在他肩上拍了一拍，叫声："顾郎醒来！"锦云从梦中醒转，抬头看见小青，吓得魂不附体，喊一声："不好了！夜壶精又来了。"小青急忙向外，一到庭心，便驾云回去了。这一来，正所谓画蛇添足，我且慢表。

却说顾生一声大叫，老家人也惊醒了，问公子做甚么？公子道："我看见那夜壶精又来了。"老家人道："有这等事，那还了得！待我去唤兄弟们起来，四面搜寻。"说罢就走，霎时合府家丁齐起，搜寻精怪，连仆妇丫环们也起来了。夫人闻信，大吃一惊，传唤总管顾能入内，商量善后事宜道："妖怪或者未死，重又出现，须防他要来报仇！你可陪着小主到苏州，登堂拜谢，补送礼物，向仙人讨一个安全之策，免生后患。"总管领命退出，吩咐众弟兄不必搜寻，大家安睡。他自去安排礼物，准备明日赴苏，陪着小主一同前往。

不知到苏以后，是否与许仙会面，看见小青盗去的家藏宝物，弄出事来，且看下回分解。

第二十六回　惊　　堂

却说小青驾云回到苏州，便在窗前落下，走进房来，解开包袱，将三件宝物取出。娘娘看了大喜，就叫小青放入官箱。“明天你将钥匙献出，好替你主人脸上生光了。如今你去睡罢。”小青答应退出。其时谯楼上已敲四鼓，睡不多时刻，天光明亮。太阳虽出，还没有射上纱窗，许仙已经睡醒，要紧开这只箱子，起身去唤铜匠，先把娘子叫醒，娘娘知道他的脾气，便同他抽身下床。小青送进脸水香茗，娘娘问：“钥匙可曾找见？”小青道：“找见了。”娘娘道：“你在那里找见的？”小青道：“在箱橱背后，我找寻了半夜才见。”娘娘道：“我原说总在房内，如今可免得叫铜匠开锁了。”许仙好似个孩子，听得钥匙找到，心里快活得很，就叫娘子开箱。此刻娘娘拿得出来，不慌不忙，开了箱子，取出三件宝物，交与许仙，十分郑重，谆谆嘱咐道：“这三件宝物，千万留意，切勿粗心。今番供了出去，恐怕有人争看吵闹，不可不防，门口必须拦着挡木，免得挨挨挤挤，遭了损坏。并用头绳把宝物扎好，旁边多几个看守的人，方始万无一失呢！”许仙问道：“不知这三件古玩，有甚好处，这样的奇货可居啊？”娘娘道：“真可算做活宝哩！一轴钧天奏乐图，一个时辰八卦炉，一只羊脂玉净瓶。瓶内插入枯槁的枝条，顷刻间便能开花；炉中香烟按着时刻透起，和自鸣钟时刻相符；只待香烟一缕起来，那画图上就奏着笙歌的音乐。这种希世奇珍，你想观看的人多也不多，若不预为防备，少停便难应付了。你另取花银二百两，托二夥去买绫罗绸缎，做成五色天幔各种彩子，并买明角玻璃宫纱书画各灯，悬挂起来，下面摆着香案，铺着红毡，自然比他家更觉威风了。”

许仙听了，好生得意。依着娘子嘱咐的话，出外一一照办，摆设整齐，安排妥当，把这三件宝物陈列在外。众人看见这般举动，门口又用了挡木，起初议论纷纷，不知何故，后来见炉中烟起，画图上隐隐作笙歌声,一个个称奇道怪。就此一人传十,十人传百,赞扬开去,哄动了各处的人,越聚越多,你也要来观看,我也要去赏识,把这条专诸巷大街,挤得满满。有说画里仙女是活的。有说仙炉里的香烟,按着时辰透出来的。有说白玉瓶放着光华,八月天气,瓶里开放桃花了。弄得许多看客,一时不肯走散,人人都称为活宝。毕竟许半仙家里,比众不同,看了这里的宝物,别家的灯彩就不要看了。所以他处很觉冷淡,只有许氏门口,人山人海。也有多少人拥挤不开,来了多时,不曾看见,只好待明天再来的了。一直闹到更深,收进宝物,方始游人散去,关上店门。

到了下一天,看客更多,一群来一群去,都要看这三件活宝,好似开了大胜会一般。许仙十分高兴,怎知道今日乐极生悲了!这时候,昆山顾公子船到姑苏,上岸进城,众家丁扛抬礼物在前,总管跟在公子轿后,进了专诸巷,人多挤不上去,那些家丁便仗势恃蛮,嘴里操着京腔,骂声"王八蛋狗鸡巴造的,前面有什么好看,阻住官街路门,我家公子在这里,你们再不让开,不怕鞭子打吗?"便把鞭子往上一扬,众人知道大乡绅来了,都吓得让了开来。总管引着轿子到店门首,便叫一声:"许相公,我家公子特来拜谢。"许仙道:"原来贵公子亲自降临,不当之至。"即忙穿上外衣,出来迎接。顾生已经出轿,彼此一拱,挽手同行,开中门直到厅上。许仙满面堆笑的说道:"想我许仙何德何能,敢劳公子亲自驾降,直使我惶恐无地了!"公子道:"许先生说那里话来!前番若不是先生降妖治病,已入泉途!如此托庇安痊,理应登堂拜谢,请上受我一拜。"许仙连忙答拜。见礼后,分宾主坐下。老总管便把礼帖呈上道:"些须薄礼,还望许先生笑纳。"许仙推辞不过,只得收受了一半。总管退下,同弟兄们去看外面三件活宝,都说很像我府里的东西,却被总管喝住,还不疑到他偷盗来的。

里面许仙陪着公子谈话,照例要送茶的。这也是合当有事,小二到外面去了,只好小青送茶,手托茶盘,走到屏门背后,一见顾生,连忙缩身止步。许仙只道顾生已经看见,便唤小青快送茶来。小青刚要进去,却被主人唤住,又自知出去见他不得,此时进退两难;正值顾家总管走进,伸手一招,似乎要相烦他代为送茶。故而许仙动了气恼,骂一声贱人,为什么这般装模做样?顾公子听了,以为这个丫头,或者晓得我的声名不好,怕来见我,防我要调戏他,也未可知。正当心中想时,小青被逼不过,只得把头低倒,送茶出来。走到顾生面前,公子伸手接茶,本想不看他,却因他送茶欲出不出,搭着架子,一定不是寻常的丫头,且待我看他一看,到底怎生模样的?谁知不看犹可,这一看不打紧,吓得魂飞天外,魄上九霄,嘴里喊声:"阿呀!不好了,夜壶精又在这里了。"小青被他这一喊,不觉仓皇失措,将手里的茶盘茶杯一齐打碎,回转身子,急煎煎逃向里边去了。许仙忙问道:"公子为什么这等慌张?"顾生惊魂方定,却向总管说道:"这个丫头,可是夜壶精又在此了么?"总管道:"照这般说来,许仙不是个正经人了!现在门口摆着的三件活宝,也是我家的!他竟靠此为生,养妖在家,诈骗银钱,又盗宝物,这还了得!"公子道:"我进来时也曾看见,原来就是我家的宝物。你可备帖开单,将许仙带赴有司衙门呈诉。我此刻带了古玩,先回船中候信,如要呈验,再来取物便了。"吩咐毕,起身出外上轿,便把这三件宝物,放入轿中,竟自回船而去。

这里总管备帖开单,要到县衙中禀官,弄得许仙完全不懂,呆了半晌,自言自语道:"真正岂有此理!既到我家来相谢,为什么打劫宝物,反要拉我去禀官呢?"那一班家丁们,个个如狼似虎,不由分说,上前来扭住许仙,押解到吴县衙门。总管在门房中投帖,传递进去。知县见是乡宦公子,立刻升堂办理,三班衙役吆喝一声,两旁站立。老总管先上来禀诉始末情由,县官听了,不觉吃了一惊。你道吃惊为了什么?原来盗宝奇妖,就是这个杭州的许仙!他前任钱塘县时,被那妖怪缠怕了,为今调到吴县,又来缠绕,所以害怕得很。这位好官名叫周士杰,回想杭州旧事,累及奶奶受苦。此番又遇着老主顾,也算得狭路相逢。别的还不打紧,可以将就进去,只有一事为难:原告是乡绅后裔,势大滔天,不得不秉公而办;又恐惹出祸事,把那妖怪触恼了,不是顽的。故而县官愁眉双锁,勉强开言道:"且带这许仙上来。"差役一声答应,就将许仙带上。知县道:"你是许仙,抬起头来,认得我么?"许仙却回说不认得。知县鼻子里一哼,冷笑道:"我和你是主顾,怎说认不得?现在顾府告你养妖盗宝,你可老实供来,不要胡言乱语。”许仙禀告道:“本年六月底,顾府差人到此,送来聘礼银千两,请我往昆山去医病。”知县问道:“你看那一个的病呢?”许仙道:“因为公子病入膏肓,实由妖魔缠绕而起,所以特来请我,并求治病。如今妖已收了,病也好了。”知县又问收妖的就是什么,许仙道:“我仗着妻子的法术,才把妖怪收伏的。”知县点头道:“你的妻子,很有法术,本县早已知道的了。”许仙复道:“承他的情,把厚礼相谢,出于自愿,并不曾逼勒过他。现在病已全愈,到我家来拜谢,反而肆行打劫,太觉无理。明明靠着乡绅权势,欺压平民,伏望爷爷明鉴,追还这三件古玩。”知县道:“你这奴才,倒也说得干净!你妻子往他家盗来的,你那里知道呢?”便取一根朱签,唤该差沈千、李玉近前,吩咐道:“有朱签一枝,速拿许仙妻白氏,侍女小青,当堂回话。”二差领命去讫。知县方向那总管道:“老管家,你去多多致意公子,恕我不能上船请安了,三件古玩,不必呈堂,你也不必在此伺候,同公子回府就是了。许仙这件案子,交付本县,从公审问,自有回覆。老管家请去罢。”总管方告退而去。当时知县将许仙暂押班房,退入后堂。我且慢表。回身又要表白氏娘娘了。

原来书是并行的,一张嘴不能说两处事。如今说过许仙一边,再说小青打破茶杯,急忙忙奔入房中,报告娘娘,娘娘却懊悔无及:若将阴阳早早一算,那得有此祸事?这时候,已经心乱如麻,毫无主意,只得再算阴阳,方知夫妻又要分离,京江复聚,也是命数注定的,却不能不怪及小青,便道:“都是你这贱人,弄出这般祸事!你既知道顾生在外,理当回避,为什么还要送茶出去呢?”小青道:“婢子原想回避,却被相公看见,将我唤住,不许进去,我的出外,也叫无可奈何。如今事已急了,这便怎样?”娘娘道:“事急且图眼下,你快些到外边去,取二十五两银子,分作三包,二夥每人十两,小二只有五两,叫他们收拾关店,各自回家。只说顾家仗势欺人,劫夺古玩,反将夫主陷害,这场讼事,断难干休,定要进京去见母舅,伸此冤枉。但讼事牵连下去,恐不免累及无辜,所以为今之计,只得暂时关店的了。照此说法,谅他们决无别话的。”小青唯唯,依着娘娘吩咐,将银子分给二夥小二,就此将店闭歇。各自收拾铺陈银子停当,然后把柜橱上的钥匙,交付小青收管，并托小青在娘娘前代言称谢，等候东翁讼事平定，我等再来效劳罢！即刻叫小二挑着担子，一同去了。

小青关门进内，回覆娘娘，请问后事怎样办理？娘娘道："少停公差就到，我要到公堂去见县官，好叫他不敢轻视，贸然定罪。你如今且到内房，收拾细软贵重物件，须要留神，其余柜橱箱笼，尽行封锁，等到黄昏时候，你同五鬼到船行里去，雇定两只沙飞大船，停歇在虎丘背后僻静的地方，便叫五鬼搬运物件上船，准备到镇江去，明天一早开行便了。"小青点头应命，正要进去收拾，忽听得叩门的声音，谅必是公差来捉人了。娘娘叫小青不要露面，独自出去开门，放进两个公差，便问："可是到此拿人？"那两个公差见娘娘生得貌美，很柔软的答道："不敢，不敢！因为堂上口供，说什么古玩符咒，都是你娘娘的，所以请你去问一问罢了。"

娘娘听说，是否到县衙中去，与县官相见，救得许仙出罪，且看下回分解。

第二十七回 迷 途

却说娘娘见公差来拿人，便装着身份说道："只是我堂堂总镇千金，怎好抛头露面，在街上行走呢？"公差道："娘娘说得是。我到巷口去唤轿子就是了。"少时轿子已来，娘娘取出二十两银子，送给他们，二公差连声称谢，就请娘娘上轿，并说："婢女小青，牌上有名，也须同去。"娘娘道："这等无知的使女，去也无益，诸事都有我担承便了。"二差答应。看娘娘上了轿，下了轿帘，两人抬着一径向县前而来。

行至半路，忽然一阵黑风，刮得两眼难开。好容易支撑着，从西城桥来到县前，抬进头门停轿。其时知县坐在堂上审讯别的案子，原差就上前跪禀道："禀老爷，白氏带到了。"知县问："还有小青呢？"差人道："小青有病，人事不知。老爷只问白氏便明白了。"知县道："你们卖法，少停重处，如今先把这白氏带上来。"原差退下，走到轿前，说声："娘娘出轿罢。"就将轿帘掀起。这一吓非同小可！嘴里喊一声"不好了"，回身奔上堂来，禀道："禀老爷：白氏变了！变了个老尸骸了。"知县道："有这等事，好作怪！待本县亲自观看。"当即起身出外，带着皂快差役来到轿前一看，惊骇异常。果然是一个年老妇人的尸首，面色灰败，闭着两眼，腰间横束一条青布，好不怕人。知县周爷一想："这又是杭州美妇，变那地方苕帚的戏法儿了。我今天若把许仙究办，恐怕上房的奶奶又要受苦。这便怎样发放才好？"一时不得主意。回身坐到公案中，见一个身穿孝服的人，哭将进来。嘴里哭着老娘，直跑到公案前，叫一声大老爷，报告失窃。知县问他不见了什么，那孝子道："不见了我的老娘。已经死在板门上面，不知被那个偷了去。小人住在县衙左近，听人传说老爷叫到了台下，所以赶来叫喊，要求老爷发还的。"知县便命原押的差人，押他下去认看。如果是他的母亲，就叫他领了回去。那孝子认过后，又来问道："我的老娘,不知犯了什么罪,死后还要到衙门里来呢?”知县道:“那个不用问,连本县也不明白。”便唤差人进来,吩咐道:“赏他二两银子,仍把轿子抬还原处,快去!”

我做书的却有一句话交代:原来这个老婆子在日的时候,从出嫁至今不曾坐过轿子。常常怨命,说自己将来死了,总要坐他一回。你想穷人家,那里坐得起呢?今朝被白娘娘移花接木,果然应了他的嘴了。

闲文叙过,再说知县周爷,腔满愁绪,连叹了几口气。想:“他的妖法好生利害!怎么我到苏州,他又来了呢?”却不敢将许仙定罪,但愿昆山不来上紧,那时便好办了。故而退堂之后,又与师爷商议了一回,立即命人去打听顾府消息:如果无甚紧要,再到姑苏驿查问许仙徒犯到此,是谁人保出去的。问明后,仍叫那人保了去,只说许仙被妖缠绕,真赃假盗,罪还可恕,就此可以完案了。过了一天,因昆山并无动静,又差人问得是王永昌原保,立刻传来,知县也问了几句,永昌正合机宜,本要他仍在行里生理,求之不得,就此具保出来,许仙再到大生堂药行中去了。此言慢表。

再说白娘娘在轿中略显神通,霎时回到家内。先吩咐小青把前后门重重关闭,然后拿出一个不穿不漏的叉袋来,坐在中堂,嘴里念念有词,喝声“疾!”便叫小青张开袋口,又叫五鬼将楼上楼下一切家伙什物,尽行装入袋内。小青问:“可能一并装入?”娘娘道:“尽多尽装,有何不可?”小青也有些不相信,到底道行浅薄,故有此问。现在看五鬼一样一样的装进去,不论桌几椅凳、柜橱箱笼等一应什物器具,完全入袋。他便对了袋口望望,只有大半袋,还不曾满;用手提提,却是提不起。娘娘就在袋上空画一个“轻”字,果然小青一提,登时轻松得多了。又命他带了定银,到码头上去雇两号大船,回来唤一乘小轿:“我好先下船去,虽然开往镇江,须到虎丘山后暂为停泊。只说少停要装货物,待天明方许再开。”小青应命照办。雇定了船,再唤轿子,送娘娘下船。天已晚了,船即离了码头,开向前行。略停片刻,小青把叉袋背在肩头,腾空而去,来到荒僻地方,落下云头,仔细一看,正在虎丘山后。等候大船撑到,早将袋口张开,叫五鬼搬运种种物件，摆列在岸滩边；看见大船靠岸，也不要船上水手们帮忙，把粗笨家伙装满了一只船。细软贵重的东西，装在娘娘船上。诸事停当，小青来见娘娘："天色明亮，就此开船。"锣声一棒，催赶路程。苏州到镇江计有四站，还不算得远。那天舟抵镇江南门码头停泊。

娘娘命小青上岸找寻房屋，"要拣大街热闹的所在，方为合用，预备后来开店，与夫君在此安居乐业。"小青奉命即行，离舟登岸，不走私街小巷，只走闹市丛中。进了城门，一路兜抄曲折，来到五条街上。两旁店铺林立，气概轩昂，招牌挂得密密层层，来往行人如织，热闹异常，是个商贾会聚的地方。他便留心慢慢的看将过去，只见三开间店面一排关着，门上有一张招租红纸，料想娘娘一定合意，但不知房东住在那里，须要向邻家问个明白才好。正想时，见对门有一成衣店，坐着师徒两个做衣裳。他就走上阶沿，叫声："老师傅！我要借问一句，相烦指示：对面空屋招租，未识房东住在何处？"那老裁缝回说："一直过去转弯，问丧心街乌梅巷陈员外，名叫刮铁的便是。"小青谢了一谢，正要走下阶沿，却被那徒弟唤住了。因见小青生得俊俏，想和他寻寻开心。便道："我有句话对你姐姐说：你过去见桥头巷口，都有地名写着，并非丧心街，实是"赏心"两字，乌梅巷须问荷梅巷，你要认明白的。"小青又谢了欲走，那徒弟道："慢些走。我还要关照你，像你姐姐这副尊容，到那里去租房子，包管成功。"小青听了，知道他有心调笑，便不和他兜搭，回身就走。暗想："他们所说的陈员外，定是个色中饿鬼。别人怕他，我却不怕。只怕他要入我彀中，待我前去见机而作罢了。"

想定主意，一径从赏心街进荷梅巷，到得陈府墙门，十分高大，真是个豪富人家。"为什么丑声四布，有这刮皮刮铁的名儿？谅必他的家财，不由正路，从那剥削上得来的。我今不要管他，且上门去问一声，再作道理。"便问："门上有人么？"门公见是个美貌女子走上门来，忙说："姑娘来此做甚？"小青道："这里可是陈员外府上么？"门公点头应"是"。小青又道："我有一事，要见你家员外。相烦通报一声。"门公一想："不好！员外又交进桃花运了。但是里面院君吩咐过的，如有妇女上门，不许通报，违者家法处治。"只得回说："员外不在家中,好几天没有回来了。”小青觉得扫兴,正要转身退出,只见十五六岁的一个小管家走出来。他的名字叫小花,是员外近身的小跟班。一见小青这般娇媚,就上来问道:“大姑娘,你见我家员外做什么?”小青也叫一声小大叔,道:“此来并无别事,因为我家主母,从苏州搬家到此,要租房屋,命我出来寻找。适见五条街尊产空关在那里,故而特来商借,只要员外应允,大叔也有酬劳的。”那个小跟班道:“原来你要租房子的,这是正经交易。请姑娘在门房里少坐一回,让我代你通报罢。”说完就走,奔进书房禀道:“外面来了一个姑娘,说他的主母从苏州搬来,现在船上,要租房子。因见五条街空屋是员外的,要和员外面谈。”这位员外名叫本仁,因为他剥削小民,为富不仁,竟被人改叫做不仁了。此刻正在书房中修剪菊花,听得通报,便道:“租房子总要熟人保房保租,不是轻易的事。现在他们从苏州到此,来历不明,毫无根底可查,怎好租与他呢?你还进来通报做甚!”小花道:“员外不曾看见外面这位姐姐,如果看见了,连保租也不要,一定情愿租与他的。”员外道:“既然你这样说,你去唤他进来见我。”小花应“是”而出,就引领着小青进来。

小青明知不仁是个坏人,有意要勾搭他。轻移莲步,走入书房,将近身旁,便透出一股非兰非馥的香气,早令人落魄销魂。就叫声:“员外在上,丫头小青叩见!”员外忙说:“起来起来,大姑娘请坐了。”小青道:“员外跟前,那有婢子的坐位!”员外道:“这有何妨?坐了才好讲话。”小青方在旁侧坐下。员外一面叫小花送茶,一面问道:“姑娘尊姓,府上那里,到此何干?”小青答道:“我的东家姓许名仙,表字汉文,原籍杭州钱塘县,移居姑苏,开设药材行。现在船中的,乃是我家主母。”说到这里,员外又问:“娘娘何事到此?”小青道:“不瞒员外说,因为主人不务正业,专喜寻花问柳;主母劝谏不从,反生气恼,竟自不别而行,四处找寻,并无踪迹,故而搬到镇江来的。”员外道:“怎么知道在这里呢?”小青道:“有个缘故的。我主人时常提及京江风水,远胜苏邦,本想搬来居住,在此开张店铺。所以料他定到此间,主母也跟踪前来。今见五条街这所空屋,是尊府的宝产,命我登门求恳,暂为租住,等候我主人到家,感激不尽。”员外哈哈大笑,连称:

“使得使得。”原来他见了千娇百媚的女子,又鼻边闻着阵阵的奇香,这香并不是粉花香,就是当日迷顾生的香。因此员外意乱心迷,神魂颠倒,点头道:“不差,并无虚言。但有一说:人家租房子,总有认识的人或相好的。汉文兄但是不在眼前,只有你家奶奶作主,觉得有些不便。”小青道:“论理原是使不得的。念我们没有亲戚,得蒙员外从权,成就此事,感恩非浅。”员外道:“既如此,我看汉文兄面上,且同你上船会见你家主母,再为商量。”小青道:“多承费心,只是怎好有劳贵步呢?”员外道:“既看相好面上,这也何妨?”嘴里说着,心想:“丫头尚且这般美丽,谅必主母还要好看。如果猜得不差,岂不是桃花星进了命么?”所以又道:“请问你家主母是苏州人呢,还是杭州人?”小青道:“我主母是杭州人,姓白。先老爷做过总兵官的。”员外听说是千金小姐,连称“可敬”,立即同着小青起行,就叫小青引导,不用奴仆相随,一径出了府门,来到码头边。

小青请员外上船,在外略等一回。自己先进舱禀告娘娘,附耳轻轻说了几句,娘娘点点头,便说:“快请!”小青转身向外,请这位陈不仁员外进舱。那员外走到舱内,举目一看,登时意荡心摇,魂也不在身上了!娘娘先叫声“陈大伯”,员外也叫声“白奶奶”,两下见礼,分宾主坐定。小青送过香茗,员外便捏着谎言说道:“奶奶的来意,青姑娘已说明白了。好在汉文兄是我至交,要租房子何妨。回想去年我到苏州,承汉兄盛情优待,愧无以报。难得奶奶到此,正是请也请不到的。”娘娘道:“原来陈大伯与我夫是至交!当以实情相告:因为我夫听信人言,要到此间来开店。我恐异乡不惯久居,几次推托不允,从此夫妻不睦。他在外面闲游浪荡,非赌即嫖,如今一去不回,四处找寻,杳无音信。谅情必在京江,故而我移家到此寻夫。愿租尊府宝产居住,不知房租押价该要多少?”

此时员外已着了迷,不加思索,信口回答。是否把房子租与娘娘,且看下回分解。

第二十八回　痴　　恋

却说陈不仁是个贪花好色之徒，听得娘娘问及房租押价，便信口答道："既是白奶奶要租房子，不用讲什么租价，竟自搬去就是了。"娘娘道："虽承陈大伯恩待，只是租房总要交银立契，方好进宅。"员外道："说那里话来！我和汉兄可比自己兄弟，若要了银子，日后对不起汉兄的。所以今日租契且慢写，竟自迁移过去。一切用项都归我一人开发，写在账上，等候汉兄回来，我和他面算便了。"娘娘道："多承费心，又蒙照料，拙夫回来何以报德！"员外道："不必客气。你将箱橱封锁后，连同各种家伙物件，开一篇细账，搬了过去，便好照账点还。此刻我且回去，唤些家人来扛抬物件，打扫房屋，须待今夜黄昏时候，方好接你进宅。"娘娘连声称谢，便留他在舟中用饭。员外道："我要去了，办理正事要紧，改日叨扰罢。"说毕，告别而去。上岸归家，好似失魂落魄的样子。吩咐众家人分头办事，一面打扫新屋，一面购买东西，又雇工前去搬运什物，件件都由员外当心。指派停当，亲自到新宅里去，代为照料，在正面堂中供着神像，桌上摆着三牲福礼，红烛高烧，上挂对条字画，分外鲜明。凡有缺少的东西，都从家内取来，各事齐备，早到了黄昏时候。便命家人唤两乘轿子，到码头迎接主婢登岸。

不多片刻，已至五条街新宅门前，点着高灯火旺，放起百子高升，抬进兴隆吉糕，千年红、吉祥草、万年青、百眼筛，一切搬场应用之物，尽是员外预备下的，叫家人们从船上带来，讨个吉利的口彩。此时官轿直到中堂停下。娘娘出轿，灯烛辉煌，就在神佛前拈香叩首毕，回身拜谢陈员外。不仁走将过来，装着笑容说道："不敢不敢！白奶奶，你休要放在心上，我和汉兄自己兄弟一样，谢些什么呢？内外事情，有我承值，没有工夫与奶奶闲谈，所以现在请奶奶竟到房中安歇去罢。待到明天，我当到府恭喜便了。"娘娘称谢不尽，告辞退入内房。四周看了一看,“难为他这般费心费力,可惜存着一腔邪念。怎知我立志报恩,丝毫不敢荒唐,有负金母之命。他若能及早回头,改邪归正,我应当补偿他今日的情谊;如果执迷不悟,管教他飞蛾扑火,自取灭亡了。”正想间,小青进来。据说不仁在外料理,十分忙碌,开发各项银钱,又请乡邻吃酒,事毕方才回去,已是二更过后。

一到来朝,陈不仁换了一身簇新的衣服,前来道喜;并送许多礼物,扛抬进去。娘娘即忙出来相见,小青把接取的礼单送呈,员外便上前恭喜道:“一些薄礼,望祈笑纳。”娘娘道:“昨承陈大伯如此厚情,今又慨赐隆仪,那是不敢收受的。陈大伯请上,受白氏拜谢。”员外也还了一礼。拜毕坐下,小青送过了茶,员外道:“些微礼物,休要见笑。如不赏脸收纳,真使我羞惭无地,难以容身了。”旁边小青插嘴道:“员外既是诚心而来,主母如若不受,反要见怪的。”娘娘听了,方将礼单仔细一看,见是:白米五担,稻柴三十担,细芽茶叶四斤,莲子四斤,南枣四斤,酱油九斤,栗炭四篓,笑道:“真正费尽了员外一片苦心,想得这般周到,体谅我初到此间,送给我家常日用的东西。确是异乡客地,有钱买不到的。我若不受,恐负尊意,这叫做却之不恭,受之有愧了。”员外道:“说那里话来!倒是不客气的好。”娘娘道:“多谢大伯,只好待夫主回来,再行补谢的了。”

两下闲谈了一回,不仁正想辞别,娘娘定要留他吃饭,员外却再三推托。这是什么缘故呢?原来他醉翁之意不在酒,一心在那主婢二人身上。此刻还难以下手,冷清清的等着吃饭,有甚趣味?倒不如回去的好,过一日再来罢,所以起身作别而去。这里娘娘早知其意,暗与小青计议。小青也知道不仁这两天热血搭心,很有意替我们开店,正好顺水推船,落得叫他帮忙呢!娘娘深以为是。准备了几句说话,向他开口,我且慢表。

再说不仁见了白氏以后,弄得意志昏迷,神魂颠倒,费尽心机财力,尚难匹配鸾凤。“虽已住了我的房屋,也只好白天一会,反令人牵肠挂肚,坐立不安。我今日且再去走走,或有机缘巧遇,也未可知。”所以他来到五条街,叩门而入。可巧娘娘坐在堂上,见面作了一揖,娘娘道:“陈大伯是一家人,何必这般拘礼!请坐了。”员外道:

"不客气,白奶奶你也坐了!不知在这里做些甚么?"娘娘道:"我因为独坐无聊,做些女工针指,不过借此消闷罢了。"员外道:"白奶奶有甚纳闷,不妨对我一说。我可以替你排解呢!"娘娘听他一问,这个机会来了,便趁势说道:"不瞒陈大伯说,我夫虽要来到京江,却难预定日期。或者先已到此,叫他何处来寻找?想我主婢两人,都是女流之辈,怎能出外游行,在街坊上留心找访?因此我日夜思量,想得一个寻夫的方法:门前依旧开张店铺。好在柜橱戥秤,件件都有;药料饮片,样样俱全。只须将现成的招牌,挂将出去,添上'苏州分此'四字,聘请得力夥计二人,便可开店。但要仰仗大伯从中扶助,胜比四门分贴招纸,管教我夫得此消息,不久就回来了。如蒙允诺,我夫妻感德不忘。"

不仁一听此话,正中机谋:"我虽天天在此进出,难免旁人说短论长。他若开了店铺,我即借此存身,帮忙办事。到了晚上,交进银钱账目,乘机入内,便可成就这件好事了!"故而也装出一本正经的样子,很直爽的答道:"好极好极!足见白奶奶的才情,想出这好法子来。就是招牌上,不添'苏州分此'四字,尽管不妨,只要开了店,汉文兄自会来的了。况且货料物件,一切完全,即使药味稍缺,总要添补。我再发本银五百两,将来可以总算。至于店面装璜,不过费去几两银子,为数有限,就能完工。讲到聘用夥计,却有两个现成的,他们在中秋节边,也曾托过我荐生意,此时谅必还在家中。一个姓毛,一个姓窦,倒是大店里出身,很靠得住的。白奶奶请你放心,诸事交托我包办,决无差误。我此刻就回去差人唤木漆两匠,明朝动工。你道可好?"娘娘道:"有劳陈大伯费心,真叫我报答不尽了。"不仁道:"理当效劳!就此告别。"当下得意洋洋,以为进身有路,不难深入桃源。起身回到家里,差遣家人们唤木匠漆匠,从明天起收拾店面,不消两日,就可完工;又聘请毛窦二夥,先送脩金,作为定局;到店安排一切,择定初四日开张。果然生意热闹,与前番在苏州一样,毋烦重复细叙。

只说不仁宛然是个家主,出入都归他一人掌握。到二更时候,入内交账,会见娘娘,从开店日起,天天如此。每夜交账进来就出去,倒也罢了,他总要七搭八搭,说长道短,有时讲得高兴,还夹着戏谑的话儿。虽不曾近身,已惹得娘娘讨厌极了。但不仁尚未谋得到手,总难称心满意,所以想定了一条妙计,指望拆散他的婚姻,成就自己的好事。那知娘娘晓得他的歹意,还望他及早回头,绝了痴念,以后自当报答前情,给他一些好处;如再执迷不悟,这是他自投罗网,怪不得我了。可见娘娘的用意,事事入情入理,恩怨分明,若不是陈不仁贪图淫欲,决不肯下此辣手的。况且娘娘阴阳有准,算得夫主不久回来,若见他这种行为,一定要起疑心。因此这天晚上,备下了一席酒肴,请他在此吃了饭,好好用婉言劝他,将来夫主回家后,少要上门,免得瓜田李下,生出嫌疑事来。主意打定,故而黄昏时候,已把酒席端整好了。却巧不仁进来交账,叫声:“白奶奶,我来交账了。银子两包,计共十三两五钱;又七千七百三十文钱,锁在柜里,钥匙请收了。”娘娘道:“卖下银钱,大伯怎不收去,何须夜夜交账,这般的费心呢?”不仁道:“我代应的银子,等候汉兄回来总算。现在店中进出,理应交账为是。”娘娘道:“今晚我备下粗肴,略表谢意,款留大伯吃了夜膳回去。”不仁道:“既承美意,只得领情叨扰的了。”嘴里这般说,心想“我守候了多日,今朝才得报答前情,了我相思之愿。谅情白奶奶对坐相陪,而且酒席摆在外房,吃完后,同效于飞之乐,实在妙极!”怎么知道,他竟大缠错了!娘娘今夜请他吃酒,不过要劝劝不仁,日后夫主归家,务宜诸凡敛迹,恐防犯了嫌疑。这原是一片好心,不仁却做了缠夹二先生,岂非变着为好成仇了吗?

表过几句。再说娘娘唤小青摆酒过来,小青奉命,把酒席摆在堂前。不仁见杯箸只有一付,心中老大的不快活。白奶奶既不陪饮,酒席又不摆在外房,一定他变了卦,今夜又难如愿了!故意问道:“为什么白奶奶不来饮酒?”娘娘道:“我已吃过的了。大伯请坐,待我奉敬一杯。这些粗肴,随意用些,算不得酬谢的。”不仁忙道:“啊呀呀,不敢当!可惜好酒菜放在这里吃,觉得冷静些。”娘娘道:“我夫一去,音信杳然,家中只有主婢二人,益发冷静了,使我天天望眼欲穿。我算来开店已有旬日,为甚么不回家呢?”不仁正思用计,听得这话,便乘机说道:“我劝奶奶不必空自牵挂了。眼前汉兄正不肯回来呢!

此中情由,本要早达,因为访得实信,已经迟了。”娘娘道:“如此请大伯快说!究竟他在什么地方呀?”不仁道:“汉兄并不到别地方去,早在扬州眠花宿柳,醉纸迷金,挥霍银钱,有如粪土,已把家中妻子抛在脑后。只怕汉兄回来,还要再隔两年哩!”娘娘假作听信的样子,叹息道:“再不想官人在外这般浪荡,叫我倚靠何人?我好苦呀!”眼泪好似断线珍珠般滴了下来。不仁道:“我原说讲不得的,痛哭起来了。但据我的意思,却也不妨,将来他把银子使完,总要回家的。只要你白奶奶放些手段出来,将他磨折磨折一番,自然他改过自新了。”娘娘道:“自古天字出头夫作主,做妻的怎好管束他呢?总是我命运不好,夫星不透,弄得这样的。”不仁点头赞叹道:“奶奶如此大贤大德,真真难得。不意我家院君,为了女色,总要管我,我也只好忍耐,不敢得罪他的。”娘娘不接他的嘴,却叫小青斟酒,劝他多吃一杯。不仁举杯在手,又自言自语道:“日后汉兄回来,我要大大的罚他一个东道。想你有了这样大贤大德的绝色娇妻,反恋着青楼中闲花野草,真是眼睛看不出美恶,鼻子闻不出香臭了。我若有了奶奶的美容,藏在金屋,那里还要想出去,天天和他同食同眠,拜倒在石榴裙下,博他欢笑还来不及。就是他要打我骂我,我也甘心忍受的。”说到这里,把酒呷干,放下杯子,忽然回看着娘娘说道:“想着了,我还有一句话要动问你:你的楼上,到了夜里……”话至此,忙又缩住道:“不要说了,恐你们要害怕的。”娘娘见他吞吞吐吐,一定要叫他说出来。

不知陈不仁所说何话,有甚害怕,且看下回分解。

第二十九回 惊 吓

却说陈不仁有意捏造鬼话，哄骗娘娘，装出欲说不说的样子，要叫娘娘来问他。娘娘早知他的用意，便问道："陈大伯，你说楼上怎样？定要请教。"不仁道："不要说的好，你们吓不起的。"娘娘道："不妨事的。你若不说，反令人疑惑不定了。"不仁道："这里楼上，前年吊死了一个媳妇。从此以后，换了不少租户，都因被吵不过，就搬出去了。"娘娘吃惊道："阿呀，原来房中有吊死鬼的，怪道这两夜如此乱响，我还当做猫捕鼠呢。既是鬼叫，我们如何住得！"不仁道："依我想来，却也无妨。大凡妇女属阴，所以鬼要出现；只要有男人行动，阳气克阴，鬼能潜伏。奶奶不要心寒，稍耐几时，等候汉兄回来就好了。"娘娘道："那里等得及我夫回来！倒不如就请大伯在楼盘桓几天罢。"不仁道："这个断然使不得。倘或汉兄回来，如何对答？奶奶还须自己斟酌。"娘娘道："事与大伯无关，即使我夫回来，不要提起就是了。"不仁道："那么我到外面去关照一声。"当即起身出外，吩咐家童小花："在外堂榻上睡一回，因为白奶奶留我夜膳，我只好明早回去的了。"交代后，返身进内，复道："既然这样，我们把酒肴搬到楼上去吃，壮壮威势也好的。"娘娘答应，暗想："陈不仁心已昏乱，好言难以相劝。先说我夫嫖妓，又说楼上有鬼，随口胡言。我是有阴阳的，怎能骗得信我！况且我夫不久要归，此人在这里进出，总有疑心。为今之计，必须弄他回去，好叫他卧病数月，再作商量。"

此时听得谯楼已打二鼓，酒菜已移到楼上外房。摆好坐定，娘娘亲自执壶斟酒。不仁酒落欢肠，料定今夜总能如愿。但是饭要多吃，酒要少饮，好叫白奶奶知道我的本领高强。所以饮了几杯，便说够了。小青盛过饭来，不仁连吃六碗，有心吃与娘娘看的。似乎吃得做得，表示身体强壮的意思。吃完收拾后，用过脸水香茗，准备作乐陶情。坐了片刻，铺程早已检开，自有丫头叠被铺床，内外房中点着通宵红烛，乐煞了这个痴迷的陈不仁。要想上前去调戏娘娘，还防着小青碍眼，主婢尚未通连，不敢遽行非礼，呆呆的看着娘娘。娘娘道："陈大伯请睡罢，小青随我进房睡罢。"不仁忙问："小青姑娘房在那里？"娘娘回说："就在我房隔壁。"不仁道："原来如此。奶奶请便。"小青就拿了手照，同着娘娘进内房，将门关上。不仁肚里暗叫一声"呀吓，完了！房门已闭，少停肯开不肯开，很难预料。"不免狐疑起来。既而一想，又说："我已明白了，他要瞒着小青的，只等到三更进房就是了。"

再说娘娘进了内房，门虽推上，未曾加闩。向小青默嘱了几句话，小青点点头，就将隔壁的门关上了。娘娘也侧身睡在床上，等候那个痴迷人来。我且慢说。

只说不仁独坐外房，一心盼望佳期。呆等到三更将过，谅必小青已经睡熟了，他就立起身来，放轻了脚步，走到房门跟首，从门缝中向里一张，知道是虚掩的，并未上闩。用手略略一推，已开了半扇，见内房红蜡高烧，十分明亮。娘娘身睡牙床，背心向外，帐子揭开在那里，看得更是仔细：墨乌的头发，雪白的粉颈，下身盖着红绫被，二色分明，异常娇艳，越看越动火，实在忍耐不住。正提起右脚跨进房门，只听得床背后一声怪响，好像有一件东西翻了下来；再一细听，却又无事。就此放大了色胆，把左脚也跨进去。正要起脚，又听得床后刮刮两响。一声叫苦，晓得不好，要想退出去，这只脚拔不动了。便觉一阵冷风，从床后吹出，隐隐有一妇人，背朝着外，退缩出来，到了床前，对着娘娘福了一福。然后回转身躯，又是呼呼一阵冷风，吹得灯火无光。这一吓非同小可！见这女鬼面色如灰，七孔流血，双眉倒挂，头发散乱，嘴里吐出三寸多长的舌头，颈上拖着一条汗巾。这种恶相好不怕人！

此时不仁心胆俱碎，身子抖战不停，欲思拔脚逃走，可怜寸步难移。又见女鬼走近妆台，把镜袱掀开，照了一照，发声长叹道："我本是名门旧家之女，嫁与东门曾家。因为丈夫贩卖丝绵，时常在外。有一个房东叫陈不仁，万恶奸刁，前来收取租金，见我有几分姿色，出言调笑，我一时误信了他，失了名节。后被夫君回家撞破，将我毒打一顿，锁禁空房。我几次央人求他挽救，他竟狠心不理，忘了枕边恩爱之情。因此我又羞又恨，投缳寻了短见，我好苦呀！”眼中血泪滴了下来。这几句话，不仁听了，暗想：“这个鬼，怪不得有些面善，原来就是他！阿呀，冤家遇着对头人了！但愿他不看见我才好。怎么我逃走不动呢？”嘴里只好默念着“救命王菩萨”。

再听那女鬼说道：“我在阴司守候三年，理应要讨替了！如今来了白氏女子，我正好向他索命，可以投生去了。”说罢，把汗巾拿在手中，走近床边。忽闻房门跟边略有声响，回头一看，见了不仁的面目，咬牙切齿道：“想不到冤家就在此地，今夜岂肯相饶！我先与冤家讨了替罢。”重又转身向外，吓得亡魂直冒，用尽气力，带扒带跌，好容易扒到楼梯边。还想要逃下去，站起身子，不想一只脚踏个空，便从楼梯上滚跌到地，气息也全然没有了。

娘娘在内房听得声音，急忙将身坐起，唤小青快去看来。小青拿了手照，同娘娘走到房门首，往下一瞧，看不清楚。便道：“扶梯下什么东西呀？主母你且站着，待丫头下去看个明白。”携着手照下走，只喊了一声：“阿呀，员外何故跌倒在此？”娘娘假意下泪道：“你快出去唤小管家进来罢。”小青领命，立刻叫小花进内。小花见了，有些疑心，便道：“我家员外，怎么跌倒在这里？奇怪得很！莫非从楼上推跌下来的么？”娘娘同小青同说道：“我们是女流之辈，怎敢推他？小管家你休误会了。刚才员外在内堂算账，留他夜膳，多用了几杯酒，神思懒倦，就伏在桌上打磕睡，并说略等一等回去，叫我们先上楼安睡。不料睡不多时，忽听得楼下声响，携灯下来一照，看见员外这般光景，连我们也不知道呢！”小花道：“员外的毛病，我也有些明白了。但现在昏晕过去，气息已断，且扶到榻床上去救救看，再作道理。”

于是小青帮同小花扶他到内堂榻上睡了，忙去备了姜汤过来，小花抓人中，喊员外，娘娘也高唤陈大伯醒来。小青和小花两边扶住，把姜汤灌下。可怜他面如黄蜡，嘴唇黑灰，双眉紧锁，两眼微开，头面上有几处跌伤。此刻姜汤下肚，隐隐作响，便觉得有了气息。又经三人频频叫唤，方见他渐渐苏醒，已是回阳。嘴里还在那里说道：“曾奶奶,你饶了我罢！原是我害你的,明日我请高僧超度,今晚权且饶我,请你不要近身了,快些去罢。”小花道:“这里有什么曾奶奶！只怕遇见冤鬼了。”娘娘道:“大伯你见什么鬼？我们是吓不起的呢！”不仁道:“这事与你们无干,冤家遇了对头,此地断断住不得了,我要回去了。”娘娘道:“既要回去,小管家快唤一乘轿子来罢。”小花答应自去,飞奔到乌梅巷,抡拳乱敲墙门。门公去闩开了,动问何事惊慌,小花细细一说,忙唤起了众兄弟,一直通知到上房去。

院君卢氏听得传报,忍不住双泪交流,即命家人抬轿前往。嘱咐了几句话,要谨慎抬得稳些,防他跌了出来。家人奉命就走,抬轿到了许家,停歇在内堂中。娘娘早已避开,家人们叫应了员外,便搀扶入轿坐定,用一条汗巾络住,就此上肩抬回本宅,送进上房安睡。卢氏院君着急异常,坐在床沿说道:“我往常劝过你的,这种淫乱欺心之事,是做不得的。到如今冤鬼缠绕,便难以抵当了。”伸手一摸,想方才小花说他身体冰冷,现在却像火炭一般发热,十分利害。待到明天早上,一面差人去求签问卜,许愿烧香;一面去请高明医生诊治。那医生说他犯了单思病。正叫做心病还须心药医,所以凭你神医妙药,吃了也没有效验的。迁延日月,病势缠绵,难以起床。我且搁过一边。

再说白娘娘吓退了陈不仁,心已安稳,专等丈夫回家团聚,免得两下照面,别生枝节。好在娘娘能知过去的事实,晓得他从前害过曾家媳妇,故而密嘱小青,装出吊死鬼模样,吓得他卧病在床。这也是不得已做出来的事呢。我也暂且按下。

却说许仙自从吃了官司,幸得叔父王永昌保出,仍在他家作夥,那有心思做什么生意。他想起自己好好在专诸巷开张药店,生意兴隆,一家团聚,何等快乐！不料祸起萧墙,被昆山顾官仗势欺人,强吞宝物,扭禀公堂,险遭问罪。虽蒙县官超豁,取保释回,只是保和堂店房已经封闭,不知妻婢存身何处,音信无闻,室家星散,因此心中十分伤感。时常到楼头痛哭一场,几次被王永昌听得,向他再四劝慰,他却毫不觉悟,弄得永昌也没法可想,倒不如叫他出门散散心罢。所以今天又听他在楼啼哭,便叫阿喜去请许相公来。少顷许仙进见,拭干眼泪,走入书房,叫应叔父。永昌命他坐下后,方说道:“我劝你不必哭了。虽是你夫妻情重,究竟他总属妖怪,将来怎能够有始有终?故此劝你从今以后,断绝了念头,另娶一个美貌妻房,包管在做叔父的身上。你道好么?”许仙道:“多蒙叔父恩待,频加劝慰,小侄怎敢不从。但是念及我妻恩爱,止不住伤心下泪。我愿学古时的宋宏,义不重婚的了。”王永昌听他这般说法,笑道:“哈哈,你还迷而不悟,实是可叹!看来一时劝你不醒,你且替我到镇江去,讨一笔客账。还下来的银子,你带去散散心,游游金山寺和甘泉寺。逐步拿这个念头抛了就完了。”许仙道:“叔公之命,敢不依遵!但不知几时方要动身?”永昌道:“既然肯去,今夜动身也好。”又回头叫阿喜过来,命他到后河头去,看这只嘉兴船如果空在那里,叫他今夜开往镇江去,回来算钱;他若不去,另叫别船也不妨。

阿喜应声即去。少顷,同着船上人沈大官进来,见了员外。因为彼此是老主客,讲明船钱,照原价四钱一日,先付钱一千,买些柴米小菜,回来总算。员外吩咐阿喜取钱给沈大官,又命他到许相公楼上打好铺程,交放在船上。等到晚上,员外请许仙吃了一顿夜饭,写了一封讨账的书信,叫他收藏好了,又劝慰了几句话。许仙告别起身,永昌叫阿喜代送下船。二人一同到了船上,沈大官问:“员外如何不去?”阿喜道:“此番到镇江讨账,理应差夥计去的。不过这位许相公,有些心事,倘使哭将起来,你只算不听见就完了。”此时许仙已在船中坐定,阿喜随后进来,问:“相公讨了账,几时才回?”许仙道:“我不到十天就要回店的。你快上岸回覆主人去罢!”阿喜答应自去。船家就此解缆开行。那许仙只是思念妻子,啼啼哭哭,带累船上人也代为伤心。一路别无书说。

舟行三日,已抵镇江码头停泊。船主沈大官进舱问道:“许相公,镇江已经到了,还是去游玩呢,还是先去讨账?”许仙道:“自然讨账要紧。我且问你:镇江城里五条街,却在那里?你可认识么?”沈大官道:“不是我夸口,镇江地方的路径,一大半认识的。相公可要我一同去么?不过五条街热闹非常,招牌要你相公自己看清楚的呢!”许仙道:“如此甚好,只是有劳你了。”沈大官道:“相公说那里话来！理当引领。请相公拿了书信，一同上岸去罢。”许仙点点头，将书信藏入怀中，立即与船家离舟登岸。

不知此去可曾会见妻房，且看下回分解。

第三十回 京 叙

却说许仙到了镇江,上岸一路前行,自有船家沈大官指引,跟随在后。转了一个弯,便是南北通衢。进了五条街,但见店铺林立,热闹异常。走不多几十步,迎面挂着一块招牌,不觉暗暗称奇道:“怎么该店挂起我的招牌来了?岂有此理!谁敢冒名,待我进去问个明白。”当下踏上阶沿,走入店中。那毛、窦二夥认作主顾上门,连忙起立道:“先生请坐,有甚见教?”许仙道:“请问那一位是开店的?”毛夥道:“敝东讨账出门未回。”许仙道:“请教令东姓甚名谁?”毛夥道:“姓许名仙字汉文,这保和堂药店,是苏州分此的。”窦夥在旁插嘴道:“一些也不差!你问他做什么?”许仙道:“怎样一个人品?有多少年纪了?”窦夥等从未见过,信口答道:“约来四十岁光景,有几根黄牙须的。”许仙怒道:“放屁!令东不该冒我姓名在镇江开店,真真岂有此理!”毛夥道:“尊驾姓许,难道别人姓不得许的么?”许仙道:“姓许由他,不该名号相同,又说苏州分此!我何曾分到镇江开店?岂不是顶冒姓名,在此混账!”正在争论不定的时候,小青却巧从店堂后经过,一见了家主,连忙走出来,说道:“相公来了!我家主母天天望你,快进去相见罢!”一把将许仙拖了进去。二夥方知此人就是东家,毛夥埋怨窦夥说:“我们既未见过,不应该说嘴上有黄须。少停停东家出来,问你交出黄须开店的人,你还是磕头赔罪,拍他几句马屁罢!”

慢说二夥闲话。要说许仙被小青拉进内堂,高叫:“相公回来了,快出来相见罢!”原来娘娘阴阳有准,算定今日今时。所以特地艳妆打扮,候他归家,先命小青常在店中照察。此刻听得传报,即忙移步走出。两下见面后,悲喜交集,各洒了几点眼泪。想不到姑苏一别,音信不通,只道今生难以见面,却在此地重逢,怪不得又悲又喜了。

夫妻对面坐定，许仙诉说自己的苦况；再问娘子别后情形，娘娘却捏造了几句话儿，答道："自从官人被押在县中，吓得做妻的心慌意乱，几次着人打听，方知顾家仗势欺人，恃强夺取宝物，还要叫夫君受罪。我想本地官员，难以压制，必须进京去告御状，请求母舅出力帮忙。打定主意，便将店门关锁，辞了张李二夥，正要动身，忽来了王永昌叔父，他说：'京都去不得的，恐防画虎不成，反类其犬，鸡子如何敌得石子？你家母舅是个闲曹，无权无势，倘被奸党面奏君王，说你私藏珍宝，岂不反要害你丈夫么？'我听了也以为是。他又说此地苏州住不得了，还恐怕恶宦来欺压。因此雇定了两号大船，将各种粗细物件，搬运到此；并蒙王叔父想得周到，另写了一封书信，命我到了镇江，前去投递，托他的金兰好友，那人姓陈，是镇江有名的富商，帮助我立业成家。官人日后相逢，休忘了他的恩德才是。"

许仙听娘娘诉说了一遍，便道："原来如此。这倒奇了！既然叔父这样成全我，怎么不对我略略通风呢？"娘娘道："因欲瞒过这班豪强的邻里，所以用这暗度陈仓之计，严守秘密的。"许仙道："叔父这样的周全我，费尽一片苦心，真令人感激难忘。此恩此德，必须报效才是。还有一句话，我要问你：那位陈员外现在那里？理应登堂叩谢，待我去走一遭。"娘娘阻止道："且慢。近日员外大病在家，卧床不起，等候他病体全愈，再行拜谢未迟。只不知官人来此镇江，有何公事？"许仙道："叔父命我镇江讨账，现有书信，就在五条街，待我去讨了账，打发船家回去。"娘娘道："既有书信为凭，你何必亲自前去，只命一夥送往就是了。"许仙道："那么，我且会了店中二夥，再进来叙话罢。"说毕，起身来到店内。毛窦二夥笑脸相迎，一齐叫应东翁道："汉兄，我等奉揖了。方才言语冒犯，多多得罪，幸勿介怀。"许仙还了一揖，笑道："这是小事，只算笑谈罢了。我有苏州书信一封，相烦你送往万安堂药铺，取讨银子，写明在书信中。你须候他兑出方回，好叫船家带归姑苏呢！"窦夥接嘴道："万安堂药铺，我认得的，待我就去，等了银子回来便了。"许仙取信给他，他即转身而去。

再说船家沈大官见许仙在该店门闲气，后来走出一个标致丫头，拖了进去，实在弄不明白。直到此时，方知就是许相公的府上。便道:“许相公既经找到了府上,谅情不回苏州的了。可要讨了回音,我替你带去呢?”许仙点头道:“当然有回音带去。你且再在此坐一坐,等候片刻,待我进去拿些点心来与你吃罢。”当即转身入内。娘娘起立相迎,请他坐下,命小青把备好的点心端来。第一样是纯油打就的千层饼,还有百果馅子的馒头糕,和那两盆瓜子花生,一壶玫瑰药烧,一齐摆在桌上。然后执壶敬酒道:“时将近午,请官人用些粗点心,聊尽做妻之意。”许仙欣然称谢,并说道:“我和船家同来,现在外面坐着,叫他等候回音,想必他也腹中饥饿了。”娘娘道:“既如此,早间有剩下的荤腥蔬菜,我叫小青送出去,请他在厢房中吃饭罢。”小青应命去讫。娘娘又道:“此刻用过点心,少停再与官人接风。”许仙将点心用毕,听得窦夥已经回来,即忙出外动问。据说银子现已还清,三日内当差夥计赴苏交代。备有回书一封,拿在这里,请即寄去一问便知分晓了。许仙道:“那么,我也写封回信罢。”转身走入书房,将信写好。信上写的许多话,起首无非几句套语,然后提及前情,也无非表示心中的感激。说到“今番来到镇江,夫妇重行完聚;又蒙恩叔从中费心,仍得开张立业。如此恩德,没世难忘,容日后登堂叩谢。”以下几句,便是收梢结尾,毋须烦叙。写毕加封,来到外边,船家已吃过了饭,就把这封信交他带去。又赏给他酒钱七百文,欠找船钱,待见了员外再算。那船家接信便去。

我书中先要交代,他当日下了船,立即开行,只消两天,已抵苏城。将信送到大生堂去,王员外一见之后,恼怒异常,恨他“又被妖怪缠住,迷而不悟,将来决没有收成结局,空费我前番一片心肠。从今以后,我也不要他上门,要与他断绝往来了。”恨恨不已。

苏州事几言表过,回转笔来,再说镇江的许仙。自与娘娘相见后,夫妻重叙,过那朝欢暮乐的光阴。而且生意兴隆,店运甚好,家计越发蒸蒸日上了。

这里许仙果然快乐逍遥,却苦煞了一个人!你道是那一个?就是痴心妄想被吓成病的陈不仁。卧床不起,似入膏肓,连日延医服药,未见小效。卢氏院君日夜在房服事,见他这般光景,好生焦急,含着眼泪,问他的病源从何而起。不仁道:“我病已深,虽有卢医扁鹊般名医，仙丹般灵药，只怕也难活命了。”卢氏听得这话，十分悲痛，又问他有甚心事，可能说与我知道？多费钱财，我也不惜。不仁叹息道：“唉！奶奶啊，别的事情都可抛撇。只有一事，时刻挂在心头，却又窒碍难行。我若说了出来，还怕你反生气恼。倒不如不说的好。”卢氏道：“从前因你种种作孽，故而我苦苦谏劝。如今你病到这般模样，既没有兄弟，又没有子孙。陈氏香烟，单靠着你。只要你病体全愈，凡事都可以任从你的，你快些说出来罢！”不仁便将看中白氏一段情由，详言始末。并说：“这是我的心病，还须求心药医治。不然，只有一死的了。”卢氏明知是难题目，难以效劳；却因救夫心切，想得一条妙计，便向不仁如此这般的一说：“但用计骗他不来，也只好付之天命，休要怨我，且看你的造化罢了。”说毕，走出房来。自知阴谋图骗，还怕天理难容，如今出于无奈，只得做这一遭。

当下卢氏走到房厅上，传唤春桃秋菊两个丫头过来。因为这两个做事能干，说话伶俐，就差他们到保和堂去：能接得白氏娘娘来，重重有赏；若不成功，定用家法处治。春桃秋菊问明相请的缘由，亏他们也有些主见，对院君一说，卢氏点点头，便道：“你们说我今日生辰也好，只要请得到来就是了。”又传话外面家人，备了一乘轿子，即命二婢押轿而去。不多片刻，到了五条街保和堂药店，轿子停在门首。二婢先行走入，许仙问明是乌梅街陈府上来的，便叫他们入内叩见娘娘。二婢当将来意禀告，花言巧语，很是动听；并说院君今日生辰，务要请娘娘过去一叙。拜寿原是不敢当的，不过借着现成酒菜，两下叙谈罢了。娘娘道：“既是院君寿诞，理宜庆祝！怎奈舍下乏人，只好改日登堂补祝的了。”秋菊道：“今朝奶奶必定要赏光的，倘然我等请不动奶奶，院君吩咐过的，要用家法责打，决不宽恕。所以必定要奶奶赏光的呢！”

娘娘听到“必定要”三个字，心上不觉疑惑起来，便把袖里阴阳一算，早已明白：原来他设计图谋，为着不仁病势沉重，要骗我去暗行非礼。谅他恶贯满盈，该要死了，大约也是天数，但卢氏院君，秉性贤淑，却不该助纣为虐呢！所以娘娘转了一念，暗说：也罢，待我去送了他的终罢，免得后来牵缠，反多不便了。当即换了口气道：“既是院君抬举,自当登堂祝寿,少停去就是了。"回头叫小青去取两疋杭绸,送给春桃秋菊做两件衣服,二婢谢了赏赐。娘娘又叫小青到店中请相公进来。少顷许仙入内,问道:"可是陈家来接娘子去么?"娘娘道:"本待不去,只因院君寿诞,理宜恭敬,故而要去的。"许仙道:"可要我和娘子同去?"娘娘道:"现下员外病重,无人接待,且待他全愈后往拜未迟。"许仙唯唯应"是"。娘娘一面叫他出外端整寿礼八色,命人挑去;一面自己回到房中,梳妆打扮,更换衣裙,却要好一回工夫,方才停当,越显得十分娇艳。此时许仙又进来了,见了娘子,暗自赞美,便说礼物已经送去,轿子现在停歇中堂,伺候起身,还望你早些回来,免得我家中一人寂寞。娘娘道:"我蒙院君要好,请我去饮酒谈心,恐怕夜深留宿,定要在那里盘桓一宵。只是明天清早,必须命人来接我的呢。"许仙听了,有些不高兴,问道:"难道你小青也不带去么?"娘娘道:"小青要在家操持中馈,故而我也不带去。"说罢,便与许仙一同下楼。来到中堂上轿,出离店门,一径抬至陈家。

秋菊丫头在前报信,卢氏早已得悉,把那白氏请到,心中暗喜,深赞丫头们能干,少顷领赏。立刻唤众家人在内厅补设寿堂,挂灯结彩,焕然一新。虽自知今日不是生辰,也算替夫君冲喜。等到诸事齐备,春桃跟着轿子已抵墙门,抢先一步,进来禀报说:"许家娘娘到了!"卢氏连忙出来迎接,以为白氏中了他牢笼妙计,定能救得丈夫性命。

不知娘娘用何法术,摆布那贪淫作恶的陈不仁,且看下回分解。

第三十一回 巧 换

却说卢氏院君闻报出接,见娘娘十分美貌,好似天仙化人,怪不得丈夫这般的贪恋。当下迎入内厅,娘娘过来拜寿,院君推阻不住。见他端端正正,裣衽下拜,连忙还礼,双手将娘娘扶起,然后分宾主坐下。叙过了几句寒暄,院君方说道:“我闻得你家相公已经回府了,只因拙夫病重,尚未登堂拜贺,望祈恕罪。”娘娘道:“伯母说那里话来!想我异乡到此,举目无亲,多蒙大伯费心照应,得以夫妇重圆,感恩非浅。但不知这几天大伯的贵恙可好些么?”院君摇头蹙额道:“服药无功,总难见效。”娘娘有意说道:“大伯因诸事太费心机,致有此病。还请伯母从旁劝解,丢开烦恼,保养精神,自然病体全愈了。”一语双关,卢氏却还不甚明白,含糊了过去。娘娘又道:“今日拙夫欲同来拜谒,又恐大伯劳动,反觉不安,只好待病愈后再行补情的了。”院君道:“啊呀呀,这是不敢当的!”两下谈谈说说,不知不觉天已晚了,内堂中灯彩鲜明,照耀如同白昼。

春桃又送茶出来,在院君耳畔禀了一声,说酒肴已经备好了。院君吩咐摆在房厅上面,春桃应命而去。略停一停,方请娘娘入内用酒。原不怀着好意,想不到娘娘阴阳有准,早已预先算定,此刻却将计就计,佯作不知。说道:“念我白氏今日虔心拜祝,薄具贺仪,得蒙笑纳,已属万幸,怎敢反受华筵盛赐,更使我置身无地,抱愧不尽了!”院君道:“奶奶太觉言重了,淡酒粗肴,休要见笑,只算得家常便饭,不成文的。”彼此谦逊了一回,到房厅上入席就坐。丫头在旁殷劝斟酒,一心要灌醉娘娘,成就这条妙计。谁知娘娘的酒量十分洪大,休说这几壶酒,就是吃了几坛,他也不妨。嘴里却托言量窄,不能奉陪了。院君道:“正要奉敬,今晚总须尽欢,稍伸鄙意。”娘娘道:“多承见爱,敢不从命。但舍下乏人,只好改日再领盛情的了。”院君道:“这是难得的,轿子已经打发回去,今日定要屈留,盘桓一夜。快请宽饮几杯,丫头斟酒!”娘娘道:“既如此,我也应借花献佛,回敬一杯。”便从丫头手里拿了酒壶,回敬卢氏。院君饮毕,又叫丫头连敬三杯,频频相劝。娘娘道:“实情吃不下了! 还望见谅。”院君却要他越醉越好,便道:“今晚草榻,尚可宽饮。”

娘娘一想,这只棋子用得真利害:初意只要我吃醉,就来上我的船;现在索性要我吃酥,端正来捉酥醉鱼了。既然如此,我就顺手推舟,大醉了罢。所以一连吃了三杯。院君又吩咐旁侧八个丫头,每人跪敬一杯。娘娘道:“已经醉了,吃不得了。”院君道:“奶奶海量,何必这等的客气! 你们快些斟酒,候奶奶干了,方许起来。”那八个丫头果然挨次斟酒献上,跪倒在地。娘娘假装着酒醉模样,勉强吃到第三杯,头儿低倒,两眼斜视,身子已摇摆不定了,丫头们叫唤奶奶不应。院君见他这般光景,真已酩酊大醉了。便叫四个丫头,扶入房中安睡。这一间房与院君的卧房连接,陈设美丽,扑鼻生香,娘娘和衣睡下。丫头们一齐退出,就把房门反锁,各在外面听候风声。惟有院君看他们收拾残肴后,也因吃了几杯酒,身子疲倦,回到自己卧房,暂为歇息。只道机关巧布,那知反害自身。我且慢表。

再说娘娘假装酒醉,和衣睡倒床上,鼻息呼呼。等候众人去了,关上房门,方始睁开双睛一看:桌上点着通宵红烛,满室明亮,慢慢将身坐起。耳听得谯楼已敲三鼓,心里暗暗思想,不知怎样前来缠扰。再把阴阳一算,方知此人预伏床下,就地铺着被褥,睡在那里,只等我睡熟后,他便扒上床来。这等恶毒,天理难容! 若是凡人,定中奸计。我却索性去引诱他,断送他命入阴司,惩恶劝善,也不为过。想定主意,跨下床来,走近妆台前,把头上的钗环首饰,一一卸下;然后取茶壶呼了一口,回身坐到床沿,将花鞋一脱,鞋底里透起一股香气,重又把金莲裹了一裹。可笑这个陈不仁躲在床下,看见娘娘的绣鞋,又小又香,要想伸手拿过闻一闻,暗说使不得的,我且忍耐着。正在这个当儿,听得娘娘自言自语,连声叹气,记挂丈夫;又说“自己到了镇江以后,多蒙这里陈大伯恩待,一见留情,替我办了许多大事,我不是不知道的。却因小青碍眼,叫他在楼上饮酒,暗约三更相会。想不到外房见鬼,吓出病来,至今卧床不起,真所谓好事多磨了。”

这几句话，引得不仁心动魂销。就从床底下扒出来，对着娘娘叩头不止。此刻娘娘上身只穿一件紧身棉袄；下身单叉裤子，两脚分开，在床沿上坐着。他也不管三七二十一，便从裤裆里钻出来，怪不得要倒霉了。娘娘一见，佯作惊慌，问道："你是那一个啊？"不仁道："我的白奶奶，你难道不认识我么？我也是你的心上人，总求你救了这条命罢！"再叩了几个头，娘娘道："啊呀，你是陈大伯呀！院君说你病势沉重，卧床不起，理宜安心养息为是，怎么此刻这般光景呢？"不仁哀恳道："我再叩头。这条命是死是活，在你手中，只求白奶奶发一点慈心，我病全除了。"娘娘道："我又不是医家，怎生救你？"不仁道："我是心病，皆为想念你奶奶而起。倘蒙怜悯，胜过医家百倍，可称得起死回生的神仙。"娘娘道："既然如此，何必这等样儿。陈大伯快请起来，想我多承厚情，来意我岂不知？但有一句话，此事若被外人知晓，叫我有何面目见人？倒不如暂去安眠，须防久病之后，伤了元气。且待病愈身强，再来与你共效于飞罢。"不仁情急万分，那里还等得及！嘴里只说"快来"，就把浑身衣服脱下，扒上床去睡了。娘娘明知劝他也无益，真是个该死的恶人！因就说道："我是怕羞的。待我息了灯，即来陪你。"那知灯火一灭，这便是白娘娘弄的蹊跷！不仁如在梦里，还当做和他同睡，说了许多情话，种种秽亵，不可名状。

早把卢氏惊醒，听他说出"休妻"两字，心里又悲又恨，问他房门反锁，怎生到此，与我胡缠？不仁只道与白氏交欢，被他一问，觉得声音不对。知是妻子卢氏，不是白奶奶，心里万分难过。一个翻身，向里而睡，连声喔唷。院君伸手一摸，周身如火炭一般，病势益发加重了。回头望到窗边，东方已白。想起白奶奶昨夜不知怎样睡的，我也因酒醉失眠，未曾照察，此时门还反锁在那里。且去开了，好待他醒后出来。所以急忙穿衣而起，走到白氏房门跟首，侧耳一听，房中已有声息，就把锁轻轻一开，推进房来，见娘娘脸上微有怒容。只说："奶奶昨夜好睡么，为甚起身得这般早呀？"娘娘道："天色大明，本要起来了，却多承伯母的美情。"院君道："如此，请到外边坐罢。"坐下之后，娘娘说不出他床底下藏人出来调戏我，院君也说不出我夫看中了你；两下里面面相觑，未发一言。少顷丫环送出脸水，娘娘回说不用；又送来点心香茗，娘娘道："多谢伯母。我有一言奉达：昨天我到府庆祝，蒙伯母抬举，实是不当。且幸我的贱辰，正逢初七，到了这天，我也命人备轿相接，总须屈驾降临，饮酒叙谈，和那昨宵留宿一般，伯母休要推却。"院君听了这话，句句触心：分明说留我一夜，要叫许仙睡在床下，照样回敬我。这是来不得的。不觉脸泛红云，对答不出。

这时候，许家轿子已经来了，娘娘告辞起身。院君挽留不住，只得相送出外，看他上轿去了，方转身来看员外，要问他怎生到我房中来睡。那知陈不仁不在被窝中，已变做疯癫形状，赤身露体，乱发蓬松，跳来跳去，逢人叫着白奶奶，吓得丫环们东西躲避。及至院君看见，却被家里养的一只白狗，咬死在地。下身鲜血淋漓，实是可怕得很。这是他一生淫恶的果报，并不是白娘娘用的法术呢，看官们休要误会。员外死后，卢氏最为伤心，办过了丧事，因为膝下并无子女，被族中争夺资财，一家星散。弄得卢氏孤苦零丁，只得身入家庵，落发为尼。这几句话，我便把陈不仁一家归结了，恕不再提。

仍说娘娘回到家中，并不将此事告知许仙。从此安居乐业，夫妻恩爱，并无闲言，而且生意也十分茂盛。许仙日间在店中营业，到了晚上，又有姣妻陪伴，真可称得心满意足了。

谁知乐极生悲。早来了金山法海和尚，到此拆散他们的夫妻。你道为了甚么？本书中虽未说明，却也有一些影子。试看第一回"仙踪"里面，白蛇在峨嵋山上，吞去了一个老和尚修炼的内丹，打掉了五百年道行。这老和尚本是个癞虾蟆精，道行极深，继然失去五百年，当时奈何白蛇不得。他却怀恨在心，只在洞中刻苦修行，竟被他成了正果，脱却凡胎，得到西方极乐世界，蒙如来赐了他一个紫金钵盂，命他下山宣传佛教，查察人间善恶。他有了这个机会，又把阴阳抡算，知这白蛇在西池金母处，无从报复，后来他奉命下山报恩，与许仙成了夫妇，身在凡尘，我不难假公济私，报此夙仇。但我已证佛果，未便和从前一般见识，况他从无过犯，也不能无罪而诛，违了我佛慈悲的宗旨。存了这个主意，所以法海来到金山，做了住持，待机而动。

近来算得青白二蛇妖，已到镇江开店，与那许仙相会，只图欢乐。恐有后患，不如先去引诱许仙到此，指点迷途，拆散他们的孽缘。一来叫许仙皈依佛教，二来叫蛇妖知道我的利害。他若向我降伏，我便和他消释前仇；如果他与我作对，自取罪孽，非但他怨不得我，就是金母也不能回护他了。以上这段情节，原是法海的心事，书中却说他正大光明，实因不是这样说法，下文那有许多热闹的关节呢？故而在下表明之后，仍照原本编译下去，还望看官们勿嫌烦絮是幸。

且说当日的法海禅师，自到金山做住持后，已阅多时。见佛像大半损坏，殿庭也有些坍塌，便借着这个大题目，命八个有执事的僧人，分头下山四处募化金钱，重修庙宇，再塑金身。各各去讫，又唤当家僧静缘前来，因他的缘法更好，单叫他到镇江城里去，另化檀香十担，装塑一尊观音大士像。"要寻有缘施主，只在五条街前后，不必他往。如能诚心竭力，包管你自有人来。"静缘奉命，格外虔诚，到了次日，独自来到镇江城里五条街上。该处是热闹的市中心，他背着一尊小小韦陀佛像，跪拜街头，口中宣扬佛号，念着"南无三洲感应护法韦陀尊天菩萨，贫僧金山寺中静修和尚，募化檀香十担，装塑观音大士，伏望各位善男信女，十方护法，随缘乐助，功德无量，阿弥陀佛。"一路在街上高声念着，拜了一家，又是一家，拜倒站起，站起拜倒，上街走到下街，好不辛苦。那知一连几天，并没有分文募化下来。你道为了何事？原来本街上有两个游手好闲的恶少年，从中霸阻，造出许多恶言恶语，写了一张无头榜文，说和尚是色中饿鬼，做强盗的后门，募化了金钱，不过修他们五脏庙罢了，有甚功能！如此一来，各店家还有那个肯来布施呢？弄得静缘和尚无法可施。却因师命难违，不敢偷懒，这天拜得他腰酸腿软，正拜到保和堂门前，好似鬼使神差，忽然一个头晕，望前一交跌倒，额角碰在阶沿石上，顿时血流满面，晕倒在地。

不知生死如何，可曾募得檀香，引得许仙上山，且看下回分解。

第三十二回 化　　檀

却说许仙正在店中坐着,见一和尚跌倒在地,吃了一惊。忙叫二夥出去,将他扶起,坐在排门板上。因他头额受伤出血,取些金毛狮子药末,敷了伤口。那和尚连声称谢不置。毛夥见有一本缘簿,跌落在地上,伸手拾起来一看,说:“也可怜缘簿还是一本白头卷,从没有人开过。”回头向许仙道:“我看汉兄做些好事,替他开了缘簿罢。”许仙道:“但不知他要化多少呢?”毛夥道:“不要银钱,只化檀香十担,装塑一尊观音大士佛像。”许仙说道:“十担檀香,有限得紧。可笑这班镇江人竟是一毛不拔,太觉小气了。”毛夥道:“不是的,有个缘故在内:只因和尚少结了缘,被当地几个无赖,从中起衅,在四处贴着招纸,叫人不要布施僧人。如若不听,一定绝子绝孙,要生瘟病。这般的咒骂,所以本地人都不肯捐助了。”许仙道:“如此说来,我也不写,叫他别处去化罢。”毛夥道:“却还不妨,后面有两句话,总算是生路:外来客商,好心布施,不在咒骂之内。故而汉兄是外边人,尽可以写得的。”许仙道:“既可写得,你拿缘簿来,我写了一担罢。”二夥齐说道:“缘簿上开头只写一担,恐怕有些不像样呢!”正商量着,和尚念了一声阿弥陀佛,从旁说道:“今蒙檀越布施,保佑早生公子做官中状元。”许仙正在那里想儿子,听得和尚的说话,却巧打入心坎。他料想娘子平时最敬观音,就是知道募化,也是无妨;况且许仙一生好胜,最爱体面,因此提起笔来,写着“信士许仙同妻白氏独助檀香十担”。二夥看了,也赞道:“好呀,好呀! 这样一写,连我们做夥计的,脸上也有光辉呢! 和尚你把缘簿拿去,待等选日兴工,便将檀香送上山来,决不误事的。”和尚道:“多谢相公,功德无量。”当即拿了缘簿,起身告退出店。

我不说静缘回山覆命,已称了法海的心愿。再说许仙见和尚去后,忽然转了一念:想起从前妻房谆谆吩咐,叫我和僧道绝交。如今一时高兴,写了十担檀香,最少要几百两银子,倘被娘子知晓,一定要淘气的。这都是毛、窦二夥不好,从旁怂恿着我,我若反悔,岂不被他们取笑呢? 想到这里,不觉愁锁双眉。二夥未知其意,问道:“汉兄的檀香,还是买来解送,还是折银子过去?”许仙道:“不用你们多问,且到那日再定。”站起身来,就此进去了。二夥在外私相议论,都说东家是惧内的,这笔捐助的钱,只怕娘娘不允;所以方才高兴,此刻又在那里着急哩! 这一来,许仙的心事,竟被二夥猜着。走到里边,娘娘笑脸相迎,请他坐下,他却一声也不响,两眼只看着天,眉头蹙紧,面现不悦之色。因问道:“你今天有什么心事,这样的闷闷不乐? 可能说与做妻的知道?”许仙踌躇了一回,方说道:“我有一句话,说了出来,只怕娘子要见气的。”娘娘道:“有话请说,做妻的怎敢见气?”许仙道:“如此,我老实说了。就是那金山寺……”“金山寺”三字才出口,娘娘吃了一惊,忙道:“住了! 你说那金山寺,便怎么样?”许仙道:“我只为那个和尚天天在门前拜来拜去,已经长久了,其实讨厌得很。我问他要多少银子,他说不化银钱,只化檀香十担,装塑观音大士一尊。我因想及娘子平时敬重观音,故此我替他开了缘簿,独助檀香十担。算来不过几百两银子,只是未曾请命,自觉擅专,所以我不敢实告娘子呢!”娘娘道:“你竟独助檀香十担,和那些僧人交好,把做妻平日嘱咐的言语,全不记在心上,偏要与他们来往! 檀香十担,还是小事,恐将来必起祸端。可记得四月中旬,神仙庙遇见妖道,把二两人参拐去,骗你归家吵闹,几乎拆散夫妻。若不是我学得仙术,怎能够讨还人参! 你当时亲口说的,从此永远与僧道绝交。事隔未久,你难道完全忘记了么?”许仙道:“我原不肯写的,都是二夥再三怂恿;那和尚又说独助檀香,功德无量,生儿必中状元。并且娘子素来敬重观音,故而我一时冒昧,写了下去。如今又不好改悔。只要娘子允助檀香,我以后再不敢与僧道往来,一世绝交就是了。”娘娘道:“你既助了檀香,到了开光那一天,岂不要请你去拈香拜佛呢?”许仙道:“现在我已悔悟,再要如此,我真不是人了!”娘娘听他这样说法,又对他看了一看,冷笑道:“听你的话儿虽似蜜糖一般,只怕口是心非,未必改悔,到期仍要去拈香的。定叫我费去银钱,我实在信你不过呢!”许仙道:“娘子不信,待我对天立下愿来。”立即走到庭前,双膝跪下,叩头仰告道:“过往神祇听者:我许仙若上金山,再与僧道相亲,罚我在镇江覆舟身死。”

娘娘见他发了急,对天立誓,连忙走上前来,接了一吻,便说:“做妻的和你耍笑,你怎么认起真来!”就在仙官身旁,并肩跪下,叫声:“日游神,夜游神,日月三光作证:因我偶然与官人口角,我夫立誓之言,当不得真的。倘遇着恶时辰,我白氏情愿代替,决不累及我夫。快些站起来罢!”小青也过来说道:“主母,你看相公这般光景,谅情以后定然悔悟,不必再埋怨他了。所助檀香,如今依了相公,差人送去,也算是一桩好事。永不与这秃驴见面就是了。”娘娘将仙官扶起,并着香肩坐下,便问可用中膳? 许仙摇摇头,回说吃不下去。娘娘道:“那么,且用些点心罢。冒犯之言,休要见罪,还请你宽恕这一遭。”许仙道:“娘子说那里话来! 原是卑人不好,有累娘子生气。”娘娘方面转笑容道:“请问檀香要多少价钱?”许仙道:“约略算来,须银三百多两。”娘娘索性讨好道:“既然有心捐助,菩萨须有莲花宝座,周身还要装金,总共助银五百两,当可包罗一切了。”许仙道:“多谢娘子一力周全,使我面上增光,承情之至!”娘娘道:“你明日将银子付托毛夥,办了檀香十担,余下花银,一并送往金山交代。就请僧人办理装金莲座便了。”许仙转愁为喜道:“哈哈,好了! 如今不出丑了。肚中也饿了,快拿中饭来吃罢!”少顷小青端上饭菜,开怀吃毕,抽身来到店中。

二夥看他的面色,愁容又变做欢颜,同问道:“汉兄,可是在娘娘跟前把檀香说妥当了么?”许仙道:“这是我自己作主,娘子不来管我的。”二夥道:“大约罪总赔过的了!”许仙道:“二公休得取笑! 明后日,有烦到杂货行中,购买大料檀香十担。该价若干,开明发票;另有余下银两,就托毛公渡江,解送金山寺交代。”窦夥道:“此事在我身上。我姑夫开檀香行的,包管便宜,明朝一准就去。”许仙道:“但是檀香须要整料,方可雕琢佛像。枝梗细条,一概不用。价目大些,却也不妨。”又向毛夥道:“檀香办好后,择定日期,解送过江,切勿叫僧人到我店中。你须明白我的意思。”毛夥点头应命。许仙又叫二夥估计数目，除檀香约需三百二三十两外，加上五彩莲花座要三四十两，装金要七八十两，连塑像匠人工钱，一并在内，五百两足够了。当即将银子兑出，交给二夥办理一切。选定腊月初三日，由毛夥一人解送过江，不须细表。

只说到了这一天，信息传上金山，报与当家知晓。方丈率领大众下山，执香迎接。口诵观世音菩萨，正殿上撞钟擂鼓，果然热闹非常。今朝毛夥十分体面，坐在堂上，用过了素斋，把檀香正供、银子一一交代，然后起身辞行。众僧人送他下船，回转京江覆命。许仙方始放下了心肠。这一番功德，果真不小，感动上苍，命文曲星官，下降尘世，昌盛许门。此种言语，到了现下科学文明时代，虽似迷信，却也是劝善的意思。

那边金山上众僧募捐事毕，计得布施银一万两。择日兴修庙宇，塑佛装金，不是一朝一夕，过了残冬，又交新岁，光阴迅速，早到了元宵佳节。许仙与白氏饮酒庆赏，人月双圆，这夜一度周公，即怀身孕。但娘娘从此乱了阴阳，再也算不准了。

表过后，再提金山寺里，兴工动作，更是热闹：修庙宇，塑佛像，众匠人天天忙碌，直到三月底方才告竣。这一桩也算大事，四远皆知。原来金山寺是江苏镇江府第一丛林，天下闻名。所以一有举动，便闹遍了满城百姓。如今许仙独助檀香十担，装塑观音大士，要算得一位大施主了。所以到了功成圆满后，法海拣了四月初八吉日吉时，佛相开光。预先下帖，邀了几位大施主，和那在城官府，合郡乡绅，上山拈香，瞻仰佛像。即命小沙弥各处投帖，当有一番的忙碌，毋烦细叙。

再说白氏娘娘静坐在房，忽然心血来潮，内中定有蹊跷，因此闷闷不乐。却巧小青走入，见娘娘愁锁双眉，动问何故。娘娘道：“我因为心血来潮，也不知为了何事？”小青道：“既然如此，怎么不把阴阳抡算，辨别吉凶呢？”娘娘道：“你那里知道呀！奈我腹中怀孕，已有三月，算不准袖里阴阳。我料想别无他事，只虑着法海禅师，要来和我淘气罢了。”小青道：“娘娘且请放心。难道他要寻上门来么？怕他则甚！”娘娘道：“我所忧虑的：相公总要和僧人来往，日后难免发生祸事呢。”

主婢正在房中谈话，那许仙走入房来，坐定后，娘娘问他："手里拿的什么东西？"许仙道："不要说起！可恨那金山寺的和尚今天来到这里，邀我明日上山。"娘娘道："邀你去做什么？"许仙道："据那和尚说，明天是开光吉日，请我去礼拜慈航，拈香还愿。有一张帖子在此。"娘娘伸手接来，略看一看，扯得粉碎，勃然大怒，痛责他："不听妻言，偏要和僧人来往，倒不如拆散夫妻，待我主婢二人另走别路，到尼庵中削发修行去罢。"这一来，吓得许仙天昏地黑，一时话都说不出口。亏得小青过来劝道："主母且免愁烦，总是这班秃驴不好，此事与相公无关。只要相公一朝拒绝，下次决不来了。"许仙便对着小青道："我才进房，话还没有说完，娘娘就大发雷霆，叫我如何分辩？我若果然要与僧人来往，这帖子也不拿进来了。实是他来请我，并非我去请他。我早已对这和尚骂了几句，把他赶走了，如果我再上金山，罚我一世不得起身。"娘娘怒气方息，转着笑容道："照你这般说来，我倒错怪你了。实是我性情急暴，还望你休要见气。"许仙道："自己夫妻，怎说'见气'两字！"这一场吵闹，当然总算解决，依旧和好如常。这一夜欢娱，不必细说。

到了来朝，起身梳洗方毕，小青进来说道："相公，外面朱九成家，病人危笃，请相公就去诊治。"许仙不敢自专，问道："朱九成家，娘子你道去也不去？"娘娘想不到别生事端，便道："邻近朱家，既是病重，该去看治为是。"许仙道："那么，我去了就来。"娘娘还叫他早些回来用饭。因为现在算不准阴阳，吃了这场大苦，眼睁睁看他出外去了。就是许仙也并不想上金山，跟了那请医的人，前去看病。在朱家看毕回来，只走了十几步路，不防背后有人扯住了衣服。回头一看，见是一个沙弥，还有一个家丁，分明是金山上来请我的。

不知许仙可曾上山拈香，闹出事来，且看下回分解。

第三十三回　开　　光

却说今日金山寺里，是佛相开光的吉期，镇江府丹徒县以及邻近府县各官员，和一班乡绅施主们等，尽行请到，只有许仙一人未来。那位镇江知府性最急暴，问知许仙是个商人，屡请不到，太觉自大，反累众官员等候他，心头忿怒，要命差役前去捉拿。还亏扬州府在旁劝止，方叫一个家丁，拿了名帖，同了小沙弥，下山相请。那沙弥认识许仙，可巧走到五条街上，碰个正着，便赶上去扯住了他的衣服。许仙一见，不觉怒气冲冲，要想洒脱身躯，奔回家去。那沙弥抓住不放，并说道："相公慢走！今日佛相开光，府县乡绅等都来拈香。知道相公屡请未到，很有些不快活，特差一个二爷，同了我来请你的。你再不去，老和尚也要骂我了。"许仙道："我若要来，何须请得！只因家内乏人，故而不来。你们去回覆太爷便了。"旁边家丁也过来说道："许相公，有名帖在此相请，单等相公一到，就好菩萨开光。如果不去，又恐家爷要发怒了。还是请相公走一遭的好。"许仙道："我未换过衣服，如何好去？"沙弥道："若是相公回府，就去不成了。随身衣服，尽管不妨。"

许仙听了这话，暗想：今番我独助檀香，何等体面！若然不去，恐惹恼了府太爷，反为不便。我何不瞒了妻房，到一到即便回来，有谁去告诉去呢？便道："你们站着，待我到店中关照一声，就和你们同去。"说罢走到店前，嘱咐毛窦二夥道："倘或小青问起我来，只说在间壁下棋，不要说我上金山去的。"二夥唯唯应是。许仙方同着家丁沙弥，渡江来到金山。

上山后，早见那所寺院，好不气概轩昂，山门重整，修理得金碧辉煌，暗暗赞叹。当时家丁先已入内通报，等到许仙走进，官员乡绅们尽皆起立，法海禅师也含笑相迎。那知府问道："这就是许仙么？"许仙连称不敢，叫应各位老爷，上前参拜。众官绅颇加优礼，将他扶起，请他就坐。弄得许仙局促不安，忙答道："各位老爷在此，许仙是属下子民，怎敢妄坐？"知府道："今在佛地护法，又当别论。请坐了好谈话。"许仙方告罪就坐。

法海启口说道："许相公，老僧发愿兴修，多承美意，轻财捐助，得成胜事，真是善人莫大的功德！"许仙因初次会面，忙问："法名可是法海禅师么？"法海道："不敢。正是老僧。"许仙道："久仰禅师道高德重，今日会见，实是三生有幸！"

叙谈了一回，法海从座上走了下来。细细对仙官一看，脸上果有妖气。此刻在人前不好说明，暂为隐忍。只见众僧走入，报称吉时已到，佛相开光，请各位老爷施主上殿拈香。法海便吩咐正殿上撞钟擂鼓，红蜡高烧，乐人吹打，众徒弟执香站班，护引各位老爷，上殿拈香。惟许相公是太爷属下子民，未便同班行礼。但檀香是他独助，先到观音殿拜佛开光，然后候各位老爷来拈香。分派已毕，于是众僧引领在前，众官绅排着班次，先到正殿，又到各偏殿，拈过了香，末后到观音殿上。许仙已烧了头香，这也是法海的主意。少顷，众官绅行礼毕，邀到客堂中待茶。许仙是从正殿上来了。当下摆出素斋，各人挨次坐定，法海在下首相陪。素斋用罢，众官绅纷纷散去，不须细表。

只说许仙见他们陆续去后，也向法海告辞欲行。法海道："相公且慢回去，老僧有要言嘱咐。请到内堂小坐片时。"便携着许仙的手，来到清净的禅堂中坐下。许仙不明白他的用意，又不知有甚说话，要紧问道："禅师既有训示，请即赐教。"法海道："我看你面有妖纹，定被妖魔迷住。你若能把他拒绝，可保你祸患不侵。"许仙道："我在客边，并无亲戚朋友，那得有妖魔缠绕？"法海道："你道妖怪是谁？就是家中的白素贞，和那婢子小青！"许仙初还不信，便道："我娘子是妖怪么？这说那里话来？我家白氏妻房，贤能有志，秉性端庄，竟说他是妖怪，岂有此理！"法海道："我知你迷字在心，不易醒悟，却也难怪。我且将白氏前后踪迹，细说一番，你就明白了。那白氏本是一条白蛇，生长在峨嵋山，修炼成精。你是十世以前的善士，在川广两处经商作客，那时路过峨嵋山前，见一乞丐将蛇擒拿在手，不觉心生怜悯，便出两贯青钱，买了放生，白蛇方得回山修道至今。

但善士辗转轮回,算来已有一千余年,今世投胎,便是你的本身了。那白蛇不忘从前救命恩德,特来相报,故而假托夫妇虚名,和你交好。只是蛇心最毒,过了几时,姻缘一满,日后难免有丧身之祸。老僧念你七世童男,根基甚厚,如此金枝玉叶,吞入蛇腹,岂不可惜?所以劝你把他拒绝,好叫两下里都得安身全命呢!”许仙仍将信将疑的说道:“原来从前有这一番因果。但事隔千百余年,有谁知晓?只凭禅师所言,也算不得证据,怎见我妻是蛇妖所化?”法海道:“此事凿凿可据,你还不觉悟么?他与你夙世牵情,因欲了此凡缘,来到武林寻访,在西湖塘上相遇,引你到破败的祠堂中,结为夫妇,把钱塘县库银赠你,害你充配苏州。胥江落驿,专诸巷二次相会。可记得端阳佳节,已现原形,到了中秋,赌赛三桩宝物,是从昆山顾府盗来,不幸破露,险遭问罪。这都是妻房害你的,证据重重,尚不省悟,反来与我讨取真凭,未免太愚了!”

许仙听了禅师一夕话,吓得浑身抖战,走上前来,双膝跪倒,央告道:“弟子昏愚无知,还望禅师救我!”法海道:“我念你夙有善根,故来点悟。只要你立志坚牢,从此不念双妖,跟随我修心学道,将来便可抛弃尘凡了。”许仙道:“禅师法旨,敢不凛遵!弟子情愿皈依三宝。只是我与娘子夫妇情深,一旦分离,心实不忍。且容弟子回家,将禅师的训谕,点化一番,使他各归其所,我也放心与他作别了。”法海道:“看你尘缘难割,恩爱难离。也罢!你且随我出去,叫你夫妻分别便了。”便携了仙官的手,走向外来。

出了禅堂,从侧首抄到后山。虽是日长,已是申牌过后。这里有一茅亭,是法海平日修行的地方,十分幽僻。亭内有一块大石,摆着一个蒲团。早望见江面上波浪滔滔,好似匹练一般。法海走入亭中,在蒲团上盘膝而坐。仙官站立一旁,观看此地的风景,心里却还思念姣妻,不知他可在那里记挂着?我只是见了禅师,有些惧怕。原书便借着这个,说出一篇五行生克的大道理来,未免穿凿附会,所以我当作闲文,一概删去。仍说法海早知仙官用意,便道:“你看江水滔天,波涛滚滚之中,你的妻子来了么?”许仙即向四面一望,毫无形影,忙问在那里。法海伸一个指头,向南一指,方说道:“你还不见么?那边天上有一道白光,直冲过去的便是。”许仙就顺着指头望去,果见那道白光中,白娘和小青驾一小舟,鼓棹而来。吃惊道:“果然娘子来了,这便如何?”法海道:“不妨。你若害怕,躲在我蒲团背后,看老僧降此二妖。”许仙央恳道:“还望禅师海涵,只用好言回绝了他,休伤他的性命。”法海道:“你且回避,老僧自有道理!”

做书的写到这里,却又要表明几句了。你道白蛇此刻怎么就来呢?原来书是并行的,许仙渡江上山,拜佛用斋,又与法海谈了许多言语,走到山后,足有半日工夫,家中的白娘,那有不悬望之理?因见夫主不回,即行命小青到店中去查问。二夥知道瞒不过去,却有意加上几句话,半真半假的说道:“今日金山上面,开光檀香观音,现任官员都到,还有合郡乡绅。因为方才小青姐骂了和尚,他就怀恨在心,回去告诉老僧,禀明现任太尊,差来几个家丁,约有五六七名,虽是用帖相请,好像牌票拿人。正见相公回店,就此难以脱身,一把将他拖住,都说许仙夙有善根,一定要他落发为僧。如果前去找寻,快上金山要紧。”

小青听得这话,慌忙入内禀告,就将二夥之言,细述一遍。娘娘大惊失色道:“相公真个上金山出家了么?阿呀,痛死我也!”此时娘娘眉头紧蹙,珠泪双抛,不觉乱了方寸。明知法海妖僧公报私仇,引诱我夫上山烧香,劝令落发修行,有意和我作对,拆散我恩爱夫妻。心肠狠毒,此恨难消。我虽知道他脱去妖胎,已证佛果,非比从前峨嵋修炼的时候神通广大,法力高深。我原不敢和他比试高低,怎奈欺我太甚!我只得与他拼命的了!主意打定,回头唤小青道:“我和你驾云速往金山,追赶你东人回来。”小青道:“少顷我们回来,二夥问及怎样出去,如何回答呢?”娘娘道:“这倒不妨,只说从后门出去就是了。我若今番追不转夫主,誓死不回!”小青问娘娘此去可要改妆,娘娘点点头,就把头上青丝打了一个结,用绢帕包裹好了,换了一件鱼白色的短裤,白绫裙子围腰,足上一双玄缎弓鞋。小青也打扮停当,各佩宝剑,然后一主一婢,化作青白两道光,穿窗而出,驾云直上九霄。

霎时来到江边幽静的地方,落下云头,并不被人瞧见,也用着遮眼的法儿。小青道:“娘娘既是驾云,何不竟到金山,反在江岸下去?没有舟船,怎好过江?”娘娘道:“我因为金山上面,不知有甚法宝,红光直透云霄,故而不敢驾云上前。我且拔下金钗,化一小舟,和你渡江过去罢!”说时,便从头上拔下一股金钗,投入江中,变成一叶扁舟。主婢二人跳上了船,便向大江东去。耳听得波涛声响,水势汹涌,娘娘站立中间把舵,小青在后梢打桨。望见金山上果有红光透起,料想他必有镇山的法宝。

无多片刻,已到了山岸边,将船停泊,主婢走上山头,进了山门,直到里边。穿过大殿,向东兜抄进去,未见有僧人走来动问,不知夫主藏在何处,心中不觉忧愁起来。但见侧首山坡上,有一僧人立着,在那里采樵,用斧砍着树枝,嘴里却自言自语道:“树上这许多孽藤苗蔓,待我把情根一齐斩断了罢!”娘娘听那采樵的话,直刺心孔,便上前叫声师父道:“我要借问一信,还请明示。”和尚道:“要问什么?”娘娘道:“夫主许仙,现在那里,相烦指引,感恩非浅。”和尚道:“你问许仙么?就从这里山坡,攀藤附葛过去,盘至后山坡,有一茅亭,他同俺师父法海,在彼打坐参禅。”娘娘道:“原来如此!待我去找他。”和尚道:“山路崎岖难走,只怕不能会面,徒劳往返。”娘娘道:“多谢师父!我要寻夫主回去,那怕路险难行,总要去的!”

当时从侧首过去,行不半里,只见面前一株松树上,刻写着一首诗,近前一看,见那上写道:“休生烦恼莫生愁,上界先知根底由。金玉之言须记取,山中莫把老僧求。”娘娘看了那首诗,心头乱跳,身子往后倒退,险些儿跌了一交,还亏小青在旁扶住。暗想此诗是昔日仙翁所赠,这里有谁人知晓,横写在松皮树上?分明叫我休上金山!我本欲依遵回去,免得惹祸招灾;怎奈夫妇恩情,难以一朝决绝。我且暂违仙训,只用好言向他求饶。若得他大发慈悲,放我夫主归家,那就没有事了。”如此一想,便同小青绕道过去。果见山凹中有一茅亭,亭内蒲团上坐一老僧,大约就是这个法海了。

不知娘娘用善言恳求法海,怎生斗起法来,水漫金山,闯出滔天大祸,且看下回分解。

第三十四回 水 漫

却说白娘和小青上了金山,问信来到山后,只见茅亭中有一老僧打坐。分明就是法海,却又不见夫主,心里很是焦急。回头向小青道:“我和你且上亭去,善言求恳,休动无明之火,须看我颜色行事。”嘱毕,走上山坡,见了法海,屈身行礼道:“茅亭内坐的,莫非金山长老法海禅师么?”法海道:“你既知老僧在此,只宜远遁高飞,为什么反来见我?有甚说话,容汝讲来。”娘娘道:“我因招寻夫主到此,恐他听信谣言,抛弃家业,求福反而招祸。还望佛爷慈悲,发放我夫回去,感恩不浅!”法海道:“许仙夙有善根,留在金山,已归三宝,你何须苦苦留恋着他?我念你功行千有余年,幸得根本未伤,所以不来加害及你。你当早早归山,仍修正果,将来不失仙途。如再执迷不悟,贪恋红尘,我这里佛法无边,管教你后悔莫及。好似虫投蛛网,鸟入樊笼,休想逃命!”娘娘道:“师父法教甚明,敢不依从?但念白氏下情,从宽饶恕。因与仙郎缘还未断,恩也未报,故敢冒昧到此。请求暂放夫君回去,待白氏恩缘两尽,那时离别归山便了。”法海道:“你休多言!我不放许仙,你敢怎样?”娘娘双膝跪下,苦苦哀求。那知法海未忘吞丹之恨,骂道:“你这无知孽畜,还思留恋!若再多言,休想活命!”

这几句话,恼动了旁侧的小青,便道:“娘娘这般的哀哀求告,那秃驴反出狂言,开口就骂,难道真个怕他不成?”顿时两目圆睁,怒容满面,大骂道:“秃驴休夸大口,我来和你见个高低!”口中蛇芒吐出,有一股毒气喷来。法海忙将手中禅杖飞起,化作一条青龙在空中盘旋飞舞,小青仰面跌了一交。白娘见青龙来势凶猛,就地一滚,也把原形现出。好一条大白蛇,起在半空,和那条青龙决斗。小青变作青蛇,上去帮打。

这时候,法海转向许仙说道:“你藏身在我袈裟里面,你可钻出头来，瞧这么一瞧。”许仙便悄悄一观，好生可怕，忙说：“弟子不要看。”法海道：“这就是你妻子的真形。你和他同床共枕，何等恩爱，怎么此时这般害怕？你可将从前仔细想来。”许仙一想，这种形状，果与端阳所见相同。便道：“可怕得很！两年恩爱，竟与此物同床共枕，真是吓死我了！我今后再不下山，惟愿皈依三宝的了。”正说话时，那蛇龙在空中争斗，各显神通，白娘渐渐败将下来，只得用杀手锏，方可成功。即便转身飞上，嘴里吐出一颗混元光化明珠，将青龙打下地来，仍是一条禅杖。法海连忙收去。

那白娘和小青依然变了人形，上来说道：“秃驴，快还我丈夫回去，我就和你善罢干休，便宜了你。你的青龙禅杖安在？倘再胡言乱语，定教你这秃贼丧命，方消此恨。”法海道：“孽畜不得无礼，看我的法宝又来了！”即将座下风火蒲团祭起，霎时一阵狂风，飞沙走石，烈焰腾空，浓烟密布，风从火势，火趁风威，好不利害。娘娘一见，魂飞魄散，小青也吓得面涨通红。方信佛家法力无边，今番定属凶多吉少。见那蒲团渐渐压下，娘娘无奈，仍吐出明珠抵敌。一道光华上冲，果然力量不小，竟将蒲团敌住，丝毫不肯放松。法海见蒲团压不下去，法宝要被他破了，心里也有些着急：“倘我倒翻在白氏手里，岂不惹人耻笑么？”急将金钵盂盖一开，向上抛起。眼前便见万道金光，从空中射将下来，罩定青白二妖，吸收上去。娘娘此时魂不附体，叫声：“青儿不好了！我命休矣！”要想逃遁，万万不能，早已被金光罩住了。这一急，娘娘顶上透出一道奎光，就把钵盂抵住，不能够罩下来了。法海一看，原来不是他使的法宝，却是文曲星官在他的腹中，怪不得不能收他。立即把手一招，钵盂仍在手中，暂时放他逃生去罢。娘娘正在那里等死，忽见金光散去，不敢再与法海赌斗，忙同着小青借水遁而逃。

这里法海见二妖已走，方叫许仙出来，安慰他不要害怕，且回方丈再作计较，便手携着许仙同返内室，我且慢表。再说主婢二人逃出险地，娘娘道：“青儿，我和你方才几乎丧命，真好险呀！”小青道：“我们受了贼秃这场耻辱，难道就罢了不成？”娘娘道：“可恨法海无知，竟把我夫留住。切齿深仇，安得不报？如今我和你不及回家，且到黑风洞去见哥哥，请他出来帮助，定要杀了妖僧，找得丈夫回来，方能罢手。”小青道：“娘娘说得有理，快些去罢！”

于是主婢从水道北行，早来到黑风洞口，见有几个小妖把守洞门，便问大王可在里面？小妖回说大王并未外出，请娘娘进去就是了。娘娘便带着小青进洞，直到聚仙宫，见了黑风大王，叫应哥哥。黑风大王道：“我道是谁，原来是妹子来了！”两下行礼毕，对面坐定。小青也过来叩见。黑风大王问道：“贤妹，他是何人？”娘娘道“这叫做物以类聚，是小妹身旁的侍女小青。”黑风大王点点头，又问道：“贤妹向在何处出嫁丈夫，报答前恩？如今怎样了？”娘娘道：“小妹自别兄后，一路南行，在杭州西湖塘上，得遇恩人，成为夫妇。先往姑苏，后至镇江。不料好事多磨，今因上金山烧香还愿，寺里有个法海妖僧，心肠凶恶，竟把恩人留住不放，拆散我夫妇良缘。我特地上山取讨，他反卖弄神通，肆行强暴。小妹法力浅薄，斗不过他，险些主婢同归于尽。我二人逃生到此，还望哥哥要替我报仇雪恨的。”那黑风大王本是个黑鱼精，自称为七星道人，性情十分粗暴。听了娘娘这番苦诉，气得他怒发冲冠，口中哇呀呀的乱叫道：“那还了得！可恨妖僧这般无知，明欺我妹孤立无助，故敢如此猖狂。为今之计，我看贤妹身躯狼狈，斗得筋疲力尽，暂且在我洞中养息。待愚兄带了水族，飞上金山，除了法海妖僧，救出妹丈，送你们回去如何？”娘娘一时不察，想不到闯出滔天大祸，还在自己身上，便道：“多谢哥哥。得能如此，感激不尽。”

黑风大王逞着满腔怒气，传唤水族中众头目进见。不一回工夫，有许多奇形怪状的精灵，一齐来到聚仙宫，叩见大王，请问有何法旨。黑风大王便吩咐众小妖，传集合族水兵，随往金山，擒捉妖僧，不得有违。众头目先行退出。然后黑风大王更换了盔铠甲胄，带了法宝，别了妹子，离了聚仙宫，径向外来。率领着一大队虾兵蟹将，驾起一阵妖风，从水道南行，直到金山脚下。

这时候，已是黄昏过后，料想山上妖僧，定然睡熟，何必费力与他决斗雌雄，只须偷营劫寨，送他的性命就完了。想定主意，便从衣袋中取出一把飞刀，祭起空中，穿云度雾，飞向方丈禅房里来。自以为稳取荆州，唾手而得。那知法海禅师早已算就，晓得他要来水漫金山，把身上这件锦襕袈裟，交付沙弥拿到外边，将金山峰顶罩住，可保无虞。预防停当，忽然耳边听得呼呼声响，抬头一望，见飞刀从云雾中落下，便把禅杖丢起。果然法力高深，向上只一拨，飞刀早已无踪无影，化作灰尘。少顷，一把接连一把，总共九把飞刀，尽行消灭。气得黑风大王三尸神暴跳，七窍内生烟。忿恨填胸，怪道白氏妹子，连遭挫折，原来这妖僧果有神通。俺也不是他的对手。但此仇未报，反受耻辱，有何面目回去！也罢，这叫做一不做，二不休，扳倒葫芦拨掉油，俺便发起江水，把这秃驴活活的淹死，那时救了妹丈，送他夫妻回转家中，岂不美哉！这一来，黑风自以为得计，喝令众水族兴波作浪。从长江中卷起狂风，顷刻间涛声汹涌，和排山倒海相似。一望滔天，水势漫上金山，足有数十丈高。

法海在山上了望，也带着三分着急。只可怜百姓遭殃，沿江一带地方，尽成泽国。忙招韦陀速来护法，救度生灵。有该死的，有应活的，善恶昭彰，判分劫数。韦陀领着法旨去了。禅师又召龙王到来。龙王得知此事，上前打拱作揖，先请了失察之罪。法海方开言道："你这龙神，好没分晓，容那黑鱼怪发水漫上金山，淹死生灵万万，该当何罪？"龙王道："佛老在上，黑妖作怪，小神实不知情，伏望宽宥。"法海道："既不知情，还不与我驱除水族，灭怪擒妖么！"龙王奉命即行，来到江中，吓得黑风怪魂飞胆落。这也是正能克邪，要想逃遁，那里能够，早被龙王飞剑斩了首级，应了劫数，一众水族纷纷四散奔溃。龙王也不追赶，回来覆旨。法海便发放他归海，暂且不表。

再说水族中一班小妖，慌慌张张，逃回本洞，见了娘娘，报告道："禀上娘娘，大事不好了！大王去到镇江，和那恶僧争斗，水漫金山，竟被斩首。小妖们亡命逃归，还请娘娘定夺。"娘娘听了，好似雷轰头顶，哭道："大王竟被他杀死了么？呵呀！"呀字出口，身子往后一交栽倒，昏晕了过去。小青急忙双手抱住，连叫"娘娘醒来。"好一回工夫，娘娘悠悠醒转，泪如雨下，悲痛道："哥哥呀，反是妹子害死你了！如今我两处皆空，无依无靠，倒不如和你同赴阴曹罢！"小青道："这是使不得的。总要想一良策才好。"娘娘道："此番我计穷力尽，难以回转丹徒,丈夫又被妖僧夺去,谅情目前不能见面。为今之计,只有回转仙山,重修道果,此外别无良策。但因我报恩未了,腹中怀孕,不便即行,所以无可奈何。意欲得一存身的地方,等候临盆分娩后,替我夫传了后代,那时离了尘凡,回见金母,总算恩已报过了。”小青问道:“话虽如此,娘娘却想到那里去存身呢?”娘娘道:“据我想来,我和你且到临安去罢! 投奔陈家,去见姑夫姑母。且喜去年秋间,有一书信寄往,并有银子五千,奉托姑夫置办房产,盘利生息,预备日后归乡之计。现在到了那边,只要花言巧语,说得动听,他定然收留我们的。”小青道:“既然有这条门路可走,我们就往临安,不必在此耽延日子了。”娘娘点点头,立即吩咐众小妖们:“安守洞门切勿造孽,有干天谴,只等我归山时候,再来救度你们就是了。”众小妖答应退去。

娘娘便和小青出离聚仙宫,来到洞门跟首。想了一想,方说道:“此去临安,路虽不远,驾云前往,恐被那妖僧知晓,多有不便。倒不如借着水遁走罢!”小青也以为是。当即从水中遁往临安。那临安本是从前宋朝南渡建都的地方,到了明代,称为杭州府。初时娘娘寻访恩人,便到此地,在西湖塘上,得与许仙会面,缔结良缘,何等美满。不料好事多磨。风波叠起,到了今日,弄得十分狼狈。旧地重游,颇觉眼前景是物非,那得不令人伤感呢?这许多闲话,毋须烦述。只说主婢二人,水遁来到此间,那消片刻,已抵西湖塘畔,断桥亭边。娘娘筋疲力尽,实在走不动了,小青搀扶着步入亭中,暂为休息。这时候,娘娘心里还记挂着丈夫,却因身怀六甲,错乱阳阴,算也无益。

不知许仙可曾来到断桥相会,且看下回分解。

第三十五回　断　　桥

却说法海禅师斩了黑鱼精，仗着无边佛法，保得金山寺安然无恙。只可怜镇江一带城郭，大半淹没水中，伤害了生灵万万。虽则黑妖造孽，起衅却在青白二妖，罪难宽恕。不禁长叹了一声，回身走入禅房。许仙忙问道："江内水势，可不妨事么？"法海道："说也惨然。可恨二妖不念自己过恶，反去结连七星妖道，兴起波涛，淹死生灵无数。还亏老僧用法将得波浪退平。那黑妖已被龙神斩首，金山可保无虞了。"许仙道："喔唷，好险呀！弟子以后，情愿出家，不想归家了。"法海道："若得如此，不失本来面目，尚可修成正果。只是要你出家，时候还早哩！"许仙问道："却是为了甚么？"法海道："你与二妖孽缘未满，尚有数月夫妻情面，怎好出家？"许仙吃惊道："阿呀佛爷，弟子再去，定被加害，断断不敢去的了！"法海道："不妨。你和他缘分未绝，必不加害。二妖罪犯弥天，你若不去，他要远遁高飞了。如今他已往武林，你可放心前去相会。倘有甚么说话，多推在老僧身上。待等临盆以后，我再来度你罢！"又回头唤小沙弥过来，吩咐道："你去传谕合寺僧众，一准明日为始，起建七七四十九日水陆道场，超度众生。等到功德圆满，我要上临安去了。"

说罢起身，取出小小莲灯一盏，递给许仙道："许仙随我来，你可拿了这盏莲灯，跟我到寺后去。那里有一小洞，名叫紫露洞，你且进去，随光而走，便是武林了。但莲灯一灭，寸步难行，须要小心。"许仙应是，来到寺后洞口，望里面黑暗如漆，伸手不见五指。觉着一阵阵的冷风，从内吹出。他却仗着佛力保护，放大了胆子，辞别禅师进洞。好似一条小巷，两旁却是山峰石壁，冷气森森，侵人肌骨。还亏手执莲灯，跟着这道光线进行。耳边风声骤起，似在云雾中行走，心里有些害怕起来。莫非我上了法海的当，他把我送入幽冥，走进了地狱不成？一路自言自语，满腹愁烦。反想起娘子的好处，止不住眼中垂泪。信步行来,不知什么东西,脚下一绊,跌倒在岸滩上面。

此时天色尚未明亮,手里的莲灯,已经跌灭,其实早被禅师暗暗收去了。仙官扒起身来,黑暗中认不出地方,只道到了阴司,自己已做了鬼,必须要问个信才好。正想问,那边影影绰绰,见有两人走来。这两人是衙门中的差役,深夜出来捕捉凶犯的,嘴里怨着本官,好比阎王差我们这班小鬼,动不动要打腿条,真算可怜得很。一路走,一路说,却被许仙听得。也当他们两个,是阎罗殿下的差人,便上前问道:“鬼兄请了!我因为初入冥途,故欲借问一声,不知此处阴司,叫做什么地名,还请指导。”那差役道:“呸!晦气!晦气!我们不曾死,碰着你这个活死人,真真见了你娘的鬼!我听你的口音,好像是本地人。这里西湖塘上,你多不晓得,也来问信,简直是个痴子。我们不要睬他,只顾走罢!”说毕就走。

许仙听说就是杭州西湖,好生诧异,暗想镇江到此,虽不甚远,约来也有千里程途,怎么霎时便到?真所谓佛法无边了。抬头向四面一看,天色渐明,实在是西湖十景塘前了。只见六桥三竺,都在眼前;桃柳争妍,依然如旧。照此看来,我还未死,懊悔方才错问了信,反被他人笑我是个痴子。这还不在话下。但我奉师令来到临安,重行会叙,只怕娘子恨气未消,他为我吃了千般痛苦,见面后,难免又要淘气。我只好依着禅师的话,万事都推在他身上,或有原情饶恕,也未可知。如今不必多思多虑,我且进城投奔姊丈,得一安身之所,再行寻访娘子便了。打定主见,一路从湖塘上走将过去。前边正是断桥,桥上亭子中坐着两个女子,定睛注视,分明是白氏、青儿。我今且慢上前,躲在那旁大柳树背后,听他们说些甚么来。

这个当儿,娘娘果然先到,正与小青在那里谈话,略为休息。小青道:“我想相公这般无情,日后相逢,不可轻恕。”娘娘叹了一口气,说道:“总是我自己命苦。我因为报答夫恩,反而结怨,金山水漫,尽成画饼。险遭妖僧毒手,送了性命,又无端害死了七星兄长。今番重到临安,叫我有何面目见江东呢?”说至此,珠泪双垂。小青道:“娘娘且算袖里阴阳,看夫妻可得再会么?”娘娘道:“我今有孕在身,阴阳已乱,一切行为,如在梦里。只求存身有地,产了一子,替许氏传宗接代，便算报过了恩，回归山岛，侍奉金母了。”

主婢叙话时，娘娘何等眼快，远远瞧见仙官走来，隐在树后，却当做没有瞧见，对小青丢了一个眼色，小青点头会意，并不着恼。实因两下里缘分未断，尚要做数月夫妻，所以娘娘背后虽出怨言，仍有留恋之念，欲图欢叙之情，故意叫声青儿道：“我现在弄到这般光景，也别无他念了。可怜我命犯孤鸾，嫁了夫君，虽有若无。记得湖塘乍会，便成配偶，不费他半文钱，指望做个长久夫妻，谁知偏不长久。他是个负情汉子，常常心存疑忌，将我抛撇。前番听信了茅山道，今又依归了法海，甘心落发为僧，全没半点夫妻情分。此事都由我自己作贱，轻易嫁给凡夫，致被他看不起了，当做闲花野草一般，还有甚面目留在世间，倒不如自寻短见了罢！阿呀，青儿呀！我与你主婢多年，宛如姊妹，你买一口棺木将我成殓，我在阴司也感激你的，保佑你将来嫁一个如意郎君。”

那娘娘说到这里，站起身来，做一个投河势，扑到桥栏边去。许仙原是个诚厚的人，见了好不着急，连忙赶上桥来，一把拖住，叫声：“娘子休得如此！且听我有话分剖这个。”小青也叫道：“娘娘，既是呆心人来了，且把话儿说明，再死未迟。”娘娘回转头来，假作失惊道：“你是个出家人呀，休近我的身子！”许仙道：“今番虽是我的不好，实被法海所害。请娘子暂息雷霆，待我细细告禀。”小青道：“还要告禀什么！娘娘何等待你，亏你硬着心肠，使得这般毒手，于心何忍！”许仙道：“内中有个缘故的。若说我私往金山，实是有罪。还恳娘子宽洪大量，饶恕这一次。我只道烧香求福，怎知反惹祸殃。法海秃驴真是狠恶，把我关住在僧房中，定要拆散我夫妻。累你亲自前来寻找，反遭挫折。我在僧房得知消息，寸肠欲断，直待到更深以后，才得把我放出。怎奈没有舟船，难以渡江。况且镇江住宅，已被水淹，即使遇见妻子，岂肯宽饶。叫我速速远避临安，付我莲灯一盏，连夜逃到此间。仔细算来，我实被他所骗，分明要我皈依三宝，将妻抛撇。不料我妻先到这里，可称得天遣相逢在断桥了。”

这一番言语娘娘确实相信，以为我夫原是多情，都被法海纠缠弄出这种事来的。小青听了，却全然不信，心里十分气恼，走将过来，用手把仙官一推,并恨道:“你还敢胡言乱语,哄骗娘娘么!明明你有意负心,抛撇主母!谁叫你私上金山,烧什么香呢?”许仙发声叹息道:“唉!冤哉!法海和你什么死冤家,害得我娘子如此狼狈吓!”嘴里说得很是柔软。娘娘听了,反觉得小青太凶,许仙虽则不好,究竟是个家主,这般形状对付他,似嫌过分。故而即忙插言道:“青儿不要说了。总是我生成的苦命呀!我和你自做夫妻后,相敬相爱,也算多情。我百般体贴君意,要甚么东西,件件遵办,原想天长地久,白头到老。为什么你屡次疑心,不该听信妖僧的话,甘心要去削发为僧呢?”许仙忙辩道:“并不甘心。娘子错怪我了!”娘娘道:“既然如此,为甚背妻私上金山,忘却庭前盟誓,害得做妻的亲来寻找,险丧一命。像你这般的无情,天下少有。怎不叫我想起前事,痛恨满胸,欲图自尽。那个要你来假惺惺呢!”

许仙听到伤心之处,也不觉淌下泪来,叫声娘子:这都是妖僧害及你了!忙上前替娘娘揩着眼泪。又与他挽好头发整理乌云,赔着许多小心。只有小青怒气未消,劈面向他一啐,忿然道:“这番弄出事来,分明是你丧尽良心,还要花言巧语,哄骗着人!亏你洒出几点无情的急泪,好不识羞!娘娘可不要睬他,由他在那里装腔做势罢!”许仙着忙道:“青姐休得如此。其实不关我事的呢!娘子,你今不要气坏了!”嘴里说着,双膝已在妻前跪下,哀哀哭告道:“要求娘子垂怜,暂且饶这一次。如果将来再犯,甘心受罪,决无怨言。”娘娘本来是软心肠,又被他一番苦告,早存了怜惜之意,便道:“自今以后,你还敢这样么?”许仙一听,话已松动,顺口答道:“卑人以后再也不敢了。”小青总有些不服气,还要从中插嘴,反被娘娘阻止道:“事已过去,且看他以后怎样罢!为今之计,只是我等到那里去存身才好?”许仙道:“且到姊姊家中住下,有何不可?亏得娘子料决如神,去年秋间,早有银信寄去,寻觅房屋,盘放利息,此去谅无虚望。只是娘子衣裙不整,面垢发蓬,怎生去得?”娘娘道:“这倒不妨。到了那里,自有道理。你看天已大明,街上不便行走,你与我唤一乘小轿,只说从船上登岸来的,以外所说的话,有我在此。”

许仙领命即行,不敢怠慢,唤得小轿一顶,请娘娘坐了,便同小青相送进城,径到姑夫陈家而去。我且慢叙。

先说仙官的胞姊许氏,嫁与陈彪为妻。只因胞弟仙官,去春在西湖扫墓,路遇两个女子,无端在外成亲,竟将库银相赠,犯了真赃假盗之罪,发配苏州。心里常常记挂,直等到秋间接着银信,才得略放愁肠。寄来白银五千两,要托姊丈置产生息,预备日后归乡之计。足见他少年老成。又知道弟妇白氏,与王永昌有亲戚关系,在苏城开张药铺,谅必生涯茂盛,故有余银寄来。许氏本欲赴苏探望,却因家内乏人,未能如愿,只有将银子交与丈夫,就在自己住宅间壁,买了一块空地,起造楼房,很为宽敞。今春油漆装修,都已完工。连购办家伙杂物在内,一共费去了一千有零。余多下来的银子,本想盘放利息,恐有失误,故而就在门前开了一爿米店,稍有盈余,兼可照看房屋。又在侧边开一小店,上下弄两处通连,好教兄弟日后还乡,可以通家来往。只恨自秋到今,又断了音信,不知安好与否。所以此刻烦闷起来,要想叫丈夫写信前去一问,讨得一个确实的消息,方才定心。正转念间,陈彪自外走入,见妻愁眉不展,知是思想同胞。说起弟妇白氏,虽与永昌称为亲戚,但想到盗库银一事,单身住在祠堂,临审又卖弄法术,更令人难分真假,将信将疑。夫妇叙谈未毕,忽听得外面叩门的声音。陈彪起身走出,开门一看。

要知来者可是许仙与娘子白氏,且看下回分解。

第三十六回 姑　　留

却说许氏正在那里思念兄弟，与丈夫陈彪谈话，忽闻外边有人叩门。陈彪连忙走出，将门开放。好似喜从天降，原来就是他妻弟许仙。许仙走将进来，叫了一声姊丈。陈彪道："仙弟久违了！"又见后面有一乘小轿，跟着一个俊俏丫环，同入内堂。轿子停下，许仙道："娘子请出轿罢！"陈彪留神细看，果然美貌超群，全无丝毫妖气，解去了疑心一半。当即将轿子打发出去。那娘娘出轿后，低头不语，默默含羞，态度端庄。身上穿着淡色衣裙，很像一位宦家小姐。轻移莲步，走上中堂。许仙便说："姊丈姊姊请上，受弟一拜。"即与娘娘趋前叩见。陈彪连称不敢，还了一礼。许氏也将白氏娘子双手扶起，然后一同坐下。小青过来叩了一个头。

送上香茗，许氏先开言道："我与贤弟一别之后，无日不思，无日不念，弄得废寝忘食，坐卧不安。虽说苏杭路隔不远，欲寄音书却多不便。幸得秋间接到佳报，方知吾弟身子安好，弟媳也到苏州，开张店铺，旧业重兴，愚姊才得略放愁肠。"许仙道："多承姊姊挂念。但是做兄弟的，年来时运不通，命途多舛，离乡背井，发配姑苏。幸蒙王永昌二叔，仁心照顾，竭力帮扶。却巧弟妇来苏寻访，因与永昌叔父是表亲，更蒙他替我作主，缔结丝萝，开设保和堂药铺，生涯颇不寂寞，暗自庆幸。那知安居不久灾晦复临，又遭了一桩冤屈的事来。"

说到这里，娘娘恐怕仙官嘴里露出破绽来，连忙抢先启口道："姑夫姑母，这一件事，实是我家累及夫君的。"许氏问道："怎样累及的呢？"娘娘道："这时正当八月中秋佳节，家家户户陈设铺张，挂灯结彩，互争胜会，各显自己的体面。只因我夫缺少古玩，被旁人冷嘲热笑，实是难堪。幸亏先父昔年官为总镇，也曾封王外国，远赴边疆，带回三件宝物，价值连城，是世上所罕有的。我便取了出来，陈列门前，人人赞好，个个称奇。那知昆山顾相的公子，忽然到来拜望。因为我夫医好了他的病，特地登门酬谢，原无他意。当下一见三宝，他便爱不忍释，目不转睛的看了一回，顿生恶念，变了面目，就将我夫一把拖住，喝令带来的一班豪奴，解送公堂，反说我夫盗了他家中的宝物，作为赃证。幸遇清官不畏权势，秉公办理，释放归家。还怕恶宦再来欺追，暂且避往镇江，我也跟随他甘心受苦。多承永昌表姊丈，代为张罗，租房开店，再做生意。只道从此可以无事，不料又来了妖僧法海，平地起风波，到此化缘，要修造这金山寺，妖言惑众，哄骗我夫，叫他削发为僧。”

说至此，用手向仙官一指，又道：“亏这无情无义之人，竟然硬着心肠，听信谗言，愿做那妖僧的弟子，将我抛撇。因此我一时忿恨，要上金山寺，向他讨取丈夫。想不到行至中途，长江水发，镇江一带地方，变成泽国，住家和店铺尽遭淹没，一切家伙杂物，连同首饰衣裙，件件散失。只剩主婢二人，空身逃得性命。如此狼狈，来见姑母，还有甚面目呢！”许仙也说道：“弟遭水患，连累弟妇这般受苦，我也心痛得紧，很觉得过意不去的。”

许氏听说水涌长江，家店尽毁，不觉下泪道：“我只道你在苏兴发，岂知淹没在丹徒城内。怪不得弟妇这般狼狈，原来有些苦情。且喜我弟三生有幸，得遇多情小姐，甘苦相随，直可称得大贤大德了。”娘娘道：“多承姑母谬赞。皆因我生成命苦，累及丈夫东来西去，各处奔波。夫君虽不怨我，我却心中十分抱歉，自觉无颜。”许氏道：“这是夫妇常情，兄弟有何抱怨？但镇江虽然水发，也须去看看才是。或者有些金银物件，多少可以捞取。难道听其自然不成？”许仙道：“长江水发以后，百姓家家遭难，一片汪洋，波浪很急，看不出家庭在那一方，因此投亲回返杭城。还望姊姊顾念同胞，收留我夫妇两个，感德不忘！”许氏道：“我同你同胞共母，岂有推辞？亏得你去年有些见识，寄来银信，托你姊丈置买住房，余银盘息。不然，一齐付于流水了。”陈彪也说道：“大舅承情相托，敢不尽心！可巧间壁有几间屋子，后连空地一块，我就出价买了下来，改造了三进楼房，和我的住宅可以通达。今春油漆完工，连家伙杂物在内，共用多少银两，我有一篇细账，明天自当交代。余外的银子，若说盘放，恐有失误，故而我在门前开了一爿米店,稍可生息。将来如不要开,尽可另图他计,仍做本行便了。”

许仙道:“弟承姊丈如此费心,以后若得成人,定当补报。但是米店素不熟悉,倒不如改做本行罢!”陈彪道:“这也甚好。我将米店收拾,你就可以择期开店的。”回头又分付娘子:“陪着舅嫂到里面请坐,端整早膳,我要同大舅到间壁看新屋去来。”许氏当即陪着娘娘、小青入内去了,不必细表。

再说陈彪同许仙从侧首小门进去,向这新屋一看,果然耀目争辉,揩抹的油漆方干。而且应用的家伙物件,各式俱全。仙官看了,心中大喜道:“姊丈用心周到,大费清神,叫小弟如何报答呢!”陈彪道:“仙弟说那里话来! 常言道:至亲莫如郎舅。何须客气? 仙弟随我这里来。”于是郎舅二人进了翻轩,来到中堂上面。大小桌椅,摆设齐全。侧首书房,十分精雅。各处地上都铺着磨细方砖。转入白垩屏门,便是内堂,里边井灶也都全备。前后房屋地盘虽不算大,结构颇佳。门前有三间店面,楼上可以做得卧室。

四面看过之后,回转来吃了早饭,陈彪入内取出账目,交与仙官观看。许仙道:“蒙姊丈操心出力,感德难忘,何必今天便把账目交出呢?”陈彪道:“古云:亲兄弟,明算账。理当如此,方得表明我的心迹。购买基地费银二百两;翻造房屋,约来九百有零;此外家伙物件,用去钱百千;米店本钱一千多两,大半放开在那里,以后都可收回。尚有余银,我多藏着,并不短少分毫,你可以细细查核的。”许仙听了,很过意不去,忙道:“第一来初到兄处,二来诸事还要仰仗大力,何必这般你我? 反觉得见外了。”陈彪道:“既如此,这几天我替你收齐了账再算罢。”当下郎舅二人谈过正事,又讲了一回闲话,毋烦絮叙。

单说许仙有了安身之处,心中甚是感激姊丈,便拣了一个好日子,和妻婢迁移到新屋中居住,然后出去拜望邻舍,颇有一番忙碌。这时候引动了东邻西舍,背后都窃窃私议。这一个道:“去年春间,陈老大为了库银,将许仙出首当堂,害他问了个徒罪,带累许氏大娘哭了几天。现在许仙回来,到底至亲拆不开的,造好了房屋,叫他搬进去,你看好也不好?”那一个道:“不是什么好不好,大凡一个人发了财来,总有人趋奉的,你不知道许仙在苏州发了财,已娶了娘子,造房屋的银子,还是他寄来的,所以陈老大格外讨好。可见得做人总是赶风走的呢!”这一个道:“我倒不知,原来是这样的。他既是先来拜望我们,我们也应该邀同众乡邻前去答拜,贺贺他才是。”这一来,就叫礼无不答,众邻舍都到许家贺喜。许仙笑脸相迎,叙了些别后衷情,各敬了一杯茶。

众人谢别散去,仙官方入见娘子说道:“多蒙各位高邻,前来答拜,并有贺仪多份。是他们自己带来的,只好暂时权领,改日璧还。未识娘子意下如何?”娘娘道说:“我想为人在世,睦邻第一。须要备酒款待才是。送来的贺仪,后日璧还便了。”许仙点头应是,便吩咐小青预备酒肴。小青何等聪明伶俐,入厨烹庖,并不十分忙乱。他借着小小法术,菜肴都已齐备。正及午牌时候,许仙邀到了众乡邻,又请姊丈来做陪客,款待殷勤。娘娘在里面饮酒。直吃到黄昏将近,方始酒阑席散。

仙官送众邻去后,姊丈姊姊也过去了。进房来见娘子,并肩坐下。娘娘先开言道:“做妻的有一言奉告:我因为昔年父母早亡,既无伯叔,又乏同胞。多蒙不弃,与君成为夫妇。实指望举家立业,齐眉到老,传宗接代,继起有人。怎奈我生成薄命,累及你劳苦奔波,没有快乐的日子,真使我心内不安。”许仙道:“这却怪不得娘子的,实是我累及你的呢!此次水发长江,虽然家产荡尽,却亏得娘子有先见之明,留下余资,现在尽可以安身度日,何必多忧多虑?”娘娘道:“你说那里话来!古云‘坐吃山空’,不可不虑。须知世人奸刁刻薄,见你家里有钱,多来奉承;你若穷了,便没有亲情友谊了。”许仙道:“此话说得甚是。世态炎凉,大概如此。”娘娘道:“我想姑夫那里,所有剩下的银子,不如拿来做了资本,仍开药店,日进分文。我也做些女工针指,贴补着你。只消克勤克俭,节省花费,包管你财源不竭了。还有一说,那一班游方僧道,休要顾恤。这都是妖言惑众,骗取人家财帛罢了。”话至此,许仙忙接嘴道:“那些游方僧道,真是刁恶不过的。我已上当过了,以后再不和他们来往的了。娘子但请放心。”娘娘道:“只要你牢记我言,我也别无他求。”许仙道:“今后全凭娘子作主,我却无不领命。”娘娘见他事事从顺,谅无变故,便道:“既如此,明天你同姑夫料理开店要紧,勿再迟延。”许仙唯唯答应。

夫妻叙谈了一回,谯楼上已打初鼓。小青送进一壶香茗,放在妆台上面。娘娘因他日间辛苦,打发他回房早些安睡。小青去后,仙官便将房门闭上,与娘子同上牙床。只为妻身有孕,故而分头睡下,并未一度春风,早已鼻息呼呼。

娘娘却还有心事,再把阴阳抡算,总觉得模模糊糊,辨不出是凶是吉,只索罢了。这一宵晚景休题。

到了来朝,夫妻抽身下床,梳洗已毕,用了早点,仙官来见姊夫陈彪,商量开张药店之事。陈彪当即赶紧料理,先将米店收歇。放出的账目,只好慢慢归清。剩下来的米,不妨做了自己的吃米。并无店底杂货,料理较为容易。雇了匠人装饰店面,将米夥打发回去,另请了两位熟谙药材的夥计,同仙官到药行中办货,添购各种应用器具。不多几日,尽行完工,拣选吉日开张,招牌仍挂保和堂,又是一番忙碌。那两个夥计,一姓金,一姓高,都和许仙有世谊的,办事格外认真,出店也叫做小二,专供店中使唤。从此许仙克勤克俭,做着生意,兼替人家看病,所以门市上更为发达。并且夫妻和好如初,别无书说。一天复一天,光阴迅速,日月如梭,又近端阳佳节了。

端阳是娘娘的难关,不知可曾再现真形,被人窥破机关,且看下回分解。

第三十七回　二　　赏

却说白娘娘自金山失败以后，本欲回转仙山，脱离尘世。怎奈腹中有孕，尚未生产，只得投赴钱塘，寻一存身的地方，再作道理。幸在断桥亭上，夫妇重逢，方与许仙来到陈家安住，理兴旧业。虽与在苏时情形仿佛，但娘娘自知罪孽难消，究不知将来如何结局，如今端阳又到，更添了一桩心事。想起去年出丑，不得不早为预防，定一条万全之策才好。正想到愁烦时，却巧小青走上楼来，送茶进房，见娘娘愁眉不展，面有泪痕，问道："这几日来，我看娘娘容颜消瘦，不茶不饭，神思懒倦，未识有甚心事？可好说与婢子知道？"娘娘叹了一口气，说道："我心中并无别事。一为金山水漫，恐遭罪孽；二为端阳在即，恐难避过。所以这般愁闷呢！"小青道："娘娘不必忧虑。若说金山斗法，都由法海之故，与娘娘无涉。若说端阳，只要娘娘想一计谋，就可免得此祸了。"娘娘道："我因为奉命下山，并不是私意来到钱塘。叫我报过了恩，即行回去，切勿贪恋红尘。所以我只要与恩人传下后代，便可回山覆命了。只是眼前节届端阳，恐有关碍。向在西池，我原不怕，数百年来，不知有此难关。如今身入红尘，吃了烟火食，一到天中午刻，就当不住了，怎不令人烦闷呢？"小青道："那么，必须出去避一避才好。"娘娘道："你是下人，可以出去躲避；我是主母，却难隐藏。况且夫妇恩爱，时刻要见我面，怎好轻离？"说到这里，心中顿生一计。又道："啊，有了！你可到期假装有病，避入深山；我用计纵恿夫主，叫他两家都去上坟祭扫，家中剩我一人，就是现出真形也不妨了。"小青道："此计甚好。今日已交初一，准定这样预备起来罢。"

主婢正商量停当，听得脚步声响，仙官走进房来。娘娘假装笑脸相迎，并说道："去年夫妇同病，不曾庆赏端阳，今岁却休要错过了。但做妻的前番对天立下愿心，说以后每遇端阳节，合家都吃净素，不动荤腥，故而要延期一日，改至初六庆赏的了。还有一说：做妻的自嫁夫君后，未曾祭扫坟茔，欲待端阳备一席酒菜，和你到坟上叩拜爹娘。姑母姑夫也请同去，看看坟上可有损伤。小青因身上微有寒热，我想不要带他去了。你道好么？”许仙点头称是，便起身出外，到间壁与姊姊商议。许氏大娘一听，正合己意，年常腊月总是吃素，就是到了节上，也不吃荤。若说上坟祭扫爹娘，又是正事，为什么不去呢！落得陪着弟妇，赏玩湖塘，有何不可？所以不加思索，一口赞成。少停陈彪回家，姊弟再三相请，陈彪一想端阳上坟，倒觉新鲜，既要我看看坟茔，陪去何妨？也就应允了。

到了初四仙官备办祭品，连那轿子两乘，都已雇定。下一天便是初五，小青因为病势很重，叫他不必去了，那两乘轿子，早停在中堂伺候。小二挑了祭礼先去，两位娘娘梳妆方毕，更换衣裙。白氏娘娘移步下楼，像煞一个不小心，从楼梯上失了脚，谷碌碌跌了下来，顿时昏晕了过去。仙官吃了一惊，忙与姊姊用力扶到房中睡好，慢慢苏醒转来。虽是无妨，只觉腿上疼痛，寸步难行。发声叹道：“总是我自己命苦，心地欠虔，以致临行挫跌，不能拜祭坟茔，只好在家看店，你与姑夫姑母三人同去的了。”许仙那知他运用机谋，便道：“既如此，请娘子好好安睡，我同姊丈姊姊就去便了。”说罢，姊弟二人向外即行。

只有陈彪起了疑心。究竟他是捕快出身，办过了不少疑难案子，精明强干，比众不同。所以看了这番光景，暗想：“舅妇决非人类，是妖怪变化成形的，谅必天中正午时候，难免要现出原形。故而用这条计，有意打发合家尽行出去，免得被人窥破形藏。我曾听说去岁端阳同有此病。仙弟一见苍龙出现，胆落魂消。他若果是宦室千金，为什么偷盗库银？又为什么小青变帚？内中定有蹊跷。他在初到这里时，言词每多闪烁，早使我疑惑在心。直待到京口人来，说及镇江水发，我始略信三分。但现在这般做作，照我意料所定，决不错误。此时我也推托不去，等到午刻，我便手执扑风刀，悄悄赶入房中，窥看动静。如果是人，只索罢休；倘然是怪，我就一刀将他杀死，除了后患，岂不是好？”

拿定主意，即向许仙说道：“大舅，我也不去了，你们姊弟二人，带了秀琴去罢。”许仙忙问：“姊夫因何不去？”陈彪道：“我忽想起一桩公事，今日早堂要审讯的，故而不得不去伺候。少停再见罢。”说毕转身就去了。仙官只好与姊姊上轿，带了丫头秀琴，一径往孤山扫墓。我且不表。

再说白娘看他们去了，起身将房门关好，仍在床上安睡。方把这一件心事放开，就算要现原形，亦无妨碍。或者迸得过恶时辰，也未可知。息心静气的等候着。说也奇怪，将近到午时三刻，心里突突乱跳，“难道今朝仍旧不免？幸亏无人瞧见，我何必苦苦的迸下去呢？”此时腹中疼痛难熬，又恐散身损了胎气，故而牙关紧咬，蹙紧双眉，痛得昏晕了过去。原形就此显露，拖出一条尾巴梢，上身还是个女子，下身却变成蛇体，雪白的尾巴，又粗又长，撩出在帐门以外。我今暂且慢表。

再说那个捕风捉影的陈彪，他并不到县前去，只在外边走了一遭，等到午时三刻将近，即便回转家来。手中提了一把扑风刀，自以为心雄胆大，要想斩妖除怪，绝此后患。悄悄地潜身入内。耳边听得雷声震动，暗自诧异。他便放轻脚步，走上楼来。到得房门跟首，用手一推，却关闭在那里，看不出什么。只因新装的板壁，上有隙缝，又闻房内声响甚大，是雷非雷，是磨非磨，不知何故，所以陈彪就从隙缝中向里一看。谁知不看犹可，一看之后，早吓得亡魂直冒，转身急走，竟从楼梯上跌了下去，那把扑风刀也丢掉了。这时候，房里的娘娘失了知觉，还道没有人瞧见，想不到自己真形，早入陈彪之眼，这也是娘娘的磨难。

陈彪急纵身逃回书房，喘吁吁将身坐定，自思平时胆气过人，尚且这般害怕，仙弟却与他同床共枕，做了夫妻，日后必然相害，难逃性命。我且与仙弟说明，先行将他离开，然后慢慢再谋别计。否则事急生变，反为不美。但是我在家中不便提及，须防惹祸招灾。倒不如亲自迎往孤山，与仙弟商量便了。主见已定，急匆匆奔出城关，走到西湖塘上，正见姊弟二人乘轿回来，小二挑着祭礼跟随。即上前道：“你们来了么！”许仙在轿中应了一声是。陈彪又道：“仙弟你可下轿，叫他空轿先回，我和你吃碗茶去。娘子同小二先自归家罢！”许仙道:“姊丈有兴吃茶,理当奉陪。”就此出轿与姊夫同行。

看他们去了,方始郎舅二人,到一家清静的小茶坊中坐下。堂倌送过香茗,各吃了一杯,陈彪先开口问道:“仙弟,你道舅嫂为什么不能同去,小青为什么先期装病呢?这个缘故,我却明白。他二人所怕的是过端阳罢了!”许仙惊诧道:“姊丈此话何来?”陈彪道:“我看你还在梦中,迷而不悟,只怕不久便有性命之忧。”许仙忙问:“何以见得?”陈彪就实说道:“我见舅嫂临行时,装出这种形状,满心疑惑,所以我也托辞不去,意欲查察他的形踪。我听得别人讲过,不论什么妖怪,一到端阳午时,总要变化。故而大胆走上楼去,耳闻雷声磨动,房内的箱笼环圈,叮当乱响,好生奇怪。我就在门缝中向里一瞧,真是可怕得紧,见一条蛇尾,足有一丈多长,粗圆如斗。这一吓非同小可,我便逃下楼来。谅和你去年端阳看见的,差也不多。这样的凶妖恶怪,你与他睡在一床,将来还有什么好结果呢?”

这几句话,说得许仙心惊胆战,目瞪口呆。停了半晌,方能说话出口道:“阿呀姊丈,去岁端阳小弟所见的,正是此妖。浑身雪白,血盆大口,眼似铜铃,好不怕人。我被他一直骗到如今,好像在梦里一般。我竟与此物同卧床衾,真是可恨!只不知计将安出,早早和他断绝呢!”陈彪道:“事宜从缓,切勿卤莽。倘若贸然发觉,你的性命难逃。不如用一缓兵之计,回去绝不提及,照常办理,连你姊姊也要瞒过。只说店务纷烦,先将铺程拿出,暂在店中安歇。缓至中秋,等候天师过境,那时呈告收妖。这是万全之策,你道好么?”许仙道:“果然好计,弟当遵办。只是店中耽搁,妖怪也赶来了,叫我怎生发付?”陈彪道:“不妨。我有一口扑风刀,是镇邪的,送给你放在枕边,他若到来缠绕,你可将刀砍去,自能吓退妖魔了。”许仙只道是真话,感谢姊夫指教。其实刀在陈彪手中,尚且亡魂丧胆,逃走还怕来不及,何况懦弱的许仙?不过借此壮壮他的胆子罢了。

郎舅二人说完了话,便会了茶钱,同出茶坊。回到家里,日已沉西,并不提及此事。许仙见了妻婢,问道:“娘子此刻好了么?”娘娘道:“多谢官人,做妻安睡片时就好的。”许仙道:“莫非小青也起来了么?”娘娘道:“他身上退了热,也就可以起来了。”许仙佯笑道:“本来年灾月晦，只要避过了恶时，自然就好了。”娘娘一听，这几句话很触心；仔细一想，方才他未曾看见，谅必出于无心，不须疑虑。便做出不介意的样子，随口说道：“此刻已过申牌，我将上坟福礼温热了，发出店中过节。内堂的酒席，我是另备的。”许仙道：“随便吃些也不妨。我到店中去了。”说罢他便踱了出去。从此仙官事事留心，总疑妻婢均非人类，嘴里却不敢说破，有意与他疏远。

当日夜饭也在店中吃了，少顷入内骗取铺盖，搬到外边去住宿。只说“店中近日生意很忙，金夥因妻病回去，仅有高夥一人在店，办事不及，故而我要出外帮他。等待金夥来时，自当搬进便了。”娘娘听他说得有理，又要自己装得落落大方，只好口内应承，叫小二把被褥应用各物，搬了出去。许仙满心快活，谢了娘子，自到外边歇宿再想断绝的方法。娘娘却毫不介意，只道他不说谎话，是个诚实君子，料想他在外面，不过十天半月，就要进来。怎知他别有心肠，从今夜分房起，那里还肯进来？好似活折夫妻一般。起初几夜，倒也不放在心上，到了十天以后，渐渐有些疑惑了。莫说夜间不到房中，就是日里也不进来。打发小青出去相请，他总推托店务忙碌，脱不得身，一味支吾延约，竟有见怪的意思。娘娘参透不出其中的缘故，都因阴阳错乱后，吃着种种的痛苦，此刻竟和凡人仿佛，只能就仙官平日的性情嗜好，一样一样的料想着，那里能够猜中这个病根呢。

要知此番夫妇如何重归于好，有谁出来调解，消释疑团，且看下回分解。

第三十八回 降 蜈

却说许仙搬到店中安宿,不觉半月有余。娘娘怎么猜不出此中缘故?只因端阳这一天,未曾口角相争,而且他们都去上坟,也没有被人窥破形藏,何以仓猝之间,发生这种事端来呢?所以此时一味胡猜,只拣许仙平日心爱的东西买了来,亲自烧好,叫小青送出去。若嫌不好,再换一样。几次三番,他却并不沾唇,全行退回,气得小青肚子也要穿了。娘娘还不介意,只是没有法子,想不出一样中意可口的东西。那天忽然想着好的西瓜,将要上市,就命小二到水果行里去,要挑选两个最好的西瓜来,一红一黄,亲手雕出两个瓜心,切成小块,插上一根银簪,再恐怕味淡不甜,面上又加些洁白糖,十分道地,只指望丈夫吃了一些,我就快活了。当即差小青送到店内,说一声"相公请用西瓜。"谁知仙官一见,忽然变脸发怒道:"知道我不惯吃生冷东西的,送出来做甚?可笑你主母心肠狠毒,你看西瓜上面不是加上砒霜么?"小青听了这种话,又见他如此形景,回转身子就走。入内将情禀告,娘娘只有两行眼泪,苦痛在心,就叫小青送到隔壁去,请许氏大娘吃。大娘见西瓜弄得这般道地,问起情由,小青含泪略说几句便走。许氏大娘方知仙弟与弟妇分床已将一月,其中必有缘故。但此时天气炎热,分床也是常事。且待我慢慢的细查根底,再行和他们成全好事便了。

我今暂将许氏大娘按过一边,另行表出一个人来。此人非别,乃是白氏娘娘的冤家对头。他姓张名英,前段书中早经说过,就是那个茅山道士。去年四月十四日,在苏州神仙庙里,与白氏斗法,当场吃尽了大亏,无可奈何,只得回山去修炼妙法。正所谓恨小非君子,无毒不丈夫;寒天吃冷水,点点在心头。定要报复前仇。且喜妙法已成,炼就一条蜈蚣,定能收拾蛇怪,消释此恨。现在打听得二妖家住钱塘,仍与许仙同在一处,新开保和堂药店,他便一路化缘访问,早已来到杭城。有人指点路径，直至许家店门跟首，将身站定。柜上高夥道："道士化缘，这里也不便的，你到别家去罢！"张英道："小道并非化缘。这位许相公，请出店来，有话动问。"

许仙正在桌上算账，听得柜上交谈，抬头一看，见是个道家装束的人，觉得有些面熟，定神一想，竟被他想着了，便问道："来者莫非去年相逢的茅山道长么？"张英道："正是贫道。请你出店来谈话。"许仙本来听妻嘱咐，不与僧道交接，怎肯出来？今因端阳事变，心中惶惑不定，故而起身出外，叫声："道长有何法论？"张英道："我同你有话说。你且随我来。"便与仙官走到无人之所，方说道："许相公，你如今可省悟么？我说你妻子是妖，谅情你也见过此妖本相。去年贫道遭他羞辱，恨气难消，重回茅山修道，炼就精奇法术，玄妙无穷。今有小盒一个，交付与你，莫被外人瞧见，悄悄拿到房中，必须放在他床顶上面，待到深夜三更，不用你来喷什么法水，管教妻婢两命同消。明天我当登堂贺喜，一同入内观看便了。"许仙称谢道："若得降妖，自当重重酬谢。"张英道："不消重谢，只要二十两银子，作为路费，便足够了。贫道暂别，明日再会罢！"说毕飘然而去。

许仙回到店中，夥计问道："这个道士来化缘，怎么如此的秘密呢？"许仙道："他不是化缘来的。只因去年在苏时，与他有事交接，他来回覆我话，定要瞒着你们的。"夥计听了，也不再问。仙官在账房里坐定，袖中摸出小盒一看，精巧玲珑，不知盒内藏着什么法宝。要想开看，却是不能。四面都没有缝道，金光闪闪，迥异寻常。料想降妖定可成功，他若胸无把握，怎肯不辞千里，来到此间？不过为着报仇一事罢了。那么一想，觉得很有意思。但拿到房内安放此盒，也须用计才好。

踌躇了一回，把头点了几点，起身走入内堂。只见小青在厨房里，不见白氏，他便上楼缓步进房。娘娘起立相迎，只道他回心转意，请他坐下。许仙佯问道："我家姊姊可来了么？"娘娘不知是假，便道："既是姑母来了，我当出去迎接。"急忙走出内房，来到楼门首一望，不见姑母。"大约他走得慢，我且立着等一等罢！"谁知仙官不怀好意，看见白娘走出，就立在床前一支凳上，拿出小盒子，安放床顶板上面,人不知鬼不觉,仍然摇摆出房。那娘娘因为等候姑母不到,回身进来,两下里劈面相遇。并没说一句话,仙官一直下楼到店去了。弄得娘娘好生不解:“到底是什么缘故?房中的东西,又不曾拿出一件,真令人难察难详?”但娘娘十分机警,怎么会上他的当呢?只因夫主与我不睦,现在谅有悔心,约同了姑母来说合的,也未可知。所以一时相信,被他骗出房来。

少停小青上楼,说及此事,也说难解,只好且自由他,这种无义之徒,待娘娘这般冷淡,还要恋他则甚,不如早早丢开,另图别计的为是。娘娘却独定主见,任凭他无情无义,只等到临盆以后,血污已净,就算报恩完了。如果今番便和他反脸,岂不把前情一并抛却去了么?小青点头称是。主仆谈了一回心事,天色已晚,用过夜膳,不到初更,娘娘就吩咐小青先去安睡。独自坐在房中,寂寞凄凉,想起丈夫无端薄待,止不住两行珠泪,心中悲苦。坐到二更过后,方始上床安睡。

这时候约摸三更尚未睡熟。忽听得床顶板上,刮辣一响,接连又是两响。少顷悉悉索索好似有无数的脚爪,在床顶上盘旋。吓得娘娘魂不附体,翻身跌下床来。抬头一看,只见那怪物也从床顶上落下,追赶着他。娘娘此刻心惊胆落,东藏西避,总难逃窜。因那怪物追逐在后,快疾如风,故而看不出甚么妖魔。只有我做书的,知道是一条极大的蜈蚣,力大无穷,娘娘要变原形,那里还来得及!吐不出腹内宝珠。只见此物红黄黑三色,身子很长,牙钳和钢刀相似,形状凶恶,逼得娘娘无路可逃,料想必死无疑。可怜他赤身散发,遍体灰尘,急钻到后边去。那条蜈蚣扑将过来,岂知倒翻净桶,抹头一浇,声音便没有了。娘娘却闭着眼睛,安心听死,忽然背后绝无声息,还道自己已经死了,回转头来一看,各样东西都在那里,独有怪物不见,方始高叫:“小青快来。”为什么不早些叫呢?实在呼吸之间,瞬息即变,就是现形吐珠还来不及,那有工夫叫什么小青?

此刻小青起身进房,见了娘娘这般光景,忙问为了何事。娘娘道:“且慢说话,你先与我在房中细细搜检,可有什么怪异?”小青就拿了灯照,满房寻觅了一回。娘娘已把小衣穿好,问有怪异没有,小青道:“有的,只有一个小小的盒子。”说着,递将过来。娘娘接到手中，仔细一看，这小盒子围圆不及四寸，里面有真金打就一条小小蜈蚣，约来不满一两多重，“将来我生了儿子，倒可以打一付小镯子的。”另外还有一道朱符，分明就是方才追我的怪物了。这一猜，果然不错。但是茅山道修炼蜈蚣，何等利害，为了马桶一翻，即能破法，怎么这等容易？却有个道理在内。你不要看轻了马桶，当初叫做混元金斗，大凡神仙佛祖，尚不免遭此劫难。况且里面有了污秽，更加利害无比。倘或妖法作乱，撒豆成兵，纸人纸马，只要污秽一冲，立时破了法术。所以娘娘一想，必定有人在外作法，方能这样的灵验。就换小青过来，吩咐了几句，叫他驾在空中，四面了望，便知明白。

小青奉命，立即化一道青光，穿窗而出，直上云霄。手搭凉篷，四面一望，只见城隍山顶上首，有一个茅山道士立着，手拿宝剑，口念真言，在那里画符作法。小青看得清楚，知是他弄的玄虚，便飞也似的过去，伸出拿云手，一把抓住了他的头发根，好比提着了领鬃毛。那道士就是张英，冷不及防，勉强扭转头来一看，暗叫一声不好，正遇冤家青妖。欲待画符请将，与他比试高低，怎奈头皮抓住，十分疼痛，有法难施，实是苦恼。只好哀告求饶道：“女菩萨饶了我罢！以后再不敢来冒犯了。放我归山，感德不浅！”小青骂道：“你这贼道，好生可恶！前番放了你，应当感激，你反来报复，一犯再犯，还想活命不成？”不由分说，就把茅山道轻轻提起，丢入长江，显见得随波逐流葬身鱼腹了。

事毕回来覆命，便将茅山道士怎样作法如何了命根由，细说一遍。娘娘听了，反觉愁闷道：“你怎么这般狠毒，全无半点善良的心呢？那道士既然哀哀求告，你不妨顺水推舟，放他逃生。可晓得我与你前在金山，已经作孽，何必还要杀害生灵，罪上加罪？叫我怎好回去见金母呢？”小青道：“娘娘你休烦恼，也不免太小心了。大罪自有我小青相当，怕些甚么？况且我不害他，他要害我，势不两立，我为自己防卫起见，谁叫他炼就蜈蚣，生此毒念？我们险遭暗算，若不将他送命，反待他后来到此复仇么？”娘娘道：“如今也不必说，由他罢了。只是我满身尘垢，你快去端水上楼，待我洗净才好。”小青答应自去，少顷取水到，在旁侍奉。直至四更过后，方各安睡，毋庸细表。

书中有话即长，无话即短。光阴迅速，犹如快马加鞭，倏忽过了炎天七月。秋后凉风习习，暑气渐收。只有娘娘忧忧郁郁，独自悲苦零丁。大凡一个人做了女流，第一要与丈夫恩爱。如果两下里生了裂缝，各不交谈，格外来得冷静。无情无绪，不过与小青说些前朝后代。讲到乐事，愁容消灭；谈到苦处，两泪交流。这样的捱延时日，娘娘却仍无怨心。可见他虽是蛇妖，人心具在。现下世上的无情妇女，一朝反目，便如仇敌，对了他能无愧死？这些话只算闲谈。

如今要说到许氏大娘子，这天有意来看弟妇动静，并欲试探内里的情由，所以特地登楼，走入房来。娘娘见是姑母，连忙起身让坐。大娘问道："弟妇在此做些甚么？"娘娘道："我因镇日无聊，懒做针指，怕闻声响，倒觉得清静的好。"大娘道："这是你持家辛苦，兼有身孕，诸事都宜保重为是。"娘娘点头称谢。大娘又道："我今有话动问：我弟因甚不进内堂？何故忽然分房？可能说与我知道？"娘娘道："已有两月余了。大约因为天气炎热，故而分房的。"大娘道："不是的。如因天热分房，为什么连日不肯进来？内中必有缘故。你与他是好夫妻，一定深悉隐情，你不妨老实说来。当时可有甚口角么？"娘娘道："一向夫妻是好的，从未口角。"大娘道："既然毫无事故，你们从前何等恩爱，为甚近日对面不交谈？不要隐瞒，快对我说罢。"娘子听这一问，倒觉得难以对答了。其实自己也未明底蕴，只好随便回答了几句罢！

不知娘娘说的什么话来，且看下回分解。

第三十九回　指　　腹

却说白娘听那许氏大娘这样一问，实因自己不知底细，只得诓说道："话虽有一句，只是千万不可对他说的。本年六月初，我因感冒风寒，蒙他与我医治，精神气血，总不复原。那夜与他同坐乘凉，他说我身体虚弱，操持家政，未免心烦，硬要将来娶一小妾，在房侍奉，当作丫环。我因此便说家道太薄，事宜从缓，言语之中，略有拦阻的意思。那知触恼了他，他就顿时反目，把铺盖搬到店中住宿，每天朝卷夜摊。我很过意不去，几次到外请他，总是不理，夫妻竟同陌路一般。今承姑母动问，敢将此情禀告，我夫跟前切勿道及。倘被知晓，又道我打翻醋罐了。"说罢，流下两行珠泪。许大娘听了这一番话，不觉发怒道："真是气死我了！你一朝得志，便忘了根本，全不想当年困苦，幸亏妻子帮家，致有今日，竟自丧了良心，说出这种话来，想要娶妾，实是可恨。做我不着，待我和他大闹一场。"

大娘气忿忿地说着，娘娘反上前解劝道："姑母请息怒。我夫谅非真心，不过无意中谈及，来开顽笑罢了。如若他果要娶妾，我就让他为正，也是甘心。"大娘道："如此说来，你竟肯让他为正，愿做偏房么?"娘娘便自说情愿。大娘虽赞了一声好难得，心中暗想："这叫做抱鹳鹳不斗，气杀抱鹳人。我本一心帮你，因为兄弟没良心，想与他费气，那里知道这位白娘娘，倒肯情愿做小，毫无怨意。他俩终究是夫妻，我们只算得闲人，做什么冤家！古话说得好：夫妻相骂不要劝。一些也不错的。"但是仔细想想："仙官是我从小抚养成人，岂有不知他的性质？我兄弟是个诚实君子，安守本分的人，有了这样才貌双全的贤德娘子在家，怎肯另娶？况且初来时何等恩爱，无故想此念头，决没有这种道理，其中定有别故。且待我慢慢再行访问确实，如有别情，我当备酒一席，与他们调停便了。"默想了一回，方说道："弟妇暂请安心，不必烦恼，我当缓缓的解劝兄弟进房，管教你们和好如常。"

娘娘又谢了一声。大娘道:“我舍下还有些小事,改日再来看你罢!”说完起身便走。娘娘送出香房,直到楼梯跟首方别。

单说许氏大娘回到间壁家中,独自腹内思量,料定他们另有隐情。如今已近中秋佳节,姑且到了那日,备下酒肴,请他夫妻同来赏月,当面和他们说合,重修旧好,岂不美哉?虽然这样说法,我却还须细察根由,不可造次。所以过了几天,正值八月双圆的中秋节,就命秀琴丫头,先去唤小青来问话。少顷秀琴和小青同至。原来小青听说许大娘差人来叫唤,忙即禀告主母。娘娘现虽阴阳不准,揆情度理,谅必为着夫主不进房中,唤他去盘问一番,便嘱咐小青,只须如此这般的应对就是了。小青会意,立即同了秀琴,来见许氏大娘,便问:“大娘呼唤小青,有何吩咐?”大娘道:“我有一言问你:你主人夫妻素来感情甚好,端阳那一天,为了甚么情由,不进房的?又没有反目吵闹。你是个贴身侍奉的人,一定深知其细,所以特来唤你呢。”小青道:“家主夫妻恩爱,并未斗口争执。谅必店中生意茂盛,兼因天气炎热,故而暂且分床的。”大娘道:“非也。就算天气炎热,生涯也好,那有三月以内,从不进房之理?我今问你,你怎么也替他们包瞒起来啊!”小青仍照着娘娘嘱咐之言,只说虽有纳妾一事,也不过口中取笑,当时未敢拦阻,只有良言苦劝,并没半句话伤了感情。大娘再三盘诘不出,便道:“既然并无别故,那是我弟许仙的不好。小青,你去请你主母到来,我要和他商量说话。”

小青应了一声“是”,回到自己家里,见了娘娘。娘娘急问道:“小青你来了。大娘怎样问你?”小青道:“大娘仍不过盘诘其中可有别故,我就如此这般的回答他,他所以要请娘娘过去,有话商量。”娘娘道:“原来如此。小青你随我一同去罢!”于是娘娘重梳云髻,更换衣裙,随身打扮,并不改妆;越显端庄文雅,妩媚风流,好似天仙下降一般。当即带了小青,轻移莲步,来到间壁东楼前。

许氏大娘接进,行礼拜定后,方说起他夫妻不睦这句话来,便道:“今日请弟妇到来,非为别事。夫妇不和,实是我弟不好,你虽不怀恨,我却有个道理在此。”说到这里,回头唤丫环秀琴道:“你去请许相公进来,不要说娘娘也在此间。”秀琴应命而去,忙忙走到店堂中,叫声“许相公,娘娘叫你进去。”仙官见是秀琴,问道:“那里的娘娘唤我?”秀琴回说“是我家的娘娘,吩咐要一同进去的。”许仙没奈何,跟着秀琴进了屏门。他恐怕白氏有话责问,所以姊姊房中,他也懒去,此刻闻姊姊叫唤,不好推托,低着头儿穿过中堂,已到了东楼下。猛抬头见了白氏,不觉吃了一惊。只见许氏大娘坐在东边,白氏娘娘坐在西边,小青站在白氏旁侧。

白氏一见许仙,连忙立起身来迎接。许仙却心惊胆怯,回转身来要走。早被大娘唤住,问他:“既然进来,怎么就要出去?”许仙一时回答不出,只得勉强说道:“我方才走了进来,忽又想起一事,还有一支画眉鸟,不曾喂饱,恐怕他饿坏了,故而我就要去呢!”大娘听他出言唐突,便正言厉色的叫声“兄弟”道:“我看你全无男儿的气概,心里好歹都不明白,藏头露尾,一味胡言,何曾知道什么轻重!你虽如今做了生意,可记得从小时节,我做姊姊的,也曾送你上学,读过《四书》,岂不闻《大学》上有一句说道,‘可以人而不如鸟乎’?难道你竟忘记了么?全不想房中抛撇了姣妻,反是一心去养那画眉小鸟!出言吐语,毫无道理!重鸟轻人真是个畜生了!”

原来许仙从小爹娘早丧,全亏姊姊抚养成人,虽是姊弟,却与母子相同。所以此刻见姊姊发怒,那里还敢倔强。只得陪作笑脸,上前叫一声“姊姊”,和颜悦色的说道:“你说我抛撇姣妻,岂不屈杀了我么?”大娘道:“你既不弃妻,何妨在此坐坐!”许仙没法,只得在许氏娘娘下首,勉强坐下,头也不抬,只当做不见妻子的光景。

白氏娘娘见他这样形容,心里好不凄凉,自己暗暗猜想:“此事从端阳而起,莫非又被他人窥见真形不成?我在节后闻得姑夫并未同去上坟,更觉令人可疑。或者他疑我是妖,识破我当时假装生病,暗中到来窥探的么?总之我自己太觉大意,不曾早早躲避,以致弄出事来。”这一猜果然被娘娘料着,“只望姑娘委曲进言,得使夫妇仍归于好,我愿已足了。”

正思想间,又听许氏大娘叫着“兄弟”道:“你说不撇妻房,为什么三月以来,从未见你走到里边呢?”许仙也推说店中生意很忙,日间帮夥计办事,晚上还要结算账目;更兼六七月中,天气炎热,夫妻分床,原是常事。如今虽到了中秋节,床上还没有加棉呢！这几句说得很冠冕,却被大娘驳诘道:“算你办得很是。我且问你,你进来的时候,你家贤德娘子,便站起身迎接,意欲与你行礼,你竟转身就走。被我唤住,走将进来,揖也不作一个,叫也不叫一声,这是什么缘故?”问得仙官哑口无言。停了半晌大娘又含怒斥责道:“你今得福不知。有了这样贤德的妻子,只怕世上难求第二个了。你休要错听了他人的话,辜负了贤妻。”许仙道:“我并无此心,也没有人说甚么话来。”大娘道:“你还要强辩么？曾经你说过金山上有一个高僧法海,他不过见你容颜俊秀,就要收作徒弟,拐带你去沿门托钵,一派胡言乱语,将人哄骗,要把你夫妻活拆开来。你惶恐年已二十,竟被人玩弄,当做小孩一般。我见过多多少少的人,从不曾见你这样低微的贱胎!”

这一场怒骂,反打动了许仙的胸怀:姊姊的话,实在说得不差。做和尚有甚好处,他不过爱我脸儿,骗我去吃苦罢了。况且端阳这一天现出蛇形,是姊丈看见,不是我亲眼看见的,到底传闻之言,不可轻信。如此一想,就把头抬了起来,对着白氏娘娘一看,姿容美丽,妖气全无。顿时转变心肠,说道:“如今不必说了。我夫妻从无口角,原是好的。且待中秋后天气一凉,我就把铺陈搬进来了。”大娘听他换了口气,和解已告成功,便叫兄弟、弟妇,彼此叫应行礼。许仙还有些不好意思,却被大娘逼住,只好作了一揖,叫了一声娘子。然后大娘吩咐秀琴,忙去端正酒肴,摆在中堂,一来庆赏中秋佳节,二来要叫他一对夫妇,好与天上明月一样团圆。当下秀琴应命而去。大娘也起身说道:“你夫妻二人在此闲话,我先到堂中,少停再来请你们出去罢。”说毕,向外去了。

白娘心里很感激姑娘大德,得与夫君交谈。少时秀琴进来相请,许仙方与娘娘同到中堂,见了大娘,双双上前拜谢。大娘连忙双手扶起。见他们夫妇和谐,不觉心上莲花,朵朵开放。在中堂叙话了一回,那秀琴就把家常酒席摆好,许大娘朝南坐下,夫妻分坐东西,筛过了酒,各饮几杯,有说有笑。酒落欢肠,饮到中间,大娘对白氏腹上一看,又向自己的腹上一看,彼此都是大肚皮,倒也有趣,便指着弟媳说道:“我看你柳腰粗大,莫非有了喜事么？但不知喜事几时有的。”娘娘听了，脸上含羞，低头不答。大娘笑道：“妇人家谁不怀孕，有什么羞惭不好出口？你可说来。”娘娘方答道：“还是正月里才有的。”大娘道：“这也奇了。你与我一般，也是这个时候。但你我腹中都不知是男是女。若不见弃，今夜我和你指腹为婚，不识你意下如何？”娘娘道：“既蒙姑母见爱，岂有不遵。仰攀从命，一言为定便了。”原来娘娘自信腹中包管是男，料定许大娘一定生女，故而就在鬓边发上拔下玉搔头一枝，递给姑娘，权为信物留下。大娘接到手中，也就插在头上。仙官心里情愿，好似付过了定钱，便道：“倘然我娘子生了一个儿子，姊姊生两个女儿，这便怎样呢？”大娘道：“那么，既是指腹联姻，自然一夫两妇了。”许仙道：“若还姊姊生了一个女儿，我娘子却生了两个儿子，如何是好？”大娘道：“这倒难了。也罢，我过继一个女儿，配成两对夫妻便了。”

三人说得高兴，直饮到高烧红烛，月上花梢，各有醉意。大娘先觉得身子疲倦了，伸了一个懒腰，许仙知道姊姊早睡惯的，便与娘娘起身告别。

要知今夜许仙可曾从店中搬回内房，以及娘娘后来产生贵子，且看下回分解。

第四十回 产 贵

却说许仙听从姊姊解劝,重与白娘修好,消释前嫌。此时在中堂欢叙饮酒,指腹联姻,吃到初更过后,见许大娘身躯疲倦,便与娘娘起立告别。自己却还装腔做势,向外而走。大娘唤住兄弟道:“你且慢走。我做姊姊的心里,原望你夫妻和睦。今夜快与你娘子同床共枕去罢!”仙官道:“我才说过的,待秋凉后进房便了。倘使今夜便搬了进去,岂不被人要耻笑么?”大娘道:“那个敢来笑你?秀琴,你拿了灯儿,在前照着。”又说一声“贤弟妇、兄弟来呀。”右手挽了白娘粉臂,左手拉了仙官的手,一同来到西楼之上。许仙还说道:“姊姊既要里边睡,外边的铺陈也要搬进来才好。”大娘道:“弟妇这里还怕没有?”许仙道:“但是姊姊不可告诉姊丈,要害我不好意思的。”大娘道:“那个对他讲?就是他知晓了,有甚么不好意思呢?”

说话间小青已把房中灯火,点得通红雪亮。大娘便推他两个在床上坐定,还有话嘱咐兄弟道:“从今以后,须要和好,切勿无端淘气。但愿你双双琴瑟调和,也不负我姊姊一片好心。快些安置罢!夜深了,我也要去睡了。”先打发两个丫头出房,然后自己走出,说一声“弟妇,我去了”,随手关门搭上。许仙忙问做什么,大娘道:“我恐怕被风吹开,故而把门反扣的。”分明防着许仙出去的意思。扣好了门,方始下楼走了。

其实许仙再也不肯出去的,在那灯光之下,看看娘娘这等的美貌,就算当做妖怪,也不会淘气的了。并且三个月不曾进房,亦可称得久旱逢甘雨;更兼多饮了几杯酒,酒色两字相连,心里已摇摇欲动。忙叫娘子道:“你听谯楼上已敲三鼓,我想要睡了,休得辜负了良宵。”娘娘就开了橱门,取出一条绵被褥,铺在旁侧床上,上面加一条细佳文席,并将枕头放好,方说道:“你请睡罢!”仙官佯作不知,问道:“这席铺在此做什么?”娘娘道:“是请你安置呀!”许仙摇头道:

“这里我不要,有风吹来的。我要得娘子那边床上睡呢!”娘娘道:“你既怕风,就睡在我床上,待我睡在这里便了。”许仙只好老实说道:“我也不要。要和你同睡的。”娘娘道:“姑娘方才送你进房,你说要到外边去取铺陈的,怎么又要与我同床呢?”许仙道:“说这话儿,原不过在姊姊跟前装些体面,心里是早早要同你一处睡的。”娘娘听了,对他看了一看,微微含笑,心里暗想:他已动了情兴,但是冷落了我三个多月,今夜想寻开心,我倒要扳扳俏价,装装身份才好。便道:“做妻的今夜不睡了。”许仙道:“你若不睡末,我也不睡。”娘娘道:“我想你在外边睡惯的,仍旧到外边去睡罢!”许仙道:“外边再也不去睡了。前番总是我的不是,你若作难,我只得跪了。”

娘娘因他为此讨饶,只得允他的请求,双双同入罗帐。这一宵毋庸细叙。从此以后,夫妇和好如初,总算过那快乐的日子。

流光迅疾,娘娘的身孕,已将足月。这一天正想自己心事:此番我奉命下山,原为报恩起见。虽与恩人结褵三载,中间离合悲欢,已变更了多次。我本欲早早归山,只为许家止有此子单传,如若遽然竟去,岂不害他绝灭了宗祧?况且前番已与姑娘在席上指腹联姻,一重亲变做了两重亲,所以我只待临盆满月,便可以了却尘缘,回去覆命了。

正思想间,忽然腹中疼痛异常,双手捧住腰肢,容颜改变,紧蹙眉梢,坐立不稳,珠泪双抛。却巧小青进房,见娘娘这般光景,吓得面如土色,连忙点上了灯,问娘娘“何故如此?”娘娘道:“喔唷,腹中好疼痛呀!这一阵越发利害了。”小青道:“想必娘娘要分娩了。待我扶你到床上睡一睡罢!”此时娘娘痛得起身难走,咬紧牙关,腹中和刀绞相似,一阵紧一阵,险些儿跌倒在地。还亏小青扶住,一步一步,捱到了床边,好容易慢慢的向里睡好了,方说道:“娘娘你且放心,待我报告相公知晓,好去唤稳婆来伺候。”

说罢即行,匆匆下楼,直到店堂,叫声:“相公,娘娘腹中疼痛,快要生产了!”许仙一听,心慌意乱,急同小青上楼进房,走到床前问道:“娘子莫非要分娩了么?”娘娘道:“做妻的腹痛如裂,浑身骨节酥麻,只怕今朝难保性命,还愁保不住小儿。你快去唤稳婆来罢!不要耽搁了!”许仙道:“你须保重身体,这是生死关头第一件要紧事情,我当就去唤稳婆来。小青,你小心伏侍娘娘,不要离开。”嘱咐了几句,急急返身下楼。

走向外来,劈面撞见了姊丈陈彪。陈彪看他步匆急忙,问道:“仙弟你到那里去?”许仙道:“姊丈,我去唤稳婆呀!”陈彪道:“你怎么晓得的?”许仙道:“不是我晓得,倒是你晓得?”陈彪道:“你家姊姊生产,难道我姊丈不晓得么?”许仙方恍然道:“原来姊姊也在那里生产!我家娘子也在那里生产呢!”陈彪道:“既然如此,大家不要争了,一同前去唤稳婆便了。”

于是郎舅二人同出墙门,商量要请两个稳婆,一个是四牌坊余氏老娘,一个是城隍山脚下张老娘,方得两边都有照应。主意打定,一路向前。陈彪忽然转了一念,对着仙官说道:“仙弟,你不要去唤了。”许仙道:“我家娘子,此时疼痛难熬,非同儿戏,怎说不要去唤了呢?”陈彪道:“不是我有意多嘴,你家娘子虽是人形,却是一个蛇精,只有我知晓,别人不知道的。如果疼痛不过,现出原形来,吓死了人,岂不要偿命的么?还有一说:你是个人,他是个蛇,倘然生下来人头蛇身的,或是蛇头人身的,成什么样子?况且蛇是生蛋的,设或生了五六个蛋来,你我见了还不妨,被那稳婆见了,沸沸扬扬,传将出去,笑也笑死人了!你仔细想想看,我说的话可是么?”许仙道:“话虽说得是,我不唤稳婆,叫我怎好回覆呢?”陈彪道:“你也不要去回覆,只坐在店中听信,他自有小青伏侍。若生下个人来,恭喜恭喜,谢天谢地;养了怪物来,悄悄的弄死了;生了蛋来,快快的丢掉了,岂不干净么?”许仙听了,果然不差,便依着姊丈的话,回到店里静候,并不上楼探视。虽有些过意不去,却怕又像端阳一般现出真形,那还了得,不如暂做了无情汉子罢!但此时许仙坐立不安,只求太平无事,天赐麟儿,又对家堂点几炷香,叩祷祖宗保佑。

我且慢说外面许仙的话,再说房中白娘娘睡在床上,疼痛难当,口呼上苍,说“我虽修炼了千余年,今朝临产,还是头生,这样的痛楚,从未尝过的,怪不得要心慌了。”小青知道他临盆在即,却不见相公唤稳婆来,急忙下楼,奔到外边,只见许仙动也不动,呆呆的坐在店中。不解他是何用意,忙问稳婆可曾唤来。这时候的许仙,正在那里忧愁,不知白氏生人生怪,忽见小青来问,急得满面通红,勉强答道:“稳稳稳婆,今日没……没……没得空。”小青道:“怎么没得空呢?”许仙道:“今日杭州城里城外,大大小小人家,都在那里生产。你想稳婆能有多少?自然没得空了。倘然不信,东楼大娘也在那里生产了!”小青听了这话,倒也好笑,便道:“养孩儿,那有大家小户,合齐了养的?真是奇极了。我想没有这等奇事!但是娘娘痛得死去还魂,如何是好?既然找不到稳婆,你也该上楼回覆一声。”

许仙道:“没有来,自然不进来了。你快去小心伏侍娘娘,如要人参煎汤,这里现有,你便拿去;如要桂圆煎汤,待我去买来就是了。”小青道:“今日产下的,是你家的亲骨血,你为什么全然不顾自己妻子的呢?我也凭你良心有否,决不来捉你进去的。我看娘娘今天性命难保,还要吃什么人参桂圆汤!我自去了!”气愤愤地回到楼上,便向娘娘诉说道:“相公生得好狠心肠。他说稳婆没有,我几番请他上楼看视,他竟安坐店堂,不肯进来呢!”娘娘无暇理会,只说痛阵来得愈紧了。小青道:“我来与你宽下了两件内衣,方才临盆。”娘娘道:“生产的事,你那里做得来?”小青道:“我小青件件般般略知一二,惟有生产原不在行。如今没有稳婆,只好暂学收生的了。”说罢,伸手摸摸那肚腹,觉得左边一块很硬,忙将圆桶等物端整停当。这一来,足见小青的乖巧了。此刻已在辰时过后,天宫里即命文曲星官到此投胎。这一回,痛杀了娘娘,叫声:“青儿不好了嚧,看来这般疼痛,要绝我命了!”小青一面安慰娘娘,一面将他扶起,坐到圆桶之上。娘娘连声“喔唷”,又道:“幸亏不曾唤得稳婆到来,且喜仙郎也未进房,此番孩儿落地,免不得要现原形了。”小青道:“这是使不得的。若是被人见了,如何是好?”

娘娘没法,只得咬紧牙关,背后小青抱住了腰,叫他忍痛进一口气,文曲星官方脱离娘胎,生产下来。小青忙把官官接住,取温汤洗了浴,割了脐带,包扎好了,放在床上,然后扶着娘娘安睡,不必细叙。

却说许仙仍在店中呆坐,神魂不定,一心挂着房中生产,此时不知怎样了。忽见许多邻人,拥进店来,叫声:“许大爷,你府上发了火,在那西首楼上起的,你快些先进去看看,我们大家好帮你救火呀!”许仙吃惊道:“有这等事么?待我去看来!”三脚四步,赶到里边。暗想:此时生产不知怎样,难道又失了火不成?奔至内堂,却又不敢上楼,就在楼下叫声:“小青,你们怎么这等不小心失了火呀?”小青回说没有。许仙又道:“没有么?娘娘呢?”小青道:“娘娘已生了一位官官,现在床上睡了。”许仙大喜道:“原来生了一个儿子!这也谢天谢地!”嘴里说着,急移步回到店堂,向众邻人说道:“得罪各位,内房并不曾失火,只有我家贱内生了一个小儿。”众人道:“原来如此,红光闪闪,并不是火,却是尊夫人产下令郎,可喜之至!我等改日当来奉贺!”许仙道:“这是不敢当的?”众人一齐散出。街坊上纷纷议论,诧为奇事,毋庸细表。

再说许仙此刻愁肠顿释,喜气洋洋,兴匆匆上楼进房,含笑叫着“娘娘”道:“娘子,方才实是我得罪了!”娘娘佯作不解,便问有何得罪?

要知许仙怎样说法,以后还有何事发生,致使夫妻惨别,且看下回分解。

第四十一回 成 衣

却说许仙误听姊丈之言,未将稳婆唤来,如今生了一个儿子,自知抱歉,故向娘子赔罪。娘娘故作不知,问他有甚么得罪处。许仙道:“我只因店中事忙,不曾进来看你,稳婆又无处可唤,真是过意不去。”娘娘道:“生产的事,男人本是看不得的。稳婆没有,只得罢了。怎好怪你?”许仙道:“好娘子实是贤德！生下的儿子,我要看看呢!”娘娘就把官官抱起,递送过来。仙官接抱在手,看了一看,心中大喜。那小孩两支眼睛,也对着许仙乱转。相书上早经说过的:落地便能转眼,后必大贵。原是极准的。许仙看了一回,方说道:“我看孩儿这双眼睛,很像娘子。”娘娘听了,暗想:“方才你有些疑心,不肯进来,此刻怕我见怪,又来说鬼话了。”所以娘娘接过官官,也看了一看,说道:“我看孩儿这张嘴,改日能够讲话,一定像你。”许仙明知话中有刺,便道:“娘子休得取笑。你在产后还须保重,犯了风寒,不是顽的。小青常在房中照应,我还要去拈香拜谢祖先,少停就来陪伴你的。”娘娘道:“我是知道的,你请去罢!”

许仙当即起身下楼。走到中堂,抬头看见陈彪姊丈,喜洋洋的叫道:“姊丈,我家娘子生了。”陈彪道:“生了几个?”许仙道:“只有一个,那得几个?”陈彪又问道:“可是蛋么?”许仙笑道:“你不要乱讲!哈哈哈,倒生了一个很齐整的儿子。但不知姊姊生了么?”陈彪道:“也生了。”许仙道:“他生了几个蛋呢?”陈彪道:“这算什么话！不必取笑了。你姊姊生了一个女儿。”许仙连连称妙,说了一声“恭喜。”陈彪问他到那里去,许仙回说到祠堂里去点香烛。陈彪也要同去叩谢祖宗,拈香拜毕,二人各归房内。许仙告知娘娘,很是欢喜。那边陈彪也对妻子说道:“方才弟妇也生了,倒是一个儿子。”大娘道:“我已对你说过的,我与他指腹联姻,如此正好相配了。”陈彪点头道:“是的。他已生男,你既生女,莫非天赐姻缘,甚为可喜。”大娘道:

“你可差丫头过去恭喜问候。如今又加上一重亲了,理当更要亲热些。”陈彪自然答应,就命丫头前去问安。那丫头秀琴同着稳婆退出,来到西楼恭喜白氏娘娘。这些烦文,不须细表。

只说两家生下的一男一女,都是巳牌时候,将近日中,真是同年同日同月同时生了。光阴易过,已到三朝,这天都用稳婆来与小儿沐浴。娘娘自己替官官取个名字,叫做梦蛟;东楼大娘也与女儿取名陈碧莲。三朝过后,两下里都不须服药,渐渐起身离床。娘娘精神早已复原,单差下身恶露未净。这其间无事可说。

日往月来,乌飞兔走,看看已是小春天气,算来过了二十余朝。那夜更深时分,人皆安睡。娘娘意欲抡算阴阳,不知目前可有灾殃,想今天是二十七日,已离满月不远,我且把阴阳先来排算排算,看是如何?掐着指头,抡来抡去,总觉得模模糊糊,似乎目下就有灾难临身的光景。若再细细推详,却又不甚明白。为什么呢?到底血光未净,所以阴阳不准的了。这时候,娘娘看看许仙睡熟,也将眼睛闭下,按定神思,试炼自己的道行。那知近年以来,玄功久撇,不觉魔头顿高万丈,更兼产下婴孩,阴精已泄,反有些意马心猿,镇压不住。自知功行渐消,以后必须多费几分力,方得保全本性,回返仙山。想到这里,放下心思,重又镇魂定魄的炼起来。忽听得街坊上面,有敲梆的声音,无休无歇,心里好不焦闷,魂魄那里还镇定得住!等了一回,身边劈拍劈拍的声响,慢慢转到前街去了,方得抛却愁烦,朦胧地再把眼睛闭上了。不及片刻,又听得化缘和尚高声念佛,念完一卷,还将云板敲动。像这般扰乱心神,阴阳怎能算得分毫呢?并且在金山斗法以后,一闻念佛之声,心便摇动,好似法海又来找他,眼前就有大难临头。故而娘娘合眼细想,若把从前法术使用,怎奈身躯狼狈不堪,招架不住,如何是好!自问自心,十分胆怯。“我不免唤他醒来叮嘱他几句便了。”当即把许仙唤醒。许仙问有何事,娘娘道:“做妻的今夜睡不熟,忽闻街头声响,所以有几句话嘱咐你呢!这些敲云板的化缘和尚,都不是好人,他们不过哄人财物,骗人削发,你又不要上了他的当呀!”许仙道:“我晓得的。如今是罚咒不和那些贼秃往来的了。”娘娘道:“这便才是。你须要牢牢记着。”许仙连称“晓得,你快些安心睡罢！”说完，重又转身睡熟。娘娘方得静养元神，悠然睡去。

到了来朝，夫妻起身梳洗毕，仙官来到店堂内，想起昨夜那个和尚，惹厌得很，那敲梆的和尚，是净寺里出来的，就在东边一块火烧场空地上，离此不过四五家门面，清晨早起，又在那里七敲八敲，敲个不歇。许仙闻声走出，一看见便惹动了气，立在门前，对着东边开口就骂道：“你们这班和尚，狗贼秃驴，惯要骗人的财物，夜夜敲你娘的梆！害得我家娘子，昨夜一宵未曾安睡。如今不许你在这里混帐！”

许仙正骂得高兴，只见陈彪走将过来，呵呵大笑道：“你说的都是呆话。你娘子一夜不睡，怎么告诉和尚起来？待我替你说去。”就此过去叫声“和尚”。那和尚认得陈彪，便道：“阿弥陀佛，陈大爷有何吩咐？”陈彪道：“和尚，这里街边邻屋家中，有小儿的被你们敲梆响闹，惊醒了小儿，啼啼哭哭，不能安睡直到天明。故此对你们说一声，今夜的梆，不要出场就敲，略略远些，便不妨事了。”和尚道：“大爷吩咐，敢不从命！悉依尊教便了！阿弥陀佛。”原来和尚这样的顺命，皆为陈彪是钱塘县里的头儿脑儿顶儿尖儿快班中的头儿，所以说得和尚平平服服。况且言语圆活，通达道理，好叫他不能强辩，不敢不依。可见得世界上总以势力为强呢！闲文少说，丢过不提。

单说这天娘娘心里疑疑惑惑，闷闷昏昏，自己晓得恶露未净，故此阴阳委曲未明。若得太平无事，挨过了满月，便好寄托婴孩，回归洞府修道去了。此时房中并无闲事，不免与孩儿做几套衣服，待他长大起来，也见我做娘的手迹。当即开了箱子，取出绫罗裁剪，从一岁上做起，做到七岁上止，一共做成了七套衣服。无非要官官大起来，还可穿着，也是留作纪念的意思，好叫他后来知道我亲娘。不然，何不叫裁缝去做了一套呢？那娘娘虽是精灵所化，他的女工针指，远胜凡人，顿时铺了一条毡单，把绫罗一一裁剪，长的短的，件件配齐，就此做将起来。先是上身衣服，后是下身裤子，连鞋袜都有的，一套又一套，手不停指，又快又好。真做得天衣无缝，巧夺天工，可比得古时的针神，世上找不出第二个的。做完后，就把官官抱在手中，亲口叫道：“儿呀！你幼时的衣服都已成就了，做到你七岁上学，那一件没有？只因我欲返仙山，不久就要抛撇你了，并非做娘的心肠太狠，怕只怕有人前来缠绕,祸到临头,也叫没奈何呢！幸亏我与姑娘指腹联姻,长大成人,全仗你岳母扶养的了。我想姑娘情高义重,决不会凌辱我儿的。儿呀！你是个不知人事的小孩子,我就衷肠诉说你听,你也不明白呢！”说完几句,手中的官官放在床上,便把衣服收拾,装入箱内。天已晚了,点上灯火,略坐片刻,外面小青送进晚膳,备酒一壶,要想劝娘娘饮酒开怀。娘娘因别有心思,反恐怕饮了更添烦恼,故而戒除了酒,连饭也不吃,一齐叫小青和盘托出。

小青走到楼梯跟首,许仙来了,便问他怎么将酒饭拿回,小青回说:“娘娘心头不快,吃不下去。”许仙道:“如此,岂不要生病么?”连忙走入房中,问道:“娘子为甚这般忧闷,酒饭都不吃些呢?”娘娘道:“我心中郁结不开,咽喉如锁,一见杯盘,便欲呕吐,倒是不吃的好。”许仙道:“那么,你请安置罢!”娘娘先宽衣上床,静心修养,许仙也同入罗帐安睡。

那知金山法海已经来了,就住在东首净寺中。因为与白蛇斗法后,他纠合了黑鱼精,水漫金山,害死了万万生灵,所以不肯饶恕他,定要收伏此妖。只等他生产满月,方好下手。算来已有二十八日了,血光将尽两日后便可行事。但须许仙亲自动手,才得成功。奈他夫妇情深,怎肯应允！这便如何是好?“我不免召梦神前去,如此这般的惊醒他,使他心神不定,便可拆散他一对好夫妻,临时听我的命令。”想定主意,即唤梦神吩咐了几句。

你道说些甚么?就是叫梦神变做白娘娘,说明“自己是白蛇精,因为贪你年轻貌美,与你配为夫妻。又责备他种种薄情,不该去请僧道来降服我。”顿时变了脸面,披头散发,现出一条又长又粗的大白蛇,扑奔过来吞噬他,把他的梦境吓醒。这一段情节,原书弹唱起来,足有一回,叫做‘惊梦’。我却以为事属迷信,不必细细描摹,就拿来修削一下,改作叙事体,数言表过。

只说许仙被梦神搅扰,做了一场恶梦。惊醒转来,出了一身冷汗,抬起头来看看,并无响动,再伸手摸摸娘子,好好的睡在那里,也没有什么。他就闭上眼睛再睡。那条大蛇又在面前,要来吞他。只得把娘子唤醒。娘娘问他做什么,许仙道:“我做了一个恶梦,真把我吓死了!”娘娘问是何梦,许仙却不好实说,托言“梦到阴司,被一恶鬼手拿铜锤打我,因此把我惊醒的。”娘娘替他批解了几句,也就睡了。许仙怎能还睡得着！一合眼睛,便见大蛇。所以他翻来覆去,一夜未眠。

直等到天明日出,起身下楼向外,弄得如醉如痴,神魂不定,坐立难安。回想昨夜梦景,实是害怕,心头还突突乱跳,好似小鹿撞胸。正坐着呆想时,姊丈陈彪走来,问“仙弟你在此想些什么?”许仙也不说真话,只说明“我与你家女儿满月,那些亲戚朋友,东邻西舍,都要来的,我们怎样的款待他们?”陈彪道:“你是个药店朝奉,我是个县里公差,用不着大排场的。”许仙道:“那么,摆两桌酒,定一班堂名来吹打吹打,你道可好?”陈彪也说“好的。”许仙便托姊丈去定,陈彪答应自去。

闲文莫表。仍说许仙候至晚上,回进房中,夫妻依旧同睡。他想着梦内情形,心中不免畏惧。那娘娘睡到三更过后,又把阴阳一算,这夜的阴阳有些准了,抡着指头算去,不觉大吃一惊,暗暗叫声:“不好了！算来明日金光照耀,午时我有大难临头。而且奇怪得很,怎么又应在夫君之手?”既而一想:“还不妨,我只消午时以前,扯住冤家,不放他出房门,也就避过这个灾难了!”胸中安排已定,一夜未睡。渐渐五更天晓,仙官却已睡醒,要想起身离床,被娘娘玉臂抱住,说几句风流话,引得仙官动了春心。并非娘娘贪恋风月,只为要骗他过了午时,方保无事。

不知这一来,娘娘可能逃过此难,且看下回分解。

第四十二回　飞　　钵

却说白娘娘算定今日午时,灾难临身,出于仙官之手,所以纠缠夫君,在旁陪伴。只要挨过了午时,就可脱免此灾。当下兜兜搭搭,从牙床上抽身起来,时已不早了。夫妻下床后,小青送进脸水,仙官过来要洗,却被娘娘阻住,嫌他自己洗脸不干净,亲手替他慢慢洗好,无非捱延时刻罢了。又替他梳头发,扎网圈,戴上头巾。耽耽搁搁,等到头已梳好,早膳到了,双双同坐吃了一餐。饭毕,又叫仙官在妆台边坐了,"看我梳妆"。许仙道:"我一定要下去帮帮姊丈了。邻舍朋友都要来贺喜,我理当在厅堂上接待他们为是。"娘娘道:"今日孩儿满月,要算吉期。稍停一刻,我和你一同穿衣下楼。"许仙道:"我去一去就来,好么?"娘娘道:"平时做妻的百依百顺。我这几句话,你也听从了我罢!"许仙道:"娘子既然执意如此,我就不去更衣。"身子在方凳上坐下,靠近妆台,看娘娘十指尖尖,解开了头绳,弄散了头发,拿起一只木梳,理着青丝。其实是很容易梳通的,他却左梳也不通,右梳也不通;或是梳通这一面,又乱了那一面,原是有意如此。暗想已是巳牌时候,只须挨过午时三刻,就算有什么风浪,也不妨事了。

娘娘正思想间,外面却来了一个催命的活无常。你道是那一个?就是东楼上的丫头秀琴叫声"许相公",说道:"对门金家要赎押头,纹银店里夥计,说是相公经手的。因为他死了娘,所以这样要紧哩!"许仙道:"娘子,你可听见么?金家的押包,是我锁在柜中的。他们又死了人,要紧得很。这便怎样呢?"此时娘娘听了,心里想想看,死了人实在要紧的,赎这锭银子,应当早些交还才是。算算这个恶时辰,也相差得有限了,难道我放了他下去,就要死的?也有的不信,偏要与阴阳强一强,试一试看!况且人有好心,天必从之;或者转祸为福,也未可知。转定念头,方说道:"既如此,我的头也梳好快了,你去赎还了他,就来同我下楼。"这一来,娘娘真正软心肠,还道存了好心，自有好报。那知软了一软，立见灾殃！这也是劫数使然，避不掉的！一来被黑鱼精无知妄动，累及他受罪；二来法海虽成佛果，尚未忘吞丹宿怨。看过第一回“仙踪”的，便能理会得到。原书纵不写明，我却要略述几句，点出此中眉目。不然，法海明知他奉金母之命，下山报恩的，何必苦苦追求，硬要来募化檀香，把许仙骗上金山，酿成他“水漫”一重极大的罪案呢？

数言表过。仍说许仙听娘子肯放他出外，他就来到厅上。见许多客人坐着，大家都起身拜揖，连称“恭喜恭喜！”许仙道：“各位请坐！我去检还了押包，进来奉陪。”当下到了店中，把押包检还金姓，就此转身入内。肚里一想，省得与邻友们兜搭，耽延了时刻，故此不走中堂，却后西边穿进去。经过回廊，想不到那个法海禅师迎面走来，念一声“阿弥陀佛”，便说：“许仙你向那里去？”许仙好生惊诧，问道：“和尚，你从何处来的？”法海道：“我是空中来的。”许仙道：“来此做什么？”法海道：“老实对你说，今天特来收镇你妻子白妖。”许仙忙道：“我家娘子好好是人，何尝是妖怪呢？”法海道：“你休得执迷不悟！前夜可会见梦中的光景么？”许仙道：“梦寐难凭。就是妖魔吃我下去，我也情愿的，与你什么冤仇，这般苦苦的作对？快些出去，谁要你来多管！”这两句，确实是许仙的良心话，并不是迷恋话，和那前番两样，所以后来还有人原谅他的。

当时许仙这样说，要想一溜烟逃进去，竟被法海走上前来，一把扯住，发怒道：“许仙，你难道忘了金山之事么？如今你随我这里来！”不容许仙自己作主，怒冲冲扯了他就走。吓得许仙魂飞胆落，好似忤逆子见了雷公，意欲脱身，那里能够！双眉紧皱，脸涨通红，竟被法海拖到厅堂上面。众邻友等见了，互相猜测，不知为了甚么缘故。有几个开口问道：“许大爷，这个化缘和尚，是那里来的？”许仙道：“这和尚不是来化缘的，他是从金山寺里到此。因为前番在镇江时，与我会过，今日到来，是要捉拿我家房内美貌娘子的呀！”众邻友听了，齐声怒骂道：“放他娘的屁！和尚只有偷女人、骗女人、拐女人，决没有捉女人的道理！先打他两个嘴巴，拍拍醒他的魂灵，然后大家动手，打他一个死！”法海连忙说道：“众位居士，不要发怒。只因那许仙的妻子,是一条白蛇,千年修炼变化人形。老僧今日特来收镇此妖,但要许仙亲自动手。若过了今日午时,他就要逃走了。”众人道:“你这个和尚,只怕是个痴子!别人家的妇女,这样风风月月,标标致致,能能干干,齐齐整整,道道地地,一位美貌女娘娘,说什么是个妖精!简直在那里放屁呢!不要信他,我们把这个贼秃打死了罢!”法海道:“众位暂请息怒,有所不知。许仙妻子实是蛇妖,我有一个金钵,就叫许仙拿进房中,在他头上罩了,立见分明了。倘若不能收拿,听凭众位处置便了。”众人都说:“这句话倒也不差。想必这一个小小钵盂,怎能装得下一个人?分明是胡言乱语,当不得真的。就拿进去罩一罩,打什么紧呢?”许仙却总是不肯进去。法海连连催促:“休得延挨错过了午时,快去收罩此妖!”众人又在旁边七张八嘴。弄得许仙疑疑惑惑,胸无主宰,手里虽拿着法海给他的钵盂,身子却是不走。

这个当儿,当得古人有两句话,叫做:“一言而兴邦,一言而丧邦。”倘或此时有个人来阻挡,再挨过三刻,到了未时,这钵盂就拿不动了,结也解了。那知数已注定,偏偏来了一个白虎星官。你道是那一个?就是他的姊丈陈彪。见许仙迟疑不决,便道:“仙官,你怎么这等痴呆,各位之言,一些不差。你就拿进去罩他一罩,也不害事。如果真是蛇妖,拿了去也罢;若不是精怪,自然把这和尚处治,岂不两全其美么?”许仙听了这话,仍是疑惑不定:“难道我妻真是妖怪不成?我且休要懊恼,且看他的法力,究竟高也不高。只求没有风波,就好办他个妖言惑众之罪,不但众人帮打,要送官究治,打断他的腿条!”一头想,一头走,放轻脚步上楼。

走到房门跟首,见娘娘还坐在妆台畔,两把青丝分披左右,仍未梳好。他原不过借此延捱罢了,暗想:这个时候,怎么官人还不上楼?”所以停了手,呆呆等候,那里知道后面有人来了!仙官站立在房门外,手里托着这个钵盂,要想与娘子说明此事。不料那作怪的钵儿,口中透出一道金光,呼的一响,说时迟,那时快,对定了娘娘头,落将下来。娘娘此刻魂不附体,大叫一声:“不好了!”一交跌倒。钵盂罩住头上,犹如泰山压顶,腹内好比乱箭攒心,周身发抖,遍体酥麻,小脚在楼板上和擂鼓一般。两只眼睛看定了许仙,惨声说道:“阿呀官人,痛死我了嘘!”许仙道:“我原不肯拿进来。都是邻友们说不妨事的,我竟一时疑惑,拿上楼来。本要与娘子说明,想不到这个东西,见了娘子,就飞将起来,连我说也说不及,拿也拿不牢了,煞是作怪。且待我扶你起身,与你取了下来就是了。”当即过来扶起娘娘,用力推扳,全然不动,和那生根铁铸相似。娘娘道:“我知道你今日,又要被人哄骗,因此不许你下楼。我只道祸福惟人自召,谁知死生有命,数总难逃!但如今头上疼痛难熬,怎生是好?”许仙见此光景,也明白他是个妖精,便道:“你既然是灵蛇变化人形,平日应该与我说出根由,我自然不上他人的当了,决不害你受这样痛苦的。”娘娘道:“你那里知道这缘故呢?不是我不肯吐露真情,却因说了出来,犹恐吓坏了你。你在前岁端阳,亲眼见过,我实是峨嵋山上一条蟒蛇,知你是个胆小的人,不说明白,尚且害怕,何况说破根苗呢?我原为报恩起见,找寻万里,才得与你结为夫妇。岂知劫数临头,顷刻间便要拆散鸳鸯了。我此时还是人形,再停一刻,只怕免不得出乖露丑了。”说罢呼痛不止。

这个作怪的钵盂,慢慢的合下,已及双眉。娘娘没法,只得跪下哀求道:“佛爷既要收妖,也待我夫妻分别几句,永诀一番。还望慈悲为本,暂缓片时!”又叫许仙代为一求。许仙道:“我想娘子也有法的,怎么脱不下来?”娘娘道:“你不知佛法无边,我虽有法,也难逃生。这事原来我不好,前在江中斗法,水漫金山,害及生灵万万,果然罪犯天条。我也算过阴阳,原知有难,早想远走高飞。只待孩儿满月,便要归山。怎奈罪孽已深,无可幸免。我死本不足惜,只可怜鱼水恩情,叫我如何舍得你啊!”许仙道:“我也舍不得你呢!”娘娘道:“丢不下未满一月的孩儿,可知道做娘的今日归西!还望你把这孩儿,托付姑娘抚养。我做的衣服,共有两箱,梦蛟可以穿到七岁,好叫他将来知道我的手迹。还有一说:我看你平常日子,身上衣单,不知寒冷,腹中饭少,不知饥饿,带着几分孩子气,怎能够独掌门楣!我死之后,你须要续娶一位贤德妻子才好。”许仙道:“这是我再也不娶的。天下妇女,那有娘子这般贤德!阿呀,我好心痛呀!”夫妻抱定,号淘大哭。古人有两句诗道:“世上万般愁苦事,无非死别与生离。”

悲伤之际惊动了床上的梦蛟儿,喔哇喔哇的啼哭起来。这也是天性相关,不期然而然的。娘娘听了,更是凄惨。要想过去喂一口乳,怎奈头重难移,不能举步。许仙道:“你丢不下孩儿,待我抱来与你看看。”就到床边抱起官官,忍不住流下眼泪,双手递给妻子。娘娘叫一声“亲儿梦蛟,做娘的要与你分别了!”那官官本来停止了哭,一听得这句话,他又哭将起来。娘娘抱到胸前喂乳,官官实在乖巧,一双小眼睛对定娘娘只管哭,把乳头吐了出来,一定不要吃。娘娘见官官这般光景,越发心疼,加上了十分苦楚,说道:“儿呀,你长大起来,须要学得成人,做娘的死在阴司,也是瞑目的!”说到伤心处,越看越难过,忙叫仙官抱去,放在床上。又嘱咐道:“常言道:夫妻本是同林鸟,大难来时各处飞。如今我大难已到,身死之后,劝你休把我想念。也是我红颜薄命,前生注定的。倘然你思念妻子,损坏了身躯,我在阴司也觉不安。此时你要看我,请再看看,顷刻间便要身丧黄泉了!”许仙惨不成声的答道:“娘子死了,我也不愿独生,倒不如和你同死了罢!”这时候,双双哭倒在楼头,我书中却要说到小青了。

小青因为官官今日满月之期,厅堂上要款待贺喜的亲朋,备办酒肴,所以一早就到厨房下,充当厨司,端整肴馔。切的切,烧的烧,烹的烹,炒的炒,忙碌得不得开交,却未曾一步上楼。忽听得外面跑来一个丫环,叫声“青姐,不好了!”小青忙问:“秀妹妹何事惊慌?”秀琴道:“我方才走到厅堂廊下,只见当中坐一个和尚,听说拿了钵盂,要收你家娘娘。众客人你一言,我一语,弄得许相公疑惑不定,毫无主张,拿着钵盂上楼去了。我有些不信,也到西楼去看看,竟被我看见了,害我吓杀!阿呀,真真不好了,夫妻双双跪倒,啼啼哭哭,一只黄金色的钵盂,罩在娘娘头上,面涨通红,头发披散,合到了眉毛边。青姐姐快些去看看嘘!”小青一听,大吃一惊,好比雷轰头顶,急忙忙奔出厨房。

是否先上楼去见娘娘,要许仙为难,且看下回分解。

第四十三回　镇　　塔

却说小青听得秀琴丫环报告，心里十分慌急，飞也似的出了厨房。低头一想："且待我先到厅堂，看是怎样一个僧人。"走近屏门背后，往外一张，果然有个和尚坐在中央，身上披着锦绣袈裟，好生轩昂气概。认得是金山法海妖僧，暗叫不好，急转身奔上楼头，到房中一看，实是悲惨！但见娘娘头上合着一个金钵盂，就晓得是法海的法宝，无可解救，走上前来，把娘娘抱住，问娘娘为何这般光景。娘娘道："如今说也没用了！"小青又问头上的东西，怎样进来的。娘娘仍不说明。小青何等灵敏，便道："我明白了，又是这个没良心的许仙下这毒手了！"娘娘道："不干官人之事。都是我命该如此。"小青道："娘娘说那里话来！总是这冤家害的呢！"说到这里，泪如雨下。又道："我前番劝过你的，早早回转仙山，重行修炼，你偏偏不听良言，叫我暂时忍耐，报答他救命大恩。到了如今，无端枉送性命。我恨只恨许仙这无情汉子，全然不顾妻房，几次三番施行毒计，害得娘娘这般模样，可称为人面兽心了！"许仙忙叫"青姐"道："我原不肯拿进房来，这个钵儿自己飞进来的呢！"小青道："我且问你：娘娘怎样待你的？"许仙道："娘子实在好的，待我再也没得说了。"小青道："既如此，你的天理良心何在，下得这般毒手！"许仙叹道："我今遍体生牙，也是辩不清的了。"小青愤怒已极变了颜面，指着许仙骂道："我越想越恨，你这无情无义的禽兽，怎生饶得你过！我今容你不得了。吃你下去，才出我心头之气。"说毕，把身子打了一个滚。只听得一声响亮，满眼青光，俏佳人变了一条很大的青蛇。张开大口，对定许仙射将过来，要想吞他下去。

许仙虽吃过仙草，没有吓死，却也吓得魂不附体。急忙躲在娘娘背后，叫一声："娘子，快救我一救呀！"娘娘安慰道："放胆大，不妨事的。"嘴里说，见他射将过来，用手在小青头上一拍，并说道："青青休得如此！他虽没有良心，总是我的丈夫，从前救过我性命的。此番祸事，实由金山水漫而起，怎么你自己不想的？你与我都是蛇变人形，终归畜类，理当安分循良，切勿逞凶发狂，及早回山为是。况且你不在劫数之内，只要静心修养，当可保得长生。倘然你忘却本来，难免也像我娘娘一样。我劝你快快逃避他方，不可留恋红尘，枉遭灾祸。可晓得我头上钵盂，渐渐要压下来，实是难当呢！"小青听了这话，把头点了一点，身体一滚，径向楼梯滚将下去。

娘娘知道他要和法海斗法，连忙一把扯住尾巴，复道："小青，小青，你要下去与法海斗法么？想我修炼已及千年，受过神仙道术，尚难脱他的手，少停便要归天。你比我功行更浅，怎能与佛法相争？好似飞蛾投火，枉自烧身。还是到他方隐迹修仙，将来自有成功的希望。快去罢！"用手一推，小青虽变了蛇形，不能开口讲话，趁势向窗外一钻。回转头来看看娘娘，似乎有恋恋不舍的形景。娘娘更是心酸，又叫声："小青，你也不要记挂我了，快些去罢！"道言不已，呼的一阵风，小青早已不见。你道他到那里去的？他到北玄山黑风洞修炼飞刀，还要与法海斗法。此话慢表，后书再行交代。

仍说娘娘挽转手来，把许仙一扯，叫他不要害怕。许仙略定一定神，心里又悔又恨又悲伤，也和泪人儿一般。娘娘道："我今头如山重，实是来不得了。今后相逢，除非在三更梦里的了！"二人万语千言，说不尽分离的话。外面法海禅师颇费周章，想那白氏眷恋许仙，说话不了，不如把他收镇了罢！嘴里便念念有词，把禅杖在地上一卓。说也希奇，里面楼上仙官，顿时眼花撩乱；豁辣一响，娘娘喊一声"阿呀"，已经不见了。许仙定睛一看，但见一个钵盂在楼板上面。口中叫着"娘子在那里"，伸手撩起钵盂，仰转过来，看到里面有一条白曲鳝鱼的形状，在钵盂当中转来转去。他就将钵盂放在妆台上，卷起衣袖，用手捞摸，暗自诧异。看看只有茶碗般大，里面却无边无际，团团一捞，空空洞洞，再也摸不着他。常言道："一粒粟中藏世界"，佛法无边，果然不错的。

此时许仙肝肠痛断，几次救不起姣妻，只得哭哀哀捧着钵盂，下楼也到厅堂。众邻友都来动问，仙官却噎住了咽喉，说不出话来。法海哈哈大笑道:“如今可知道你妻是人是妖么?”许仙怨恨道:“不干你事! 你是出家人,何苦把我恩爱夫妻拆散了! 于心何忍?”法海道:“你却有所未知。这是他自己不好。水漫金山,伤害无数生灵,犯了弥天大罪,因此天数难逃,注定收镇雷峰。待他大难完时,再可修炼,有出头日子,得成正果了。”这几句话,很说得冠冕堂皇,当时许仙未尝不好驳他,说“水漫金山,果是娘子不好,但我在镇江时,你为什么借着募化檀香,把我骗上金山的呢? 后来水漫斗法,激成大祸,岂不是你开衅的么?”这样说来,法海也有罪了。不知此等情节,原是做书人的笔法,有意发生出波澜来,可以归结全部。不但曲曲折折,使人动听。并且故弄狡狯,要骗人代抱不平,下几点眼泪,何尝与看书人讲什么理信呢? 闲话少叙。

却说众邻友闻知许仙娘子收去,内中有一个说道:“许大爷,你上他的当了。这个和尚,是会变戏法的,竟把尊夫人搬运了去哩! 如今不要放他走,我们大家动手来打他!”一人喝打,大众赞成。陈彪连忙过来说道:“众位不要动手。你们那知此中的缘故? 我家舅妇,是蛇妖,我也曾亲眼见过原形。此刻老和尚收了去,也就罢了。”众人一听,更无别话,都觉得在此没趣。本来是贺喜的,反做了送终,看上去,酒是吃不成的了。彼此一商量,倒不如溜他娘罢! 于是堂上众客,一哄而散。外面的事情,不必细表。

再说里面的秀琴丫头,先到厨房报知小青,后又回到东楼,见了许氏大娘,把细底根由诉说一番。大娘得此凶信,心里十分悲愤,慌忙忙来到厅堂上。见当中坐着老和尚,左边站着许仙官,他便走出叫那许仙道:“我问你,你的娘子呢?”许仙忙答道:“姊姊,被这和尚合在钵盂中收了去。”许大娘道:“拿来我看!”许仙就捧过金钵,递与姊姊。许大娘接过来一看,只见一条小小蛇儿,伏在钵中间,泪如雨下。虽然现了原形,心里是仍旧明白的。正在那里想念姑娘:“可怜此刻来迟了,如果早来看我,我还要托夫寄子,有多少说话在肚皮里,对你细说。到了现在,却又说不出来,惟哭而已。”许大娘看了,好不悲伤。明知白氏丢不下丈夫儿子,有牵挂的意思。故意问道:“许仙,这就是弟妇么?”许仙点头称是。许大娘放声大哭,翻身欲倒。还亏旁边有人扶住,不曾倒下。哭叫道:“许仙,我还有话问你:是妖僧到楼上去的呢?还是你亲自进房下的毒手呢?”许仙道:“拿是我拿上楼的。想不到作怪的钵盂,突然飞起,合到他头上去呀!”许大娘恨极了,就叫“你这畜生走过来”,狠狠的咬了一口。许仙一声呼痛,忙叫“姊姊放松些,不要咬得这般紧了!”许大娘道:“你道痛么?譬如你妻子死去,是因疾病缠身,还可急救。再不想这样结局,一旦分离的。”说到这里,哭一声“贤哉弟妇呀!”又道:“你一身枉嫁了无情汉子,勤俭持家,万分艰苦,三从四德全备,谁知祸事临头,遽遭不测!从今以后,再不能与你对坐谈心的了。我看你泪落纷纷,似有说不出的话儿在心。但据我想来,谅必为着这小小婴儿。我当抚养他成人长大,与我女双双配合,决不食言。你请放心便了!”说了这几句话,那蛇儿便把头一点,似乎称谢的样子。

许大娘看了,又惨伤,又恼怒,回转身来,也不管什么和尚,一把扯住了法海,骂道:“你这秃驴,甚么意思,好好人家妇女,平空捏造,谎说妖精,变弄神通,擅把弟妇收藏!如今不必多说,好好放了我弟妇出来,万事全休。你若不放,我与你势不两立,决不肯善罢干休的!你既是佛门弟子,为什么活活拆散人家恩爱夫妻?况且白氏弟妇大贤大德,数年帮夫兴家立业,现又产下婴儿,才及满月,怎能抚养到成人长大?许氏门庭,被你弄得妻离子散,我好恨呀!我与你冤仇结得海样深了!”一场痛骂,骂得法海“秃驴长,妖僧短”,就把头儿撞过去。法海忙说道:“女菩萨放了手,待老僧细述根由。若说这个白氏,他是峨嵋山上一条白蛇。千年修炼,得变人形,与仙官夙世有缘。只因他水漫金山,残害生灵,罪犯弥天,怎能逃脱?注定收镇在雷峰塔。只待他罪孽满时,便好飞升上界。他生此子,是文星下降,后来执掌朝纲,高官厚禄,许氏门庭,不但显耀一时,并且后代儿孙,留传千古呢!”许大娘道:“秃驴!你说这些话,只好哄骗那三岁孩子。一派胡言,那个信你!你快些还我弟妇来罢!”法海道:“女菩萨休得动怒,只要问你丈夫就是了。”许大娘道:“好个刁恶的秃驴,要问我丈夫则甚?”

其时陈彪也在厅上便过来说道:“弟妇实是蛇妖,我久已知道,见过他的原形。那和尚是不错的。况你是个妇人家,扭住了和尚,成了什么体统?快快放了手再讲。"许大娘道:"你怎么也是这般说来?秃驴说我弟妇是个妖精,我也好算得妖精了,你也收了我罢!若收我不动,总不肯饶你的呢"!法海道:"女菩萨,你是凡间俗骨,不比妖魅魔头,叫老僧怎样收你?"许大娘骂得性起,更是恶恶毒毒的说道:"看你这秃驴花言巧语,谅必自作妖孽,见我家弟妇貌美,谋夺人妻,使弄邪法,拐去奸淫,罪当万死。我也不要活了,拼了你这妖僧罢!"

法海被许大娘扯住,又听了这几句恶毒话,实在当不起了,弄得法海有法变做无法。许仙却立在旁边,口也不开,如同死的一般,只是点点滴滴的下着眼泪。法海心下为难,想那妇人少有智识,和他辩也辩不清楚,讲也讲不明白,只得说道:"女菩萨且请息怒放了手,叫许仙拿了金钵,同到西湖雷峰塔下,待老僧放白氏出来,现一现人形,你自去问他如何?"陈彪就向大娘道:"和尚这句话,倒也说得是。且待同到那边,看他果现人形,能够话儿说得真确,也就罢了;如无形迹,然后再与他争论,送官究治未迟。"许大娘听了,也就放了手,趁势暂且落场。便对着陈彪道:"只是妖僧的话,未可轻信,却不要被他逃走了。"陈彪道:"不妨。我当叫人将他看管,断不会逃走的。"当即唤了一乘轿子,大娘坐了,许仙捧了钵盂,陈彪同着一个夥计,跟随了法海,都到西湖上来。

不知白娘娘可会再现人形,夫妻会面,与许氏大娘叙话一番,且看下回分解。

第四十四回　剪　　发

却说许氏大娘与法海吵闹了一场，弄得法海没法，方准暂放白氏出来，再会一面。于是陈彪从旁劝解，唤得一乘轿子，请大娘坐了，他与许仙、法海等相随，一行人众，出了墙门，在街坊上一路前行。那大娘身坐轿中，思念弟妇，哀哀啼哭，好似送丧一般悲痛。嘴里唠叨诉说，骂了法海"秃驴"；又骂许仙"畜生"，再恨丈夫兄弟不肯出力，告到当堂。只苦死了贤德的弟妇，冤沉海底。哭到伤心处，许仙听得姊姊的话，更加悲悲切切，泪下千行。这时候，引动了街上闲人纷纷谈论，当作新闻，毋须缕述。

少时出了城关，已到西湖塘上，面前就是雷峰夕照了。法海止住了步，便与众人聚集在山兜里。许大娘起身出轿，站在一旁，看法海如何动作。法海忙将钵盂拿到手中，叫声"众位请看"，向下一倒。只见一道白光，白氏娘娘坐在地上，他的花容月貌，仍和从前一样。大娘过来叫"弟妇"，他回叫一声"姑娘"；许仙过来叫"娘子"，他也回叫一声"官人"。两下相见哭做一堆。左边许仙将娘娘扶住，右边许大娘挽住了手，又叫"弟妇"道："我方才闻得你受了飞灾，害我哭死还魂，想念及你。你是个贤德的千金，秃驴偏说你是妖精，不该变弄神通，暗使邪法，把你身躯藏入钵中。我与秃驴拼命，才肯将你放出。如今我和你一同回去罢！"娘娘道："姑娘，我是不回去的了。"大娘问是何故，娘娘便据实说道："我本是峨嵋山上的蛇妖，与仙郎结下夙缘。只为受恩深处，终须报德。那知祸起金山，难逃罪孽。这是注定的劫数，劝姑娘不必伤心掉泪。他年罪满，有归山的日子，原可以修成正果，位列仙班。现在我并无别事牵挂，只要你代我抚养蛟儿，费这一点心，我在空中，定然保佑你身体康健，福寿绵长。此刻不能久待，与众人叙话，我要下去了。"许大娘道："梦蛟孩儿，是我女婿，自然尽心抚养，长大成人，与我女儿团圆花烛，诸事放心。我只是舍你不得呢!”娘娘道:“多谢姑娘。我要去了。”许仙忙叫:“娘子不要去。”娘娘道:“我和你尘缘已满,本属前生注定,劝你不必悲苦,当心保重身躯为第一。做妻的千言万语,难以细嘱,从此恩情两处分开了!”许仙道:“阿呀娘子,我情愿和你一同下来的嚏!”

娘娘只回答一声“使不得”,那法海把禅杖在地下作一个圈,口中喝一声“地下速开”,只见雷峰塔下,裂开一条缝,约有二尺许宽阔。法海就对着娘娘说道:“我有偈言四句,听我道来:安心静住在雷峰,二十年时苦用工,倘得红尘永不染,飞升天上乐无穷。牢牢记着!”娘娘道:“谨遵佛爷指示。”法海道:“就此下去罢!”娘娘对着许仙,含了一包眼泪,把头一摇,化作一道白光;众人觉得一阵眼花撩乱,娘娘竟不见了。地上仍旧合而为一,毫无形迹。许仙哭倒尘埃,滚来滚去,好不惨伤。口中不住哭叫妻房,情愿和你死在一处,忽然跳起身来,要将头撞到山石上去。却被法海唤住道:“许仙休得如此! 白氏与你还有重逢之日,老僧和你三年后,再在金山一会便了。我自去也!”道未了,顿起一道金光,腾空而去。众人见了,尽皆惊骇,望空礼拜。

只有许仙痛哭不止,倒在地上。大娘也陪着出了许多眼泪。陈彪在边劝道:“仙弟不要哭了。常言道:人死不可复生。况且他又未死,何苦这般悲伤? 待我扶你起来罢!”回头又唤大娘道:“你为什么也是这样痴心? 方才弟妇对你说过的了,还要哭他什么? 快些回去罢!”当即命轿夫打轿过来,大娘坐了,郎舅二人携手同行,一径回到家中。秀琴扶大娘出轿,到了房内,就叫丈夫雇定乳娘,怀抱梦蛟孩儿。

杂事休表,单说许仙归家后,如痴如醉。陈彪又劝解了一番,送他回房安睡。便得了一病,来势甚凶,一连数日,家下事情都亏陈彪替他料理,还要去请医生诊治。总算服药有效,仙官脱离了床席,身体强健如初。但想起娘子身埋塔底,不知何年何月,再得相逢,所以无情无绪,闷闷昏昏,走到那里,心中便想到那里,落下泪来。陈彪见他这般光景,无非劝了几句。只因事情忙碌,里面乏人使唤,忽然想着了小青,眼前不见他的面,便向许仙查问。许仙不好实言,只说小青已经逃走了。陈彪心内明白,一定也是甚么妖精,看见主人这样,他就远避他方了。不再向仙官根究,自去办理他事。

只可怜许仙寂寞凄凉,每日啼啼哭哭,连店中生意也都不管。这一天,走到西轩看了一回,又上楼看看娘子遗留的形迹,弄得这般冷落萧条,索然全无生趣:倒不如我也抛撇红尘,游身方外,免受那愁烦的苦况了罢!但是娘子已冤沉塔下,我也遁迹禅林,叫那梦蛟孩儿,他日长大起来,难觅父母形踪,如何是好?呆想了片时,暗说“有了,我不免画就娘子真容,自己剪下青丝,留在家中,好待他成人以后,知道爹娘遗迹便了!”想定主意,就到书房中坐下,调好丹青各种颜色,铺好一张素纸,取笔画将起来。莫说他不是画家,就是画家名手,也难画出娘娘千娇百媚的真容。此时许仙只有先闭上了眼,定神想了一想,然后落笔描摹。好得他生性聪明,略知一些画意,所以画将出来,虽不能十二分相像,却也有七八分样子,尚不失庐山真面。等到画完,眼泪下了不知多少!自己细细看过后,决计将自己头发剪下,除却这三千烦恼丝。取得剪刀在手,肚里还是寻思:想我父母遗下的身体肤发,岂敢毁伤?今日将发剪下,未免身担不孝。但此时弄到这般光景,我也顾不得了。便咬紧牙关,除下头巾,将发一齐剪去。仍旧札好网圈,戴上头巾,外面还看不出是光头。他就把画图卷一卷,连头发一并用纸包好,放在一只描金匣子里面,封锁停当,预备交与姊姊,将来归还梦蛟,好知道爹娘的遗物,宛似与双亲聚首一般。还有他亲娘自做的衣服两箱,一齐交出。上楼收拾完了,方在墙壁上题了四句诗。又恐怕姊姊拦阻,回身取了几两银子,藏在怀中,作为盘费。然后拿了箱匣,匆匆走上东楼,叫声“姊姊”道“我有几件东西,托你收藏好了。这两箱衣服,是我妻做给孩儿穿的,一岁到七岁都在里面。那一只封锁的匣子,不知放着什么物件,临别时嘱咐我,极关重要,将来付与孩儿观看便了。”说到其间,眼泪扑簌簌掉将下来。许大娘道:“我看你悲哀过甚,哭得两眼都肿了。怪也怪不得兄弟,我做姊姊的尚且抛撇不下,常常悲痛,何况你三年恩爱的夫妻,怎能一旦抛却呢?但是哭也无益的了。我好比泥人劝着木人,劝你以后宽怀些罢!”许仙颤声应了一声“是”,又叫一声“姊姊,我去了!”大娘还算机警，忙问："你要到那里去？"许仙并不露马脚，回说到街坊上去闲步散闷，就要回来的。大娘听他说得是，也就放他走了。

此时许仙含着眼泪，走出门来，要到西湖拜别姣妻。行至雷峰宝塔相近，移步上山，仔细认了一认，正是此间。他就放声大哭，跪倒在地，哭叫贤妻，自怨"误听人言，弄出是非，害得妻离子散。我本欲一死相从，只为临别时听你吩咐，故此偷生在世。如今我已剪发为僧，愿在深山静处栖身。还望你怜念我思妻一念，休恨做夫的薄情，暗中保佑我无灾无难，得遇名师，唤醒迷途。得使他年有相逢之日，好与贤妻分诉离情，我愿已足了！"说罢，抽身起立，一径如飞而去。此刻半像痴来半像呆，不分南北东西，逢人便问名山何处。后来有人指引到云栖去，就此披剃做了和尚，无非拜佛诵经。三年之后，出游到金山寺，遇见法海，说明因果，待到十九年，才会亲生子，不须先表，按过一边。

仍旧回转身来，再说许仙出走的那一天，太阳已将西下，家中不见他回来，陈彪命人分头寻觅。好几日不见踪迹，毫无着落，忙进去告诉大娘。大娘道："前天兄弟只说街坊上闲步散闷而去。看他愁容满面，半像痴呆，只怕寻了短见，也未可知。"陈彪道："我且与你到他房中，看看光景，可有形迹没有？"大娘点头称是。便一同来到西楼上面，看了一回。陈彪见墙上题的诗句，就念与大娘听道："妻亡子在绝红尘，并与凡人不是亲。禀告同胞休挂念，禅林深处去修真。"大娘道："照诗上说来，我兄弟已去做和尚了。"陈彪道："怪不得没处追寻了。只好慢慢察访的了。"大娘越发心中悲苦，想"兄弟已看破红尘，把这千斤重担，要我一人挑着，眼看兴旺的门庭，霎时冰消瓦解，好不痛心。如今没有别法，只得把西楼封锁，待儿成人长大，重振家声，方不负我抚养一番心血！"

当下从西楼回来，陈彪见他心头烦恼，常用好言劝慰。从此大娘渐渐舒放愁肠，尽心抚养梦蛟，比亲生的尤加几倍。数年以来，却喜无灾无晦，光阴迅速，好似飞一般的过去。看看梦蛟已有七岁了，生得品格轩昂，相貌出众。陈彪夫妇商量要延师教授。况且遗下薄薄家财，足敷应用；梦蛟又聪俊异常，可以读书赴考。将来倘得功名成就，岂不光耀许氏门庭？大娘把这意思说出，陈彪大为赞成，便说：“我也久有此心。我早已访得一位姓张的儒生，他的品行端方，学问渊博，就住在我家左近。暂缓数天，便送他上学便了。”

夫妻商议已定，拣选了吉日，先行通知了张先生。然后到了这一天，陈彪亲送梦蛟去上学攻书。朝夕往来，绝无间断。年虽幼小，天天在书馆中勤读，不贪游戏，只爱读书。而且聪明绝顶，过目不忘。原来天上文曲星官转世，和那常人不同的！不但陈彪夫妇十分欢喜，就是馆里这位张先生，也很爱护，另眼看待着他，反招了同学们的妒忌。

那日张先生有事出去了，一堂学生，好似老鼠不见了猫，就大大的放肆起来。有的捉七子，有的摸四方，有的串戏法，有的说笑话。惟有许梦蛟动也不动，看也不看，只顾读他的书。这一来，更叫同学们注目。内中有两个学生，一个叫周文信，一个叫卫奇官，文信是生徒中的魁首，生性刁滑，善说笑话，最妒忌许梦蛟，有心要毁谤他。还未曾过来开口，那个卫奇官却先到梦蛟跟前说道：“我和你来豁蛀虫蛀杀老土地罢！”梦蛟道：“卫世兄，我是不会的。”奇官道：“那么，围六局，或是变戏法，你道好不好？”梦蛟也回说不懂。奇官道：“这也不会，那也不懂，难道你只晓得读书么？”此时周文信趁势过来插嘴道：“卫奇官，你还不知道他的来历么？他不是人养出来的人，自然不会游戏了。”奇官道：“不是人养的，倒是石头里生出来的么？”文信道：“你既不知道底细，我来对你说了罢！”

不知周文信说出甚么话来，毁谤梦蛟，且看下回分解。

第四十五回 哭　塔

却说许梦蛟在馆中读书,因为陈彪夫妇把前事隐瞒,暂且改姓为陈,梦蛟还未知道。所以周文信有心要说笑他,对着卫奇官说道:“你不晓得么?陈世兄的娘,是个蛇精呀!”梦蛟道:“周世兄,为怎么这般出口伤人!为人在世,那个没有父母?我的母亲是蛇,你的母亲也不是人了!”周文信道:“原来陈世兄一向还在梦里不成?你叫梦蛟,现在的不是你亲生父母,是你的姑爹姑母呢。你亲爹名叫许汉文,你亲娘是个白蛇精,养了你刚及满月,就被那和尚拐去了。还有多少说话,我也不对你讲了。”梦蛟听他说得有头有脑,不像捏造出来的,不觉吃了一惊,暗想:“我母亲好好住在家里,怎生就是妖精?但他的言语讲来确实,我且回家去问母亲,倘属虚伪,再和他理论未迟。”因此伤心下泪,拿了书包,就此一路归家,奔到里面,双脚乱跳,哭叫:“母亲在那里?”

要知梦蛟为什么叫许氏大娘为母亲呢?原来彼时托孤的时节,梦蛟只得满月婴儿,尚不知人事。许大娘将他抚养,直到今年七岁,还将他父母的细情,隐瞒未露。所以认作姑母为母,姑爹为父,如何得知此中委曲!

那时啼啼哭哭,见了大娘,哭诉道:“阿呀,母亲吓。今日孩儿真要羞死了!”许大娘问他:“何故这般模样?你且好好的说与为娘知晓。”梦蛟道:“孩儿今天到了学堂,先生出门会友去了,一班同学,都好游戏,独有孩儿依旧勤读,不肯和他们胡闹。那时有个同学叫做周文信的,自将言语毁骂我爹娘,我好恨呀!”许大娘道:“周文信怎样说你?你且说来。”梦蛟道:“他说孩儿本是姓许,母亲是个妖怪。说我母亲被那僧人拐去,父亲也早已远往他乡去了。我说母亲现在家中,他说现在母亲是你的母姑。孩儿听了这话,好生骇异。我又有甚面目,再在书房诵读呢?故此拿了书本回家,望母亲还我亲娘。”大娘道:“你休听旁人胡言乱语！儿本是陈姓亲生之子,这话当不得真的。你应该坐在书房,等候先生回来,把这话告诉他,自然先生要处置他们了。”梦蛟道:“他说得孩儿置身无地,非寻常戏言可比！道我不是陈家骨血,与堂上爹娘是两姓的,故而不及等候先生,我便回来了。因想此话定有来历,到底姓陈还是姓许,生我的亲娘在那里,请母亲说明了罢!”嘴里说着,身子跪倒在娘怀里,啼哭不休。

许大娘因他年纪尚小,告诉他也是无益,恐他反要分心,思念亲生母亲,虽见他这般形景,也不免淌下泪来。但此时未便说明,只好硬着肚肠,仍旧逼令他再到书房。怎奈梦蛟执意不肯,哭得死去还魂,无休无歇,定要母亲说出根由,“若再隐瞒,受同学们的羞辱,情愿悬梁自尽。”许大娘道:“你乃孩子家,不可执之一见。爹娘现在这里,何须再问？怎说另有爹娘？我只恨这个周文信,捏造谎言,没来由凭空骗你这孩子呢!”梦蛟道:“那个周文信,不是孩儿的对头,倒是孩儿的恩人,怎好恨他?”许大娘道:“别人家的父母,也能谎说,如何倒是恩人?”梦蛟道:“他若不说,叫孩儿那里知道?”许大娘道:“既如此,你去问周文信就是了。”梦蛟道:“母亲尚不实说,怎叫孩儿去问别人呢？我劝母亲不必隐瞒,究竟亲生父母,现在何方,还请母亲快快说明,好待孩儿认这么一认。”许大娘不接他的话,故意问道:“学堂里你执意不去么？书也不要去读了么?”梦蛟道:“书是要读的,只要快些还我亲娘来。”许大娘道:“难道我不是你的亲娘么?”梦蛟道:“你是我的姑母呢!”许大娘听了,假作怒冲冲的说道:“畜生,敢在我跟前这等大胆放肆么!”立起身来,在桌上取了戒方,又骂道:“畜生你听信谗言,回家与我淘气。我就打死你这无知畜生,料也不妨!”梦蛟并不畏惧,甘心打死,只求“还我妖怪亲娘,和那姓许的亲爹,现在到何处去了。”跪在地上哀哀痛哭。

大娘看了,也是悲伤,要打也打不下去。“看来瞒不过的了,我就将始末根由,与他讲明了罢!”便把戒方放下,说道:“儿不要误会我意。我因你年纪尚小,暂且隐瞒过去,欲待你长大成人,自然要对你讲明了。如今被人说破,你又执意要问,我也不得不说了。但是说将出来,好不令人心痛呢!”此时梦蛟停止了哭,静听母言。大娘叫他起身站立一旁,先说“你父亲姓许名仙号汉文”,与自己是同家姊弟,然后说如何在湖塘遇见你亲娘白氏,成亲以后,因赠银是赃物,徒配苏州;如何重与汝母相见,在苏开张药店,到了端阳,现出原形,把你父亲吓死,幸得你亲娘盗得仙草,救活还阳的;如何昆山治病,顾公子来苏酬谢,正值中秋赛宝,见了三件宝物,说是你父亲偷盗的,告到当官,幸蒙昭雪,方始来到镇江。说到这里,欲待不说下去,怕他听了伤心。梦蛟却定要根究此事,大娘只得继续说出,说你的亲娘,如何先到镇江开店,再与你父相逢,不料金山寺有个法海和尚,募化檀香塑佛,你父独助成功,被他款留住了,你亲娘上山取讨不成,和那法海斗法,水漫金山,激成大祸,你亲娘逃到此间,又得与你父相会,投奔我家,他腹中已有了你,数月后你方产下,刚及满月,法海又找寻你父,就把亲娘收在钵中,现出小小一条蛇形,镇压在雷峰塔下。从头至尾详细说了一遍。若照原书弹唱起来,足有一大篇。是从前经过的事实,说了又说,岂不惹厌?所以大加修削,只说道几句,就算数了。

大娘说到他亲娘合钵一段,泪下如雨,捧住了孩儿,双足乱顿,苦塞咽喉。梦蛟也是滔滔泪下,叫声“母亲”,道:“但不知我亲爹现在那里?”大娘道:“你父亲一去七年,毫无音信。临行时有遗迹留在楼房,你且随我去看来。”梦蛟点头应是。大娘便手携孩儿,来到内房,开了一只描金匣子,取出许仙剪下的头发,和一幅真容画图,给他观看。并说道:“这是你爹爹为你亲娘受难之后,剪下的头发,画就的真容。遗留在此,他就不别而行,连音信也不通了。”梦蛟见了亲爹的头发,亲娘的真容,虽知道亲娘在雷峰塔底,却不知亲爹现在何处,不禁大哭悲伤。心头痛切,一时昏晕了过去。慌得大娘捏人中,唤孩儿。渐渐苏醒,叫“爹娘”,道:“想我梦蛟枉做男儿,已有七岁,到今日方知始末。恨只恨法海这狗秃驴,造孽人家,罪难宽恕!我有朝一日遇见了你,定要斩下你的头颅,方雪我恨!只是我虽见遗容,图画究属虚空,我想到西湖上去,寻见亲娘,才得放心。”说至此,拔脚就走,只叫声“母亲,孩儿就此去了!”大娘不防他这一来,忙叫“我儿年纪尚小,去不得的!”那里还能够唤得住?人小脚快,早已如飞的出门而去。急得许大娘没有法子,先命人追寻了一回,并无踪迹,只得去报告大爷知道。

陈彪闻信,却巧县衙中公事方毕,慌忙回到家来。见娘子着急下泪,急问梦蛟儿为了何事,走出门去的。大娘细诉情由,陈彪听了上项的话,便道:"这等看起来,他已不在城内了。你且不用悲伤,待我亲自到西湖上去,包管寻得孩儿回来。"说罢便行,一径向西湖方面赶去。我且慢讲。

再说梦蛟才得七岁,怎知西湖在那里?只因寻亲心切,一路逢人便问,打听雷峰塔在何处。自有人指引路径,一直向前行去。见雷峰塔已近面前,他就走上山坡,高叫:"亲娘在那里?孩儿梦蛟在此,快快出来呀!"走一步,叫一声。就是铁石人听了,也要下泪。好容易走上山坡,已到雷峰塔边,他便双膝跪地哭叫"亲娘"道:"你生下孩儿七岁,一向如在梦中,那知道亲娘这般的苦楚!直至今日才得梦醒,特地赶来拜见亲娘。为什么儿叫亲娘,亲娘竟不答应一声?难道亲娘不曾听得,不知道孩儿在此么?如果知道我孩儿,为什么不出来见见,好叫孩儿安心呢?阿呀亲娘呀,想孩儿劬劳未报,枉为男子,生存在世。亲娘休怪孩儿来得不早,实因向来并不知闻。孩儿今以后誓不归家,情愿陪伴亲娘,过此一生的了。怎奈空费找寻,亲娘仍未见面,倒不如撞死山坡,到地下去找访亲娘罢!"

梦蛟越哭越苦,咬紧关,正要在山坡上撞死。幸亏陈彪气吁吁的跑到塔边,嘴里连说"好了好了,在这里了",叫声"梦蛟",道:"你竟独自一人到此,可晓得亲娘在那里?"梦蛟道:"在这宝塔底下。"陈彪道:"小小年纪,知道甚么!既知在塔底下,怎能看见?快快同我回去。"梦蛟道:"孩儿是不回去的了。"陈彪道:"你不回去,住在此做甚么?"梦蛟道:"孩儿要见了亲娘,和他一同回去的。"陈彪佯怒道:"你这无知的孩子,益发痴了!这样性儿,怎生是好!此刻劝你不听,执之一见,不肯回去,在此啼哭,有甚益处?家内母亲虽不是亲生,也抚养到今七岁,一番心血,如今害他十分悲苦,十分着急,又累我寻到此间,吁吁气喘。你自己仔细想想,只怕你心上也过不去。况且天色晚下来了,还不快快同我回去么?"梦蛟见陈彪有些动怒,并且听了这几句话，心中暗暗思想，却是不差，便回心转意道："孩儿愿同爹爹回去了。明天再要来的呢！"陈彪含糊应允。梦蛟重又跪倒尘埃，拜别亲娘，泪下成行。陈彪将他搀起，叫声"我儿，待我抱你回去！"梦蛟道："孩儿还能走得。"嘴里虽是这般说，其实已经乏力，勉强跟着陈彪行走。三回五次，叫着"亲娘"，真可称得世间罕有的孝子。

到得家中，天已薄暮。陈彪带着梦蛟进房，埋怨大娘道："这都是你不好，险些儿弄出大事来了！"大娘道："这原是我不好。如今不必说了。"又回头对梦蛟道："儿吓，你怎么这等胆大，独自走了出去，害我心头着急异常。以后不可如此！若说张家书馆中，谅你也不肯再去的了。明天待你爹爹访个名师，请到家中教读。你须要格外用心，日后得能上进，也使我不负你亲娘一番托孤呢！"陈彪道："你母亲的话，句句金玉，须要依从才是。何况你是许氏一脉单传呢？"梦蛟道："孩儿谨遵爹爹母亲训示，再不敢胡乱行为。将来倘能读书成名，侥幸博得一官半职，孩儿不是忘恩负义之徒，总要报答抚养深恩的。"陈彪又嘱咐他不可把思亲之苦，常挂在心。梦蛟口虽答应，心中放不下悲苦，急成一病，绵延多日；后得名医诊治，转危为安，陈彪夫妇才得安心。辞去了那位张瑞和先生，另请名师教读，不须细表。

如今却要说小青了。小青虽是个妖怪，也曾修到数百年，能知人事，与白氏意气相投，主婢相称。自从娘娘合钵后那日便逃走到玄山风洞，修炼飞刀，要替娘娘报仇。

不知小青炼就了飞刀，可曾去找寻法海，雪此仇恨与否，且看下回分解。

第四十六回　收　　青

却说小青在北玄山黑风洞中，坐了十四年，修炼飞刀，一定要替白氏娘娘报仇。那一天尘缘忽起，移步下山，想起“法海妖僧，仇还未报，当日娘娘被他欺侮，合在钵中，收镇雷峰，至今未脱此难。我不如驾云前往南方，探视一遭。”他自仗法力高强，炼成了九把飞刀，无人能及，定可斩此秃驴。所以定了主意，一径向南方而来。不料这番举动，早被法海知晓。毕竟法海已归人道，修成正果，殊非等闲可比。他仗着佛法无边，前番收了白妖，镇压雷峰塔下，却逃走了青蛇，知他避往北玄山，已有一十四年。这天法海忽然心血来潮，算得他尘心已动，不日来要与我缠绕。便带了白玉瓶，准备收镇青妖。因此借住在灵隐寺中，布下了天罗地网，管叫他自来送死便了。等候了多日，却不见他招寻到此，我不如迎上前去，收服此妖，完了这一段公案。当即走出山门，向前缓缓而行。早望见前边烟雾迷漫，凄风飒飒，迎面吹来，不知为了什么，书中暂且慢表。

再说小青自北向南，来到杭州，落下妖云，正在雷峰塔前。他便双膝跪下，叫声“娘娘，我小青在此。自别到今一十四载，那一天不想念你！追思前事，怎不痛心！我几番劝你回山，修炼玄功，你却要报他救命之恩，千辛万苦，并无怨言，还要替许氏传宗接代。那时产下官人，我又劝过你一次，你又说等他到了满月，方可告别归山。那知道大难临身，仙官听信法海谗言，忍心把钵盂合在你头上，好比鱼入网中，难以逃脱。此时夫妻分别，说不尽千般痛苦，还撇不下小小婴孩。我却愤恨已极，要吃仙官和法海，怎奈你扯住了我，不许我在此放肆，叫我逃生保全性命。我只得离了许家，隐避在黑风洞内，修炼飞刀。故此十四年用尽苦工，一心要找寻法海，斩断雷峰，一雪此恨。只不知这几句话，你可在塔中听得么？”

其实娘娘早已听得，现在假作耳聋，心中也转着念头，暗暗说：

"小青呀小青,你虽待我不差,谁知你今日大难临头,不能逃遁!我若对你说明,又恐泄漏天机,反增罪孽。只好硬了心肠,各顾自己的了!"所以任凭小青诉说,寂然不发一声。小青那里知道内中的情由,又叫声"娘娘"道:"你平日与我声应气求,为什么今日寂寂无声?若要和我小青见面,须在里面帮我一帮。"说罢起身,用他的法力,把那宝塔摇上几摇,那知动也不动。他还道古塔造的坚牢,想不到佛法高深,怎能破得!好比蜻蜓撼石柱一般。急得小青十分暴躁,柳眉倒竖,怒气冲霄,暗说:"我小青变化无穷,难道这小小塔儿,就推不倒了么?"既而一想:"我何必空费气力?倒不如变出火来,烧去了罢!"所以有人说火烧雷峰塔,并不是白状元烧的,实在是小青烧的。原来雷峰塔是一座玲珑宝塔,四围都有彩画栏杆,和从前的虎邱塔,现在的北寺塔一样,却被小青当时烧过,变成了一座光塔。曾经到过杭州的人,想必见过的。因为此塔传到民国手里,索性完全坍倒了;还亏得近代有摄影机,留下几张照片,后人还可以相见雷峰夕照的遗影呢。

数言表过。仍说小青作法,放起一把火来,顷刻间烟雾冲霄,火焰高逾千丈;妖风煽动,势更猛烈。早惊动了湖塘上许多的人,仰着头远远观望。都说雷峰塔失了火哩!这一来,足见小青莽撞得很。幸喜雷峰塔不曾烧坍,如果烧坍了,只怕娘娘也要烧死了。

小青正当用火烧塔,却来了法海禅师喝声:"逆畜,休得无礼!胆敢用妖法烧塔么!"手里举起拂尘,展了几展,那阵妖风已定。立即走上山坡,大骂道:"小青逆畜,你不思漏网一十四年,我因好生之德,前番任你逃遁,不来追寻。今日你又到此间,擅使妖法烧塔,作此大孽么?"小青正在那里烧得高兴,听得有人高声喝骂,回头一看,见是法海,不觉怒从心上起,恶向胆边生!骂道:"秃驴!我正在寻你,你倒自来送死么!"法海道:"我今特来收你。早早俯首皈依,还可稍赎前愆!你可知道白蛇比你的功行高大,尚且收埋塔底,何况是你?"小青道:"秃驴休得多言,看我的法宝来了!"手起一把飞刀,向法海顶上砍下。金光一道,飞在半空。法海抬头一看,念一声"阿弥陀佛",就将莲花禅杖向上一撩,早拨入西湖水中。小青见他破了法,又飞起一把刀来,照样无效。他便一时性发,将七把飞刀尽行祭起。虽然利害,怎及得法海的佛力!禅杖向空一连几拨,竟把十四年修炼的工夫,尽归流水。

此时小青计穷力竭,只得现出原形,好大一条青蛇!眼似铜铃,齿如利刃,扑将过来。法海却不慌不忙,在怀中取出白玉净瓶。真是佛家宝物,金光闪闪,直透九霄!小青见了,要想逃遁,那知天罗地网,早已密布!宝瓶的光芒,将他照定,小青怎能逃得脱身!便把头摇了一摇,蛇身渐渐缩小,对着瓶中钻进去了。法海收了小青,正欲抽身下山,闻得香风阵阵,瑞气腾腾。举目一看,却来了南海大士观音菩萨,善才龙女侍立两旁。降下祥云,开言问道:“法海,你在此做甚么?”法海稽首答道:“启上菩萨,弟子收了白妖,不意青妖又来作怪,故而在此收除。”菩萨道:“如今青妖在那里?”法海不敢朦蔽便说:“现在瓶中。”双手将瓶呈上。菩萨接过宝瓶一看,不觉又起慈悲之念,便道:“你今除了二妖,那白氏皈依正道,功成满足,待他贵子出仕,自可超升。那青妖目下虽已收伏,日后恐生他患。此瓶待我带去,可无他虑。你自去罢!”法海不敢不遵,就此拜别了菩萨,回转金山不提。菩萨也驾起祥云,带瓶回南海去了。小青在瓶内安心修道,且待他功成脱难,书中再行提及。这一节,归结小青,原本就算一回。似嫌篇幅太短,因此将下回“逼试”并入内。

又要说起许梦蛟了。梦蛟自从七岁上学攻书,直至如今,不觉又是十二年了。回想父亲离家远去,已有十九个年头,杳无音信。母亲白氏被法海所害,埋身塔底。因此他时时想念双亲,心灰意懒无意功名。虽去年身入泮宫,也是无心插柳柳成阴,再不想飞黄腾达的了。“抱恨终天,百身莫赎,就是做了高官,有什么荣幸呢?”那日正想到伤心下泪的时候,许大娘推门走入,梦蛟起身叫应母亲,然后彼此坐下。许大娘道:“目前会试在即,你应当打点进京,以图上进才是。”

原来元朝向来不考举人,秀才一直进京会试,所以大娘有这几句话。梦蛟听了,一声也不答,双眉紧锁,坐在一边。大娘又道:“我见你说起功名两字,脸上顿有愁色,却不知为了何事?况你年已成了,难道读了书不想登科的么?”梦蛟道:“不是孩儿不想功名富贵,不想耀祖荣宗。只因思念双亲,此心如醉,还贪图什么金榜题名呢?”大娘道:“你说那里话来!想你父亲幼失爹娘,一无所靠,也是我将他料理照管。后来娶你母亲,成为夫妇,生下你来,传流许氏宗祧。虽然不在眼前,你可知道那十九年来,怎得过去?也是我费尽心机,终有今日。想我抚养着你,哺乳三年,也可算得母亲。我的说话,也该略听几句。为什么全然不顾,这样的执拗成性呢?幸喜你青年已入学门,还指望你名题雁塔,价重龙门。谁知你不愿身入宦途,岂不是寒窗勤读,枉费工夫么?”梦蛟道:“孩儿并非不听母言。只因亲生爹娘不在眼前,故而这样的。”大娘道:“我也不来怪你。不过我还有一说:彼时不读书、不上学,倒也罢了,也可做些生涯,把持家业,生男养女,过此一生,原不必妄想了。如今你身入泮宫,青云有路。你若还不想功名,苗而不秀,一世做个秀才,辜负我多年抚养,不伶不俐,虚度光阴。知道你根底的,尚可原谅,只怕不知道的,背后讥笑你无才无识哩!”

许大娘这几句话,竟把许梦蛟提醒了:“此时我若不想做官,一来要被同庠文生讥笑,二来自己亏得姑母抚养长大,难道一生靠着姑母养老不成?如此一想,实在我太觉拘执不通了。”忙说道:“母亲言言金玉,使孩儿茅塞顿开。从今以后,决不负母亲训示,用功读书便了。”大娘听他回心转意,称赞道:“若得如此,不枉我一番心血,把你抚养成人。也叫旁人敬重我了!但如今正逢大比之年,开科取士,你应该整备进京赴试了。”梦蛟道:“若说赴试入围,却不是孩儿夸口,功名犹如拾芥一般。”

许大娘闻言大喜,来到外面对丈夫说了。陈彪也很快活,连忙拣选了吉日,整备行李,打发他起身。梦蛟禀告堂上,要到雷峰塔去走一遭。当即单身来至雷峰塔下,见此塔已与从前大不相同,惨然无色,已变了塔儿的形状,竟有些不认识的。幸向旁人盘问,方知火烧的情由,心里愈加悲痛。便在塔前跪倒,诉说进京赶考一事,特来拜别亲娘。拜罢抽身回去,不必细表。

到了下一天,收拾停当,船只早已雇定,行李发下,陈彪夫妻相送梦蛟,吩咐了几句说话,梦蛟就此拜别。许大娘又叮嘱他路上要格外小心,保重身体,洒了几点别离的眼泪。陈彪也道:“我夫妇二人全靠着你。若得状元及第归来,我就退除差役,不到县衙了。望你一路平安,不必记挂我二人。”梦蛟唯唯应命。陈彪又唤进童过来,吩咐道:“大相公不曾出过远门,路上须要你小心服事,回来重重有赏!”进童应了一声“是”,便说:“大相公下船罢。”梦蛟辞别向外,许大娘送到堂前。陈彪却陪到船边,看梦蛟踏跳登舟,船家解缆开船,方始回转家中,毋烦细述。

只说许梦蛟离家远行,身坐舟中,寂寞无聊,惟下思亲之泪。幸得天助顺风,一路挂着风帆,滔滔前进。那天进了江南地界,到了姑苏,看不尽青山绿水的风景。又过几日,行抵镇江,舟船将近金山脚下,船家走入舱中,说“这里是金山寺,称为名胜之区,大相公可要上去游览?”梦蛟听说到了金山,触动了往日心事,便道:“我要上去的。”船家答应退出,就把船摇到那边来。梦蛟走出舱门,抬头向金山一望,心中十分痛恨,暗骂“法海秃驴!我与你不共戴天!如今顺路到此,我要认认他怎样一个凶恶的和尚!”

腹中一路寻思,船已到了,傍岸停泊。梦蛟回身换过衣巾,飘然上岸,观看山景。只见寺院巍峨,非寻常庙宇可比。两旁排列着合抱的松柏,东西围绕着曲折的石栏杆;一对青狮,分开左右;正中朱漆山门,上悬金字匾额,写着“江南第一山”。进得寺门,又见佛像森严,炉香缭绕。从石砌的甬道上了月台,便是大雄宝殿。一排长窗开着,走出一个小沙弥来。梦蛟便上前去动问。

不知可会遇见法海,是否与父亲相会,且看下回分解。

第四十七回　见　　父

却说许梦蛟进京赶考,路过金山,想起前事,当即将舟船停泊,上岸来到寺中。行近大雄宝殿,见一沙弥走出,问道:“相公是烧香呢,还是随喜?”梦蛟道:“都不是的。我要见法海和尚,可在这里么?”沙弥道:“我寺中并没有法海和尚的。”梦蛟道:“他是主持方丈僧,怎说没有?”沙弥道:“若说方丈和尚,有三年一换的,也有五年一换的,那有常住此间的道理?”梦蛟道:“如今往那里去了?”沙弥道:“出家人好比闲云野鹤,各处游行,那有一定的地方?况且我初到寺中,连人都没有见过呢!”梦蛟道:“既如此,相烦你进去,请一个年老的僧人出来,待我问他。”沙弥答应,去不多时,换了一个五十多岁的和尚出来。梦蛟便问:“法海和尚在此么?”那僧人听了,微笑道:“相公这句话问得奇了。法海禅师不是凡人,乃是上方活佛,十九年前,会到此间,收妖灭怪。以后又来过两次,近时却并不在山。”梦蛟一听,心中早已省悟。正欲辞别向外,被那僧人握住了手,挽留道:“相公既到此间,暂请到客堂少坐用茶。”梦蛟见他殷勤款待,同到客堂坐下。小沙弥送过香茗。方谈了几句浮文,外面又走进一个和尚。

你道这和尚是那一个?便是许仙。从云栖披剃后,云游至金山,与法海会过一次,就在此间修道。当年法海曾说十九年后,定然贵子相逢;到了二十年外,妻房白氏也得罪满飞升。因此他常挂心头。那日听得客堂有人说话,出来探视,见是一位文生相公,和本寺知客僧叙谈,他就踱步进来。知客僧因有他事,便让他去招待客人,告退出外去了。许仙即上前问讯,梦蛟也起身还礼。对面坐定下来,许仙先开言道:“请问相公高姓大名,府居何处?到此荒山,有何贵干?”梦蛟道:“姓许名梦蛟,家住杭州钱塘。特地来到宝山,一来瞻仰佛像,二来拜谒大师,三来欲与法海和尚一会,谁知又不在宝山了。”许仙道:“是的,不在山上多年了。”梦蛟道:“请问大师法号。”许仙道:“贫僧名叫道宗。”

两下问答的时候,许仙心里暗暗思量,这个杭州许梦蛟,好像我的儿子来由,却不认识儿子的面目。因为许仙出门的时候,儿子刚才满月,所以梦蛟也不认识父亲的相貌。虽家里画有许仙的形像,不过略略相似罢了。并且此时已有三绺长须,年在四十以外,面色苍苍,不比画图上的后生气象。更兼他是出家人打扮,怪不得对面不能相认。但许仙见梦蛟形容,与那白氏仿佛,又听得“许梦蛟”三字,提醒彼时法海之言,故而一双眼睛,只向梦蛟注视。不敢相认,心里却踌躇不决,面起愁容。梦蛟察言观色,便有些疑惑起来,重又开言问道:“近来法海和尚可曾来过?”许仙道:“数年前我也会过。如今久不到此。相公何以问及?”梦蛟道:“我与他是旧交,故此特来相访。”许仙道:“请问贵府钱塘县,有一个叫陈彪的,相公可认得否?”梦蛟定睛对道宗一看,因他问到陈彪姓名,问得太奇怪了,便说:“大师所问的,可是钱塘县中充当差役的陈彪么?”许仙点头称是。梦蛟道:“不知大师何以问及?”许仙道:“若说陈彪,我和他是郎舅至亲。”梦蛟道:“请问大师俗姓?”许仙道:“俗姓许,别号汉文,家住钱塘门内。”梦蛟听得“许汉文”三字,将身站起,心内惊惶,忙问“大师未出家时,作何贵业?”许仙道:“我的生业,是开张药店。”一边即问药店是何堂名,他便说名叫保和堂。一边又问何故出家,他却摇头不答。一边越问越急,再问他离家已有几时,可会有信息回去,家中还有何人。一连三句,许仙方答道:“我离家一十九年,并无信息回去,家里只有我姊丈经营。”梦蛟至此,始问道:“大师在俗时可有家眷么?”许仙道:“有的。白氏是我的妻房。”梦蛟道:“既有家眷,为什么要披剃呢?”许仙道:“说来话长。我是个出家人,未便在这里谈讲,请相公到里面静室禅房少坐,待我细剖衷肠便了。”梦蛟连称“使得”。

于是一僧一客,携手进了静室禅房,回身闭上了门,方始坐下开谈。许仙道:“说来你莫见笑,贫僧在俗时,原是平等出身,那年我因扫墓回来,在湖塘游玩,忽然遇见两个女子,一女叫白素贞,旁侧跟随的使女,唤做小青,也在那里游春玩景。偏是天不做美,下起雨来。那时我急欲归家,买舟而返。我可怜他主婢二人,求舟不得,允许他搭船同行。白氏顿时有意于我，留到他家中面议婚事，当晚成亲。”

梦蛟问：“以后便怎样呢？”许仙续说道：“以后就发生祸事来了。只因白氏赠我两锭元宝，却是钱塘县的库银，路遇公差，将我拿住，解到当堂审讯，我只得供出妻房，立刻命差役拿住白氏。那知主婢双双各显神通逃遁，故此众人纷纷议论，都说他们是妖怪了。幸得县官超豁，办了个真赃假盗的罪名，徒配姑苏，又与白氏相见，开张药店。不料重遭屈事，迁徙镇江。金山法海和尚到来募化，我竟一时心粗，不该独助檀香，因此又害及我妻呢！”

梦蛟复问：“因何被害的？”许仙道：“我独助檀香，装塑大士佛像，原为一家祈福。到了开光那天，我上山拈香还愿，法海将我留住，说我妻不是人类，乃是个妖怪。我妻上山来搜我，两下里大动干戈，水漫金山。原是我妻不好，淹死了千万生灵，造成罪孽。后来夫妻又在杭州相会，就寄居在姊丈家中了。”

梦蛟道：“照大师这般说，令正到底是怪是人？”许仙道：“初时我也难分皂白，将信将疑。产下孩儿，才及一月，那法海又来了，托着一个紫金钵盂，叫我拿进房中。说也凄惨得很，这金钵一见我妻，就飞到他头上去，一声响亮，便不见形影了。我向钵盂内一看，微现原形，只有三四寸长，方知他实是妖魔。收镇雷峰塔底。从此家庭萧索，生趣全无。我就看破红尘，抛撇孩儿出门，在云栖披剃为僧，云游来到金山，已住十余年了。

梦蛟道：“不知令郎叫什么名字？”许仙不便直言，说道：“若说名字，又恐惹了相公气恼，还是不说的好。”梦蛟道：“但说何妨？”许仙道：“却与尊名一般无二。”梦蛟道：“在于何处？”许仙道：“彼时寄托与胞姊的。许氏宗祧只有这小小孩儿了。”梦蛟听得话儿，完全吻合心里，十分悲痛，泪下如雨。大叫一声“爹爹”，将身站起，扑将过来，说道：“如此说来，是我爹爹了！”许仙忙道：“相公请起，不要错认了呀！”梦蛟道：“阿呀爹爹，孩儿梦蛟在此！”许仙道：“住了。你既是我孩儿，可有什么凭证？”梦蛟道：“怎么没有？姑母许氏，姑丈陈彪，多蒙姑母抚养，孩儿七岁，上学攻书，被同学说笑，归家盘问姑母，方知爹娘始末根由。还有爹爹留下的头发，母亲的遗容。并且孩儿也到过雷峰塔的。”

许仙点头道:“照你这般说,果然是我孩儿了! 你全仗姑母抚养成人,但不知你读书可能巴图上进么?”梦蛟道:“孩儿幸叨福庇,已入泮宫。只因思念双亲,情怀抑郁,心神不定,百结愁肠,惟有观看遗物,借此消遣罢了。如今辞别姑母,要往京城应试,顺路访寻到此。天赐我金山父子相逢呢!”许仙道:“我记得那年出门的时候,你还是个满月婴儿。继而想念及你,你却靠着姑母抚养,可保无虑。所以我放下此心,把各事一齐付与东流了。难得你少年已得成名,这都是你姑母血汗的功劳呢!”梦蛟道:“不知爹爹离乡一十九年,苦况若何?”许仙道:“为父的倒也逍遥自在,看得万事皆灰,粗茶淡饭,滋味更长。今日梦想不到,天赐父子奇逢! 但愿你此去京师,名题雁塔,身到凤池,也是许门有幸。就是为父在此,心中也觉欢喜。”梦蛟道:“孩儿倘得功名有望,还要进表朝廷,替我母亲讨个封赠旌奖。就是爹爹也须留发归家,待孩儿晨昏侍奉才是。”许仙道:“为父既已出家,还俗这句话,你且休谈。若要我回来,除非佛祖有法旨下来,得与你母亲重聚一处,我是决不归家的了。”这几句话,虽是我读书的点缀出来,未免有些画蛇添足。但其中也有意思,实为《后白蛇传》,留下这转圆的余地呢!

闲话少表,只说当时梦蛟听得父亲拒绝归家,便道:“爹爹不肯归俗,孩儿也不回去了。父作僧人,儿在家内,何必再去求干功名呢?况且伴君如伴虎狼,倒不如也出了家,常在此陪伴爹爹罢!”许仙道:“这是断然使不得的。当初你母亲因恐许氏香烟中绝,所以堕落红尘,受尽许氏多少痛苦! 幸得生下了你,才得宗祧有靠。若是你跟了为父出家,岂不是绝了后嗣,罪仍归于父母么?”梦蛟道:“爹爹训教得极是,孩儿怎敢不遵? 只是心上如何过意得去?”许仙道:“此事不必说了。我且问你,你今番进京,是单身呢,还是有伴同行的?”梦蛟道:“孩儿只带一个小使进童,现在舟中。”许仙又问道:“姑丈姑母在家,身子可安好否?”梦蛟道:“姑丈姑母平安无恙,惟有姑母时刻思念爹爹母亲,常怀不悦,有时垂下泪来。孩儿自幼至今,全亏姑母嘘寒问暖,比着亲生的妹子碧莲,越加宠爱。”许仙听了,心中很感激姊姊，叫声："儿呀！只要你功名成就，须要报答姑母抚养的恩德，休得忘了！"梦蛟唯唯应"是"。许仙又道："我本想留你暂住两日，怎奈场期已近；而且路途遥远，未便耽搁。你可作速进京，恐误了场期，反为不美。"梦蛟道："谨遵严命。只是才得相逢，即行辞别，孩儿怎不痛心？"许仙道："这又何必？我儿此去，不论功名有望无望，回来的时候，务要到此寺中住几天，好和你细剖衷肠。"梦蛟道："不劳嘱咐，孩儿自然要来的。"

起身告别，彼此洒了几行别泪。许仙虽舍不得孩儿远去，却指望他一举成名，不得不叫他速行。当下陪着梦蛟走出禅房，眼睁睁看他去了，方始回身入内。梦蛟也是依依不舍，硬着头皮出了寺门，到岸边下落舟船，天已傍晚了，就在此过了一宵。待至黎明，船即开行。一路顺风相送，径向京都进发。

要知梦蛟到京后，进场应试，是否得中头名状元，荣归祭塔，且看下回分解。

第四十八回 祭 塔

却说许梦蛟在金山拜别父亲后，下落舟船，一帆风顺。那日已抵京师，寻了个清静的寓所，耽搁了几天。场期已到，开科取士，各省士子，纷纷进场考试。梦蛟真是天赐奇才，文章锦绣，试官考中了会魁。三月初三殿试，天子驾设早朝，当殿献策，钦点许梦蛟一甲一名状元。其余应试抡才，擢选鼎甲游街。此时许梦蛟乌纱盖顶，双插金花，圆领遮身，红绸披体。跨下一匹白马，气宇轩昂，引领同年鼎甲，游览皇城，荣华无比。满城百姓，个个称羡。游街已毕，驾前覆命。天子钦赐琼林御宴，命翰林院陪待。席间大众称贺。宴毕各归，天色已晚，许状元写下了陈情表章，略睡片刻，等到天交五鼓，便捧了奏本，来至朝房。只听得景阳钟响，文武排班，龙凤鼓敲，群臣聚集，天子临朝，百官俯伏三呼，各赐平身，分列两班，黄门官带领鼎甲三人，上了金殿。先行谢宴，然后许状元俯伏金阶，细陈始末。天子览过表章，降旨下来："卿且候朕命下之日，自有封赠。"许状元三呼万岁谢恩毕，天子退朝，文武百官散出午朝门，各归府第，梦蛟也回到寓中。

过了一日，天子御笔亲题的诏旨，已从九重降下。许状元迎接天使入内，那天使立在正中，便说圣旨已到，跪听宣读。诏曰：

> 今据新科状元许梦蛟所奏情由，朕心甚悯，兹特加恩奖赐。汝父许汉文守义出家，归俗与否，听其自便。钦赐玉佛一尊，玉如意一柄。着地方官在民殷户，捐派良田千亩，作为产业。亲母白氏，虽是修炼成人，却是义妖，念许门传留宗祧，生子成名，着礼部尚书发旨一道，着地方官起造牌坊于雷峰塔旁，不负养子成名，永昭大典。亲姑陈许氏抚侄功成名就，亦着地方官给付币银千两，以为养赡之资。其亲生女陈氏，恩赐恭人诰赠。赐卿还乡祭祖完姻，一年限满，来京授职。钦此。

读毕谢恩，梦蛟三呼万岁，叩拜如仪。那天使起身就去，回朝覆旨表表。

这一段诏书中，与原本略有异同。因为《后传》里许仙还要归俗，故而不得不稍加修改，看官们休道我译错了。并且还有一说：这回本是考魁，笔法草草，敷衍了事，除去中状元，上表章再与父亲一会，别无精采。所以我也拿来并入祭塔中，作为《前传》的结束。一来充足篇幅，不致长短参差；二来作法紧凑，呵成上下一气。不知看官们以为然否？

叙明本意，再说许状元接到了这道圣旨，当即选定了长行的日子，入朝辞驾。一班同年都来相送，在旗亭中饯别，饮酒三杯。天子钦差四翰林，送到几件恩赐宝物。梦蛟谢过了恩，方与众人拱手作别，下船开行。可喜他一棒锣声，状元归去，与来时大不相同。今日奉旨荣归，带着进童小使，坐了一号大船，钦差礼部尚书，另有一号坐船，一路风光，好不热闹。地方上这些官府，迎的迎，送的送，不一日到了镇江地方。在城大小官员，纷纷迎接，同到金山寺内，那改称道宗和尚的许仙，十分快乐，迎接钦差天使，和那各位官员。许状元随后也到大雄宝殿，开读了圣旨，竹隐堂中，安排素馔，领了几件御赐宝物，然后状元拜见了父亲，相送钦差开船，先到杭州而去。众官府也辞别下山，各归衙署。

此言慢表。且说父子今日重逢，喜煞了僧人道宗。感念妻房生此贵子，又亏姊姊抚养，真是祖宗积下的阴德，致使孩儿及第归来。但见他面有愁容，因说道："难得我儿独占鳌头，可称万千之喜。应该大开欢颜，为什么依然郁郁不快乐呢？"梦蛟道："孩儿虽得侥幸成名，算来也是无益。父在此间皈依佛教，母亲埋没在雷峰塔下，反不及田舍儿郎的父母双全。因此孩儿难撇愁肠。"道宗道："儿说那里话来！为人在世，那一个不想荣宗耀祖？就是没有父母的人，也是不少。况你青年登第，有甚么不快活？就是为父的出了家，如今得受皇恩隆宠，也算佛门大幸，那一个和尚及得我呢？"说罢掀髯大笑。梦蛟却是半悲半喜，定要劝父亲暂归家中，居住数日。道宗执意不肯，只希望自己修到功德圆满，日后好上西天。这一来，可见许仙后生时节，有些呆头呆脑，到了现在四十多岁，呆性还未脱除。常言道：江山易改，本性难移。才出家十九年，便想飞升到西方极乐园去，真看得太容易了。在那《后传》中说法，许仙要再过二十年，佛祖令金童下凡，与他换了凡胎，方得修成正果。惟本传只说他坐化金山，上升天界，原是草草归结的意思。

数言表过。仍说眼前状元在此，寺中和尚都来恭喜道宗，又向状元叩贺毕，父子方到里边叙话，一喜一悲，当日别无他事可说。过了一宵，次早府县官员到来问安。梦蛟因父亲在此寺中修行，便托知府照应。又托他查点本寺僧人名数，各做袈裟一件，给与他们。府尊应允，告别回衙，一一照办。不数日做成袈裟一百五十件，差人送到寺中。众僧拜领后，个个欢喜。这笔银子，日后到杭归还不提。当下梦蛟住过了几天，不忍别父还乡，常常下泪。反是道宗再三安慰，劝他“作速回去，休得挂念及我，说我致意姑丈姑母，代言问安，御赐牌坊，早些建造，你娘在雷峰塔内，也得宽心了。只要你此后身入仕途，为官清正，报答君恩，尽心民事，这就是移忠作孝，与我身受一般了。”梦蛟听了这番言语，没奈何起身拜别父亲，又不免伤心落泪。合寺僧人相送状元下船。就此解缆开行，径回杭州而去。

其时钱塘县知县官，早接到钦差礼部尚书颁来的圣旨，自有一番忙碌。家里也得着信息，陈彪夫妻好生欢喜。报到孩儿状元及第，预先把门庭改换，竖起两根大大的旗杆。又听得孩儿即日归家，他二老更是忙乱。等到地方官送钦差回京覆旨去后，陈彪便与县官接洽，当即择期兴工，建造牌坊。县官又在库中兑了白银一千两，送到陈家，给与许氏大娘收用，都遵着圣旨办理。不多几日，许状元到了杭州码头，在城官员齐来迎接。接官厅上排设奢华，陈彪家里也是挂灯结彩，厅堂上预先摆着香案，祠堂里点好蜡烛，大娘又在灶上拈香。

正忙乱时，听得三声炮响，许状元身骑骏马，同了许多执事，文武官员鞠躬伺候，状元辞谢。街坊上哄动了东邻西舍，多来观看，纷纷议论，称赞不休。状元已到门前下马，走上厅堂，站立绒毯，行三跪九叩礼。望阙谢恩毕，又到祠堂拜了许氏祖宗，又拜陈氏宗亲，然后请出陈彪夫妇拜见。拜罢就坐，陈彪满怀喜气，大娘笑口常开，问长问短。提到他亲生父母，梦蛟止不住泪落腮边，叫声“爹爹母亲，孩儿有话告禀二位大人知晓。”大娘忙问:“有何话说?”梦蛟道:“孩儿自从拜别起身之后,一路托赖平安。这天行抵金山,上岸游玩,那知爹爹就在这寺中做了和尚呢!”大娘道:“你怎么认得你爹爹的?”梦蛟道:“不瞒二位大人说,孩儿本想寻访法海,谁知法海他往,出来了一个道宗和尚,与儿叙谈了一回,方知就是爹爹。拜认后,细诉往事,怎不令人痛心!”陈彪夫妇齐说道:“你既然见了爹爹,应该一同回家才是。”梦蛟道:“孩儿也劝他归俗,爹爹却执意不肯,只得拜别进京。后来中了状元,表奏朝廷,蒙恩钦赐宝物,并着地方官捐派良田千亩,作为赡产,永垂不朽的了。”大娘道:“你父自幼性情拘执,待过几时,我到金山去看他就是了。”梦蛟深以为是。大娘又向陈彪道:“如今孩儿奉旨完姻,你还该料理料理才是。”陈彪道:“这个自然。就去料理便了!”当日合家欢乐,毋待细叙。就是陈彪一面料理婚事,地方官一面建造牌坊,也不必烦述。

单表许状元奉旨荣归后,这些东邻西舍,以及仕宦乡绅,现任官府,都来贺喜。车马盈门,纷纷热闹。状元一概辞谢。次日备了名帖,先去拜了先生。以后出拜邻舍,再答拜了乡绅官府。又过了数日,备了礼物,请了陈彪夫妻,一同来到坟茔,祭扫了宗亲。然后来到雷峰塔,排设各种祭礼。这时候,惊动了街坊百姓,有称羡的,有谈论的,一人传十,十人传百,人山人海,纷纷都到西湖观看。

我今不去说他,只说状元祭过宗亲坟墓,同着姑丈姑母下船,开至雷峰塔岸,两旁众人将祭礼排开。状元一见此塔,泪如泉涌,过来行礼。三上香,三奠酒,跪在绒单上,哭叫“亲娘,孩儿梦蛟今日衣锦荣归,为何娘亲还没有起身的日子? 怎不叫孩儿痛死呢!”絮絮叨叨,哭诉一番。听得旁边丫环小使,尽皆下泪。陈彪过来把梦蛟扶起,劝他不必哭了。梦蛟方揩着眼泪,站立一旁。陈彪升单行礼,梦蛟连说不敢当的;阻止不住,只得跪在旁边答礼。陈彪拜罢抽身,唤许大娘过来一拜。大娘更是伤心痛哭,一头诉说,一头悲苦,哭得无休无歇。鼻边送来一阵清香,见有一朵祥云,从空坠下,来了法海禅师,合掌当胸,叫声“状元,老僧法海在此!”

梦蛟听得法海两字,顷刻双眉倒竖,二目圆睁。先过去扯住了法海,举起拳头要打,怒气冲冲的骂道:“秃驴离间人家母子,该当何罪?妖言惑众,卖弄蹊跷,今日见面定不饶你!”法海道:“状元不须动怒,老僧还有话讲。”梦蛟道:“我与你冤家对头,狭路相逢,还有什么话讲!”旁侧陈彪开言道:“我儿不可如此。有话好讲,动怒则甚?”法海又叫声“状元”,道:“你母本是千年修炼的灵蛇,因他水漫金山,伤害生灵,罪犯弥天,故而收镇雷峰。且喜他二十年来,静心修道,罪孽已满。如今我奉佛祖法旨,到此将他释放,同往西天去见佛祖,当可脱却凡胎。你不要错怪了老僧!”梦蛟道:“如此说来,我亲娘能出塔底,便与你万事全休。若是胡言乱语,管叫你死在目前!”法海道:“要他出塔,这也何难?”就把手中禅杖,在塔边连击三下,喝声“地府速开”。只见地分两段,一道清风,白氏从地底而出,才知道佛家的妙法无穷!

梦蛟喜极涕零,扑身过去,大叫:“亲娘,今日才得见面,想杀孩儿了!”白氏道:“做娘的二十年前之事,谅你已经知晓,不必细讲了。你父在金山,我也知道。就是你托赖姑母抚养,致有今日,我实是万分感激的。”说到这里,又向法海说道:“请问佛爷,我白氏昔日之罪,多蒙开导。在塔底潜修二十年,不知可能赎罪否?”法海道:“我奉法旨前来放你,还要同你去见佛祖覆旨。”白氏又问小青可有出头之日,法海道:“不久也可超升。你见了佛祖,自然知道此中的情由了。”当下梦蛟定要亲娘一同回去,共享荣华,许大娘也劝弟妇回家,看看儿女团圆花烛。法海从旁说道:“状元休得如此!你娘罪孽已消,还须去见佛祖覆旨,此刻未便留恋在此。”说罢,就把拂尘向上一招,半空中降下一朵祥云,便与白氏登云而去。梦蛟向空哭叫亲娘不止,许大娘也揩着眼泪。还亏陈彪过来劝慰道:“你亲娘罪满出塔,白日升天,你得亲眼看见,该当欢喜。虽不肯回家享人世之福,你也何必悲伤?我们还是回去罢。”梦蛟只得依允,一同回到家中,可称得悲喜交集。

过了几日,许大娘与丈夫商议儿女成亲一事。因为此次是衣锦荣归,奉旨完姻,非比等闲。当即选定了吉日,陈彪夫妇大费心机,内外料理一切。到了完姻这一天,挂灯结彩,鼓乐喧天,宾客满堂,大开筵席。许梦蛟状元与陈碧莲小姐参天拜地,团圆花烛,说不尽富贵荣华。这些俗套烦文,不必细叙。

再要交代钱塘县奉了圣旨,在雷峰塔前建造牌坊,兴工动作,已经完竣。各官员邀了状元,同至西湖,设了香案,谢了圣恩,上面加了"白日升天"四字。状元谢了大小官员,各回衙署不表。后来一年限满,许梦蛟回京就职,只因思念父亲,又到金山去见了一面,方始就道进京。在那原书上说,道宗已经坐化升天,那一部《后白蛇传》,便接续不上了。所以收束的时候,只得也改了几句。就是白娘娘此番出塔,原本说他回返神仙,如今也改变了,同着法海去见如来佛祖。其时小青也从宝瓶中放出,与白氏重行相见。以下这许多情节,都在《后白蛇传》中。爰作七绝俚言四句,为本传告一段落。诗云:

人心反不及蛇心,识得寓言讽世深。
不比他书神怪话,好将小说作良箴。

后白蛇传

这一部《后白蛇传》,和《前传》比较起来,很有许多不合处,分明是他人的续笔。既然续将下去,为什么矛盾的地方,不能泯然无迹,使上下呵成一气呢?这倒不好怪他,实因《前传》原本有“仙圆”一回,结末收束得十分道地,下了铁板注脚。如许仙坐化在金山寺,白娘娘出了雷峰塔,超升仙界,小青也在南海菩萨处放出宝瓶,回到北玄山修成正果。照这般说来,凭你有生花妙笔,如何写得下去!即使勉强接续,也难免画蛇添足,节外生枝了。所以称为《后传》,不称《续传》,也是他的取巧处。但其中错误叠出,姓名互异,穿插事实,无中生有,用笔僵硬,不能自圆其说,乃是他的粗心处。在下本拟把《后传》抛弃,仍照原书归结。既而一想,却又不好。一来埋没作者的苦心,二来恐未餍阅者的愿望,反道我有始无终,不肯替白娘娘张目伸眉,成全好事。因此我做到《前传》祭塔时,便告段落,删去“仙圆”结末一回。好在这一回词句甚少,只有寥寥数百字,与前本不相称,草率完事,倒不如略用几句,并入上回,余皆删去的为是。且又在各回中详细修改,或加表白,或增辞句,或减除决绝语,换得灵活些。种种设备,无非为下文张本,预作转圆地步。

我今不用说别的,即是许仙还俗一节,最关重要。《前传》里他对儿子说得斩钉截铁,决意不归。到了《后传》偏说他在金山,尚未落发;又添出一个月印长老来,叫他跟着儿子归家,了却后来的因果,并且在家思念姣妻,岂不是前言不对后语吗?我若照着原书马马虎虎的写下去,不先考虑一下子,倘被阅者来批驳我,笑我盲人骑了瞎马,我就算把原唱本交给他看,只怕未必肯原谅我的罢。虽是小说无足轻重,也是讲得有头有尾,入情入理,前前后后,脉络贯通,才能够引人入胜。否则依样葫芦,一味胡言乱语,谁要看你新出的译本呢?话纵如此说,凭我一人的眼光,总不免捉襟见肘,露出许多的破绽来。若要天衣无缝,那是没有这种心思才力,还望阅者诸君原谅是幸。在

下说明本意,如今要说到后传的正文了。正是:

辟蠹方成讽世语,续貂又作快心编。

第一回　脱　　胎

话说许梦蛟中了状元,奉旨荣归,正在雷峰塔前哭祭亲娘,忽见法海禅师从空降下。你道他从那里到此?原来法海收镇了青白二妖,如来佛早已知道。因念白氏素贞在塔前潜修,忏悔水漫金山、残害生灵之罪,迄今已有二十年,也应孽满升仙,重归瑶岛。但白氏与许仙原有二十年姻缘,虽已拆散,还须重续鸾胶。就是小青也有缘份,当留在尘世间,享受夫荣子贵之乐,了却前因,方得同升天界。故而一面召取法海听训,命他去放白氏出塔,一面差伽蓝去见南海菩萨,将小青放出宝瓶,带回西方缴旨。

我今先表法海到了雷峰塔,与许状元相见后,讲明原委,方将白娘娘放出塔来。这段情节,前传里已经说过,毋须再述。单说当时白氏见了梦蛟儿,只叙了几句话,不敢在此逗留,便向众人告别,跟随法海驾云而起,要紧去见如来覆旨。这条路,白氏从未走过,比前昆仑山更远。如今仗着佛力高深,十分快速,不多几个时辰,早到了西方极乐世界。在灵鹫峰前落下云头,二人步行上山,看不尽佛地胜景。况且白氏此番是第一遭,格外小心谨慎,不敢放肆。但见祥云缭绕,瑞气氤氲,旃檀香送,钟鼓声传。已走上五十三参阶级,将近山门跟首,上面有一极大的匾额,写着"大雷音寺"四字。这种庄严气概,果然世上所没有的。

正举目观看时,忽听得后面有脚步声。回转头来一看,说也巧极,就是伽蓝带着小青来了。可见得书是并行的,小青罪孽较轻,故能同时放出宝瓶。当下谢过南海菩萨,便跟着伽蓝到此。但是原本小青镇压在西湖,仍由法海放出,与前传在南海不合。所以我变更说法,不能怪我有意捏造的呢!以下此类正多,除重要的或加表白外,恕不一一烦絮了。

此刻小青也看见娘娘和法海，即过来叫应禅师主母。法海道：“你二人且在此伺候，待我见过佛祖，再来召唤你们。”说罢，便与伽蓝先行入内。主婢却在外面各诉离情。说不多几句，法海奉旨出来宣召，白氏小青相随入寺。一路从甬道来到玉霄宝殿，见两旁金刚罗汉揭谛伽蓝，分班站立，气象森严。正中莲花宝座上，坐着如来佛祖，文殊普贤分立左右，不敢仰视。

法海引领上殿，白氏小青跪伏在金阶下，口中同说：“佛爷在上，弟子白氏青氏叩见，愿佛爷圣寿无疆！万寿无疆！”佛祖开言道：“你二人可知罪么？”白氏道：“弟子蒙佛爷摩顶受戒，镇压雷峰，清修多年，尘心已退，今得赦罪出塔，以后不敢再蹈前非了。”佛祖道：“你与青氏本得超升仙界，怎奈身是蛇妖，未换仙胎仙骨；况且你二人与许仙俗缘未尽。今将你二人换了仙胎，再下凡间，续其旧好。更兼你的丈夫，不久便有一难，要被狐精迷恋。他也有百日姻缘，此乃前生注定。日后还有陷害万万生灵一事，你可从中救济，以偿水漫金山一案。但他也是千年修炼，非比泛常，切勿伤他性命，你可牢记在心！今有葫芦一个，金函两封，你当好好收藏，倘到急难的时候，即可开看，自有解危的方法。”又回顾法海吩咐道：“你可将白氏青氏本身送入七宝池中，封为青白二龙，待他净心修养。今将慈航座前玉女、青女，与白氏、青氏换了凡胎仙骨，下山相会丈夫，自可除妖灭怪。”

法海领了法旨，又听佛祖唤白氏、青氏过来，训示了一番，并说：“你二人同是佛门弟子，以后当称为姊妹，下山去罢！”

二人谢恩毕，法海方引着他们下殿退出，只待二人换过仙胎，然后下山分道而行。还有许仙一方面，也须法海去暗中指示，才得蓄发归家。不过许仙此时尚是凡夫俗子，直等到二十年，佛祖命金童下凡，方始换却凡胎，与青、白二氏一同修养。这原是后来的话，今且慢表，书中却要另行表出一个妖精来。

那妖精自称姓胡，小字媚娘，本是昆仑山上的狐精，修炼千年，能变人形，现在隐居浙江绍兴府前蒋宅花园中。有几间空屋无人居住，十分清静幽雅，他就在内安身修养。只有静极思动，尚未脱妖怪本来面目，要想采取男子精华。又须得一俊俏才郎，兼有德行的人，方能如愿。此念一起，时常出外走动。竟没有可意人儿，因此心中日夜愁闷。那天打扮得花容月貌，对镜直照，自然动人。梳桩方毕，又换衣裙。真可称得天姿国色，盖世无双。若在唱篇里弹唱弹起来，定要一一描写，从头至足，编出不少句子，拖长篇幅。如今我变成了说部，只赞他一声美丽，就算完了。因他是个玉面狐狸精，所以格外千娇百媚；另有一种妖气，勾搭情人只怕白娘娘也不及他的风骚哩！此时媚娘的穿着，居然像一位宦室千金。自己对自己看看，照这样装扮，怎好一个人独自出外呢？况且我想到武林去，这个地方，是富贵人家仕女荟萃之所，更不能单身前往，必须得一个丫环作伴才好。正思想间，忽听得窗外蛙声阁阁，触动了他的心，便说："有了！我不妨点化青蛙，变做丫环模样，一同前去便了！"

主意打定，便移步到天井里，捉住一只青蛙，按在地上，就取一件衣服罩下，和那变戏法一般，再取杯中法水，含在口内向上一喷，念动真言。煞是奇怪，衣衫底下就有女子的娇声。真言念完毕，又喝一声："千变万变，丫头出现。"那衣衫中忽地跳出一个女子，生得娇小玲珑，令人可爱。走近身来，便问"娘娘唤我有何使令？"媚娘道："我今唤你出来，非为别事，只因我要去游玩钱塘，单身多有不便，故而喊你来作伴。你能侍奉我娘娘，日后我倘得超升，带你同去就是了。"青蛙自然情愿服从使唤。此后便做了一主一婢，早晚相随，媚娘很是欢喜。又加上一番训教，竟与常人一般无二。就带着他出外游行，一路上谈谈说说，颇不寂寞。

这一日到了西湖塘上，见那青山环绕，绿水潆洄，倍添兴趣。媚娘向青蛙说道："你看今日春光明媚，我与你在此游玩一天，或可访得一个俊俏才郎。前面已是断桥残雪了。"青蛙应了一声"是。"媚娘又道："人说断桥，原不断；虽云残雪，雪迹全无。我记得从前白氏，在此间与许仙相会的，到如今已有二十多年了。"说到这里，用手向那边一指，复道："你看孤山高耸云霄，湖水照人面色，四望犹如画图一般，足饱我们的眼福了。"

一路闲话，一路行走，早到了平湖秋月，可惜春天没有桂花开放。

只见湖中舟船来往,雅奏笙歌。又见塘边一班游春的蠢汉,吃得醉醺醺地走将过来。媚娘怕与他们缠扰,便和青蛙转到三潭印月游览。景致虽佳,只是这里那些轻浮小子,浪荡青年,满面堆着俗气,竟没有美貌如意的郎君。倒不如再到曲院荷风,寻访得情人归去,也未可知。少顷主婢走到,依然扫兴,只得再向前行。见那一边是岳王坟,留下宋朝的古迹。又举目一望,却是南北高峰,双插云中,锦屏对峙。暗想"山峰尚且成双,不知我媚娘何日得遇才郎?"心里这般想,前面已是花港观鱼,慢慢的走将过去。这个地方,游人稀少,无可选择,就在港边观看游鱼,却添了不少情兴。更有鸳鸯戏水,双宿双飞,反动了自己的愁肠。所以呆立了一回,便到小有天园中游玩。耽耽搁搁,天将傍晚,主婢双双走到南屏,听得钟声响亮,僧人在那里叩拜慈航。媚娘也进去参拜顶礼大士,默诉衷肠。叩毕抽身,走出山门,和青蛙来到雷峰。这时候夕照西沉,别有一种风景。见这座雷峰塔斜靠在山间,不觉垂下泪来。

要知媚娘作何感想,怎样去迷恋许仙,且看下回分解。

第二回　思　　凡

却说胡媚娘带着青蛙婢子游玩西湖，来到雷峰塔前，触景生情，不觉两眼垂泪，动了兔死狐悲之念。想起从前白娘娘道术高深，能够千般变化，尚不免被法海的金钵罩住，现出原身，镇压在雷峰塔下，受尽寂寞凄凉之苦，怎不令人伤心！青蛙在旁问道："娘娘何故忽然下泪？"媚娘道："这事你还不知，我不过吊古伤怀，回想我自己的终身呢！"说罢，下了雷峰，又到柳浪闻莺看了一回。西湖十景都已游遍，却未遇见才郎，心中闷闷不乐。天已薄暮，只好怏怏而归。

一路留意观看，引动了湖塘上许多闲人，有的品头评足，称赞他的美貌；有的交头接耳，商量拐骗他回去；有的说是富室宦家的小姐，若然想吃天鹅肉，要惹出祸事来的；有的说既是闺阁千金，应当乘轿坐船，不该主婢二人在外游玩，失了体统的；也有说他们举止轻狂，不像大家闺女的，七张八嘴，议论纷纷。正说得高兴，旁边又来一个老年人，说道："你们几个后生家，不要胡思乱想。这个女子，也不是宦家小姐，也不是平等人家。"话未毕，有人插嘴道："那么，莫非是观音仙女变化临凡，到来游戏人间的么？"老人道："据我看来，他们通身打扮，不像杭州款式，丰姿嬝娜，动人怜惜，口也不开，只向前走，原是点化民间罪恶，要劝人勿食牛犬，放生戒杀，吃素念佛，还要保佑人家人口平安。因此独自在湖塘上行走，超度一班有缘的人。我们都是凡夫俗眼，怎能近得他的身！只好回到家中，悔过行善，暗中礼拜菩萨，不作妄想才是。"

这几句话，顿时把众人吹散。媚娘听了，脸上微微一红，暗想这班游人胡言乱语，实是可笑。不觉失声叹气道："咳！我好恨呀！"青蛙问道："娘娘恨着谁来？"媚娘道："我自恨前生未曾修到，今日变了一个女子。想我有甚本领，倘若一朝被害，死无葬身之地了。每每念及，毛骨竦然。止望飞升仙界，得成正果。却因元神未足，少用功夫，只有采阴补阳,信重旁门之术,或可成功。但不知何日得遇风流种子,与他欢叙几时?”青蛙道:“这又何难?只要我与娘娘到处寻访,定有机缘相遇。采得元阳,就可以飞升仙界了。我劝娘娘休得心灰意懒,快上前找去!”媚娘被他鼓动了兴致,便道:“既如此,我们暂不回去,且进城去察访一回,倘有夙缘,亦未可定。”青蛙道:“娘娘说得是。天色已晚,我们紧行一步罢!”

于是一主一婢赶进城关。六街三市,灯火齐明。先从热闹丛中经过,看不尽两旁店铺林立,来往人多,无非是商贾经营,和那肩挑步担之辈,并没有出类的人材。再从私街小巷转湾抹角的穿将过去,见这些一门两关,平常穷苦的居民,大半吃过夜饭,都已睡了,所以街上行人稀少。那些豪富人家,乡绅门第,墙垣高耸,房屋连云,虽有几家大门开着,也是静悄悄地,少有声息。除去桥头巷口开着小店的,晚上还做些生意,灯火点得明亮,此外黑暗的地方很多。一路前行,毫无兴趣。这时走过了藩台衙门,又从贡院文场前转了一个弯,该处更是清静。抬头看见了状元坊,石刻精工,上写着“状元及第”,旁边题着“隆兴甲子恩科第一甲第一名许梦蛟”,不觉心里一动。想“这高大的石牌坊,就是白娘娘的儿子许梦蛟,生子成名,这也难得,虽死亦得瞑目的了。若我与白氏比较,只怕大不相同。”

想到这里,见那旁一带围墙,十分高峻,知是官宦人家。便对青蛙道:“我与你借着一阵风,隐身入内瞧去,看看可有贵介公子,与我有夙缘的。”青蛙唯唯应“是”。媚娘就作起法来,带着青蛙借风隐入。到了里边,细细探访。正走到内书院中,见有一人在那里发声悲叹。二妖便闪到门外,听他说些甚么话来。你道此人是谁?即就是许仙名叫汉文的!在下骤然说出,看官们一定要称奇道怪,说他出家在金山寺,做了和尚,儿子几次请他还俗,他却坚执不肯,怎么此刻忽然躲在家里呢?岂不是大大一个漏洞么?这一节,我也知道的,原本确有些不是,虽在许仙口中说出归家一事,却未细剖根由,且有言语不合处,怪不得阅者要批驳了。所以我照原书译到这里,不得不加上几句表白。先说明还俗的缘故,再行接续下去罢。

原来许仙在金山寺修行,改名道宗,静坐了二十年,一心要到西天去。虽儿子中了状元,苦苦相劝,只是不肯。后来寺中来了个月印长老,做了方丈。他也很有道行的,向来与法海认识,那天出外闲游,遇见了法海,细说此中因果,长老便回来告知道宗,并说“你尘缘未了,妄想参修佛果,亦属无益。倒不如暗中蓄发,归享荣华,且待日后佛缘凑合,包管你飞升天界了。”许仙听了长老这一番话,虽知道不是说谎,却还有些疑疑惑惑。只因长老承法海谆嘱,不便预泄天机,说出他近有一难,故而只说尘缘未了四字,劝令归去。当时许仙应允,也知如此苦修,原无益处,心中就活动了几分,依着长老的吩咐,暗暗蓄起发来。

过了几月,家里许氏大娘来了。大娘时常挂念着兄弟,前番梦蛟及第归家,知道兄弟素来性子拘执,说及自己要亲身去见他,或可回心转意。但一年以来,家事纷烦,未便出门远行,因此耽搁下去。如今梦蛟限满进京,家中渐渐清闲无事,所以决意雇船出行。带了家人小使,托言烧香还愿,来到金山。寺中会见了许仙,用一番言语相劝,并且备述弟妇出塔情形,日后或有会面的希望。许仙便顺水推舟,辞了月印长老,跟着姊姊同船回家。脱去僧人服色,改换俗家装束,居然是一位老太爷了。我拿这段情节表明,方见得许仙在家,已有数月,也算是书中倒装的笔法,不能当做漏洞的。大约原本就是这个意思。表过后仍归正文。

许仙回到家中后,虽说享受荣华,反觉得寂寞异常。日间还可与姊姊闲谈,到了晚上,独宿孤眠,那有什么情趣!转不如身在金山,参禅打坐,一念不兴,死心塌地的做着和尚了。如今名为还俗,实与僧人无异。凡心一动,百虑丛生,时时念及白氏姣妻,不知他出塔以后,现在何处?况且出塔的时候,自己不曾目睹,但据他们传述,只怕未必真有其事。或者他们因我不愿归家,有意捏造事实,哄骗着我。我本有些不信,意欲拒绝,怎奈月印长老也说我尘缘未了,劝令蓄发,弄得我将信将疑,跟着姊姊回来。依然是昔日凄凉景况,不见白氏归家,重圆旧梦。故此今晚独坐在书院中,把这幅白氏遗容图,挂在壁上,从灯光里仔细观看,越看越要心伤。这时候的许仙,好似痴呆一般,想起从前经过各事,妻子怎样的爱护我,怎样的扶助我,怎样为着我吃尽千辛万苦，我却耳根太软，轻信人言，弄出事来。最惨伤的莫如决别之时，尚无一言怨我，叫我那一桩对得住他呢？真容现在，你到那里去了，可知道我的一片苦衷么？对着图自言自语，说到伤心处，眼泪不住的淌将下来。又哭叫了几声“贤妻！你怎么不答应我一声呀！”

这许多话儿，若照原本唱句里说法，好像许仙还不知娘娘出塔一事，竟当他已经死了一般，岂不是自相矛盾么。所以我将他的意思改变，似乎觉得妥当些。

当下许仙嘴里唠唠叨叨的诉说，以为家人小使们不在旁侧，无人听见，谁知惊动了二妖。胡媚娘听得句句清楚，心里一想，暗说“我道是谁家宅舍？却原来就是许仙官的府上，里边坐的并非别人，正是白氏的丈夫许汉文，实在巧极了。”顿时心生一计：“我不免变成白氏容颜，叫青蛙变成小青，和他两下亲爱，胜比凡夫几倍。因他是佛门弟子转世，根基甚厚，得能采取他的元神，我就可以飞升仙界了。正所谓踏破铁鞋无觅处，得来全不费工夫！”

主见已定，便将青蛙拉过一边，自己默诵真言，摇身一变，变做了白氏模样。又对青蛙一指，变做了小青。立时隐身入内，将壁上的真容图画，扯得粉碎，方始叫声“亲夫”，在灯前现出形容。突然这一来，吓得许仙魂飞魄散，只道是鬼魅前来侵犯。还算他吃过仙草，没有吓死，颤声问道：“小……小……小娘子，你是那一个？”媚娘道：“仙郎休要害怕。难道你不认得我了么？我正是你妻子白氏，今日回来了。你看，小青也在这里呀！”许仙听了，还算是梦中相见，向他呆呆的认了一认。尚没有开口，那媚娘又道：“我蒙佛爷赦罪出塔，本欲回山修养，只因旧缘未尽，重来与你相会。你还记得昔年湖塘遇合时么，如今不用悲苦，正好与你重整家园，享那百年偕老的艳福哩！”

许仙方转惊为喜，把满天的愁云惨雾，霎时扫一个干净，忙说道：“果然是我娘子，青姐也在此间。想不到今宵相会，真可称得喜从天降了！”媚娘道：“你可知道做妻的为你受尽苦楚，实因报恩起见。今日难得珠还合浦，夫妇重逢，自此以后，我与你朝欢暮乐，正不必两地相思了。”许仙道:“但愿如此,我许仙侥幸极了。可怜我二十年来,甘心在金山削发为僧,暮鼓晨钟,粗茶淡饭,苦捱着凄凉岁月,为着谁来?后因姊姊到寺劝慰,又得到你出塔的消息,故而勉强归家。数月以来,朝思晚想。你怎么不早些来见我呢?”媚娘含糊答道:“你的苦处,我也早已知道。如今不必说了,快寻欢乐为是。”说话时,做出多少风流状态,引动郎心。

可见妖怪当中,惟有狐狸精最能媚人,所以唐朝骆宾王讨武曌檄文中,有“狐媚不肯让人”一句。许仙原是个凡夫,虽修养过二十年,不曾动过凡心,但是近来数月中,思念姣妻,心已紊乱如麻,早感觉独宿孤眠的苦况。故此禁不得媚娘眉目传情,在旁挨挨擦擦,又被一股脂粉香气,送入鼻中,早已把心窝迷住,还辨什么是真是假?也无暇提及往事,便叫那个假小青拿了灯照,在前先走,他与媚娘就此上楼。到了内房,打发丫头出去,当即闭上房门,同床安睡。这一宵的晚景,倒合着了一句俗语,叫做“新婚不如远归”。在许仙方面,原是不错,媚娘却假冒白氏,还和他是第一次,只好算作新婚。这种秽亵情形,不劳细说。总之他们也有百日缘分,原是前生注定的。

要知百日以后,如何两下拆散开来,辨明真假,是否白氏和小青到此,且看下回分解。

第三回 假 冒

却说白娘娘和小青出罪后，多蒙佛祖垂怜，度脱凡胎，改换仙骨；并说二人与许仙还有未了姻缘，赐给葫芦一个，金函两封，促令再下凡尘。青白二氏奉了佛旨，却因脱胎换骨，稍有耽搁，方始下山。不知天上一日，世间已有一年。那天来到西湖塘上，正值夏末秋初，湖山不改，风景依然，只少了春天的桃红柳绿。略略游玩了一回，走到雷峰塔边，娘娘想起前事，珠泪双流。记得当年埋身塔底，好比在黑暗地狱中，何等苦闷！还亏我修炼千年，能保得身躯不坏。不然，只怕已经粉骨碎身了！伤感了多时，方回头叫声“青妹”，道：“我想昔日与郎君在此相遇，正当青春年少。到如今一别二十载从未会面，谅必容颜已改变了。”小青道：“听说他在金山做了和尚，却不知归家与否？我们今到那里去找他。若说他的容颜，虽然改变，也不过苍老些，那有见面不相识的道理？”娘娘道：“我们不要管他，且进城去，到了家中，再作理会。”小青点头称是。

于是二人转身一径进城。沿路景致无心观看，到得城中大街上，行人拥挤异常。见了他一双姊妹，还道是一主一婢，少年们纷纷猜测。旁边有一个老者，年纪约来有六十多岁，平日最喜在街上闲游，众人大半认得他，称他为老百晓。过来说道：“你们不必猜想他是谁家妇女，究竟年纪还轻，据我看来好像当年白蛇精出世。后面跟随的，是他的婢子小青。迷恋许仙成为夫妇，因为盗库银惹出事来，那天我亲眼见过的。如今这两个生得一般无二，难道又跑到杭州来了么？”有人接嘴道：“你老人家说得不错的。我听得他人讲，据说西湖水干，雷峰塔倒，白蛇出世，今年天气很旱，湖水果然干了。雷峰塔年久失修，差不多也要坍了。不要就是这个白蛇精呢？”话虽无稽。却也猜得有些道理。

我不表众人在那里谈论，只说白娘娘听得街谈巷议，竟当作二十年前一桩故事,也不去理会他,一心要访问丈夫,匆匆向前行走。转过了几个湾,猛抬头一看,见有一座牌楼,上写着"状元坊"。小青道:"这座牌楼,就是我家小相公的。照此说来,这里本是自己住宅,怎么有些不认识了呢?"一来日子隔得长久,形式略有变迁,二来梦蛟中了状元后,改换门庭,药店早已收歇,面前一带都砌了围墙,更变了当年景象。若不是看见了状元牌坊,简直要找寻不到了。娘娘料想墙门就在那边,便同小青走将过来。

果然走不到十几步,就见大墙门开放在那里,阶前站着一个老家人,认得他叫做秦高。但秦高这个人,前传中并未提及,怎么娘娘认得他呢?原来这个秦高,就是当年苏州保和堂里的小二。收店后,他到大生堂去帮喜官的忙,后来得着杭州信息,知说许仙在家开店,仍由王永昌荐他到此。这里虽已用定了一个小二,名字叫做陶仁,在店服务,就派秦高做些内外杂事。不幸娘娘被难,主人出走,店仍闭歇,他便与陶仁飘流在外。那陶仁往京都去了,他却就在左近地方谋事,听得小主人中了状元,仍回到许府中来。现今小主人进京就职,因他年纪已老,留在家中管理一切。不久许仙也回家来,许氏大娘就派他伏侍老主人。可喜娘娘出塔,重聚家园又见今日中兴的气象,比从前益发隆盛了。

这天正在门前闲立,却巧白娘娘和小青走将过来。秦高见了一呆,忙问"娘娘有何事情呼唤,与青姐一同出外来的?"娘娘道:"我也要问你,你可是秦高么?"秦高应了一声是,心里好生诧异:怎么忽然又问起我来?娘娘就叫声"秦高",道:"我即是当初被害的白氏,今蒙佛爷赦罪还乡,难道你也不认识我主母么?"秦高失惊道:"这又奇了。里边现有个白娘娘,旁侧也有个小青伏侍,一般容貌,化作两人,真叫老奴难解难详。还望娘娘细细说个明白。"娘娘道:"秦高你且听了!前番来的并不是我,实是千年修炼的老狐精,变化我的容貌,冒名到此,迷恋你的老主人。如今你可明白了么?"秦高摇头道:"话虽如此,我却难以深信。"娘娘道:"你若不信,待我进去一看,便知分晓。"秦高道:"娘娘还须见机而作才是。"

娘娘把头一点,便和小青走向内来。只见一股妖气,从里边冲出,果然有妖狐在此迷恋仙郎。“待我进内把他冲散,看他藏躲到那里去!”

我且慢说娘娘入内。再说那胡媚娘今日身在内堂,闷闷不乐。你道为了何事?却原来媚娘昨天心惊肉跳,掐指一算,暗叫一声“不好了”,知道白氏娘娘到来,非同小可,这便如何是好?心中着急顿生一计,装出满面愁容。许仙一见,忙问道:“贤妻今日面有忧色,却是为何?”媚娘十分做作,揩着眼泪答道:“我有一事,总要你夫君替我主裁的。因为明天有两个妖精到此,狠心假冒我的名字,声言要认亲夫,我愿你早早安排才好。”许仙听说有这等事,倒也新奇,便不加思索的说道:“娘子不必愁闷,但请放心。我只听娘子的话,旁人一概不听就是了。”媚娘自以为得计,把这条心放下。

不料到了第二天,正与许仙在堂中闲话,一双姊妹突然闯入。媚娘见了,心里十分害怕,好似天雷击顶一般,大叫一声“不好”,翻身跌倒在地,嘴里还喊着“妖妇来了!”许仙也吃一惊,从座上跳起身来,高声骂道:“你这妖精,到来是何意思?好生大胆,跑到我乡宦人家来!更不该假冒我妻,那还了得!我许仙从来不听旁人说话的,快与我滚出去,免得我太老爷生气!若然再来缠绕,我就要取刀杀你们了!”这几句话说得夹七夹八,仍不脱从前呆头呆脑的性格,煞是可笑。

那娘娘本要上前争吵,被他一阵的乱骂,知道他的本性,已经迷住,不便骤然分辨。一来还恐丈夫不信,二来又怕吓坏了丈夫不是要的。所以忍气吞声并不动火,好好的说道:“我正是你妻子白氏,官人怎么反怪起我来?”许仙道:“好一个妖妇!我也不与你讲话,快快走罢!”娘娘见多说无益,便指着媚娘道:“明日再来,少不得与你算账!”又回身对小青道:“青妹,我与你且到东楼,见了姑娘,再商一同擒他便了。”说罢便走。

那媚娘见白娘等已去,方才放心,对着许仙说道:“官人辱骂他时,我本要与他争斗一场。又恐惊吓了你,故而做妻的,只得忍耐些儿了。”许仙道:“好一个娘子,果真是大贤大德的!此刻天将傍晚,你吩咐青姊端正夜膳来罢!”媚娘应是,不须絮述。

再说白氏和小青来到东楼,放轻脚步,走上楼头。先向里一张,见许氏大娘靠在窗前坐着。忙即移步上前,叫应“姑娘”,许大娘起身迎接。娘娘行礼毕,小青也过来相见,仍叫一声“大娘”。叙坐后,娘娘未及开言,眼泪好似断线珍珠般先已滴下,呜呜咽咽的说道:“姑娘呀!我与你阔别了二十年,直到今日才得与姑娘相见!”话至此,许大娘插嘴道:“弟妇何出此言?我与你才得数日不见,怎说阔别了二十年呢?”娘娘道:“姑娘原来有所未知。我自镇压雷峰塔后,小青也收入宝瓶。我在塔中二十年,甘心净养,幸蒙佛爷垂怜,赦罪出塔,同时小青亦邀恩赦,在佛前改称妹妹,脱却凡胎,即命我二人下山,与仙官重聚良缘。如今来到此间,寻访亲夫。刚才我们到那边西楼去,果有两个妖魔,与我二人十分相似,怪不得我夫辨不出真假,连我也像对镜自照一般。我夫反道我是妖怪,将我辱骂,因此来见姑娘的。”许大娘道:“既有此事,你也神通广大,怎么不把他收伏,绝了后患呢?”娘娘道:“事属两难。这叫做投鼠忌器。我若将他收伏,未免又要大动干戈。倘然吓坏了我夫,岂不是罪归于我么?故而要与姑娘商酌,定一条万全之计才好。”许大娘迟疑道:“这话我总有些不信。”小青在旁插言道:“既然你姑娘不信,姊妹可把昔年之事细说一遍,便知分晓了。”许大娘道:“青姐之言,说得很是。我当洗耳恭听。”

娘娘便从头至尾细诉情由,无非是前番经过的事实,惟水漫金山后,逃到此间,怎么夫妻不睦,多蒙姑母劝解,怎样身怀六甲,在席上指腹为婚。这都是外人所不知道的,说到其间,不由许氏大娘不信。眼中止不住两泪交流,起身抱住了白娘,悲喜并集,叫声:“弟妇呀!你今朝若不细说分明,我还道你们是妖精哩!”小青也在一旁垂泪。因为此刻与娘娘姊妹称呼,也就改口叫“姑娘”道:“你不曾见我姊姊临危的时候,头上罩着金钵,凭你有千般变化,难以逃生,说来好不痛心。”许大娘道:“我也知道的。为了这件事,几次要和法海拼命哩!只不知青姐去后,怎生又被他镇伏的呢?”小青就把自己要替娘娘报仇,致被收入宝瓶一节,照实说了。许大娘也称赞他主婢的义气,胜比同胞姊妹。娘娘道:“已往的事情,不必说了。我今要与姑娘相商,打算明日捉住妖妇要紧。”

口中说着,眼见桌上摆着花样针线,便问道:“姑娘在此做些甚么?”许大娘道:“不瞒弟妇说,这就是西楼上弟妇拿来的,说是我兄弟的兜肚,要我与他做。今天才得完成。”小青接嘴道:“这样针线还做不来,尚且要劳动姑娘,真是可笑极了。”许大娘道:“他既是妖妇,虽能变化人形,那里能够做得针线呢?”

谈话之间,丫环送过香茗。便吩咐厨房里端正酒肴。少顷送上楼来,三人叙坐饮酒。娘娘问起姑夫因何不见,许大娘道:“你姑夫送你媳妇到京都去了。我本来也要同去,只因兄弟从金山归家后,思念弟妇,不肯进京,所以我也只得在家照顾着他。”这几句话,也是我译者的改笔。倘依原本唱句,错谬百出,把祭塔误为哭塔,更可笑的,梦蛟不曾见亲娘出塔升天,好像作者没有看过“前传”,在那里另起炉灶呢!

数言表过。仍说三人用过了酒,许大娘命丫头打扫一间卧房,请他们二人歇息,自己也回房安睡。娘娘和小青到了房中,放不下心事,暗想:“这妖妇也有千年功行,未可轻视,叫我怎生救得丈夫?现在我见了姑娘,也商量不出什么法子,这便怎处?”默想了一回,忽地叫一声:“有了!”

你道娘娘想得甚么计较,可将那妖妇捉拿?且看下回分解。

第四回　驱　　妖

却说白娘娘见了姑娘，虽说明了真假，要想捉拿妖妇，搭救丈夫，一时商量不出甚么计较。后来进房欲睡，仔细一想："记得下凡的时候，如来佛祖赐我金函，命我有难之际，即当开看，如今丈夫被妖狐所迷，失了本性，难分皂白，使我没法与他争辨。倒不如把金函剖视，谅必有解决的方法了！"主意打定，便起身焚香稽首，在灯下取出金函。拆开一看，果有两封在内，注明第一第二。先将第一封剖视，见上面有四句诗词写着道："书符传四将，兜腹保郎君。逢妖休加害，慢慢好收行。"

看毕，方知佛爷写得明明白白，便回头叫青妹道："你可到姑娘那边取兜肚来，我有用处。"小青奉命即去，少顷将兜肚拿来，放在桌上。娘娘就同小青摆好香案，靠近案前，再取一杯法水，含在口中，向那兜肚一喷。又在上面写了一道符咒，免得仙郎失了魂魄。画符后，嘴里念道："天灵灵，地灵灵，我奉如来佛令，速请天神下降，休得迟误。"真言念动，果然灵验，忽见空中降下四位天神，上前把手一拱，问："娘娘呼唤四将，有何法旨？"娘娘道："请诸将到来，非为别事，只因我丈夫许仙，明日有难，伏乞四位天神保护，免受惊吓。"四将领命暂退，那兜肚也飞起空中。娘娘把手一招，收转兜肚，便叫小青收藏好了，准备明朝行事。

在下做到这里，又要交代几句。原来白娘娘起初是妖法，最忌佛法。现在他也是佛门弟子，比前大不相同，要风就是风，要雨就是雨，所以遣得动四位天神，服从他的命令呢！此刻天神退去后，夜已深了，娘娘与小青略睡片时。等到金鸡三唱，天光明亮，许氏大娘过来问候弟妇："昨夜好睡么？"娘娘道："多谢姑娘，好睡的。"便叫了小青拿出兜肚，又道："这个兜肚，上面书着符咒，要相烦姑娘送与官人收带，自有妙计在内。"许大娘点头道："我自晓得。待我拿去就是了。"

立即抽身来到西楼。

好一个妖狐媚娘，正在妆台畔梳头，十指尖尖理着青丝，一见姑娘进房，便含着笑容，叫声请坐。许大娘却将兜肚交给他。媚娘道："我因梳洗未完，不便接受，还请姑娘转送与官人罢。他因昨夜多饮了几杯酒，故而此时还未起身呢！"许大娘听了，也不多言，就走到床边，叫声"兄弟"道："你还在这里睡么？"许仙已经睡醒，即忙起来叫应"姊姊"。许大娘便把兜肚交付与他，转身来看媚娘梳妆。暗想："他这般姣媚，怪不得兄弟要迷恋他，就是我也难免一见倾心呢！"少时梳妆完毕，洗过了手，见许仙下床走来，他又问长问短，表示他敬爱的诚意。弄得许大娘心里忐忑不定，略略闲话了一回，作别回到东楼。

娘娘忙问"妖妇怎样的装腔？"许大娘就把始末情由一说。娘娘暗自思量，骂声："妖妇呀妖妇！凭你装尽恩爱的状态，免不得当场出丑的了！"便向小青道："我与青妹一同过去，看他如何？"许大娘是胆小的，嘱咐弟妇去见他，须要小心才是。娘娘连称晓得，便同小青来到西楼。见那胡媚娘正与仙官坐在中堂，就此走将进去。媚娘吓得魂飞魄散，明知今日难免一场争闹，想："昨天被我花言巧语，哄骗丈夫，将他辱骂，才得出去，怎么今日又来？恐怕他未必肯善罢干休。你看他主婢双双，这样无理，我且放了胆，不要害怕，也骂他几句。好得许仙在迷梦中，我可以靠着丈夫回护的。"因此开口骂道："你这妖精，不该冒认我夫！敢是今天来送死不成？快快与我滚出去，还是你的造化；如若不然，管叫你死在顷刻。"

娘娘听他嘴凶，不觉心头火起，也骂道："好个妖妇，胆敢在我跟前放肆！你自己冒认丈夫，情实可恨，反又骂我娘娘，难道你不怕五雷击顶的么？"两下里正当吵闹不休，你一句，我一言，难分胜负。许仙那里辨得出谁真谁假，只在中间呆着观看，由他们两边争闹。

此时娘娘知道妖狐倒也利害，便叫小青道："你可将捆仙绳擒他便了！"媚娘听说大惊，即忙伸手抱住了许仙，嘴里叫着："官人救我一救！"那知空中来一天神，举起金鞭打下。那媚娘究竟有千年道力，原本与白娘娘差不多，所以十分灵警，即忙借着土遁逃走。许仙却觉得金光撩乱，眼前显出一位天神，嘴里只喊一声“阿呀”吓倒在地，已经死去了。那娘娘一见心慌，本欲追赶妖妇，却因佛爷吩咐，逢妖不可加害，只得暂软心肠，饶他逃生走罢。其时小青见妖精遁往东方，正要追赶，也被娘娘劝住，快救仙郎要紧。

娘娘一面叫小青去请姑娘，一面自己与仙郎接气。少顷许大娘同小青赶到，许仙虽未醒转，喉间已略有气息。大娘见他面如黄蜡，伸手一摸，四肢冰冷，只有心口尚温。便道：“这是吓坏的，总要弟妇设法相救才好。”娘娘道：“我有丹药在此，谅可起死回生。但仙郎还阳之后，须得姑娘从中解劝。不然，他还疑我是妖狐，岂不屈杀了我么？”许大娘道：“这事在我身上，你快救我兄弟罢！”娘娘便叫青妹取丹药过来。小青将葫芦送上，去了塞盖，倒出一粒金丹。娘娘放在自己舌尖上，送入许仙口中。这金丹果然灵验，一吞下肚，腹中“咕噜噜”一响，喉间吐出一块顽痰，霎时手足温暖，气血调和。睁开两眼，喊声“吓死我也！”将身站起，好似无病一般。只是他看了白娘，仍骂道：“何处妖魔，假冒我妻到此！连日吵闹，已是可恨，今天又来，险伤我命，还不与我滚出去么？”娘娘也不和他分辨，只等姑娘代为解释。许大娘走将过来，便把情由细述一遍，并说道：“兄弟，你休错怪了他。今天若不是弟妇到来相救，只怕十个仙官也要死了。”许仙性情迂执，心里全然不信。娘娘不觉珠泪双流，即将从前经过的事实，直说到现在验逐妖狐救护夫君为止。

若照着原书叙述，如何做妻的为你受尽苦楚，如何做妻的为你险丧性命，一样一样的细诉苦情，在唱本里还不惹厌，如今变了说部，也是这般译下去，好比一桶水倒出倒进，有什么趣味呢？还有一说：这段救夫情节，说得白娘娘太觉软弱，动不动下泪叹气，大有一筹莫展的样子，亦有些儿不对。所以我又删改了一下子，只不把本意失去就算了。

闲话少叙，仍说娘娘诉说了一番始末，还恐怕许仙不信，复道：“我今奉着佛旨到此驱妖，现在四位天将未退，官人与姑娘焚香顶礼，便可叩见天神，剖白此事了。”即唤青妹取过净瓶法水，含在口中一喷，念动真言，朗声诵道：“四大天王，劳你主张。今日太平，请上天堂。”诵念毕，云中现出四位金甲神将，躬身说道：“小神有言奉赠：望娘娘不忘本心，一俟红尘缘满，与青姑速返天庭。小神告退了。”娘娘拱手称谢，四天将驾云而去。许大娘和仙官亲眼看见，连连叩头不止。等到天神去后，方各起身。许仙此刻疑团尽释，过来叫应“恩妻”，深深作了一个揖，也算是赔罪的意思。这一来辨明真假，娘娘和小青才得放下了心。许大娘见他们和好如初，也作别回东楼去了。

这时候，许仙复了本性，开言问道：“如今这个妖魔，不知逃往那里去的？”娘娘道：“那妖妇现虽逃遁，日后自能收伏，未可预泄天机。”三人谈谈说说，天色将晚，吩咐厨房里备办酒肴，搬到内堂，叙坐饮酒。可称得破镜重圆，更是十分欢乐，彼此说不尽离别衷肠，直吃到月上花梢，许仙微有醉意，青姐姐也含笑看着仙官。娘娘已知道他们的心意，便道：“小青已与我姊妹相称，与前主婢不同。况且昔年有三七均分一语，如今正好实行。但官人须要格外温存，不可轻慢为是。”许仙听了，却不明白“三七”这句话。小青不觉脸泛红霞。因为娘娘从前要他帮忙，许过他事成后，与许仙做了夫妻，我七分，你三分。这是私下的话，所以许仙并不知道。只有小青觉得不好意思，暗想娘娘说话太刁，便答道：“你是大贤大德的主母，我做丫环的，怎好与娘娘比肩并立呢？”娘娘听得小青多心，陪笑道：“青妹不必说了，我们今夜大家吃个合欢杯儿，须要尽兴才好！”又一连吃了几杯，方才用过了饭，一同起身上楼。

许仙眼看着小青，意欲打发他走开。娘娘心里早已理会，眉头一皱，假作不快活的样子。仙官忙问道：“娘娘怎么面带霜色？莫非身子有甚不适么？”娘娘道：“实不相瞒，我因路上受了风寒，身子微微发热，故而脸上生寒，今夜不能奉陪官人，先要到后房去安睡了。”许仙道：“娘子说那里话来？今宵破镜重圆，正好与你一叙欢娱，为什么到别房去安睡，反使我独守孤单呢？”娘娘听了，假意作难道：“你说这话，太觉糊涂了。我与你阔别了二十年，何必争此一夜？以后欢娱的日子正长哩！况且我也不要你独守孤单，可叫青妹来陪伴你罢！”小青一听娘娘这般说，忙道：“这个如何使得？理当与姊姊同床共枕的。”娘娘道：“我实在因为身子不快，青妹休得多疑！我是要进去了。”说罢，竟进后房安睡。

那许仙本来深爱小青，早有此意，只因从前在苏州时候，娘娘吃过一回醋，不肯实行三七均分，弄得小青出走昆山，与顾公子迷恋了多时。所以许仙从此之后，不敢与小青勾搭。如今娘娘让他们正式成婚，可称为受宠若惊，那有不愿意之理？便与小青同归罗帐，共效于飞。这一宵的美景谅看书诸君都是过来人，更不劳在下细说的了。只交代一句话：小青此夜已有了身孕，后来产生贵子。今且慢表。

书中要另行提起一个人来了。此人是当朝赫赫的大奸臣，姓仇名练，金陵人氏。昔年因平蛮有功，官封平番王之职。勋高爵显，位列三台。夫人徐氏，年方三十有六，比仇练小八岁。膝下并无儿女，望子甚殷。现在夫人身怀六甲，却不知是男是女，因此常常挂在胸怀。还有一事，他也牢记在心：原来他有一同胞妹子，配与昆山顾蕙兰为室，那蕙兰就是前传中的顾公子，今已做了淮安节度使。只因天南地北，路途远隔，多年不通音信，心里也常常牵挂。并且想起昔年有一件宝物，是外国进贡来的，堪称希世奇珍。他恃着圣上十分隆宠，就把这件宝物，藏匿在家中。谁知被盗贼偷去。他却未便报案，因恐事机泄露，反为不美，只好命人暗中打听，一时并无消息。不料事过一年，这个窃贼，被苏州府陈伦捉住，审问出来，方知宝物已卖与许梦蛟家，便不追究下去了。后来，梦蛟拿来献上朝廷，更得圣上宠用。为了这一件事，反疑是许汉文之妻白氏所窃，暗暗与许梦蛟结下冤仇，常存报复之意。可见得贪婪不法的权奸，他的度量最为狭窄，他的心思最为凶狠的。

不知仇练怎样的报仇，要害许梦蛟受种种磨难，且看下回分解。

第五回 封 王

却说仇练身为藩勋，暗地与许梦蛟作对，怀恨在心，又妒忌圣上宠用着他，要想把他谋害，一时没有好的机会。这天也是合当有事，众文武大小官员上朝见驾，天子忽然启口问道："朕躬前日阅看外国进贡表章，九蛮十八相及各国都到，惟有北番连罗麻，多年不来朝贡，藐视天朝。朕欲兴兵讨伐，众卿以为何如？"那仇练心生一计，忙跪下奏道："臣思番邦虽不服我中原，尚无背反形迹，且慢兴师问罪。只要差一官员，出使前往，晓谕一切，自然到来朝贡了。倘若违抗圣命，不肯归服，那时兴兵征讨，他们方无怨言。"天子道："卿言甚是，正合朕意。未知何人能出使外国封王，不辱君命？"仇练又奏道："依臣愚见，只有殿元许梦蛟，才学过人，可以出使封王。"天子听了，龙颜大喜道："卿家举荐甚善。"便即传下一道圣旨，命许梦蛟出使番国封王。梦蛟奉了这道旨意，心里暗自叫苦：可恨奸臣弄权，蛊惑圣聪，今朝要害我许梦蛟了！我将来少不得报还此仇！眼前却无可如何，只得接旨回转衙署而去。我且慢叙。

先说那梦蛟的岳父陈彪，自从去年送女儿碧莲进京，不觉耽搁了半载，因此要打点回乡。进来与女儿商议，丢不下老妻独自在家。碧莲道："爹爹既要回去，且待你女婿归来，再行商酌便了。"父女正在中堂闲话，许梦蛟已回署走入。碧莲起身迎接夫君，叙坐后，方说道："我爹爹思念家中，意欲动身回去，不知相公意下如何？"梦蛟听了，长叹了一声，转向陈彪说道："岳父大人有所未知。今日不幸发生一事：只因小婿与仇练不睦，他在圣上跟前，阳为举荐贤才，阴实陷害小婿，叫我出使外国封王。现今圣旨已下，无可挽回，即日便要长行。我去之后，署中无人照料，只得屈留岳父在此。待小婿封王回来，再行还乡的了。家中幸有岳母掌管，谅无妨碍，还请岳父放心。"

这几句话一说，弄得陈彪心乱如麻，开口不得。碧莲更是伤心落泪，悲声说道："我想相公此去外邦，长征万里，跋涉关河，到这沙漠之地，去见番君，正不知吃尽多少困苦，才得回来。可恨权奸这般刁恶，叫妾身怎不痛心！我在这里，虽有父亲作伴，也不免带累他心分两地呢！"陈彪眼见女婿要往番邦，女儿单身在京，事属两难，只好把还乡这句话，暂且搁起，反劝慰女婿女儿："不必悲苦。常言道：吉人自有天相。大丈夫从征万里，立功边塞，干一番大事业，都要经过这种患难的。这里有我照料，尽管放心便了！"当即摆酒饯行，翁婿间别有许多谆嘱的话儿。到了晚上，夫妻进房，更说不尽别离的悲苦，我书中毋烦细叙。

只有一句话，我好似骨哽在喉，不得不表白出来。你道为了什么，其实是很可笑的。《前传》里做捕役的陈彪，是许仙的姊夫，后来许大娘与白娘娘指腹联姻，生了女儿碧莲，配与梦蛟，陈彪当然是岳父了。这一段情节，谅必看过《前传》的，还没有忘怀呢！如今这部《后传》里，细细将原唱本查看，不见了陈彪，却变做了李君甫。起初我译的人也弄不清楚，不料续书的健忘到如此地步。及至考求其中的事迹，和两下的称呼，分明陈彪即是李君甫，李君甫就是陈彪。前后判作两人，连姓名也不合，岂不是荒天下之大唐吗？所以我译本中仍改为陈彪，把李君甫除去，免得前后有不符的弊病。但恐看过原书的，不明此意，反道我译错了，故而我伸明这几句。不过也有一说：或者君甫两字，是陈彪的别号，也未可知。他只将姓氏弄错，还算不得十分荒谬呢！好在传奇小说，无从考据，只求委婉动听，前后贯串，或是或非，在所不计，马马虎虎的过去，就是我译错了，也要阅者原谅则个。

表白说过，仍归正传。再说许梦蛟到了下一天，入朝辞驾，圣上赐了三杯御酒，命众文武相送出朝。照面子上看去，果然圣上隆宠非常。梦蛟又带了一千护卫军卒，就此离了京城，径向北番而去。一路上威风气概，难以尽述，我且按下一边，却要提起这个逃走的胡媚娘了。

他本是千年修炼的玉面狐狸精，很有些法力，所以当时被神将一鞭打下，他还能在仓猝间借着土遁而逃，望着东方奔走，脱离此难，也算是侥幸的。他全不想自己不好，假冒着白娘娘，前去迷恋许仙，采取人的元阳,反怨恨着白氏,拆散他三月夫妻。又想念:“许仙待我这般恩爱,实在抛撇不下。不知他吓坏后,如今怎样了。”这一来,总算是有良心的。不过怨恨白娘娘来夺他的丈夫,可见得妖怪的念头,是别有肺腑的了。此刻逃走出来,在路上遇见了青蛙,依然作伴同行。一主一婢,却到那里去安身呢?当时并没有一定的主意,驾云向前,来到一座山上。见此地风景清幽,十分可爱,苍松翠柏,林木参天,怪石奇峰,花草遍地,是个人迹罕到的所在,很可以做我安身之处。媚娘按落云头,正与青蛙四下游玩,走到最幽僻的山谷中,忽然树林间跳出一群小妖,拦住去路,不放他二人前走。媚娘一见,便知是花妖木怪,和那些猪猫鹿兔的精灵,三分像人,七分像鬼,大大小小,高高矮矮,参差不齐,喝叫:“来者往那里去!”

媚娘本身是个老妖精,有千年的道术,见了这班妖子妖孙,那里放在心上!便厉声骂道:“你们这些小妖,休得无礼!擅敢挡我白娘娘去路,敢是来送死不成?”说进,举手便打,早把一个在前的小妖打倒。那班小妖听说是白娘娘,怎敢抵抗,没命的四散奔走了。内中有几个,飞也似的奔入洞中报信道:“爷爷,不好了!外面来了白娘娘和小青主婢二人,到此寻事,凶狠异常,要与爷爷比个高低。请爷爷快去出战!只怕要打将进来了。”

要晓得小妖报告的爷爷,是怎么一个老妖,说出来也有根底的,就是《前传》里的蜈蚣精。他与茅山道士张英是朋友,张英因在苏州神仙庙里,被白娘娘羞辱一番,他便怀念在心,力图报复。回到茅山,途中遇见了蜈蚣精,就教他炼一条金蜈蚣,把自己的灵魂附托在上,藏入盒子中,仍由他送到许仙家中。谁知白娘娘命不该绝,倒翻了净桶,破了妖法。金蜈蚣返本还原,只逃走了附托的灵魂。回到这里山洞中,重行修炼本身。并知张英已被小青抛入江中,死于非命,因此深恨白娘娘、小青狠心辣手,决意要替茅山道士报仇。现在他招集群妖,自称为蜈蚣大王,很有些儿声势。今天正在聚妖厅上饮酒,见有几个小妖,慌慌张张的进来禀报。听说白娘娘和小青到此,不觉怒从心上起,恶向胆边生。立起身来,叫声:“众小妖,你们须要小心,休得放走了青白两个妖妇!”他一面吩咐着,一面全身披挂,走到庭心中，拿了两把钢刀，率领群妖，奔出洞来。

正见胡媚娘带着青蛙过来，他那里辨得出真假，只道在前的是白娘娘，就把钢刀举起，照定媚娘头上飞掷过去。媚娘法力很高，不慌不忙，一伸手接住了刀，骂道："孽畜休得无礼！快快受伏，免汝一死！"蜈蚣精听了，大怒道："好妖妇，我和你仇深如海，前番你害了茅山道，俺也险遭不测。如今你送上门来，定要取你的性命。不要走！看刀！"嘴里说着，恶狠狠把刀舞动，和旋风似的劈将过来。那媚娘将刀架住，对他吹了一口气，他的刀便折断了。

蜈蚣精又惊又恼，丢去刀柄，就在小妖手中取过一条长枪，猛力刺来。媚娘举刀招架，并不惧怯。旁边青蛙也夺得双刀，过来帮助。那些小妖不敢上前，只在那里高声呐喊。蜈蚣精见势不佳，急忙将身倒退几步，口中运动一股气，吐出一粒火珠，就是他修炼结成的内丹，竟向媚娘劈面打去。虽然利害无比，一道红光，好似火球般猛烈，若换了真的白娘娘，倒也怕他三分，因蛇也属火，火与火相斗，一时恐难分胜负。现在媚娘是狐狸精，不但功行与白氏差不多，并且他效学天上的心月狐，探取月中的精水，炼成内丹，性属纯阴，所以毫不退避，也从口中吐出一颗水精珠来。白光起处，那红光便向后退缩，足见阴柔能克阳刚。蜈蚣精知难抵敌，急将火珠收回，吞入腹中，高叫："娘娘恕罪！"跪伏在地，乞求饶命。

其实他自知力不能胜，要想用诈降计，暗地里谋害仇人。媚娘却见他从顺，不敢倔强，便把宝珠收转，说道："我且问你，你几时来到这里的？此山叫做什么山？说得明白，我就饶你。"蜈蚣精道："这山名叫凤凰山，山前有绿水回环，弯弯曲曲，通入大海。后面有一条路，可通北直雁门关。俺从前被娘娘制伏，逃到此间存身。一来修炼宝物，二来招集妖兵，意欲干一番大事业，结连番邦，夺取那花花世界。"

媚娘听他说出根由，方知他与白氏也有冤仇，我不如对他说明预备将来一同报仇便了。想定主意。就叫声"将军请起"，据实说道："我今与你说明了罢！我不是白氏素贞，乃是昆山得道的狐妖。千年修炼，法力高深。只因动了凡心，花朝月夕，顿生愁闷，意欲采取男子的元神，补我不足，俾得速成道果。谁知一念之错，下山来到临安，找寻那有缘人，却巧遇见了白氏的丈夫许仙。他本是佛门弟子，夙世根基甚厚，与那寻常凡夫俗子不同。得此元阳，胜人百倍。我就变了白氏模样，与许仙恩爱了三月有余。那知白氏亲自前来，把我百夜夫妻顿时拆散，并召天将来捉我。若不是我逃走得快，险些儿枉送性命。如今无意中走到此间，得遇将军，也是有缘。我愿与将军同心协力，共报此仇！”蜈蚣精道：“原来如此！小将愿听指挥，誓与他拼个你死我活，以泄此恨。”说罢，便请媚娘等到洞中，摆酒接风，商量日后兴妖作怪的大事。原不是一朝一夕办得成的，书中暂且丢下。

再说白娘娘与小青回到家中后，辨明真假，驱逐妖狐，得与许仙重为夫妇，小青也做了二夫人，可称得心满意足，苦尽甜来。那日娘娘向许仙说道：“我前年出塔升天，我儿虽见过一面，却不知道我此刻已回家中，难免他要思念我亲娘的。我今欲修书一封，命秦高即日进京传达，好叫我儿放心，你道好么？”许仙点头道：“贤妻说得甚是。孩儿只闻他岳父报告，知道我已从金山归来。现在你也回来，理当报个喜信。从此我儿可以安心在京供职了。”于是娘娘亲笔写了一封家信。信里写些甚么？无非是出塔升天以后，种种离情，以及归家降妖各节。写毕封好，另取白银三十两，给与秦高做盘费，命他打点动身进京，不必细叙。

此时娘娘又想起一事，要与许仙同去上坟祭扫，连小青一并前往。许仙道：“这是应当的。我还记得从前端阳那天，娘子要去上坟，不料走下楼时，跌了一跤，以致不曾同去，在家养病。这事相隔二十余年，你可还记得否？”娘娘道：“怎说不记得？我也耿耿在心！不幸后来遭了祸事。我竟从未到过坟茔，所以我要和你同去祭扫呢！”许仙道：“如此，待我命人备办祭礼，明日同去上坟便了。”

这些祭礼，无非香烛锭帛，和那酒菜等类，早已备办定当。到了下一天早上，夫妻三人坐了三乘官轿，带领从人，挑着祭礼，出了府第，上街坊一路向前。哄动了两旁来往的行人，老的少的，纷纷谈论。有几个认得他夫妻三人，知道许家的底细，都说这位白娘娘，平日做人极好，所以生下个状元郎。如今赦罪出塔，又是这样的风光了。

我不说众人背后谈讲，其时一行人簇拥着三乘轿子，出了城关，从西湖塘上匆匆行去，早到了许氏坟茔。停轿出轿，许仙着从人在坟前石台上供好了祭礼，然后过去拜了四拜。白氏也上前跪倒，默祝祖先保佑仙郎，日后同上天堂。小青叩诉祖宗，保佑你媳妇早生贵子。拜毕起身，吩咐从人烧化了纸钱，收拾了祭礼，准备乘轿回去。娘娘开口说道："近日暑气全消，秋光可爱，意欲与官人在西湖塘上游玩一回。"许仙道："极可使得。方才坐着轿子，匆匆经过湖塘，未便游览，倒不如步行向前，命轿夫跟随在后。待我们游兴已尽，方始上轿归家。娘子你道好么？"娘娘点头赞成。夫妻三人就此步行，一路游玩西湖十景。

我若照着原本唱篇直译，再将西湖十景，一样一样的叙述，纵然点缀分明，也觉得重复可厌。因为上段书里，胡媚娘玩景思凡，早经说过的了。况且此次祭墓而来，无关重要，只算得连带文字，还是少说几句的为妙。但是娘娘今日随夫祭塔，重到湖塘游玩，未免有今昔之感。人情大抵如斯，所以我提及往事，也算是回顾《前传》的笔意，理上说得过去的。

要知白娘娘心里有甚感触，与许仙说些什么话来，且看下回分解。

第六回 产 子

却说许仙等夫妇三人，一路在西湖塘上游玩，娘娘道："你看西湖景致，与前无二。只是我们三人，略觉苍老一些。"许仙道："娘子们却也还好，只有我受了胡须，愈觉得老了。"一头走，一头说。娘娘看见那边雷塔夕照，更是伤怀，便用手一指，说道："二十年前，我在此中沉埋，受了多少寂寞凄凉！如今又得夫妇团圆，在此游玩，真是天大的幸事。只可惜此峰被青妹用火焚烧，变得这般模样了。"小青道："我也是一时气愤，欲救姊姊不得，因此放火焚烧。今日想来，实是卤莽。毁坏了前代的古迹，到变做我们的遗迹了，姊姊以为如何？"娘娘点点头，看过了别的景致，走到断桥残雪，不觉有些力乏了，就在亭中少坐片时。许仙与小青也坐了下来。娘娘忽问道："官人可还记得断桥相会时么？"许仙道："记是记得的。不过已往之事，我劝娘子不必提及了，说起时反增悲苦。现在且图欢乐要紧。此刻天将旁晚，我们回去罢！"

于是三人起身上轿，一径回到家中。吩咐厨房备好酒肴，畅饮到初更时候，方始归房安睡。今夜许仙睡在小青床上。小青因为腹中有孕，劳动后稍觉疲乏，双睛一闭，魂已出定，悠悠扬扬，身入梦中，那梦神便来托兆了。因为奉了佛旨，特地相送武曲星临凡。喝声："青娘听者！汝今有孕在身，切勿心中焦急，我奉上天敕旨，特送贵子与你。也是你命中注定，若遇分离，不必悲苦，日后自有相逢的日子，名显朝廷。汝当紧记在心，吾神去也！"小青失声高叫："菩萨！我还要问……"这句话尚未说出，早把许仙惊醒。忙问道："青娘你要问什么？"小青方知是南柯一梦，便道："我在朦胧之间，得一奇梦，梦见那神人对我说，如此如此，这般这般。未知吉凶若何？"许仙道："这是大吉之兆，后来定生贵子，要干一番大事业的。"小青微笑道："若得生儿，日后与小相公一般，也不枉我重下凡尘，接续旧缘了。"

说话时,听得樵楼已敲四鼓。再睡了一回,天已明亮。许仙起身到白娘娘房里,告知此梦。娘娘道:“梦虽奇异,其实我早已未卜先知了。”许仙很为得意,笑说道:“娘子有先见之明,能知过去未来,真不愧为梨山老母的高徒!”娘娘听他戏言取笑,因为从前做妖怪时,托言是梨山传授,此刻他说这话,分明是嚣我的冻疮疤,便戏答道:“青妹得此一兆,害你又要惧怕他了!”许仙道:“做梦有什么害怕呢?”娘娘道:“你可记得昔年我与你同床安睡,变一条十丈长的大蛇,将你欺侮?不知如今可有第二个法海和尚,再拿金钵来收我么?”许仙忙道:“娘子太多心了。若提往事,总是我许仙没有情义,连累娘子受苦的呢!”娘娘见他认了真,也陪笑道:“这不过戏耍的话,以后大家不必说了。”这些闲文,毋烦细叙。

数月以来,家中并无别事可记。光阴很迅速的过去。要说到小青怀孕以后。已将达月临盆了。那天小青独坐在房,觉得腹内一阵一阵的疼痛,莫非那婴儿要离身了么?想起:“从前娘娘产生梦蛟时,全亏我一个人做独脚戏,在旁服侍,眼见娘娘十分痛苦,我却不慌不忙,镇定心思,办理得井井有条。如今临到自己身上,不知道怎样过去?”他虽修炼了七八百年,年纪还不及白娘娘,却也算不得不老了。而且换去凡胎,他已不是蛇身,反比娘娘高出一筹,变做人养人了。但他还是头生,第一次养儿子,从未经过此事的人,心里总要慌乱的。所以他腹中越痛越紧,又好似乱箭穿心,钢刀剖肚,一阵连一阵,那里还忍得住!眼中泪落如雨,叫声:“不好了!再要疼痛时,恐怕性命要不保了!”只得双手捧着肚子,高叫:“姊姊快来!”

娘娘听得叫唤声甚急,连忙走将过来。见他这般光景,便问道:“青妹敢是要分娩了么?”小青皱着眉心,点头应是,连身子也立不起来。娘娘就搀扶他到床上睡下,方说道:“你今痛阵紧急,即时要分娩了。我和你仿佛同胞姊妹一般,我就权做稳婆,也是应该的。”小青道:“怎好有劳姊姊?还是去知照相公,唤个稳婆来罢!”娘娘道:“这算什么!一来恐怕不及,二来我也懂得收生,更比那班稳婆妥当些。”

此时小青痛得牙关紧咬,口也难开,下部胞浆水已下。娘娘急忙脱去外衣，把应用的东西，摆在一旁，然后取一块大包袱，束在腰间，爬上床去，双手将小青身子捧住，往上一提，叫声：“青妹！你只要用力迸一口气，忍着疼痛，小儿便下来了。”小青这番痛极，闭着嘴一迸，眼睛前一阵黑暗，那婴儿已经脱离娘胎了。总算顺流水，快生快养。娘娘伸手托小儿，听他哭声洪大，知是英物。正要下床命人去唤稳婆来洗浴，却巧许仙上楼进房，知道个喜信，便去唤一个稳婆来。这稳婆住在邻近，所以命人一唤就到，与小儿剪了脐带，沐浴穿衣，包扎停当，领赏而去。

但是我有一句话，不得不讲明的：许仙家里呼奴使仆，比前更为富饶，难道稳婆不好早些唤来的么？还是恐怕他生下几个蛇蛋来么？都不是的。为什么娘娘定要权做收生？有个缘故在内。昔年娘娘生梦蛟时，小青当过稳婆，今日小青生子，娘娘也亲自服侍他，这叫做以德报德。况且现在改称姊妹，比不得前番有主婢的名分呢！

数言表过。再说许仙今番又得一子，喜气满怀，府中热闹异常。诸亲百眷，前来道贺，厅堂摆酒，宾客欢呼。三朝设席，更不必说了。到了弥月，亲戚朋友，都来送礼。正所谓不是亲来也是亲，比三朝更为热闹。厅堂上挂灯结彩，庭心中搭台唱戏，笙歌盈耳，宾主联欢，杯盘交错，水陆纷陈。有两句俗语说得好，叫做“富家一夕酒，贫汉十年粮”，一些也不错的。这一天人人快乐，个个欢喜。只有娘娘想起前情，频弹珠泪。许仙一见，忙问娘子为了何事？小青也来细询情由。娘娘苦塞咽喉，停了半晌，方说道：“青妹，你是我心腹之人，怎么还不知道我的心事呢？”小青听了，自然会意，虽不明言，也不觉滴下泪来。娘娘又向许官道：“我记得那年梦蛟弥月这一天，正是做妻的被难之期。今虽出罪重续旧缘，却不见孩儿在我面前，因此我睹物伤心呢！”

小青见许仙呆立不语，只好在旁劝道：“姊姊不必悲苦。小相公在京做官，少不得有见面的日子，请姊姊且免愁烦。”娘娘原是个豁达的人，也不过一时感触罢了，此刻听得这话，心里一想：“今朝青妹生儿满月，理当庆贺才是。我若只管悲苦，反道我度量太小，有心触他的霉头。何况我儿已经做官，不久就有相见之日了！”所以娘娘转悲为喜，抱了满月的孩儿细细一看，果然生得眉清目秀，品格超凡，将来一定名登甲第，夺取魁元。就替小儿取了一个名字，叫做梦龙。日后一蛟一龙，当可显耀许氏门庭。许仙听说大喜道："好个梦龙两字！他日须要努力攻书，方不负此名儿！"说罢，转身出外，招待宾客。忙碌了一天，直闹到更深方散。果然是状元府第，毕竟与众不同！这一段小青产子情由，我算叙过了。

我且暂把家中搁过一边，要说到出使平番的许状元。奉旨封王，非同小可。那一天已到番邦，这里番王早已得报，即命左相喏噜苏，前来迎接南朝天使，在本国边界上等候。是日遥见一队军马，威威武武，簇拥而来，想必是天使大人到了，果然一些不差许梦蛟！番界左相过来迎接，并马同至迎宾馆，下落雕鞍，携手入内。彼此见过了礼，分宾主坐下，梦蛟先启口说道："本院因奉圣旨出使贵邦，非为别事。吾上邦圣主，自先皇开国以来，凡外邦九蛮十八洞，都有朝贡进京，无国不服。惟有尔番君近年以来，并无贡税。且又口出不逊，夜郎自大。所以我圣上命本院前来，通问此事。请番相速即奏明汝主，议决作覆。如若不然，天朝兴师征伐，决不姑宽！"番相道："天使大人，何出此言？我主虽是番邦，也有九卿六部，四文四武，将相完全，各府州县，界画分明，那一桩不如南朝？大人怎么轻视我邦，狂言征伐，是何道理？"梦蛟道："番相言之差矣！我圣朝入主中原，统一九州，恩覃四海，遐迩偏邦，谁不敬服？只有你番君不遵王化，恃强顽抗，欺侮中华，有乖臣道，故命本院到此责问。望即奏明汝主，来朝纳贡。我圣上深恩厚泽，决不追咎既往。倘敢有违，迟疑不覆，只怕天威一震，举国顿成齑粉了！"

这几句话，义正辞严，可谓不辱使命。但是少年气盛激烈了一点，竟触恼了番相，喏噜苏怒骂道："好个年轻无知的天使，口出朗朗狂言，藐视我番国无人，逞强压迫，这般无理！待俺奏与我主知晓，把你拘禁在此，休想回转家邦！"说罢，站起身来，吩咐小番传令出去，立即调勇卒三千，守住中原渡口，不许南兵过界。又命手下将许梦蛟拘押营中，不得有误。

番相命令一下，怒冲冲回朝禀覆去了。只可怜许梦蛟被几名番卒押入番营拘禁，心里好生悲苦："这次出使封王，明知是仇练的奸计，有意陷害着我。但我既奉君命，理当为国增光，折冲坛坫，直言向番邦诘责，虽死亦无怨言。只是丢不下家中妻父，还不知我在这里受苦呢！"

书中暂将梦蛟被困番营一节按下，却要另行提起一人。此人说将出来，想必看过《前传》的，还未忘却，就是那个昆山顾公子，官名蕙兰。昔年被小青迷恋，那时小青未脱凡胎，身有大毒，因此弄得顾生骨瘦如柴，成了痨瘵。幸亏许仙驱妖治病，才得起死回生，十分感激。那知中秋节登门拜谢，见了家内失去的三件宝物，又见妖精出现，便疑心许仙不是好人，命家人告到当官。他却先自归家，禀告母亲。那太夫人十分贤德，反斥责儿子"卤莽，以怨报德。况且这几件宝物，久未检点，或者被他人所窃，转卖与许仙，也未可知。你便告到县衙，仗势欺人，竟忘却自己的性命，是那里得来的！虽说妖精在他家出现，也许他收伏后，听候仙人使唤，好比南极仙翁在仙山上，有鹤鹿二童看守洞府，难道鹤鹿不是妖怪么？"这一阵埋怨，顾生只好唯唯听命。仔细一想，却也不差，心里很觉懊悔。便将此案搁起，不差人去追究了。所以许仙得安然无事，来到镇江与白氏相会。《前传》里未曾说明，也是缺点。故而在下译到这里，替他补叙这几句，方觉得前后呼应了。

此事相隔二十余年，如今顾蕙兰已有四十岁了，自从那年病愈后，进京得中第八名进士，点入词林。未及数载，钦命擢升为淮安节度使之职。只因前妻陆氏病故，继娶夫人仇氏。即是仇练的胞妹，颇为贤能，与自己同庚四十。怎奈膝下无儿，仅生两个女儿，长女金鸾，年方十九，次女银鸾，只小一岁，都配与陈伦为媳。两婿一个榜眼，一个探花，与许梦蛟同榜，共居翰苑。

这些事实，我拿来叙明后，方说顾蕙兰到了淮安任上，倒也弊绝风清，政声卓著。只有地方上不甚太平，近来凤凰山上，出了两个妖魔，势极猖獗。本来要与亲家陈伦商酌此事，替当地百姓除害。又听陈伦奉召进京，将要动身去了，因此心内踌躇，好生忧闷。正坐在书房思想间，他的夫人仇氏自内走出，叙坐后，蕙兰问："夫人出来何事?”仇氏夫人道:“妾身非为别事,只为我胞兄五十寿诞,就在本月中旬,故此来与相公商酌,端整了礼物,我欲与女儿同去祝寿,倒不如备了舟船,一起进京。未识相公意下如何?”蕙兰道:“夫人若往京城,又恐衙中有事,无人照料。我劝你不去的好。还是把这份寿礼,托陈亲翁带了去。我二女也要拜母舅的寿,就叫他向舅兄致意一声。”夫人点头称是,也赞成这样办法。当下将行礼整备停当,顾爷便吩咐打轿,来到陈伦衙署中拜望。

我就趁势将陈伦这个人,表个明白。但依据本传里说,陈伦初任钱塘县,后升苏州府,好像《前传》里的周士杰。先做钱塘时,因库银一案,将许仙徒配姑苏。及至昆山盗宝事发,告到吴县堂上,这县官也就是他。不过不是苏州府,似乎两样。一而二,二而一,我却无从考据。或是或否,只好依样画葫芦,照着本传写将下去。好在周士杰非比陈彪,陈彪误作李君甫,断然不可,我在上回早经说明。如今这个陈伦,并不是许仙的亲戚,无关重轻,恕我不再更改了。现在陈伦已升任了淮安道,地方上很有贤名,因此有圣旨下来,召取进京。

不知陈伦进京之时,那边许梦蛟可曾封王归国,回京覆命,且看下回分解。

第七回 归 国

却说陈伦是四川人氏,夫人陆氏同庚五九,从前因遇难产,幸得许仙良药相救,母子转危为安,均喜无恙。大儿陈连中了榜眼,次儿陈达,中了探花,与许梦蛟同榜,都在京中为官。他的两个媳妇,乃是昆山顾蕙兰的女儿。一双姊妹,嫁给同胞兄弟,珠联璧合,可称为美满姻缘。现下二媳随侍翁姑,都在淮安道署中。陈伦莅任以来,将及三载,近来却多了一桩心事:因为凤凰山妖寇作乱,搅扰得地方不安。正想设计收伏,将此事奏闻朝廷;怎奈眼前要行取入京,故而迟疑未决,尚没有一定的主见。忽见陆氏夫人同着二媳出外,行礼坐定后,陈爷问夫人出来何事,夫人道:"只因二媳有事禀闻,特地陪他们出来的。"陈爷道:"不知有什么事情呢!"二媳便说:"仇家母舅,今年五十大庆,欲往京中祝寿,该备二付寿礼才是。故此同来禀告公公。"陈爷道:"我今行取进京,你婆婆也要去的,不如一同去罢。"二媳唯唯听命。

正说之间,阍人进来禀报说:"顾老爷到此拜望。"陈伦即忙出外迎接。到了厅上,两亲家见过了礼,分宾坐定。顾蕙兰先开言道:"闻得亲翁即日荣行,一则特地相送,二则有事相商,还请亲翁裁酌。"陈伦道:"不知亲翁为了何事,倒要请教。"蕙兰道:"我因为本处西北有座凤凰山,地极荒僻,行人稀少,那里出了两个妖魔,啸聚山林,比那凶狠的盗贼还要利害几分,弄兵作怪。而且他的妖法,变幻无穷,闹得该处一带地方,日夜不安。甚至扰乱江山,未可轻视。更兼淮安通连南北,是个要害的重镇,一旦举事,那还了得!故此来与亲翁商议,未识尊意如何?"陈伦道:"此刻弟也别无良策。况且即日就要进京,只好将此事奏闻圣上,然后聘请能人,发兵驱妖便了。"蕙兰道:"如此甚好。弟还有一事奉托:妻舅仇练五十生辰,略备几种礼物,要相烦亲翁带往京城。"陈伦道:"这是很便的。拙荆与二位令爱一同进京,到仇家去拜寿时,只须令爱致意令舅一声,岂不更妙?”蕙兰道:“足感亲翁盛情!小弟就此告别。”陈伦挽留他到内堂,与二女相见,叙了一回闲话,顾爷方始作别而去。

书中单说这里陈伦收拾行装,挈领家眷,就此离了淮安,直抵京城。路上并无书说。到京后,暂在寓中耽搁。次日五更三点,入朝见驾。三呼万岁,天子龙心大悰。因知他为官清正。办事贤能,故加以不次的擢赏,补授了吏部尚书之职。陈伦谢恩毕,重又奏道:“臣在淮安道任上,国泰民安,年丰物阜,固是可喜。但西北边隅,有一凤凰山,山深林密妖物潜藏。今据府县报告,该山有二妖作耗,扰害闾阎。虽是么么小丑,惟恐盘据日久,滋蔓难图。设或暗通番国,恐成心腹之患。伏乞圣上乾纲独断,即日遣将前往,扫除妖孽,国家幸甚!百姓幸甚!”天子道:“据卿所奏,朕已知悉,但妖物虽然利害,尚未侵及疆土,且慢妄动干戈。可着令淮安将军严防谨守,只待他反形毕露,那时兴兵剿灭未迟。”谕毕退朝。

陈伦出了朝门。早有两个儿子过来迎接。回到寓中,将夫人和媳妇等一并迁入衙门。部署方毕,文武众官齐来拜贺,还有一班属员进见,自有一番忙碌。这些繁文,毋庸细表。现在要说到番邦去了。

那个左相啱噜苏,因见中原差来的天使许梦蛟,责问朝贡理直气壮,言出如山,甚是可怕,当下争论了一番,即时将许梦蛟拘禁番营已经长久了。那天奉了国王之命,来见梦蛟劝降。到了营中,两下相见坐定后,番相便将自己的来意说道:“俺今奉命到此,劝你归降我主,仍封为殿元显相之职,免得异乡受苦。还望天使细加详察!如愿从顺,便同你去见我主,加官受禄。”许梦蛟听得此言,勃然大怒道:“人各有志,你主何苦强逼忠良!想我堂堂中国,乃是真命帝主,我当效死以报君恩。生为中国人,死为中国鬼,岂肯降你这偏邦小国,落下万古臭名?我请你回覆番君,休得妄想。如若再来相逼,我情愿刀下身亡的。”

番相见他这般坚强不屈,心中虽暗暗称赞,嘴里却恨恨的说道:“许梦蛟呀许梦蛟,你今不肯从顺,只怕你懊悔无及。”说罢,就去回覆番王,奏明“许梦蛟忠心赤胆,坚执不允,誓死报国。”番王忽然问道:“许梦蛟是那里人氏?今有多少年纪了?”番相道:“据说是中国浙江省杭州府钱塘县人氏,约有二十余岁了。”番王点点头,略想一想,便道:“孤在二十年前,扮做客商模样,来到中原,游玩杭州西湖,见塘上有一少年后生,手抱婴孩,两眼垂泪。又见一白发头陀,手持金钵,钵内有一条小小白蛇。我便问那些游玩的人:为着何事?这后生何人?那人说明后生叫许汉文,盂内小小蛇儿,千年修炼变做美人,就是许汉文妻白氏娘娘。为水漫金山,害了万万生灵,故此前来把他收伏,镇压雷峰。那抱的弥月孩儿,就是白娘娘所生之子,乳名梦蛟。所以这个后生,难舍难分,在那里啼啼哭哭。这时候,寡人也在旁观看,不觉感叹了一回。事隔已久,如在目前。想不到如今差来的天使,正叫做许梦蛟,莫非就是此子不成?也可算得一桩奇事!左相可传他进来,待我细细问他,不知是也不是。”

以上这段说话虽觉离奇,且与《前传》稍有不符,也还说得过去,真叫做无巧不成书呢!

仍说当时左相领了旨意,再到营内,召请天使许梦蛟入朝相见。梦蛟听得番王旨意中,有个“请”字,在他口中传出,谅必有事相商,并无恶意。“我且跟了他去,行个君臣之礼便了。”主见打定,就随着番相入朝行礼,口呼千岁,叩伏金阶。番王很为谦逊,连称不敢,平身赐坐,然后说道:“殿元奉着圣旨,来到敝邦出使封王。但我国虽属番邦,也是顺天行事,规模礼教,原与中国无异。你南主不度德,不量力,意欲兴兵敝国,寡人何足为惧!因此将殿元拘禁营中。今见卿一片忠良,实为可敬,特命左相召卿相见,一问情由。不知殿元何处人氏?你可将本身履历,细细说来。”许梦蛟奏道:“使臣是浙江杭州府钱塘县人氏,父名汉文,现在家居,并未出仕。”番王又问道:“你的母亲谁氏?你怎么不说呢?”梦蛟听了,心里有些诧异,不敢说谎,据实奏道:“臣母是千年得道的精灵,与父亲夙世有缘。后被法海僧人所害,镇压在雷峰塔二十年,如今已出罪升天了。”番王道:“如此说来,可是水漫金山的白娘娘么?寡人想起,也觉悲哀。只可喜生子成名,鳌头独占,今得出使到此,也可算得天缘巧合了!”梦蛟道:“请问千岁,怎生知道使臣的家事?”番王道:“寡人昔年乔扮客商,来到中原,在西湖塘上游玩,正见那日的情形,故而向旁人动问,得悉此中的原委。不意今日天遣相逢。事皆前定,寡人岂肯违天行事,将你屈留在此,埋没你的风云壮志呢!”又回顾左相喏噜苏说道:“你可整备奇珍异宝各种贡物,即日送殿元归国;另备黄金千两,彩缎百端,赠与殿元还朝。”

许梦蛟听了这话,暗自欢喜,即忙起身叩谢,感激番君贤德,三呼千岁,告辞退下。文武相送出朝。与左相上了青鬃马,一千军卒护驾随行。梦蛟自此转扰为喜,遇难成祥。今日能够封王归国,真是难得。

起程后一路回去,并无书说。到了本国地界,途中官员迎送。这些常套,不必细表。那一天进了京城,许梦蛟带同番相入朝见驾,细奏出使后经过情由,并呈上番国朝贡的表章。天子大喜,即命光禄寺备宴,款待番臣,也赐金银彩缎等物。那番相谢过了恩,先自退出朝门,带着番卒回本国去了。这里殿廷之上,天子钦赐状元加升三级,仍回翰苑掌教。满朝文武,谁不钦敬!惟有仇练心中难过,暗说:“小子真好侥幸,少不得还在我手中呢!”

我不说奸臣心事,再说许梦蛟退下朝来,得意洋洋,回到本衙,碧莲夫人出来迎接夫君。到了厅堂上,夫妻行礼毕,岳父陈彪也出外相见,各诉离情。当即整备接风酒席,合家欢乐,毋待细叙。

过了一天,陈彪因久未得家中音信,思乡甚切,所以一见女婿归来,次日便向梦蛟说道:“我只为贤婿奉旨出使封王,至今耽搁在此。虽家里有信寄去,却没有回信到京,不知何故,弄得我心中日夜牵挂极了。”梦蛟道:“岳父既要回去,待小婿择日送行便了。”陈彪道:“我今归心如箭,明天便想起行了。你岳母不知在家安否?为什么至今杳无音信呢?难道没有便人投递到京么?”梦蛟道:“小婿在当日限满进京时,爹爹尚未归家。后来岳父送令爱到此,方知父已还俗,不肯来京共享荣华。累及岳母在家照料,小婿心实不安。更兼外国封王,又累及岳父耽搁了长久,常常悬念家乡,就是小婿也挂念着爹爹。今得岳父回去,最好也没有了!”陈彪道:“凡事都出人意外,此刻却不必说了。你的意思,我也明白的。”梦蛟道:“既如此,明天准备船只,我叫陶仁相送就是了。”

商量停当,梦蛟写好了两封家信,一封禀告父亲,一封问候岳母。当晚备了酒席,与岳父饯行。饮酒之间,无非谈些家常话儿。夫人也向外来,要请爹爹在母亲前代言问安,说“女儿在京安乐,不须牵挂”。又叫家人陶仁进来,命他伴送太老爷回杭,路上须要小心伏侍。陶仁唯唯听命而退。少顷席散归寝。到了来朝,梦蛟已命人备了一号大船,所有铺陈行李,也收拾好了,便亲送岳父登舟。并嘱陶仁当心侍奉,事毕速即回京。翁婿作别后,梦蛟踏跳登岸,看那号大船解缆开行去了,方始上轿回衙,不烦细表。

要说到仇千岁庆寿一事。那仇练是个权奸,封藩以后,仗着圣上隆宠,气焰薰天,炙手可热。他虽陷害许梦蛟不成,却得了举荐贤才的名誉。只可惜天不佑助,膝下无儿,幸生一女,闺名秀凤,年方八岁,生得聪明伶俐,因此他与夫人爱如珍宝,总觉得美中不足。明天是他五十生辰,厅堂上早已悬灯结彩,寿幛寿联,挂得密密层层,都是王公大老的官衔。中间供着御赐白玉寿星等各项珍品,其余摆列种种器具,可称为穷极奢华。红氍贴地,绣幔遮天。又唤到一班梨园子弟,搭台演戏,准备款待来宾,开筵听唱。就是那边的瀑纱厅、花厅、官厅、后厅等各处厅堂,以及两旁的内外书院,后面的内外花园,都收拾得金碧辉煌,点缀得花团锦簇。正是:天上神仙府,人间富贵家!别有一种豪华气象。

仇练亲到各处看了一看,心中十分喜悦。又见今日各地送来的寿礼,比前几天更多了,无非金珠珍宝和那锦绣幛联等物,此外糕桃烛面,这些食用的东西,更不必说了。因为他是极品藩勋,所以宰相以下六部九卿等文武官员,那一个不要来趋奉他?即使与他不睦的忠良,也不免送一份薄礼,遮人耳目。故而格外热闹异常。仇练又唤府中军官王贤进见,料理一切,并命厨房中备办酒肴。格外丰盛。

正吩咐间,见一家人进来禀报道:“启上千岁爷,昆山两位顾小姐来了。”仇练即命他传话内堂,致照夫人小姐出去迎接。少顷两位顾小姐来到厅堂,一同上前拜见。叫声“母舅舅母!甥女等特来拜寿。”双双跪下。仇练受了两拜。便说:“贤甥女请起请起。”顾小姐起身说道:“家母本欲来京庆祝,只因衙内事忙,不克分身到此;特备些些薄礼呈上聊表寸心。如今公公行取进京,婆婆也一起同来,命甥女致意母舅,改日再行登门谢罪。”仇练道:“你公公行取到京,圣上加封为吏部,甚是荣显。奈他不来拜我,故而我也不去贺他呢!”顾小姐听他话中暗藏抱怨,忙道:“我公公性情固执,还望母舅不必介怀!”

此时夫人即吩咐备酒,与二位小姐洗尘。并且这天有亲戚至交先来暖寿,所以大厅上也摆着许多酒席欢呼畅饮,庆祝寿星。直吃到三更过后,方各散归。

下一天是诞期正日,满朝文武齐来贺寿。有几个翰林院里的官员,或做寿诗的,或献寿文的,恭维祝颂,无微不至,各厅上的宾客,坐得满满,比那日大不相同。少顷肆筵设席,仇千岁按照众官员的名单定座;细细查看,席中只少了两个:一个是陈吏部,一个是许状元。心头怀恨,暗骂:“梦蛟这小畜生,你不过封王得胜还朝,圣上十分宠爱着你,你就不放老夫在眼里,如此欺侮,老夫怎生容得!只须略施小计,管教你十年窗下,枉费工夫了!”仇练恨恨不已,单恨着许梦蛟;因为陈伦有亲戚关系,所以这一笔帐,都划到许梦蛟身上去了。

我且将这里庆寿情形,丢下不表。再说许梦蛟因与陈伦家有年谊,并且他官为吏部,执掌铨衡,应当前去拜望。这日乘轿来到吏部衙门,把名帖送将进去。

不知陈伦是否接见,和许梦蛟谈些什么话来,且看下回分解。

第八回 报 信

却说吏部陈伦秉性固执,因与仇练薰莸各别,不愿去趋奉他,只命二媳前往拜寿,代为致意。所以今日退朝回来,静坐在书室中,批阅文书,办理他的公事。忽见司阍人走入,呈上贴,禀报许状元来拜会。陈爷把名帖一看,上写着"年侄许梦蛟顿首拜"。暗想:"他是许汉文之子,与我孩儿同榜及第,闻他封王得胜回来,到此拜望,我当以优礼相待,不可轻慢。"便吩咐阍人开了正门,亲自出来迎接。与梦蛟相见之下,携手入内。

到了厅堂上,见礼分宾坐下,送过香茗,陈爷先开口问道:"年侄出使封王,耽搁番邦甚久,不知何日动身,才得回朝。乞道其详。"梦蛟道:"小侄奉旨前往,被番相喏噜苏禁押番营,为时甚久,反要我屈辱归顺,小侄誓死不从。还亏番君感悟,说我能尽忠孝,才得放我还乡,并愿遣使贡献奇珍。蒙圣上恩典,加升三级。但恐仇练与我作对,再生恶计害我,还望年伯垂怜,小侄不胜幸甚!"陈爷道:"年侄尽可宽心。你与他两不相犯,各行其道,怕他则甚?"梦蛟道:"全仗年伯庇护,小侄感激不尽!"陈爷道:"岂敢岂敢!请问年侄,如今令尊在京,还是在府上呢?"梦蛟道:"本欲接至京中居住,只因家父自遭变故后,心灰意懒,偏喜独居清静,故而不肯来京。"陈爷道:"我记得昔年在苏州时,贱内难产甚危,群医束手。因闻昆山顾家舍亲,病入膏肓,是令尊医治好的,所以我也请令尊诊视。果然金丹一粒,妙手回春,保全母子二命。老夫至今耿耿不忘。"梦蛟道:"小侄闻得岳父谈及,家父曾在姑苏开张药铺。不料顾家误会,控告县衙,使家父险遭陷害。若不是年伯从中挽救,便难昭雪了。"陈爷道:"老夫不过剖明冤屈,解释误会,故命县中从轻发落的呢!我还有话动问年侄:令堂归天以后,不知可有消息么?"梦蛟含泪答道:"我母虽得出塔升天,至今并无消息。小侄因限满来京供职,只知我父已从金山归家。

又未便请假还乡探望,并且奉旨出使封王,留番甚久,未得家中音信,不知何故,殊令小侄悬念之至。”

这一番问答的话,虽不十分重要,原书却与《前传》不合,难免阅者指摘。故由在下删改,较为妥当些。哈哈！在下简直做了圆谎先生了！

数言表过。再说梦蛟与陈伦叙谈了多时,方始起身告别。离了吏部衙门,一路回去。

这个当儿,要提起那报信的老家人秦高了。秦高前年奉了主人之命,来京报告喜信,不料行至黄河渡口,遇见一群强盗,把他的行李书信,尽行劫去,险些儿丧了性命。可怜他盘资全无,只得沿门求乞,飘泊异乡。又遭了一场大病,虽亏得仁人君子,替他出钱医治,迁延日久,才得活命。此时仍旧进退维谷。过了几月,稍得路人周济了些,方才一路求乞进京。耽耽搁搁好容易抵达京城,却不知小主人住在何处,一时那里寻访得着！只好以求乞为生。并且他还不晓得小主人出使番邦,真怪他初来时无从打听了。

秦高受尽困苦,今日合该苦去甜来！正从大街上经过,瞥见迎面一顶红伞,八名护兵,簇拥着一乘绿呢大轿;后面还有两名家丁,骑马跟随,好生威武。只因皇城之中,比不得各省地方官,可以开锣喝道的。知是一位大官员,却不知何许样人。一时看不清楚,他便转向旁人动问,叫声:“大爷,这是什么官府?真好威严呀!”那人道:“这就是封王回国的许状元老爷,今日在那里拜客呢!”秦高听了,即忙赶上前去,向轿子里面仔细一看,果然是小主人,他便跟着轿子同走。来到一所衙署,看小主人下轿进去,略停一停,方走到门房跟首,对那管门人说道:“相烦老哥通报一声,说浙江杭州太老爷差人下书要见。”

那管门的听了,对秦高看了一看,和那乞丐相似。本欲赶他出去,后来一想:“不好,他说是投递家书要见,我不得不进内禀报的。”便道:“你且在外候着,待我通禀去。”说罢转身入内去了。此刻许梦蛟正换过了便服,在书室中坐着,见司阍自外走入,禀告道:“启上大老爷,浙江杭州太老爷。差人下书,现在外面。”梦蛟一听,忙道:“既是太老爷那边来的,快叫他进来见我!”司阍应“是”退出。

不片刻,秦高进来叩见。梦蛟问道:“你几时动身到这里的?太老爷在家可好?你为什么身上弄得这般模样?”秦高道:“老奴奉命来京,不料中途遇盗被劫,将书信行李一并抢去。流落异乡,无以为计,沿街乞食。过了几时,可怜老奴急出一场病来。还算上天保佑,有人救济,得庆更生。怎奈盘费全无,只好一路求乞进京。不知走了多少日子,竟被我到达京城,这还在数月以前。那知四处寻访,找不着老爷的衙署呢!”梦蛟道:“这时我出使番邦,怪不得你无从寻访了。我且问你:那封书信既已失去,但你在临行时候,太老爷可有什么言语嘱咐着你呢?”秦高道:“别无他语,只命我来京报告喜信的。大约信中也是这个意思,待老奴细细告禀。”梦蛟道:“如此快讲!”秦高道:“太老爷回家以后,初时心中愁闷,思念往事,常常掉泪。过了几月,太夫人竟回来了。”说到这里,梦蛟将话打断,说声:“且住,我只问你那一个太夫人?”秦高续禀道:“就是老爷的生身亲娘。出塔升天后,多蒙佛祖赦罪,脱了凡胎,奉命下山,再与太老爷继续前缘。还有一位青氏夫人,和太夫人同来的,欢叙一堂。因此太老爷十分快乐,身子也比前康健多了。”梦蛟道:“照你这样说来,那位青氏夫人,是二太夫人了?”秦高点头称是。梦蛟听了,喜极生疑道:“莫非我今日许梦蛟,在这里做梦不成?”秦高道:“老爷休得多疑,并非做梦,实是真的。”

梦蛟方定了一定神,再对窗外看了一看,果然光天化日,并不是梦。不觉喜气洋洋,把从前一切愁云惨雾,完全化为乌有。足见他天生纯孝,真是世上所罕有的,故而他平日心里,除却亲生父母外,还有一个许氏大娘,一来是他的嫡亲姑母,从小把他抚养成人的,二来又是岳母,所以格外敬重,心里永不会忘记的。此刻知父母消息,就问及陈太夫人可安好否?秦高道:“家里全仗陈氏太夫人代为掌管,办得井井有条。不然,起初只有太老爷在家,虽有老奴等在旁侍奉,怎解得心中烦闷呢?好在陈太夫人身子强健,天天到西楼来的。谁知发生了一桩奇事,忽然来了两个妖精,冒充着太夫人入内,蛊惑太老爷,一住三月有余。又来了两个其实真的太夫人回来了,当时一场争吵，那里认得出真假？还亏太夫人法力高强，顷刻召到四位天将，那两个妖精就逃走了。事定之后，太老爷和太夫人便差我进京来报喜的。想不到老奴命苦，中途遭此大难。如今在街坊上遇见老爷，也可称得绝处逢生，不幸中的大幸了！”梦蛟道：“原来有此奇事，真是可喜之至！”秦高道：“家内二位太夫人，天天与太老爷讲起老爷的。”梦蛟道：“我也在此日夜思念。只是我方从番邦回来，一时未便辞朝还乡。今幸你来此报喜，好叫我略放愁肠了！”当下吩咐另一家丁道：“你带他到外厢酒饭，与他换了衣服。”秦高谢了主人，即跟那家丁去了。梦蛟便起身入内，将此事告知夫人。夫人也是十分欢喜，只记挂着父亲，回转家乡，不知路上可平安否。

我就把这里丢开，提起陈彪还乡一事。他在路上并无书说，那天船抵杭州，到了家中，好不热闹，喜气充满了门庭。夫妻相见，方知弟妇重下尘世，与仙弟再续前缘，可称奇事！少顷许仙过来叙谈，各诉离情。又命仆妇抱出孩儿来，陈彪见了，称赞不止：“骨相峥嵘，将来必成大器！”

这许多家常琐事，我都不表，只说家人陶仁进来叩见主母，娘娘问他一向流落在那里，陶仁道：“自从老奴见娘娘被难后，只身来到京都，流落了二十年，无依无靠。幸遇小主人中了状元，收留在衙署中。今送陈大爷回杭州，就要进京回覆老爷的，免得老爷悬望。”娘娘道：“陶仁，我且问你，你状元老爷与夫人可好么？”陶仁道：“好是好的。只因权奸仇练，与我家老爷不合，他用一条恶计，在圣上跟前保奏老爷到北番去出使封王。我老爷到了外国，拘禁番营甚久，直至今日，才得回朝覆命，高升三级，命老奴伴送陈太爷归家。喜得又见娘娘之面，但老爷在京还未知晓，且待老奴回去报个喜信罢！”娘娘诧异道：“我自归家以后，即着秦高报信。因长久未得回音，又寄了几封书信，也是石沉大海。这又奇了！”陶仁道：“秦高并未进京，也没有书信寄来，老爷又出使番邦去了。夫人日夜挂念，陈太爷又难以动身还乡，故此耽搁至今呢！”

原来另有一个道理在内，在下也要表明的。许梦蛟不知道娘亲归家，那仇练却消息灵通，早已打听明白。恐怕“白娘娘神通广大，如果母子相逢，我就害不得许梦蛟了”！故差心腹得力家丁，在途中查看，倘有浙江杭州府差来的人与京中出来的书信，一齐阻止。所以数年来两下音信不通。秦高遇盗被劫，就是这一班人呢！表过不提。

再说娘娘听了这番话，便吩咐陶仁：“在此休养一天，待我写好了信，明日你动身就是了。”陶仁唯唯退出。过了一夜，娘娘早把书信写好。无非叙说回家一事，嘱咐儿子谨慎为官。许仙也在一旁看过。当即交付陶仁，并赏给盘费银四十两，打发他进京去讫。

书中有话则长，无话即短。近数年来，总算相安无事，过那欢乐的日子。光阴迅速，二公子梦龙年方五岁，生得眉清目秀，头角峥嵘，聪明伶俐，活泼非常，便送到学堂里去读书。不多几年，过目成诵，与昔时梦蛟相似，真可称得神童。那一天，娘娘与青妹正坐在中堂上，和许仙闲话，见梦龙放学回来，品格魁梧，比起初上学时大不相同。上前拜见爹爹与二位母亲，把近日所作的几篇诗文呈上。娘娘接来一看，居然做得很有意思，回顾小青道：“青妹你看这小小年纪，能够做得几句，总算亏他，将来孩儿必然辅佐王家。”梦龙听得赞他，便道：“孩儿读了书，就要想做官了。”许仙笑道：“你年尚小，晓得做什么官！”梦龙道：“哥哥做的是文官，孩儿要学武做武官的。一文一武，岂不是都出在许家么？那时爹爹是老封君，二位母亲要升做天仙了。”娘娘听了梦龙之言，把头点了几点，预知此子日后飞黄腾达，不在梦蛟之下，小青也深为欣喜。

这个当儿梦龙一跳一跳，同着一个小丫头，来到后面花园中游玩，随手拿了一根齐眉木棍，横七竖八，打了一路。正打得高兴时，天上来了一位九天玄女娘娘，因为奉了如来佛旨，要度梦龙上山，学道成功，干一番大大的事业。知他是武曲星官降世，性格极高，须得用一法儿，引诱他来。便命从者变一神莺，停在树枝上，叫了两声。梦龙一见心喜，要想捉他下来，拔步向前。那神鸟又连叫几声，振翅一路飞去。梦龙追将出来，正走到假山深处，那鸟腾空飞上云霄，忽然不见了。举头仰望，只听得空中高叫道：“许梦龙随我去罢！”就地卷起一阵大风，梦龙不知不觉，身在云端，两足如履平地一般。他睁眼四下一望，见那九天玄女在前行走，他就在后跟随，好似身登仙界，颇有兴趣,竟忘却人间父母,到仙山上学道去了。

我且丢下慢表。再说陪伴梦龙的那个小丫头,追随在后,相离不远,忽然一阵狂风,吹得眼前昏暗。等到风定一看,不见了二官人,慌忙到假山跟首各处叫唤。寻来寻去,那有二官人的踪影!急得他魂也没有了,三脚两步,奔出花园,死也似的来到中厅,报告主人主母。娘娘一时也呆了,许仙更是心慌,大骂丫头不小心,叫他再去找寻。小青一闻孩儿失踪悲伤痛切,忙叫声姊姊道:"事出蹊跷,莫非有甚妖怪,前来作祟不成?还望姊姊代为详察,我的方寸已经乱了。"娘娘却心神镇静,原不过略呆一呆,早已袖中算定,便劝慰道:"青妹不必悲苦。难道你昔日梦中之言,忘记了么?神人早经说过,有'若遇分离休悲切,日后相逢达圣朝'两句话,大约被仙人度往深山,学习法术去了。我劝你忍耐几年,自有好音回来的。"小青一听,心里顿然醒悟,暂把愁肠放下;许仙也不去责问小丫头了。

叙过一边,再说一边。陶仁这天回到京城,走进衙署,一眼看见秦高,即问道:"秦兄弟,你几时到这里的?太夫人说你进京已有多年,一向耽搁在什么地方呢?"秦高道:"啊呀陶仁大哥!说来话长!我还是今春才到这里的。"便把经过的事说了一遍。陶仁听了,不再多问,入内走进书房,见了主人,叩头请安。梦蛟道:"陶仁你回来了!太老爷与二位太夫人可好么?"陶仁回说"都好",就在怀中取出一封书信呈上。梦蛟因是父母训示,很恭敬地双手一接。拆开来细细一看,知道家内父母康健,大小平安,十分喜悦,犒赏了陶仁,别无他事。我且按下,要提起那凤凰山上的胡媚娘了。

不知媚娘在山作何举动,是否与蜈蚣精兴兵作乱,且看下回分解。

第九回 征　　妖

却说胡媚娘自与白娘小青结下冤仇,与青蛙逃到这里凤凰山来,收伏了蜈蚣精,便尊他为一山之主。全不想自己是个狐精,并非人类,就算你夺了锦绣江山,也无所用。更不想自己力量不足,虽有千年道术,能够变化无穷,擅长许多妖法,但是邪不胜正,一个白娘娘,尚且斗不过,尚且天上还有神仙,要来拿你,你如果顺天行事,或可避免雷劫,修成正果,若是罪孽深重,犯了天条,还想逃到那里去呢?如今他一意寻仇,仗着蜈蚣精的势力,收集一班精灵古怪,小丑么么,约有数万之多,兵精粮足,自以为天下无敌,不难在世界上横行一时。他本欲奉使出雁门关,结连番邦,一同举事,入寇中原。后来打听得白娘娘的儿子许梦蛟出使平定北番,心中又是一气,因此耽搁到今,未尝发作。此时却熬不得了,命传蜈蚣大将军上殿进见。

原来现在凤凰山上,声势浩大,非比从前。建筑坚固的寨栅,里面也造着殿廷房屋,果然气概非常,做了一个极大的巢穴。当日媚娘坐在殿上,蜈蚣精进来参见,便问道:"娘娘呼唤小将,有何号令吩咐?"媚娘命他一旁坐下,方说道:"相请将军,非为别事。只因我们坐守山中,也不是长策。现下我山虽则兵精粮足,但恐淮安重地,十分坚固,又有重兵驻扎,进攻不易。故与将军商议,如何定夺!"蜈蚣精道:"这有何难?娘娘法力高强,何惧这班凡夫俗子?只须行兵时,中间摆下一个迷魂阵,敌人兵将虽多,来一个杀一个,来两个,杀一双。娘娘不必出阵,待小将做个先锋,与他们大战一场。不是小将夸口,稳稳可以取胜。"媚娘听了大喜,与蜈蚣精计议已定,准备拣选黄道吉日,兴兵起事。所以近来山上大张旗鼓,日夜操演兵马,炮响震天。并且在邻近各处州县境内,劫夺牛羊牲畜,以及应用各物,骚扰得乡村市镇,鸡犬不宁。有钱的百姓们,大半逃入城中去了。其余没钱的逃走不得,只是叫苦连天。

这个消息，早传到淮安城中。淮安是南北冲要的重镇，有节度使道府等官员，俨然江北方面一个省会，地方辽阔。那座凤凰山在西北边境，距离尚远，前番淮安道陈伦进京，将此事奏明圣上，却因反形未露，不曾出师剿伐，空费国帑，因循直到如今。近日各州县的警报，如雪片般飞来。这里的节度使，仍是顾蕙兰，未曾调任。听得信息紧急，举事就在目前，召集道府等文武属员会议后。一面传令各处分别防守，一面拜本进京，请兵讨伐妖狐，为民除害。

我且待这道本到时再表。先说许梦蛟伴驾在朝，虽知道亲娘归家已久，总未到膝前叩见，心中尚觉抱憾。故而写就省亲本章一道，上奏朝廷。幸蒙圣上恩准，命"即日还乡，以尽孝道，三年后再行来京供职可也。"梦蛟谢过了恩，心里好生欢喜。不料灾星未退，还要受一番磨折，才得官居极品，享受荣华。这也是天数注定的。当下见黄门官李言，手捧本章，步上金阶，来到驾前俯伏启奏道："今有淮安节度使顾蕙兰告急本章到京，奏呈陛下亲览。"将本呈上龙书案。天子览奏，见是凤凰山妖寇造反，骚扰淮安西北一带地方，势甚猖獗，颇为心腹之患。这事怎生办法，一时委决不下，便向两班众文武问道："今有淮安告急本章到来，奏称妖兵作乱，不知众卿中谁有肝胆，可平此妖？"

两旁文武各官听了，面面相觑，寂静无声，都在那里默默思想。千军万马倒也不怕，单怕那妖精作怪，所以一言不答，好似寒蝉仗马，脸上反现着惊慌之色。天子向左右一看，不觉龙心大怒道："可笑众卿枉在朝中伴驾，食君之禄，不思忠君之事，实是惶恐。难道几个妖精，就不能降伏了么？"圣上一怒，有几位大臣正要启奏，那仇练早在班中闪出。他存着不良之意，一心要害许梦蛟，借此公报私仇。便上前奏道："臣仇练有事启奏陛下。"天子问道："卿有何事？就此奏来！"仇练道："臣保奏一员文武兼全大将，兼通异术，可当此任。"天子道："爱卿所保何人？"仇练道："依臣愚见，前番许梦蛟安定番邦，足见能文能武，胆识兼优。且其母白氏传有家法，精通捉怪降妖之术，故臣特保许梦蛟为主将，定能胜任愉快。伏乞陛下准奏。"

当下许梦蛟在旁一听，暗说一声不好，仇贼又要来害我了！想：

"我好容易奏准还乡,若被此事阻住,莫说回去不得,只怕性命也难保了。"心里好生着急,殿廷上又不便说话,故而一双眼睛,只对着吏部陈伦观看,似乎要托他辩奏的意思。陈伦非但早已明白,而且听了仇练的话,他先怒气勃勃,不等到圣上开口,立即出班跪奏道:"臣启陛下:仇练保奏许梦蛟为统兵主帅,只怕文臣难充武职,有误军机。况他具本在前,蒙准还归乡里,请不必收回成命,另选英雄上将,平妖荡寇,奠定国基。还望圣上详察!"仇练因他帮助梦蛟,我也顾不得亲情了,便道:"陛下不须疑虑!许梦蛟虽是文官,却能精通幻术,熟谙韬略。此次用兵,实非许梦蛟不可。臣更保举陈伦二子,指挥军马,定可奏凯回朝。现当国家多事,正宜移孝作忠,且待得胜班师后,再行归里未迟。"

天子听仇练说得振振有词,自然准奏。只气坏了吏部陈伦:他害了许梦蛟,又害我二子,狠毒已极!却又辩驳不得,惟有暗骂老贼,心里恨恨不已,无可奈何,站过一旁。天子即唤梦蛟上前,谕道:"朕原准你回乡省亲,怎奈妖精作乱,猖獗异常,非有奇才异术之人,难以胜任。今封爱卿为护国侯兵马招讨使之职,敕赐上方宝剑,先斩后奏。得胜回朝,荣归故里,以尽孝道,钦哉谢恩。"许梦蛟只得俯伏金阶,三呼万岁,谢过了恩。天子又封陈连、陈达为左右总兵之职。这道旨意一下,谁敢违逆?只好领旨退朝而出。到了外边,商议统兵征讨一事。

不说陈爷发怒,仇练快心。且说许梦蛟回到衙中,陈氏夫人接见坐定,便问道:"相公今日上朝回来,因甚眉头不展,面带愁容?却不知为了何事?"梦蛟叹息道:"这事说也可恨!今日上朝面圣,止望省亲回浙,那知被仇练保奏,命下官领兵征剿凤凰山妖寇。还有陈家二位世兄一同前往。不知此去兵连祸结,几时才得还朝?况我不谙兵法,又无异术,怎生收伏妖魔?并且陈家世兄,又是书生之辈,如何做得将领?全军覆没,也是论不定的。"夫人听了,泪下如雨,含悲说道:"我实指望养亲回浙,一家团聚,谁知奸贼又起风波!圣上不察偏信谗言。昔日番国封王,今又去剿灭妖狐。那妖狐非寻常山寇可比,怎么叫一个文官前去讨伐呢?分明奸贼有意害人!未知何日才得班师。如今我爹爹又不在此，只剩我孤苦一人，留在京中，如之奈何？”梦蛟劝慰道：“夫人不必悲伤。自古道：吉人自有天相。听天由命罢了！”

正叙话间，阍人入内禀报，说吏部陈老爷前来拜望。梦蛟连忙出接，同到中堂，见礼毕，分宾坐定，送过香茗。陈爷先启口说道：“年侄，再不料仇练如此奸恶，公报私仇，背反天理，把这件事来陷害你！老夫心怀不平，奏上了几句话，他就移祸到我身上来了！我儿是他的甥婿，他竟全然不顾，也可称得大义灭亲！这般狼心狗肺，屈陷忠良，实是可恨！但愿贤侄得胜回朝，看这个老贼，还有何面目站立朝纲？他日功成回来，贤侄不必留他的脸面！”梦蛟唯唯应是。陈爷又问道：“未知年侄何日进兵？”梦蛟道：“小侄以为兵贵神速，不宜迟缓。后天正值黄道吉日，就要起马。望年伯致意世兄一声，后日一同起行便了。”陈爷道：“既如此，老夫就此告别。”梦蛟并不挽留，便送他上轿而去，毋烦细表。

再说仇练一心要害死梦蛟，又生一计，再入朝保奏王贤为参谋官，同去办事，襄助军机。圣上自然照准。那王贤本是仇练部下的中军官，又是平日的心腹人，今番保举他同去，分明是监察许梦蛟，叫他在营中做个通信的线索，把军情泄漏出来，你想可恶不可恶！但是许梦蛟到了此时，身为主帅，也只好硬着头皮，听天由命，向前干去。那日带同陈连、陈达、王贤等众将，来到大校场中，点验了军马，祭过了大纛旗，就此传令三军起行，一路向淮安进发。沿途州县接送，这许多浮文，不劳详叙。

只说许元帅自出兵以来，军律森严，到处秋毫无犯。那一天已抵淮安边境，当地大小文武官员，自节度使以下都来迎接。元帅便传令安下营寨。众文武进来参见毕。吩咐各回汛地把守，单留节度使顾锦云在内叙话。元帅问起近日妖兵如何猖獗，那位顾爷就据实禀告道：“这里有一座凤凰山，山势险峻，地面甚大。数年以来，被妖魔做了巢穴。因此商旅视为畏途，连那樵采的也不敢前往。风闻土人传说，里面有个狐狸精，盘据在山洞中。起初尚不出来作怪，还算相安无事，不料近来两年间，啸聚群妖，奚止数万，在山筑起寨栅，大张旗鼓，公然下山骚扰地方。弄得淮安一带，鸡犬不宁。百姓们都逃避入城，谁敢抗拒这些妖怪？照此看来，莫道妖怪没有大志，他竟要夺地攻城了。一样行兵布阵，队伍分明，而且法力高强，形状可怕。故此下官不敢妄动，一面命各州县文武，坚守城池，一面拜本告急朝廷。今闻圣上有旨征剿，所以专候元帅到此计议良策。”元帅听了，略想一想，便道：“妖营离此不远，且待黄昏人静后，在营前搭一高台，窥探他的形势如何，然后明日兴兵破妖便了。”顾爷也赞成此说，告退回城防守去了。

这里许元帅到了晚上，命军士将高台搭好，他就登台了望。见那边妖兵的营帐，密密层层，不计其数。中间冲起一股黑气，愁云漠漠，毒雾濛濛。营头上虽挂着号灯，却是疏疏落落，都带着惨绿的颜色，煞是可怕得很。细细察看形势，他的中间，好似摆着一座迷魂阵，左吊客，右丧门。前面白虎当头，后面披头五鬼十分凶恶。你道许梦蛟是个文官，如何识得此阵？原来他天生的聪明绝顶，平日也看过兵书战策，毕竟是文曲星官下降，而且他得白氏亲娘的遗传性，故与世人大不相同。就是出阵交锋，他自有天生的神力，可以上马提刀，做得一员战将。还有一说：我记得元明时候，文人入围考试，也有一场弓马。所以跑马射箭，原是常事，算不得希奇的。

在下表明之后，仍说梦蛟看探妖营阵势，下台回到帐中坐定，暗想“古法便有此阵，无甚希罕，只好吓吓三岁孩童，何足惧哉？我今也摆一阵，管教他的迷魂阵立时可破。”主见已定，当即传下令去，命众将调集一万军马，在中间摆一个神仙聚会阵，两旁是福海与财神，前面青龙镇宅，后面五路招财，正与迷魂阵相对。这也是正能克邪的意思。阵图摆好，并预备猪羊狗血，待等明日众将士各把血涂在脸上，好叫妖法不能近身，那时以阵对阵，会仙便可破得迷魂了。调排停当，除防备妖兵偷营劫寨外，其余将士各自安歇。

一到次日五更时分，众将士饱餐战饭毕，许元帅升坐大帐，命陈连把守营门，陈达随军同行。又吩咐参军王贤带领五千人马，在离营数里外埋伏，接应本帅，不得有误。遣派已定，即刻提枪上马，带同众将出阵。

此间距离妖营约有十余里之遥,那边胡媚娘早已得信,也督率妖兵出营会战。蜈蚣精一马当先,来到战场与陈连斗了十余合。他要引诱官兵进阵,佯输诈败,往后倒退。许元帅便把令字旗挥动,大队兵马一拥上前,杀入阵中,勇气百倍,妖兵阵势渐乱。胡媚娘一见呆了:“怎么阵法不灵?我兵近不得官兵的身子?真是奇怪!”即忙指挥妖兵,从中间一路攻出。为首的便是青蛙精,带有五千军马,势甚勇猛。许元帅恐怕身入重地,包围在内,急领军退出妖营。自己手提一条银枪,与青蛙交战。斗不到十余合,蜈蚣精从后面抄杀过来。梦蛟抵敌不住,又不见王参军接应兵到,只得引军落荒而走。见四面都是妖兵,进退不得,因向陈达说道:“你看妖兵势大,把我们围在核心,如何冲杀得出?只怕今日性命休矣!

这时候,妖兵越杀越近,只好将兵马退到一座山上困守,等候救星。梦蛟到底是个文弱书生,急得高叫:“母亲,既然精通仙术,法力高深,能知过去未来,可晓得孩儿被奸臣陷害,在这里受苦呀?”这几句话,却被那蜈蚣精听见了,心中大喜:原来这个年轻主将,就是白娘娘的亲生儿子!今天正好报仇雪恨!立即督率妖兵杀将上来。

正当万分危急之际,不知有谁到此,救得许梦蛟回营,杀退妖兵,且看下回分解。

第十回 下 狱

却说许梦蛟被妖兵困住在山边，只因王贤不来接应，弄得无计可施。那蜈蚣精闻知他是白氏的儿子，也可借此报复前仇，便飞也似的赶来，准备将自己腹中炼成的火珠，伤他的性命。梦蛟正着急到万分，忽见那边来一绿衣道童，红鞋白袜，左手拿着宝剑，右手提着拂尘，大叫"孽畜休得猖狂！俺来也！"

你道来者是谁？就是小青所生的二公子许梦龙。梦龙自从那年被九天玄女娘娘，奉佛旨引领到仙山上，学习武艺道术，现已纯熟。不觉过了多年，这天，玄女娘娘算得他哥哥有难，便把梦龙唤将出来，吩咐道："眼前你哥哥有大难临头，你须速速下山相救，迟恐不及！"梦龙忙问道："不知我哥哥现在何处有难？"娘娘道："如今你哥哥身为主帅，征讨淮安妖寇。你驾云到了淮安，自然知道了。"就在袖中取出一件宝物，给他收藏，又道："我有仙诗四句，你且听了：赐汝雄黄蛋，须速到军前，急救亲兄长，相逢在帝前。你可牢记，快快去罢！"

梦龙当即拜别出外，驾云而起。不消片刻，已抵淮安，拨开云头一看，早见妖兵无数，猖獗异常，把官兵困住在山前。内中有一少年大将，从前虽见未过，相貌却与白氏母亲相似，谅必就是我的哥哥梦蛟了！现当危急之际。那个为首的妖精，好生凶恶，在那里逼近我哥哥了，快去相救要紧！立刻落下云来，喝叫："孽畜休近前，俺来取你性命！"

那蜈蚣精见突然来个了髫道童，却不放在心上，也挥动手中刀，劈面砍将过去。梦龙用剑招架，斗了十几合不分胜负。蜈蚣精怒不可遏，便张开血盆大口，吐出一粒火珠，红光闪闪，准对着梦龙打去。梦龙不慌不忙，取出玄女给他的雄黄蛋，举手一掷，也和火球相似，一声响亮，把他的火珠打落；内丹失去，顿时现出原形，是一条赤色金头蜈蚣,足有一丈多长,形象实是害怕,伏在地上。梦龙将宝物收转,一剑挥为两段。众小妖见老妖死了,各顾自己性命,四散奔逃,重围已解。

梦蛟过来称谢道:“今日若非仙童到来相救,不但本帅身亡,难免全军覆没。此恩此德,感激不忘!这里不是讲话之所,且到营中细谈罢!”梦龙唯唯,就跟着元帅军马回到营中,在大帐上坐定。梦蛟方细问根由:“怎知本帅有难,到此相救?一向在何处仙山上修道?乞道其详。”梦龙道:“元帅不必烦絮,待俺奉禀。俺姓许,家住杭州,父名汉文,母亲白氏。还有一位青氏,是俺的生母。俺在八岁的时候,跟随师父上山学习武艺,传授兵法。如今奉命到此,叫我来救哥哥的。”梦蛟道:“如此说来,你就是我的兄弟了!从前陶仁回京禀告,知道二夫人产一公子,从未见过,想不到今日此处相会且救了我的性命,真是可喜之至!”当下吩咐备酒。兄弟二人说说谈谈,欢呼畅饮。

酒罢之后,许元帅重又升坐中军帐,命将王贤绑上来,怒气冲冲的骂道:“你这该死的狗官,本帅与妖精开战,正在危急之际,你却带着五千军马不来接应,坐观成败!我若没有小将军到来相救,性命休矣!左右与我绑出辕门,枭首示众!”王贤自知理屈,只得伏在地上,哀哀求告:“请元帅暂息雷霆,念我一时心中慌乱,来迟一步,并非有意失机,还望元帅开恩恕罪。”元帅那里肯赦免他!还亏旁侧陈连、陈达一同过来讨情道:“王贤违令不发救兵接应,理宜斩首。但此刻妖孽未除,正当用人之际,先斩大将,恐军中不利。元帅可看小将等薄面,暂恕他这一遭!”元帅便道:“既是两位年兄替他讨饶,死罪免了,活罪难宽!发到营前责打军棍四十,不得容情!”那王贤即忙高叫:“元帅,望看仇千岁分上免了罢!”谁知这一句话,竟触恼了元帅!梦蛟越发大怒道:“你这该死的狗官,胆敢仗了仇练之势,故而抗违我令,不发救兵接应,今日还要看奸贼分上!再加四十!少不得平妖回朝,把你这狗官枭首示众!”

这时候左右见元帅大发雷霆,便不由王贤分说,拖了下去,重责八十。那无情军棍打得他皮开肉绽,鲜血直流。少顷上来谢罪。元帅总算出了心中之气，退帐回到后边，与陈氏兄弟等商议灭妖之策。只可怜王贤打过了军棍疼痛难当，手下扶他回入自己帐内，用药敷治，他不怪自己失机误事，反恨许梦蛟太无情面，使我当场出丑，连仇千岁的面皮都翻尽了！此仇不报，非为人也！只要你有些差迟。待我去告诉了仇千岁，看你这官儿还做得牢么！”当日王贤心里恨恨不已，我且丢下慢表。

再说胡媚娘听得蜈蚣精被一道童所杀，大吃一惊！但是一不做，二不休，既已兴兵起反，未便中途罢手！况我有千年道术，变化无穷，敌兵中难有能人，我也不惧！便叫青蛙做了先锋，又选十几个凶狠恶毒的精灵，做了副将。调排定妥，到了下一天，青蛙当先出马，到元营前讨战。胡媚娘率领群妖，在后督阵。你看他怎生打扮？头戴着珍珠八宝嵌就的凤毛尾冠，雉尾双挑，身穿大红绣花战袄，腰束五色月华裙，跨下一匹桃花斑点马，手执两口绣鸾刀；立马阵前，看那青蛙出战。元营中得报，许元帅即带同众将出营。见青蛙手舞双刀在那里耀武扬威，便命陈连出去会战。斗了十几个回合，难以取胜。元帅看那青蛙的刀法，倒也利害，“待我亲自出马，擒此女妖！”原来现在的许梦蛟，非比往年，对于战事很有经验，而且生有神力，秉性聪明，刀枪弓马，一看就会。所以他敢大胆临阵，毫不慌怯，和那老军务一般。不然，他是文状元出身，就算胸有韬略，怎能出去冲锋打仗呢？原唱本并无这等说法，只图书中热闹，不顾情理，胡乱的说下去，难免被阅者批评。故而在下又唠叨咭咯的表明了几句，也当做补补漏洞的。

此刻仍说梦蛟手挺银枪，飞马来到战场，高叫一声：“陈将军，本帅来也！”那边胡媚娘吃了一惊，心知：“青蛙的双刀，虽然了得，久战下去，如何抵敌得住？我须上前助战才好。不是我自己夸口，要杀许梦蛟也不难。但他好一个俊俏风流人物，文武双全才子，我若将他杀害，岂不辜负了昔日仙郎的情义？又可惜他十年窗下，枉费工夫！”那么一想，倒有些为难起来。既而心中思得一计，暗说：“有了！待我变了白氏娘娘的模样，把那许梦蛟冒认亲儿，他自然不敢出战，收兵退回去了。”

主意打定，立即催马上前，高声叫道：“来将且慢交战，快通名姓,自有分晓!”梦蛟听得叫唤,举目一看,不觉呆了一呆,方答道:“你这妖妇,要问本帅的姓名么?你且听着:姓许名梦蛟,官居平妖大元帅,奉旨到此。若不早早降伏,管教你死在临头!”胡媚娘佯为惊讶说:“阿呀!如此说来,你就是我梦蛟孩儿了!为娘的在此!你可知道生母白氏,二十年塔底潜修,幸蒙佛祖将我赦罪,我便与青妹同住在家。”说到这里,用手将青蛙一指,又道:“这就是我青妹妹。你的兄弟,是他所生,幸遇神仙指引,在外学道多年。我与青妹久不见亲儿之面,故此同向外来,要到京城寻坊。打从凤凰山前经过,遇见一队小妖精,阻住去路,我便占据了山头,招兵买马,积草屯粮,准备干一番事业。不料来了你两个亲生儿,不思报恩,反是兴兵与我作对,理上太不应该!你须及早觉悟,快快与做娘的合为一路,杀进京城,另立帝主,还我大汉的河山!”

梦蛟听了这些话,又细细的对他看了一看,回想到从前爹爹画下的一张真容图,又记得自己中了状元,还乡祭塔,法海把我母放出,也曾亲眼见过一面,只是当日匆匆即别,未曾十分注视,到如今觉得有些模糊了。但不肥不瘦,形容很有些相像,弄得心里将信将疑:“我且暂时收兵退下,与梦龙弟商议后,再作道理。”当下并不答话,回马到营前,吩咐鸣金收军。那边妖兵已退去,这里将士也归队,梦蛟方与梦龙说道:“方才愚兄临阵,见那女将很像母亲,他也唤我为儿。我却未能深信,不知贤弟在后面看了如何?”梦龙道:“弟在八岁时,便离了父母上山,因此认不真切。”梦蛟道:“此事关系甚大。我若贸然相认,难免祸及满门。如果不问真假,大义灭亲,又恐身耽不孝,罪犯弥天。事属两难,这便怎处?”商议了一回,别无弥缝之策。梦蛟叹了一口气,复道:“天下无不是的父母,如今只好暂停征战,将免战牌挂出,待辨明真假后,再行定夺。一面差人快到家中探望,访问情由,便能深知详细了。”梦龙也深以为然。就此传下令去,将人马退十里屯扎,任凭妖兵前来讨战,只是坚固不出,专等差人去到杭州探得实信后,自然明白了。

这一来,也是梦蛟失算!此时若差梦龙归家,来往何等迅速,数日之间,便知此中根底。就是奸臣要陷害你,他也来不及呢!现在却差一心腹随从前去,未免赶路迟缓,反被那仇人着了先鞭。这也是命中注定的,该受那牢狱之灾。你道仇人是谁?就是这个参军王贤。此刻棒疮还未全愈,怨恨梦蛟太不情理,耿耿在心。今番得悉此事,"原来他母子通同造反,思量夺取京城,该当何罪?待我连夜修表进都,通禀仇千岁,管教你性命也难保了"!于是修好了书信,差人火速进京报递。日夜赶奔,不多几天便到,把紧急公文送入王府。

仇练见了大喜,正中下怀,即便写了本章,次日入朝启奏。天子听了,吃惊道:"朕待你并无差错,官上加官,恩非不厚,你竟与妖母通同一气,背反朝廷。欺君大罪,有犯典刑!"即差校尉连夜赶赴淮安,将许梦蛟扭解来京问罪,以正国法。吏部陈伦一闻此言,心里好生着急,虽知仇练要陷害梦蛟,事出冤枉,但一时无从证明虚实,"我也有力难助",只好勉强出班奏道:"臣闻仇练所奏,虽有事实可据,非出无因。惟臣素知许梦蛟是一忠良,岂有从妖谋反之理?况且妖狐善能变化,从前假冒青白两氏,搅扰许家;今番或者复萌故智,也未可知。还望陛下细加详察,赦免无辜,国家幸甚!"天子道:"爱卿所奏,尽似有理。但目前未知真假,且将许梦蛟扭解来京,暂下天牢,命卿二子努力擒妖,与梦蛟质讯,再行定夺便了。"这道旨一下,陈爷心中暗暗欢喜。准备他扭解到京,自然真假分明,不难设法相救了。只为仇练大为不悦,总要将梦蛟置之死地,方觉快心。可见一忠一奸,各人的心肠不同。我且慢表。

再说许梦蛟身在营中,方寸已乱。自从那日临阵,受了妖狐蛊惑,弄得如醉如痴,一筹莫展,欲认不可,不认也不可,进退两难,疑信参半,只好坚守不出。托言静待时机,要议定平妖良策,暂时按兵不动,把免战牌挂出,也不过遮人耳目罢了。因为此事未便在营中发表,摇乱军心,只有差人暗赴钱塘探信,却不是一朝一夕的事情。故此天天惶惑不定。

那日正与梦龙在帐中计议,忽有小军入内禀报,京中有圣旨下来。梦蛟慌忙迎接进营,到了大帐上,那位天使南面一立,便说"圣旨下,跪听宣读。诏曰:

今有许梦蛟出使征妖,身为主帅,不思尽心报国,胆敢母子串通，扰乱江山，欺君太甚！特差校尉前来，将许梦蛟扭解来京，囚下天牢，再行审讯定夺。但今妖孽未除，命陈连、陈达努力擒妖。得胜回朝，重加官职。钦哉谢恩！

梦蛟三呼万岁，请过圣旨供奉。天使方启口说道："请问元帅，此事从何而起？乞道其详。"梦蛟道："大人听禀：犯官自领军到此，指望克日荡平，即与妖寇交战。第一次，妖寇摆下迷魂阵，势甚凶恶；犯官不谙道术，无计可破，只将狗血涂面，未曾被鬼魅所伤。两次交锋，妖兵把我围困山边，参军王贤，违令不发救兵接应，犯官险遭不测。幸亏来了胞弟梦龙，奉师父玄女娘娘之命，到次相救。那妖精正口吐火珠打我，却被我弟用宝降伏，现出原形，乃是一条丈余长的蜈蚣，一剑挥为两段，总算除了一害。那时犯官才得回营，要把王贤斩首，以肃军纪。因陈总兵代为求免，饶了死罪，但活罪难宽，责打他八十军棍，将功折罪，还是从宽发落。那知他不思自己罪恶，反想恨着犯官，起此风波。未知大人在京，也有所闻否？"天使点点头。梦蛟又道："犯官奉旨征妖，忠心耿耿，欲报君恩，不辞生死，到此魔怪巢穴。谁知妖狐说是我生身之母，面貌声音，一般无二，就是我弟梦龙也难分皂白。因此我乱了方寸，暂将免战牌挂出。这也是缓兵之计。立即差人回杭打听实信，只等回音一到，得悉根由，方敢将此事奏闻朝廷。不料王贤公报私仇，先行出首，报与仇爷知道，朦奏天听。圣上怎知仇练与犯官不合，要把我扭解进京。料想犯官此去，一定有死无生的了。"

那天使却是忠良一派，便安慰道："元帅但请宽心。那仇练上本之时，圣上十分大怒，要将元帅典刑。幸赖吏部陈大人保奏，故把元帅囚下天牢，且待擒妖后辨明真假，再行取决。目前受些委屈，谅可无虞。"说到这里，忽问："令弟现在何处？请来相见！"梦蛟即唤梦龙出来行礼。那天使见他还在童年，得受仙法，称赞了几句，方起身告辞而去。这里梦蛟将兵权交与陈氏兄弟，就此由校尉起解进京，梦龙也随后同行。

不知到京以后，还有何事发生，且看下回分解。

第十一回 订 婚

却说校尉等将梦蛟起解动身,梦龙也相随在后,晓行夜宿,一路平安。这天向哥哥说道:“小弟意欲闯入仇家,与这奸徒算账。他虽势焰薰天,俺也不怕!”许梦蛟道:“那仇练奸恶万分,府中又防范甚严,你去做什么?”梦龙道:“实俺心里气他不过,要见见这个奸贼,究竟怎样一个刁恶之徒。会面后,看他用甚么法儿来奈何我!”梦蛟道:“你去虽去,须要防备,不可落他圈套。”梦龙笑道:“弟有仙法传授在身,哥哥尽管放心便了。”所以那日到了京城,许梦蛟便投送刑部,下入天牢监禁。因外面有了照应,还不算十分受苦。

那天使覆了圣旨,丢过不提。单说许梦龙见哥哥已下天牢,当日寻个寓所,暂宿一宵。心中只恨着奸贼仇练,是我许家的对头人!忍耐到了来朝,他身上结束停当,一径来到仇家王府门首,便高声叫喊道:“呔!门上有人么?”那门官听得外面大呼小喊,从门房里踱将出来。见他还在童年,头戴紫金冠,足上穿一双红鞋,打扮得非常特别,气概轩昂。不敢待慢,便问:“小相公到来何事?”梦龙道:“你进去对仇练说,杭州许舍人要见。快些通报!”那门官看他这般大模大样,谅必有些来历,即忙应声入内通报。仇爷正坐在中厅上,听了这话,暗想那个许舍人他来做什么?心里略一踌躇,忽见夫人、小姐自内走出,便吩咐门官道:“来的那人,不用睬他,由他自去便了。”门官应是退去。仇爷便叫夫人小姐坐下叙话。

夫人见他面有愁容,便问:“老相公为了何事,闷闷不乐?”仇练道:“我只为许梦蛟这小畜生,与我作对,故而我欲设计将他害死,心里好生懊恼。”夫人道:“原来为了此事,未免度量太窄了!”绣凤小姐也上前劝解道:“爹爹何必着恼?凡事还须三思而行。据女孩儿想来,爹爹虽与许家有仇,也不过寻常细故,尽可从宽解释,不必固执己见,须防日后翻云覆雨激生变患。况且许梦蛟几次吃尽苦痛,也可以消此仇恨了。还有一说：爹爹膝下无儿，单生我女孩儿一人，理宜积德行善，做些好事才是。”夫人道：“女儿之言，说得有理。老相公还请三思。”仇练道：“夫人你且进去，不用多管。女儿家懂得甚么来？还不快快回房！”夫人与小姐只得起身告退，含着眼泪走了。

再说门官退出，才走到外面正厅上，那知梦龙已经闯了进来。高坐在堂中，和那些家人们吵闹。此刻见门官回出，梦龙问道：“你去禀过了么？”门官道：“王爹今日不会客，请小相公回去罢！”这句话还算婉转，梦龙却愤怒道：“那个不能！今天一定要见！俺许舍人非等闲之辈，乃是九天玄女的门徒，许梦蛟的亲兄弟，特地下山来救我哥哥的。你与我再去通禀，如若不然，俺就要不客气了！”门官见来势甚凶，不敢驱逐，只得重又入内禀报道：“启上千岁：外边那个许舍人，自称是许梦蛟的胞弟，名叫梦龙，要见千岁。现在厅上吵闹，出言无理。”仇练一听，方知梦蛟还有一弟，便骂声：“畜生吓畜生！我千岁不来寻你，也就罢了，你今反来送死么？好好好！你可着他进来，待我亲自处置便了！”

这时候，绣凤小姐跟着夫人走入，夫人先行进去，他却还在屏门背后。听得门官通报，说是许梦蛟的兄弟梦龙，特来求见，小姐便立定了脚，叹了一口气，暗说：“梦龙此来差矣！想我爹爹心肠狠毒，决不肯轻轻放他回去。且待我打听一个明白，看爹爹怎样的处置他。”因此仍在屏门后探听。

少顷，许梦龙昂然即入。年纪虽小，相貌超群，可称一表人材。大踏步走上堂来，见了仇练，自称小将，作了一揖。仇练喝道：“你是甚么样人，这等无礼？”梦龙道：“仇练，你且听了：小将许梦龙，家住杭城，父名汉文，母亲白氏，青氏是我生母。八岁上身入蓬莱，学成道术，奉师命来救兄长。我因家兄被你数次陷害，要绝我许氏宗祧，故此今天到来与你算账。你肯听从我言，快快保奏我兄长出狱，就此善罢干休，彼此言归于好。如果你冤仇结到底，后来只怕懊悔无及！”仇练听他当面诘责，怒气冲冲地骂道：“好大胆的小畜生！我道你是谁？原来就是叛逆之弟！正所谓天网恢恢，疏而不漏！你今自投罗网，正好将你拿住，请旨定夺！”梦龙道：“你说我哥哥是叛逆，有何证据?”仇练道:“母子通同谋反,还说不是叛逆么?”梦龙道:“我母子通同谋反,你可是亲眼见的么?你这老贼,心肠狠毒,残害忠良,欺我同胞,只怕天理难容!”仇练被他骂得气满胸膛,便恶狠狠的说道:“小畜生这般放肆,那还了得!今日看我千岁的手段,才知利害!先把你逆兄处斩,看你到那里去伸冤?然后把你活活处死,好叫你手足两人在泉途相会!”说到这里,高叫一声:“左右何在?”

只见四名家将,应声而出。仇练便吩咐道:“你们把这畜生监禁在后园亭子中,待老夫慢慢的拷问他。”那家将便上前来拿捉。梦龙却不慌不忙,脸上全无惧色,暗骂“老贼吓老贼,看你有何毒计害我?不是我夸口说一句,腾云驾雾也属平常,我总能逃得性命。只是那老贼口口声声要害我哥哥未曾学得仙法,如何脱离虎口?我且存身在花园中,还好打听奸贼怎生行事,再想一别的计策,相救哥哥便了。”腹中算计已定,所以并不倔强,也不动手,嘴里只骂了几声“老贼,”就顺水推舟的被他们推入花园中去了,监禁在小亭内,我且慢表。

再说仇绣凤小姐在屏门后探听明白,见梦龙已被家将们押去,即从门后转出,叫应爹爹。仇练见是女儿,问道:“你已进去,又出来做什么?”小姐道:“女孩儿进去的时候,听说来了个许梦龙是梦蛟的胞弟,因此窃听了一回。爹爹又要将他陷害,太觉得伤天害理了。况且白氏、青氏只有这两个儿子,若是害了他们,难道不要报仇的么?我闻说他们都有仙术,爹爹还是不惹他的为妙。”仇练因是女儿劝谏,并不十分动恼。但觉这种不入耳之言,很为惹厌,便道:“女儿家晓得些甚么?只管在这里唠唠叨叨!还不快快进去,免得为父气恼!”小姐见劝阻无效,只得含着眼泪,回进香房,闷昏昏手把香腮,自思自叹,斜靠在妆台坐着。

却巧来了顾家表姊金鸾、银鸾二人,都是吏部陈伦的媳妇,今日特来探望表妹。绣凤小姐即忙揩干眼泪,起身招接。二人见他面有忧色,便问:“表妹为着何事,这般悲叹?”绣凤道:“二位姊姊请坐了,待我细说情由。我只因父亲生性残忍,要谋害那许梦蛟,现已落在天牢,日后生死未可预料。谁知今天又来了梦蛟的兄弟梦龙,又被爹爹监禁花园中,故此小妹大为不忍,伤心落泪。两次劝爹爹不允,又无妙计相救，怎不叫人愁闷呢？”

顾氏姊妹也说道：“我想母舅存心不良，度量太窄，动不动害人性命，习以为常。虽我夫是他的甥女婿，又是文职官员，不该保奏为统兵将领。自家亲戚，尚且如此，何况许氏弟兄？怪不得要设计陷害了！这样狠心，天下少有！不过愚姊出言率直，还望贤妹原谅。”绣凤道：“实是我爹爹的不是，怎怪得他人背后唾骂？”顾氏姊妹道：“我家公公也有不是处。虽与你爹爹同朝伴驾，见面并不交谈，因此他怀恨在心的。如今这些事不必说了，只有一事奉求：现在许梦蛟已入天牢，妖狐势必愈形猖獗，我夫断难抵敌，非但误了军机，并且性命又恐难保。所以特来与表妹相商，再劝母舅将梦蛟放出，速往军前平定妖孽。更须设计相救园中梦龙才是。”那绣凤小姐本有此心，忙应道：“姊姊言之有理。待我慢慢从中打算，救他出园便了。”

当日表姊妹三人谈谈说说，颇为投机，同在楼头用了夜膳，两位顾小姐就留宿对面房中。只有绣凤小姐还是闷坐在床，想：“我怎生救得梦龙出去呢？”寻思无计，且唤春兰勇喜来商议，再作道理。

原来房中服侍小姐的，共有八个丫头，四文四武，四个文的，名叫春兰、夏莲、秋桂、冬梅；四个武的，名叫勇福、勇禄、勇寿、勇喜。八个当中，只有春兰和那勇喜是小姐原心腹，如果小姐有事，一定要与他们商酌的。此刻春兰、勇喜闻唤走入，小姐道：“日间千岁爷拿住许家二公子，推入园中，不知怎样了么？”春兰道：“春兰正在这里思想，却因顾家二位小姐在此，不好说得。如今小姐问及丫头，只得实说了。这事总是千岁爷不好，不该谋害着他。他来求救兄长，谁知飞蛾扑火，反害了自身。还望小姐垂怜相救。事贵从速，若然迟了一些，虽有张良妙计，也救他不成了。”小姐一听此言，心乱如麻，无从定计。“倒不如与丫头同到园中，向他细细盘问一番，再想救他的方法罢。”

主见已定，始说道：“这时候，更深人静，前面园门，谅已封锁严紧，不能出入的了。”春兰道：“有小路可通，不难进去的。”小姐道：“这条路，也曾走过几次，只须绕出回廊，转入小街，就是花园门首了。我与你快快下楼，料想无人知晓，放胆去走一遭。”春兰点点头。

于是小姐并不更换衣裙，起身就走。只带着春兰下楼，悄悄地迈动金莲，穿过一条小弄堂，早从侧门里进了花园。只见一轮明月，照耀花阶，宛如白昼一般。一路兜抄过去，走不到百余步，偶一抬头，那边亭子中跳出一只斑斓猛虎，吓得小姐魂飞魄散，险些儿跌倒在地。急忙回转身躯，叫声"春兰，我们进去罢"！春兰道："那许公子现在亭内，小姐怎么要进去了？"小姐再转头一看，那有猛虎的踪迹！虽道我多饮了几杯酒，眼睛有些花了么？既而一想："或者是许郎的元神！自古道：君龙臣虎。将来此子必成大器，是个国家栋梁之才。若与他成了连理，也是我终生的幸运。但我一个女儿家，羞人答答，怎好上前去与他相见呢？"

旁边春兰晓得小姐的心意，先走到亭子边，向里面一张，见梦龙睡在榻上，便叫声"公子醒来！"梦龙究竟是个将才，十分机警，闻声即醒起身，问："那一个？"春兰道："我家小姐私自到此。只是门儿紧锁，不好开放，这便如何？"梦龙道："这两扇门儿不打紧。我因为探听消息，所以由他监禁在此。不然，要去就去，莫说是亭子里面，那怕封锁在牢狱，我也走了。"说罢，嘴里默默念了几句咒语，外面锁已落下，轻轻一拉，门便开了。

梦龙自内走出叫声"小姐"，道："某被令尊锁住在此，不知小姐半夜前来，有何事故？还请早早说明情由，免被令尊知晓，惹出祸来。"小姐却脸泛红霞，含羞不语，一时半吞半吐。没奈何说出话来，低低叫一声"公子"，道："只因令兄无辜受罪，原是我爹爹的不是，使我心中十分抱歉。"梦龙道："足见小姐一片好心，令人钦佩！"小姐道："我也曾几次相劝爹爹，怎奈他性情执固，偏要将令兄陷害，凭你直言进谏，也是枉然。我们自家人尚且如此，何况公子是我父的仇人，当面与他算账，那有听从之理？岂不是惹祸招灾么？故此夤夜到来相见，表明我的心迹。"梦龙道："此事总要小姐相救才好。"小姐道："为今之计，你只有早早归家，相请二位令堂来京面圣，那时方可辨明真假，好救令兄出狱。否则黑白混淆，是非颠倒，就算有人代为保奏，也难解释这个疑团了。"梦龙道："小姐话虽有理，某也久有此心。但有一事可虑：我去之后，倘然令尊在早晚间要害我兄，这便如何是好?”小姐道:“这还不妨。待我再劝爹爹从缓办理,令兄可保无事,公子放心回去便了。”梦龙道:“多承小姐美意,感德不忘!俺梦龙就此去了!”

小姐见他即刻就去,忙道:“公子且慢!我也还有话进。”梦龙道:“小姐有话,倒要请教。”小姐却欲言不语,面晕桃花。要想说呢,实在不好意思;要想不说呢,又恐错过了良缘,倒弄得进退两难了。梦龙究属年幼,还不解小姐的用意,在旁连连催促。小姐总觉得难以启口,低垂粉颈,眼梢对春兰一看。春兰何等玲珑乖巧,早已会意,走上一步,叫声:“公子,”便代着小姐说道:“我家小姐,虽是一个闺女,颇有怜才之意。只因千岁作事谬妄,小姐闻知,常常下泪。今见公子才学超群,愿以终身相托。还望公子不弃,细说年庚,好教郎才女貌,订结丝萝。”梦龙听了,方知小姐欲将终身付托。“我若因他家有仇出言回绝,恐负了他一片美意;况且此时要救哥哥,也只好从权应允;再者小姐貌若天仙,多情多义,做得我终身伉俪。好在我尚未联姻,并无关碍,我就此允许了他罢!”

要知梦龙对春兰说些什么话,如何允许亲事,如何回杭相请二母,且看下回分解。

第十二回 请 母

却说许梦龙被困在花园中，多蒙仇绣凤小姐十分关切，夤夜到来相见，意欲面托终身。只是宦室千金，含着羞惭，难以启口，当由丫头春兰代达此意。梦龙深感他一番情义，便道："某今年方十五，八月初一子时建生。曾在仙山学法，久离父母膝下，以致蹉跎至今，尚未定亲。虽蒙小姐不弃寒微，只是未敢仰攀。"春兰道："公子说那里话来？彼此阀阅门楣，说什么仰攀两字？公子未免太谦了。我家小姐今年也是十五，与公子同庚，七月巧日生的。非不达周公之礼，恐错过了天赐的良缘，故此面托终身。还望公子勿却是幸。"梦龙道："既如此说，俺竟遵命便了。"

应允后，两下里重又见礼。春兰道："公子与小姐既已相订，须要立个誓儿才好。"梦龙道："这个不消说得，一定要立的。"春兰便一手扯住公子，一手来扯小姐；小姐却含羞不肯。梦龙道："姐姐放手，待我先来立誓。"他就双膝跪下道："皇天在上，我许梦龙与仇家小姐……"说至此，回头问道："小姐叫甚名字？"春兰道："我家小姐，名叫绣凤。"梦龙点点头，又对天说道："弟子许梦龙，今日与仇绣凤在园亭面订终身。倘日后有负他心者，就要身首异处。"誓毕，站起身来，便叫小姐来立誓。春兰见小姐涨红了脸，总是摇头不肯，只得说道："我家小姐不会立誓的。"梦龙道："那是一定要立的，怎说小姐不会呢？"春兰道："小姐确是不会，待我丫头来代立，可好么？"梦龙道："这倒可以使得。你快些代立罢！"于是春兰跪下说道："皇天在上，我春兰若忘了公子"梦龙插嘴道："你是代小姐的，怎么说自己的名字呢？"春兰道："阿呀，我竟说昏了！待我重来罢。"又对天说道："皇天在上，我仇绣凤，与许梦龙面订终身。若日后有负心者，天雷击顶。"

代誓之后，小姐方叫一声"公子"道："不是我不知廉耻，只为爹爹作事错谬,心实不安。今朝无物相赠,一双玉凤聊表寸心。”梦龙道:“多谢小姐。只是我不曾带得信物,这便如何是好?”略想一想,暗说“有了”,就将紫金冠上插的金龙簪子一枝,拔了下来,递将过来,说道:“赠与小姐,权为信物,请收了。”小姐称谢道:“如今公子速返钱塘,急求二母来京,把你哥哥救出天牢,重又兴兵到淮安,得能平定妖寇,奏凯回朝。那时显姓扬名,好消息传到京城,你不要怀恨我爹爹。又不要学那负心的王魁,我总立志相守。愿公子勿忘此言。”梦龙道:“小姐且自放心,我不是这等样人。就此去了!”小姐道:“园门都已封锁,怎好出去呢?”梦龙道:“我自有法术,可以腾空飞去,那怕万仞围壁,我也能一跃而过。但我去之后还有一言相嘱:我哥哥的性命,全在小姐身上。若能劝得令尊回心转意,保出天牢,只待我收伏妖魔,当即央媒说合便了。”

说罢,告别欲去。小姐不再多言,便叫春兰代为相送,并嘱公子路上保重。梦龙也请小姐回房去罢。小姐见天上星移斗转,月落花梢,急忙转身进去了。这里春兰相送公子步出回廊,也有许多话儿叮嘱,一手携了公子的衣袖,依依不舍,洒下几点情泪。梦龙道:“姐姐不必介怀,我若与小姐成了连理,决不忘却姐姐的恩情。”春兰听了,心里暗暗欢喜。梦龙年纪虽小,却也是个风流种子,便道:“如今姐姐也要立个誓了。”春兰道:“我方才立过的了,何须再立?”梦龙笑道:“前次你代小姐立的,此刻该轮到你了,快些来立罢!”春兰不觉脸儿一红,跪下立誓道:“我李春兰若忘了许公子恩情,惟天可表!”梦龙听他立过了誓,便说一声:“我去也!”腾空直上九霄,早已去得无影无踪了。春兰称奇不置,回房禀覆小姐。此后心里反添了一重牵挂,毋烦细表。

再说许梦龙飞身离了花园,来到天牢中见梦蛟。他有了法术,尽可以出入自由。弟兄会面后,便把以上情由,告知哥哥,并嘱他“安心在牢,决无变端。弟现在到杭州去,只须请得二母进京,便可救兄长出狱,再去领兵征妖了”。说毕即行。又去通知了嫂嫂,安慰了几句。天已明亮多时,方步行到吏部衙门,拜望陈伦。陈爷迎接入内,便问:“年侄这两天耽搁何处?使老夫时刻记挂在怀。梦龙道:“小侄到了仇家,要和那奸贼算帐,他就把我关禁在花园亭中。到了深夜,来了一位美容千金,与我谈话,方知就是仇练的女儿,闺名绣凤。不但千姣百媚,并且知书达礼,识三从,明四德,性格温良,言辞委婉。他也叫我速往杭城,相请二母来京面圣,救兄出狱,同去降妖。又承他面许终身,情难固却,所以待至后来,此事还要与年伯细细商量。”陈爷道:“原来如此!这位小姐,我也知道的。”梦龙因回杭要紧,起身拜别,并说:“哥哥全仗年伯照拂。”陈爷自然应允,也不挽留,便送他出衙而别。梦龙来到清静所在,就此驾起云头,径向杭州而去。

我且慢叙。先说仇练到了来朝,听得家人传报,许梦龙已不在园亭中了,勃然大怒:不知被何人放走的,真叫人难解难详,园门又好好的封锁在那里。吩咐众家人四面搜寻察访,全不见一点踪迹,心中好生诧异。这个当儿,绣凤小姐早到了屏门背后,探听动静。现因父亲发怒,便假意来到堂前,问道:“爹爹为了何事,这般着恼?还请略为忍耐,不要气坏了身子。”仇练道:“女儿那里知道为父的心事!我只因昨天来的这个许梦龙,被我拘禁在园亭中,不知是谁人将他放走了。”绣凤道:“园门是封锁的么?”仇练道:“依旧封锁在那里,并无开放的痕迹。因此为父心中恼怒,定要向家丁们追究此事。”

绣凤道:“据女儿看来,其中定有缘故。劝爹爹不必牢记在心,万事从宽,总要看破些。我闻得他人传述,许梦龙曾在蓬莱学道,是仙家的门徒,别有奇才妙法。莫说小小的花园,封锁在亭子中,就是万丈围墙,他也能飞了出去,那有什么来踪去迹,可以寻访呢?现在爹爹说他母子通同造反,不过据王贤一面之词。倘是妖妇变了一个白氏、小青模样,有意迷惑我军心,也未可知。据女儿意料所及,梦龙昨夜拘禁在园,忽然不见,谅必回杭去了。他的母亲现住杭城,只须他回去查明根底,便可来京面圣,当殿奏明此事,不难真假立辨。到了此时,爹爹不免有欺君之罪。还是不追究的为妙。况且我与他家的冤仇,也算报过的了。昔年叫他万里封王,拘留番地,吃尽风霜劳苦;后来领兵征妖,扭解来京,又在天牢中受罪;几次三番险遭不测。如果许氏儿孙昌盛,不该绝灭,爹爹定要将他害死,恐他二母到京,剖明皂白,要与爹爹算帐,这便怎处?所以我劝爹爹早为之计,先将梦蛟保奏。免得事到临头,懊悔无及!”

这一篇相劝的话,更说得入情入理。仇练听了,心里仔细一想,女儿很有见解,话儿一些不差:“那梦蛟屡次摆布不死,梦龙拘锁园中,倏又不见,想必他腾云返杭,去见二母。果然一同来京面圣,证明此事,我倒有些吃罪不起!还是听从女儿之言,待我慢慢保奏他出来便了。”主意已定,因说道:“女儿言之有理。你要我修善积德,也是好意。况我膝下并无儿媳,我还做什么冤家,逞什么凶狠?自今以后,我当依你的话儿,留些情面预备日后相见就是了。”绣凤听得爹爹回心转意,已经应允,暗自欢喜,便起身告退入内,同了春兰回房。却不向顾家表姊面前,口中露出风来。

我今丢下一边,再提一处,要说那驾云回杭的许梦龙了。不及半天,已到家中。许仙夫妇正坐在堂前叙话,突然见梦龙走入,不觉呆了一呆。因为一别多年,他已身材长大,与前八岁时大不相同了!那梦龙走上堂来,拜见爹娘,自述离别经过。小青喜得亲儿回来,娘娘也十分欢乐,忙问他一向耽搁在何处?怎么直到如今才得回来?梦龙道:“爹爹、二位母亲听禀:孩儿前得仙家指引,来到蓬莱学道,传授法术。只因要救兄长,奉了师命,奔赴淮安。正值官军与妖兵开战,见哥哥被妖兵围住,那为首的一个精怪,更是利害异常,张开血盆大口,叫声‘许梦蛟!俺与你家有夙仇,今日相逢,正好报复,还想逃往那里去呢!’此时我哥哥只恨王贤不发救兵接应,心中慌急,哭叫‘娘亲’。却亏我已赶到,便与他交战。他要想吞噬我,被我用法宝降伏,一剑斩了。母亲,你道是甚么妖精?原来是一丈多长的蜈蚣精!”娘娘道:“莫非是从前茅山道送来作怪的那条金色蜈蚣?”小青也以为是。梦龙道:“既有来由,想必就是他了。他帮助那妖狐造反,真是该死。”娘娘问:“以后便怎样?”梦龙道:“后来救了哥哥回营,把王贤责打了八十军棍。那王贤是仇练的心腹人,保举他为参谋官,分明是监察我哥哥的。”娘娘道:“原来就是这仇练老贼,苦苦与我家作对!如今打了他的私人,谅来决不干休!”

梦龙道:“是的。那王贤怀恨在心。到了第二天,那边来了两个女妖,说也奇怪,容貌与二位母亲一般无二。他一到战场上面,便说

‘孩儿休得无礼！你母与青娘在此！’那时孩儿与哥哥见了，卓然一呆，难分真假，疑虑满怀，只得暂且退兵，差人返杭探信。谁知王贤先发制人，连夜修书报告仇练老贼，说我母子通同造反，把哥哥扭解进京，囚下天牢受苦。孩儿因放不下哥哥，相随到京，便往仇家与老贼面讲，被孩儿痛骂一顿，他将我禁锁在花园中。想不到他的女儿，名叫绣凤，倒是一位贤德小姐，几次劝父不听，黉夜前来救我，叫我速即回家，相请二母进京面圣，好救哥哥出狱，再行领兵征妖，并将终身托付与孩儿。我只得从权应允，把哥哥托他暗中保护。他也担任此事，孩儿才得放心回来。还望母亲速速打点进京。爹爹不妨同行，免得在家牵挂。事不宜迟，恐生不测。”

娘娘听罢这一番言语，虽知道梦蛟儿该有此次磨难，是命中注定的；然而天数也须人力挽回，若不进京辩白，断难解决的了。便回头叫声青妹道：“我们与孩儿可以驾云进京，即日便到。仙郎不妨慢慢坐船而行，待他来时，事已辩白。免得他心中焦急了。”许仙道：“你们都驾云去了，只有我一人坐船，我是不惯寂寞的，这几天岂不要闷死么？”小青道：“姊姊总有法儿可想，包管你一两天就到京城了。”许仙方不多说。娘娘即命家人去备了三号大官船，并将各种行李，发下船去。先送许仙登舟动身后，母子三人方驾云而行。足见仙家妙法，果是不同。顷刻之间，便可到达京都。就是许仙坐船，也贴上一张顺风符，不多几日就到。

我且按下慢叙，先说胡媚娘扰乱淮安，近日势更猖獗。起初见许梦蛟营前高挂了免战牌，只道又有什么兵法，心里捉摸不定。过了几日，命青蛙前去索战，仍无动静。又过了半月，料想元营中必有变故，他就亲自率领大队妖兵，猛力攻打。陈氏弟兄只得勉强出兵抵御。大战了一阵，怎奈军无主帅，心已慌乱；更兼妖法利害，伤亡了不少人马，败退二十里下寨，谨守不战。陈氏弟兄无计可施，忙去与岳父商议。他的岳父，就是节度使顾锦云，立即拜本进京告急。

天子见了这道表章，愁眉不展，正要启口动问，吏部陈伦上前奏道：“臣闻许梦蛟有一胞弟，名叫梦龙，幼时在蓬莱山学成仙法，前番奉命救兄，斩除妖党。因此妖狐畏惧他三分，用那迷惑手段，暗使反间之计，变化形容，冒认为亲生母。故而梦龙随兄进京后，回返钱塘，相请二母来朝见驾，辨明真假，以便收灭妖狐，表示忠心。还望陛下准奏。”天子听了，龙心大悦，便道：“依卿所奏，若得青、白二氏来京，自然真假立明。朕当放出梦蛟，即命他同二母领兵往讨。如能得胜回朝，平定妖孽，那时加恩赐爵，自当表示他的忠心。只不知何日到京，以慰朕意？”陈伦道：“他们母子三人，都有仙术，云来云去，十分迅速，料想一二日间，便可到京面圣。”奏罢退朝，回到自己衙门，心里好生欢喜，专等许氏母子来京，再行引见。暂且按下。

那边仇练听了女儿之言，也巴不得放了许梦蛟，前去征伏妖魔，脱卸去自己的干系。所以陈伦启奏的时候，他并不出言破坏，默默站在班中，就是这个意思，真与从前大不相同了。

要知白氏等来京面圣情形，且看下回分解。

第十三回 照 鉴

却说许梦蛟自从打入天牢后，他的夫人陈氏碧莲，思念丈夫，独在署中悲苦，痛恨仇贼陷害，无法相救。那天幸得梦龙到来安慰，方知他要回杭请母，“若得二位婆婆来京，我夫便可以出罪了”。心中正在悬想之际，听得外面家人入报，说杭州二位太夫人来了。可见仙家妙法无穷，云程来往，何等迅速！不须多时，白氏与青氏、梦龙已到京城，在僻静处落下云头，当由梦龙引领，来到状元府前。家人一见，急忙入内禀报。陈夫人出外迎接，到了中堂。还是第一次见婆婆之面，这两位婆婆，都生得如花似玉，比自己还觉娇嫩些。上前行过了叩见礼，梦龙叫应嫂嫂，一齐坐下，婆媳叙谈，又悲又喜。少顷厨房备酒接风，饮至更深方睡。

到了来朝，二位娘娘乘轿来到吏部衙门，拜谢陈伦从中保护。陈爷与夫人接入内堂，设席款待。先叙了一番往事，方说到近来情况。白氏便向陈爷道：“我儿梦蛟，屡被仇练陷害，若不是大人保奏，母子今日怎得重会？此恩此德，妾身时刻不忘。”陈爷道：“夫人说那里话来？老夫救护忠良，为国尽力，理宜如是。”白氏道：“妾等姊妹今日来京，实因仇练陷害我儿，囚下天牢。还望大人引见，诉明心迹。”陈爷道：“是的。前日我儿有本进京，奏称妖狐猖獗，比前更是利害，圣上览本甚忧。朝中并无征妖之将，因此老夫就保奏了二位娘娘，与梦龙小将军同去。那时圣上大悦。幸得二位夫人即日到京，可喜可喜！待老夫明早五更引见便了。”白氏称谢了一声，便与小青起身告辞回去。别无他事可说，只准备明日入朝见驾，等候宣召。

次早五更三点，天子临殿，百官齐集。吏部陈伦出班启奏道：“臣陈伦有事奏闻陛下：杭州白氏、青氏、许梦龙三人，昨日已到京中，现在午门外候旨。伏望陛下宣召。”天子闻奏甚喜，立即传旨宣入。白氏、青氏、许梦龙三人，俯伏丹墀下，三呼万岁毕，白氏独奏道：

“许梦蛟是臣妾亲生之子，蒙圣恩得中头名状元。奉旨领兵征妖，被仇练谎奏下狱。今望圣上赦出天牢，以便前去降妖伏怪，报答圣恩。”

仇练在班中听得娘娘所奏一想：“不好！我不去寻着他，他反要寻着我了！”不觉引起旧恨，忙出班奏道：“臣仇练有奏：现今白氏、青氏二人，都是妖精所变。不该母子通同造反，又来摇惑圣聪。还望陛下将他诛灭，免生后患！”白氏见那权奸果然口舌利害，好生可恶，又奏道：“仇练心怀不善，屡次要害我儿。即今妖狐在外作乱，真假不难立辨，反说我母子通同造反，有何证据？”陈伦也辩奏道：“臣可证明白氏、青氏二人，确是梦蛟、梦龙之母，与造反的妖狐不同，有淮安奏本可凭。请陛下详察，昭雪冤情。”

天子听了，略想一想，便道：“二卿不必争论。朕有妙计，可辨真假。”立即传下旨意，命内监到宝藏库内，取出先王所传的照妖镜来，供在案上，又道：“可命白氏、青氏照镜对照，待朕亲自观看，便知真假了。”娘娘听得这话，心中暗喜：“幸亏佛爷将我换去凡胎，否则镜中现出两条蛇形，一来中了仇练奸计，二来陈伦面上太不好看了。今日御目亲览，只可喜畜类名儿，从此消灭，免被他人谈论了。”小青也存着这个念头。陈伦很替他们欢喜，一听圣上有旨下来，便引领白氏、青氏走上殿廷，来到宝镜面前。只见镜中现出如来佛像，身坐莲台，左边是慈航大士，右边是法海禅师，上首立一白面郎君，下首宛似白氏、青氏二人。还有一个孩童，头梳双髻，站在旁侧。天子便向白氏问道：“那个郎君与孩童，不知是何许样人？”娘娘奏道：“一是臣妾之夫，一是青氏所生之子，名叫梦龙。”天子又问：“你的丈夫现在何处？”娘娘道：“丈夫许汉文，现住杭州，目前将到京都。只是未奉宣召，不敢冒昧入觐天颜。”

此时天子见白氏、青氏并无妖形，确是两位仙女，此去征妖，易如反掌，当可定国安邦。即传旨将许梦蛟放出天牢，重加官职。这道旨一下，不消片刻，许梦蛟入朝见驾，三呼万岁，叩谢圣恩。天子道：“爱卿平身。今有爱卿之母在此，确系仙子临凡，你可曾见过否？”梦蛟道：“臣蒙圣恩得中状元，奉旨还乡建坊祭塔。其时正值佛祖赦罪,我母出塔升开。虽曾见过一面,却未奉养在家。直至如今,不曾再见,臣实深抱不孝之罪。”天子道:“为公忘私,移忠作孝,理所当然。你今过去见来。”梦蛟即忙到二母跟前叩头,止不住眼中流泪。天子道:“爱卿不必悲伤。昔日分离,今又会合,真是天大的一桩喜事。但眼前妖狐在外作乱,望卿母子早赴淮安。若得收伏妖孽,自当重封爵禄,决不食言。今赐卿二母一品夫人,宫绣龙袍两件,锦绣宫衣两套,复卿原职,封卿弟为平妖大将军,带领御林军三千,即日与兵前往。早早奏凯班师,毋负朕意!”母子谢恩毕,退出朝房。文武官员齐来道贺,梦蛟母子等一一致谢。择定次日一早起程。黎明即下校场,梦蛟、梦龙先行,娘娘与小青随后即到。

今日娘娘打扮得好不风光!头戴八宝金凤冠,身披御赐衮龙衣,腰悬宝剑葫芦。小青也是这般装束,不过颜色稍有不同。在校场演武中,点齐三千御林军马,就此放炮起行。一路上威风凛凛,杀气腾腾,不多几天,过了徐州,已抵淮安。顾节度使以下文武官员,和陈连、陈达二弟兄,都来迎接。

停营后,单留陈氏弟兄谈话。娘娘问起近日军情情形,陈连道:“近来妖狐十分猖獗,自年兄下落天牢后,连次到来攻打。小侄等出战不利,只得退保要隘,严守营寨,高挂免战牌。尚未被他逼近城池,已算万分徼幸了。”娘娘道:“二位年侄防守严密,功也不小。如今我母子已到,可将免战牌收去,明日与他会战便了。”陈连道:“那妖狐气焰甚炽,法力很高,不知婶母有何良策!可以破得妖兵?”娘娘道:“年侄不须多虑。今晚待我登台了望,看他的阵势如何,明天方可出兵破敌。”

商议已毕,陈氏弟兄告别回营,把洗尘酒席送来。内外用过晚膳,一面许元帅命军卒塔好高台,方请二母登台观看敌势。娘娘举目一望,距离约有二里之遥,见那妖狐屯扎营头,疏疏密密,东也一簇,西也一簇,分明摆下一个阵图,四方围住,有生门,有死路,水火刀兵,层层埋伏,果然利害得很。因向小青说道:“此阵很为凶恶,若不是我与你母子三人,那些肉体凡夫,怎能抵当得住!所以此次出兵,必须引他来交战,断不可身入险地,多伤人马。明朝青妹出阵,先与青蛙交战。斩了青蛙,也可挫他的锐气,我们不妨再作计较。”小青道:“我想小小蛙儿,有甚法术,也是这般的猖狂?”娘娘道:“青妹有所未知。却不要小觑了他!他也在水边修炼多年,受过日月精华,又被妖狐点化,自能变幻人形,也有些法力了。如今青妹先把他收去,也除却妖狐一臂。”说罢下台,回到帐中安歇。

再说胡媚娘那一边,正在心中筹画,怎样分兵夺取各处城池,忽然心惊肉跳起来,知道明日必有事故。便把阴阳一算,抡动指头,不觉大吃一惊,叫声:“不好了!”暗自嗟叹道:“我实指望得了江山,要报自己的仇恨,谁知大祸临头,恐难保全性命。蜈蚣将军早已阵亡,弄得我孤立无助,进退两难。”想到这里,眼中流下泪来。“我虽有千年道行,与那白氏同是妖怪,他却侥幸皈依佛教,脱了凡胎,我至今仍是披毛畜类。明日与他交战,如何是他的对手?但事已弄到这般地步,欲罢不能,欲赶不得,只好将我炼成的摄魂幡,悬挂在空中,待他来时,倘能将他摄伏,我就保得性命,可以收拾回山了。”既而一想:“自己真在那里说梦话了?白氏法术,非比从前。你看他今日到此,率领雄兵,指挥将士,刀枪耀日,旗帜如云,威严气概,好不怕人。我今要想逃遁,只恐四下里已布下天罗地网了。然而怕也无益,倒不如拼个死话,与他大战一场,再作道理!”

我不说胡媚娘心里安排已定,准备交锋。再说白氏娘娘五鼓起身,打扮整齐,即同青娘、梦蛟、梦龙等升坐大帐。众将参见毕,便命青娘为前锋,梦蛟、梦龙、陈连、陈达为后应,娘娘自率三千御林军督阵。传令下去,只听得号炮三声,营门开放,人马排队而出。青娘手挺长枪,一马当先,来到战场。那边胡媚娘也在营前排列阵势,就叫青蛙出马。青蛙手舞双刀,马已近前。青娘见他果与自己相似,便厉声骂道:“你这无耻的孽畜,前番迷恋我家丈夫,本待结果你主婢性命,因我姊妹慈悲为念,暂且饶你。你竟不想根本,早为修养,反与妖狐串同谋叛,扰乱淮安一带地方,罪大恶极,故此俺青娘娘特来擒你!”手起长枪刺将过去。

那青蛙把刀架住,也说道:“青姊,你不要开口就骂。我青蛙也是修炼成形的,算来与你一样,你休看得我一钱不值。我和你同是婢子,怎么忘了本来面目,这样的笑我骂我呢?”青娘听了这几句话,气得杏眼圆睁,柳眉倒竖,便举长枪直刺面门。青蛙也舞刀奋斗。战到十几个回合,未分胜负。青娘就从囊中取出飞刀,向空一掷,一道青光,把那青蛙斩了。

胡媚娘立马阵前,见那青蛙被斩,吓得魂胆皆消,又惊又恨。他便挥刀飞马而去,大骂小青:“泼贱婢,敢伤我的丫环,我和你有切齿之仇。不要走。我来与你拼个死活!”此时白氏娘娘见青娘已斩蛙儿,胡媚娘亲自出战,正好上前擒捉。所以娘娘也骤马到战场,骂声:“妖狐休得无礼!你犯了迷天大罪,荼毒生灵。今我到此,你还敢抗拒天兵,实属胆大妄为,只怕你死在目前了!”说罢手举宝剑,劈面砍来。媚娘却公然不惧,也舞动双刀招架。刀来剑去,剑去刀来,战了多时,打了一个平手,难判输赢。青娘要想过来助战,那媚娘便将刀架开宝剑,突然圈转马来,口说:“我不是你对手,休追赶,我去也!”飞也似的败入营中,好叫白氏中他的毒计。娘娘见他力还未竭,遽然退走,分明是佯输诈败,要骗我军追入阵去,心中早已理会其意。便勒住了马,吩咐众将不可深入重地。落他的圈套,就此传令鸣金收兵。锣声一响,人马归队进营。

回到帐中坐定,因向青娘、梦蛟、梦龙及众将说道:“今日见了一阵,斩了青蛙,只算得小胜罢了。我因妖狐营内,暗藏阵势,定有玄妙,未可轻视,所以我并不追赶。也想要假作退兵,使他无从逃避,入我牢笼。我营中大小三军,各各预为整备,免得临时慌乱。明日不可与他交战,只宜智取,不费吹灰之力,便能降伏此妖。”众将遵命退出,自去安排一切。

当晚娘娘等母子四人,又上高台了望。向那边妖营一看,与昨夜大不相同。云漠漠,雾漫漫,天昏地黑,上下凝成一片,瞧不出内中的景象。远远吹来几阵阴风,似有神号鬼哭之声,不觉令人毛骨竦然,十分可怕。你道妖营中如何有这等样子?原来胡媚娘败入本营,便把摄魂幡挂上高竿,好似黑色的一面大旗,飘荡半空。他即念动真言,施符诵咒,要叫元营将士,到此幡下,魄散魂消。这一来,说也奇怪,霎时间乌云四合,日月无光,阴风起处,神鬼悲啼。足见他的妖术,果然与众各别。故而今晚娘娘见了,也不免胆怯心寒,暗想:“此番我若不来,只怕万万生灵,都不能脱逃了!”看罢之后,四人下台到帐中,娘娘便向青娘说道:“此等恶阵,非寻常法术可破。我记得下凡的时候,佛爷赐我金函两封。前番因为相救官人。开拆一封;如今又被妖狐陷害,将这一封也开拆了,当有处治之法。”青娘也以为然。娘娘便把金函取出,拆开来一看,佛爷有四句话写着道:

若是妖狐行毒计,要害生灵万万千。
葫芦丹药能三救,救续金山一段缘。

看过金函,才知有一番因果在内,便命人传陈氏弟兄进见,说明此事。陈连问:“如何救得万万生灵?”娘娘道:“这个自有妙计。我本欲明天退兵引诱,此刻看了佛祖之言,可以不必为此举动了。只须今夜年侄与梦蛟儿,巡营防哨,留青妹、梦龙上台听令就是了。”梦蛟与陈氏弟兄奉命出外,自然格外小心,巡逻各营,严加防守。这里娘娘吩咐军士在帐后搭好一座平台,上面摆着全付香案。

耽耽搁搁,等到二更时分,便叫青妹听令。将令牌、七星剑、净瓶、法水,安排桌上,梦龙手执招旗,站立一旁。娘娘披散头发,在案前点烛焚香,书符诵咒,将真言在口中念道:“天灵灵,地灵灵!我奉如来佛法令旨,速请天神台前听令。”手取令牌,连拍三下。只见四位天神,从空而降,齐说“娘娘在上,四将稽首!”娘娘道:“四将少礼!今有昔年逃遁妖狐,十分猖獗,毒害万万生灵。明日收妖,又恐逃遁。如此特请四位尊神,各守一方,不可被他漏网。”四天将领命去讫。娘娘又将令牌高拍,口念真言,梦龙在旁将旗摇动。天上来了三界符官,金盔金甲,站在案前拱手道:“娘娘有何法旨,召取天兵?”

不知娘娘吩咐什么话来,怎样降伏胡媚娘,且看下回分解。

第十四回 降 魔

却说娘娘在法台上召来三界符官，听候法旨，便道："三界符使听者：今有昆仑山妖狐，扰乱江南，横行不法，难以除灭，特备表章一道，相烦递至天门，速请关圣帝君二郎神一同下降擒妖，不得有误！"三界符官奉令，直上天庭去了。娘娘又要救世上生灵，叫青娘取出葫芦，内中有两粒丹药，托在掌中，用法水喷过，嘴里念道："佛法有灵，苍生有命，净水虽微，立时可救。"念完，把丹药放在净瓶中，和成丹水，便向空中一抛，霎时间化作倾盆大雨，在这里方方一带，四周约有百里光景，普遍甘霖。连城里城外，以及四乡八镇各处生灵百姓，魂魄俱安，都不被妖气所迷，真是造福不小。佛法无穷，四下里乌云尽散，阴风已息。来朝又见红日东升，邻近各地方，人人欢悦。我且慢表。

再说三符官，将表章送至天门，天神奏达帝君，即会同二郎神下降。按落云头，来到台前问道："请问仙姑，何方妖怪，这等利害，快快说明，好去擒伏。"娘娘道："圣君有所不知。那妖魔非别，就是昆仑山上一个狐精。修炼千年，颇有道行。昔年曾在钱塘作祟，陷害我夫许汉文。后来被他遁走东方，占据凤凰山作乱，妄动干戈，扰害百姓。又恐他逃往别处，再生后患，因此奉请圣君荡平妖孽。"圣君道："既如此，待我明日擒他便了。"说罢退去。娘娘请神已毕，下台稍歇。

再说胡媚娘当日与白氏交兵后，回到营中，自思自叹："青蛙为我而死，只剩我孤苦一人，怎生支持下去?"越想越怕："若是摄魂幡被他所破，我的性命就不保了。"这一夜未曾安睡。才一合眼，天已黎明，只见红日东升，天上云雾四散。听得外面人马叫喊之声，急从帐中走出，举头一望，见那摄魂幡依旧高挂营前，大叫一声："不好了！怎么我用尽心机，全没有一点应验呢？你看四下里祥光瑞气，都有天神驻守，伏魔大帝也到此间，好似布下了天罗地网，叫我胡媚娘还想逃往那里去呀！阿呀娘娘！你今日下得好毒手呀！定要将我置之死地不成？想我与仙郎也有百日交情，并非有心陷害着他，分明与你姊妹一般，你是前生修到，如今已换了仙胎，我却枉费千年功德，依旧丧了性命！阿呀娘娘！你总要可怜我，饶恕我的嚧！”嘴里这般说着，既而一想，实是可笑：“我自言自语，有甚用处？我与其要求张良，倒不如去拜韩信为妙！况娘娘素有慈悲心肠，待我到他营中哀求苦告，倘能饶恕，才是我的幸运呢！”

媚娘主意打定，换了一身旧衣服，也不顾手下大小群妖，悄悄地来到元营前，跪请求见娘娘。军士入报，娘娘即传令押入。来到大帐之下，双膝跪到，泣求饶命，哀告道：“伏乞娘娘念我修炼多年，只因一时冒昧无知，误听蜈蚣精之言，占据山头，其实尚未伤害生灵。还望娘娘网开一面，饶恕了我罢！”娘娘道：“哼！你要走，只管走，何必求我？”媚娘道：“阿呀娘娘！你看伏魔大帝威灵显赫，钢刀一举，我命难全。二郎神又是这般凶狠，叫我怎能逃出这天罗地网呢？”娘娘听了，勃然变色，怒骂道：“你这孽畜，休得胡言乱语，说甚么未害生灵！你看近处一带地方，弄得百姓遭殃，逃亡在外。如此伤天害理，还想抵赖不成？你不该冒我名儿，将我夫陷害。我来把你驱逐，你反与我结下冤仇。这还算小事。你不该与蜈蚣精结合，扰乱江山，屡次起兵犯界。又不该冒认母子，害我儿梦蛟陷入天牢受苦，险丧性命。到如今我来拿你，还敢抗拒王师。更不该悬挂摄魂幡，荼毒生灵万万。罪在不赦，就把你碎骨粉身，也不为过！此刻我娘娘亦难做主，且送与大帝发落便了。”

急得媚娘叩头如捣蒜，悲声央告道：“阿呀娘娘！万般请看仙郎之面，我未曾薄待丈夫，用那采补的邪术。虽则假冒娘娘，原该万死，也是命中注定，应有百日姻缘。若娘娘定要把我诛戮，且容我一见仙郎之面，那时死也甘心了。”娘娘听他说得悲惨，动了慈悲之念，不觉滴下泪来。独有青娘心中恼恨，要想用飞刀将他斩决。反被娘娘阻止，怜念他千载修行，颇非容易，不忍决绝下手。

正在排解时，帝君下降，青龙刀响，欲斩狐精。媚娘放声大哭，转瞬间要丧残生。忽见空中来了法海禅师,口中说着:“善哉善哉!修心学道,事非容易。今日临危,吾且收去。”急急来到帝君面前,请“从宽免斩此妖。念他千年修炼,亦非偶然,待老僧带去镇压,以观后效”。帝君当然应允。那媚娘听说免死,心始放下,叩头称谢佛爷,便问:“弟子何时才得超升?”法海道:“你要问超升的日子么?你且听了:只要你潜修静养,一念不生,须看黄河水底见天,四十年后,方许出头,待老僧引你上西天去。你若尘心不净,罪孽未满,纵使河清,也没有见天的日子。如今不必多言,快快同着老僧去罢!”又对白氏、青氏说道:“现在你们二人,金山孽债已完,妖狐也收去了。奏覆朝廷,圣上自然格外隆宠,夫荣子贵,骨肉团圆,极尽人间之福。还宜存心忠厚,普济世人,待等俗缘一了,便可升天。不要久恋红尘,忘了根本。须知仙佛的功果,原是一样的。老僧暂且告别,日后与你们再会罢!”

青白二氏唯唯听命,看那法海带着媚娘,腾空而去。又见二郎神扫荡了山中许多小妖,与那四天将都来缴旨。娘娘稽首拜谢,便请伏魔大帝及诸神回天。一时祥云冉冉,彩雾濛濛,神灵各归本位。转瞬红光已散,天朗气清。满营将士个个惊奇,人人称异。就是淮安一带百姓,亦无不额手称庆,都说此次乱事,从古以来罕有的,若不是娘娘的道术和那佛家的法力,请得天神下降,怎能降伏妖狐?否则凡夫俗子任凭你良将千员,雄兵百万,也不过枉送性命罢了!

闲话少表,仍说娘娘见事已平定,即传令犒赏各营军卒,休养三日,整备班师覆旨。这个当儿,人皆欢喜,单单急坏了一个人。你道是那一个,就是那随军参谋王贤!虽当时责打免死,终觉回京后有些不妙;但此刻欲逃不得,暗中已有人把他看管了。到了第三天,许元帅母子等拔队起行,一省文武官员齐来相送。那些百姓们男男女女,扶老携幼,手中都拿着香烛,沿路跪拜,不知哄动了几千万人。直到出境以后,方始散去。正是:鞭敲金镫响,人唱凯歌还。

一路上并无耽搁,那天已返帝都。京中早得到红旗捷报,众官员都出城迎接。进城后,将军马暂驻在校场中,许元帅母子及陈氏弟兄等都来候旨入朝。其时吏部陈伦即请天子临殿,与群臣朝见毕,方奏道："今有许白氏、青氏与子梦蛟、梦龙，并与臣儿陈连、陈达奉旨征妖，得胜回朝，现在午门外候旨。"天子闻奏甚喜，即召白氏等母子四人。和陈氏弟兄见驾，旨意一下，白氏等领命入朝，俯伏金阶，一同三呼万岁。

天子见是仙佛弟子，朝廷梁栋，可冀永保皇图，不禁龙心大悦道："二仙姑与爱卿等，俱各平身赐坐。可将征妖之事，一一从头明白奏来。"白氏道："臣妾等奉旨前往征妖，该妖法力甚高，形容与臣妾相似，冒名作乱，布阵兴兵，十分利害。那日臣妾之妹，去见头阵，先斩妖党青蛙，挫他的锐气。后来臣妾亲自出马，与他大战一场，却被他假败脱逃，暗地设下毒计，在营前高挂摄魂幡。此幡是阴气所炼，非等闲可比，顿时云雾密布，日月无光，在这方圆一带地方，不知要害死多少生灵。因此官军不敢深入。还亏臣妾下凡之时，蒙佛爷传授金丹妙药，便化入法水中，向空一抛，变作甘霖大雨，倾盆而下，才将阴气消除，保得苍生之命。且臣与青氏、梦龙登台作法，召请天神，请得伏魔大帝、二郎真君，及四方神将下降。正将那妖狐擒捉，妖狐知难抵敌，到我营中叩头悔罪。天神岂肯饶恕，定要把他处斩。忽来了圣僧法海禅师，怜他修炼千年功德，带去镇压，妖寇遂平。这也是圣上洪福，才得还朝覆旨。"天子连连点首，便道："足见仙姑法力高深。此次平定妖孽，卿等功劳不小，待朕一一封赏。"著光禄寺安排御宴，以待有功。

此旨下后，又问许梦蛟、梦龙及陈连、陈达，将随征妖狐争战之事，从头细细奏来。梦蛟奏道："臣前被仇练奏请出征，自知文臣难当此任。但思尽忠报国，也该效力疆场，当日不敢有违圣命，惟有督率将士，前去征伐妖狐。那妖狐在营中摆下迷魂阵，幸臣登高了望，识破机关，即命将士等面涂犬血，可避妖法。那时杀入妖营，暂获小胜。又来了一个千年修炼的蜈蚣精，形状凶恶，势欲吞人。带着许多妖兵，将臣围困在山前。那参谋王贤，违臣将令不发救兵接应。此时臣计穷力尽，幸亏来了亲弟梦龙。他在蓬莱从师学道，奉命下凡相救，用法斩了蜈蚣，才得收兵回营。却未将王贤斩首，仍叫他带罪立功。那知妖狐又设一计，次日前来索战。臣与胞弟一同出马，那妖狐与同党青蛙变作臣母模样，冒认臣等为亲生子。一时真假莫辨，只得暂且收兵，再作计较。准备命人返杭探听消息，不料王贤与仇练乃是一党，他竟不顾国家大计，只因昨天照军例责打，从宽免死，他便怀恨在心，暗地修书一封，差人飞报仇练，欲将臣谋害。谎奏朝廷，说我母子通同造反。此事何等重大，幸得陛下明察，未加诛戮，仅将臣扭解来京，待罪天牢。臣实感激圣恩，虽负屈含冤，总得云开见日，臣弟梦龙目击情形，知非口舌所能辩，只得速返杭城，相请二母进京面圣，方显得造反者另有其人，真假不辨自明，妖邪不攻自破，臣蒙恩赦出狱，随母同去征妖，今得奏凯班师，聊表此一点忠心，未敢居功。但是仇练谎奏欺君，与心腹王贤狼狈为奸，情殊可恶，还望陛下惩处，以肃官邪。

天子便道："爱卿所奏，朕已知晓。怜卿在外苦战经年，几被蜈蚣所伤。王贤职授参谋，有违将令，不发救兵接应，反为坐视，又屡陷害忠良，罪更难恕。当时若非梦龙相救，险丧朕股肱之臣!"传旨："将王贤绑出午门，枭首示众。那仇练身为大臣，不思尽忠报国，反敢朦蔽朕听，谎言入奏，屈害忠贤，情实可恨。本当立行削职，姑念向有功劳，从宽罚俸一年，以正国典。"

这一道圣旨下来，仇练叩谢圣恩，心上倒放下了一块石头。只有王贤剥去冠带，立刻绑出午门斩首。这也是小人奸恶的下场。到了此时，莫说不能够向仇千岁讲话，就是见了仇练，他自身还有些不能保，怎能来救你呢?

王贤斩讫奏覆后，天子也是一时高兴，欲知许家前后情事，留作千古美谈，因向白氏动问道："朕闻仙姑两次下凡，与许家缔结良缘，此中前因后果，可能细说一番?"白氏道："万岁不问此事，臣妾未敢冒奏，奏时令人悲苦！事涉前生，迹近荒诞。其实不外'恩怨'二字，以致两下牵缠至今。"天子道："仙姑既然知道前生若何，不妨一一诉来。"白氏娘娘却也并不隐瞒，就在天子跟前，据实细说了一遍。

要知所说何话，以及天子推恩赐爵，且看下回分解。

第十五回　赐　　爵

却说白氏娘娘听得天子问他始末情由，便据实奏道："臣妾等当年本是青白二蛇修炼成形，虽有千年道德，只是孽障未消。因为初时在山溪边游玩，被一乞丐捉住，幸得遇一善人，动了慈心，出钱买放，才得保全性命。回山修炼，算来已越千载，此恩未报，怎能位列仙班？幸蒙天仙指示，得悉那救命恩人，已阅轮回二十世，现今降生许宅，家住杭州，名叫汉文。因此下了凡尘寻到武林，与青妹作伴，同至西湖塘上，果与恩人相会，结为夫妇，后来夫君有事赴苏，臣妾等又去寻访，便在城内开张药铺，助他振兴家业。只恨端阳节到，误饮雄黄酒，现出原形，竟将夫君吓死，只得抢命往仙山求取仙草，险遭不测。幸亏生平从未伤害生灵，乞得仙草归家，将夫救活，重庆团圆。不意秋间发生变端，被讼事牵缠，室家离散。后闻夫君已至镇江，臣妾等又去寻访。幸在丹徒相遇，再开药店，兼作医生，生涯倒也甚好。谁知夫君听信金山法海禅师之言，竟把三载恩情，一旦抛却。臣妾等登山取讨，那禅师执之一见，不肯放还。未免动了无明之火，决斗不胜，便激起长江中水，淹没金山，害及生灵万万，却未损禅师毫末。此时计穷力尽，逃往杭州。正在西湖断桥上休息，又与夫君会面。两下仍归于好，同返家园，产生一子，即生梦蛟。且喜许氏已有宗祧，指望满月后回山修炼。怎奈罪犯弥天，岂容逃避？空中来了法海禅师，逼令我夫手持金钵，罩在臣妾头上。竟似泰山压顶，顷刻间收入钵中，镇压在雷峰塔下。妾妹亦被禅师收伏，潜修了二十年，罪孽已满。今蒙佛祖赦宥，脱却凡体，换了仙胎，再续前缘，重游尘世，回到钱塘救了夫君，驱逐妖狐。那知他占据山岗，结连蜈蚣精兴妖作怪，搅乱淮安。幸赖圣天子洪福齐天，臣妾遣召天将擒捉，又蒙禅师将他镇压山林，才得世界清平，回朝覆旨。此系臣妾始末经过情由，据实上诉，还希圣上垂听。"

天子听了白氏所奏，不觉发声赞叹道："此等情节，实属千古以来所罕有的。一生节义双全。生死相随，始终不变。即青氏患难与共，亦堪钦敬。今敕封白氏为御妹，特赏仙侯圣母之职，给予半朝銮驾，并赐宫女十二名、守门太监两人；青氏封赠一品忠正夫人，以酬功绩而昭荣典。"

白氏等谢了恩，又奏道："臣夫许汉文来京已久，未蒙宣召，不敢入觐天颜，请旨定夺。"天子即传旨，命御妹带领引见。娘娘立刻出朝回府，与许仙相见后，略述圣上召见之意，便换了朝服，同他入朝见驾。俯伏丹墀，三呼万岁。天子见了大喜，敕封许汉文为一品侯王爵；梦蛟晋封护国侯王爵，妻封一品正夫人；梦龙授提督之职，统属文武；陈连、陈达授兵部左右侍郎。

封赠方毕，吏部陈伦出班奏道："臣闻仇练有一女儿，闺名绣凤，品貌端庄，性情贤淑。与许梦龙同庚十五，郎才女貌，正是相当。臣今愿为媒妁，以绣凤配给梦龙。一来门当户对，二来两家素有仇隙，联姻以后，可使吴越化为秦晋。望陛下准奏。"天子深以为是，便道："今赐梦龙八宝金环一对纳聘，仇氏赐一品服式，着仇练速备妆奁，亲送女儿到钱塘，与梦龙完姻。钦哉谢恩。"众人三呼万岁毕，圣驾还宫。

文武百官退朝下来，齐来许家趋奉。现在许梦蛟封了藩王，官居极品，声势赫然。并且御妹娘娘十分隆重，半朝銮驾，还有宫女太监护从，竟和那皇亲国戚一般。当日仇练也来府上道贺，见了白氏娘娘，便道："老夫前番多有冒犯，得罪娘娘，还求宽恕，不念既往。"娘娘笑道："大人此话未免太谦了！万事须令爱千金之面。从今以后，请大人不必常挂在怀。"说罢，仇练告辞而去。娘娘便欲择期荣归。

此言慢表。先说仇练从许府回来，心中好生欢喜。夫人与小姐见了，问起今日朝中大事，仇练就将许氏封赠说起，一门尽受恩荣。又说女儿亲事，已配对了梦龙，由吏部陈伦为月老，圣上做了主婚人，好不荣耀。说时，哈哈大笑。夫人听了，自然快活，喜得乘龙佳婿。小姐脸上虽觉含羞，心里更有说不出的欢乐，回到房中感谢上苍保佑，终身配给梦龙，也不枉我谏劝爹爹三番，成此美果。旁边更喜煞了婢子春兰：若不是我园亭私订，那有今日良缘。暗意再过几时，我们都要做夫人了！外边仇千岁很为忙碌，把那妆奁备好，各样奇珍异宝，色色精工。因为自己只有这个女儿，格外办得周到，足足费了好几天工夫。

这天陈伦父子回衙，一家团聚，也是欢乐不尽。说起许家之事，及自己为媒一节。二媳在旁闻知，少顷便到仇家贺喜。原来陈府二媳，就是书里所说的两位顾小姐，和绣凤是姑表姊妹。在闺房中相见后，便说："今日是妹妹大喜，听得我公公做了媒妁，配对了避难园中的许梦龙，可称得珠联璧合，天赐良缘，故此特来贺喜。你当先请我们吃一杯喜酒，才好相帮你做些女工呢！"绣凤小姐一听，脸泛红霞，笑道："我和你姑表姊妹，休说这话。你二人不过侍郎夫人，也来取笑我提督军门么？"两下里并不客气，调笑了一回。外面走进春兰，便叫声"三位小姐"，道："据婢子看来，大家都已受过皇封，两位是侍郎夫人，一位是提督军门。现在九门提督统属文武，顾小姐见了，也须要恭敬些儿。"这几句话，说得三位小姐一齐好笑。闹到傍晚时候，陈家来接二媳回衙，丢过不提。

再说许梦蛟次日上了一道陈情表章，奏请养亲还乡。天子准奏，恩赐荣归。又传旨："着浙省文武官员起造侯王宫殿，赐乡归里。"梦蛟谢恩回来，一时许府家人忙忙碌碌，整备头号官船数十只，选定吉日起程。沿途文武地方官，馈送程仪，到处不绝。那天早到了浙江地界，一省官员都来迎接。文的递呈手本，武的挂刀伺候。王爷吩咐各自回衙理事，众文武去讫，不必交代。

只说许氏数十号大官船，已抵浙界，离杭垣尚有三日路程。这天正值中秋佳节，到了晚上，一轮皓月当空，十分皎洁，万里无云，照得水面上犹如银练一般。许仙身坐舱中，见那外面的风景甚佳，月光可爱，他忽然站起身来，也不唤人相随，独自走上船头，只觉得脚步一松罢了！这时候，娘娘早已识得此中之意，今夜官人要脱却凡胎，换了仙体了。所以由他到船头上去，并不谨防他落水呢！有这道理在内。果然料得不差，那个河泊水神，奉了如来佛祖之命，送金童下凡。见许仙一落水，就把他的尸骸，送入御河，与白氏、青氏一同潜修。事毕覆旨，恕不详述。

却说许仙并未知晓，在那恍恍惚惚中，依旧好好的站立船头，自觉心头大为愉快，回身进舱。娘娘见他神清气爽，脱尽了凡夫俗态，居然有仙风道骨的样子，并不去说破他，照常与他谈话，讲些中秋故事。青娘也明白其中缘故，直至更深方睡。

来日开船，正遇顺风相送，未及两天，已经到了杭州。其时许宅门庭，早改了藩王府第，这一座侯王殿，日夜赶工，也建造好了。威风气概，比前更是不同。王爷挈眷离舟登陆，轿马纷纷，并且排着仪仗，前呼后拥，早哄动了城内外百姓，都来观望，无不啧啧称羡。少顷进了王府，内外部署方定，合府官员到来拜贺，亲朋邻友也登门晋谒，府中热闹异常。许仙父子虽官极品，出来招待宾客，脸上并无骄傲之色，依然和蔼春风。又托姊丈陈彪帮忙料理诸事。里面娘娘婆媳同坐内堂，与许氏大娘叙话，说不尽满门喜气，一家欢乐，恕我做书的不再一一细叙了。

过了未及半月，京中仇千岁备了十几号大官船，亲自送女完姻。那日已抵杭城，把那全副妆奁发上岸来。自有许多家丁们扛抬，还有十二名陪嫁丫环相随。仇千岁乘轿先行，来到许藩王府中。此时合郡官员也来道贺。许仙闻报，连忙吩咐开放正门，亲自出殿迎接。仇练已出轿走入，两下见面，各以亲翁相称，谦谦逊逊，同至侯王殿上。仇练先开言道："本藩奉旨送小女前来，与令郎完姻。"许仙道："承蒙千岁不弃，愧结丝罗，寒门不胜幸甚！"仇练连称"岂敢"。两人在殿上见过了礼，分宾主坐定，送过香茗，略叙寒暄。只见御妹娘娘自内走出，仇练慌忙站起身子，叫声"娘娘千岁"，过来行礼。娘娘也还了一礼，然后彼此坐下。先是娘娘启口道："多蒙大人不弃寒微，远道送令爱到此。只是我儿才学粗浅，不胜抱愧！"仇练道："娘娘言重了，令郎乃是天上仙将，小女只好侍奉巾栉，怎敢咏好逑之章？"娘娘道："大人这般奖誉，实是不当！"两下谦逊了一回。

见有家人入内禀告："仇府家丁送来全副妆奁，并有陪嫁使女十二名，现在外面。"娘娘即令家人引入。不片刻，妆奁排列在殿上，照喜单检点毕，搬入内堂安置，家丁们退出领赏。一面娘娘吩咐下去，用鸾舆彩轿，迎接小姐上岸。并备半朝銮驾，全副执事，通班音乐，后随宫女十二对，太监两名。还有下属文武官员，骑着顶马先行。前面金牌一对上写“御赐完姻”四字。金锣开道，两边竖起藩王旗号，颜色鲜明，后面护国侯王及九门提督等金字衔牌，分列左右。又有王府护兵八十名排队相从，家丁跟马也不下数十匹。这样的威风，真是世上所罕见的。

一路滔滔出了城关，来到河埠大船边，放了礼炮三声，相请小姐上轿登岸。这时岸上的看客，人千人万，远远地立着观望。看那仪仗一队队的过去，进了城市，越发热闹异常，两旁挨挨挤挤，直拥至王府门前。少时小姐的鸾舆已到，炮声响亮，左右执事分开，轿子从中门而进，抬上殿庭，宫娥分两行站立。轿已停下，侍女过来搀扶小姐出轿，先到中间香案前，向北阙叩谢圣恩，然后拜见公公千岁。转身扶入后堂，再向两位婆婆行礼。又叩见了陈家姑母，与嫂氏陈夫人。满堂的人都对新人观看，果然花容月貌，品格端庄，暗暗称赞不置。娘娘因今日尚非结亲之期，便命仆妇丫环，和那些陪嫁婢女，相送小姐到上房休息。一面传话到外边去。款留仇千岁在东书院中，设席饮酒。自有许仙父子奉陪，饮至傍晚方散。我且不表。再说娘娘见这位媳妇美丽如仙，心中大喜，暗地向青娘说道：“青妹得此佳儿佳妇，可贺可贺！”青娘道：“小妹得有今日，也是靠着姊姊的洪福呢！”娘娘道：“这叫做苦尽甜来。我想仇练若不生此贤德女儿，从中解释冤仇，只怕他与我家作对，正不知何日才了。如今吴越化为秦晋，从此可以太平无事了！”姊妹正在谈论之时，许仙自外走入，便问：“你们在这里讲些甚么？”娘娘道：“我们正说起今日新娶的媳妇。不知你眼光中看了如何？”许仙道：“好极好极！足见梦龙儿很有艳福哩！”说时，掀髯大笑。娘娘就取过一本黄历，选定结亲的黄道吉日，即是后天，吩咐到外边去。虽觉得办事局促，但王府里人手甚多，银钱有账房管理，事务有总管指导，一切应用的东西，大半是现成的。所以下一天七端八整，内外挂灯结彩，各处厅堂陈设停当，更觉得焕然一新。里面的新房，隔日已由青夫人命仆妇丫环收拾好了，把发来的妆奁摆设完备。所有请客的礼帖，早经分头发出。那些乐人鼓手，傧相喜嫔，都已传齐到府伺候。古来有两句俗话云：王府里做亲，大来大往。还有一句说得好,叫做:有钱不消周时办,原不是平等人家所能比较的呢!

要知明日成亲一事,以及后来许仙夫妇得道升天,归结后传,且看下回分解。

第十六回　升　　天

却说许府中到了结亲这一天,仇千岁清早便到。还有合郡大小文武官员,都来贺喜。许仙与梦蛟出外分别招待。其余亲戚邻友,却相烦陈彪姊丈相陪。府中热闹,可想而知。里面绣凤小姐今日要做新娘,在内房开过了面,自有喜嫔伏侍,头戴凤冠,身披霞佩,等候吉时奉请。那位提督新人许梦龙,早已打扮整齐:乌纱帽上,双插金花,身穿一件大红四爪蟒袍,腰围玉带,足踏乌靴,果然少年英俊,气概轩昂!听得外边奏乐,傧相吟诗,高声三请,即便坐上抬身,两对宫灯在前引导;这边有十二对宫娥,簇拥着新娘出外,同上红毡行礼。参拜天地毕,然后双双叩谢圣恩。又到祠堂里去拜谢祖先,回身拜见翁姑与岳父。在堂前结了花烛,方始送入洞房。挑方巾,坐床撒帐,一切繁文俗套,我书中就算交代。外边开筵唱戏,宾客满堂,自早上直闹到更深方散。

新房里饮过了合卺交杯,仆妇丫环们退出,梦龙方与小姐谈话。无非述及园亭订婚一事,至今日才能如愿。小姐含羞应是。略谈了一回,双双同归罗帐。

良宵易过,又到来朝,新人起身后,打扮停当,一同步出厅堂拜见大人。新郎又见岳父行礼,小姐也出庭拜见父亲。殿前热闹,一言难尽。

到了三朝,依然宴乐佳宾。是夜新夫妇回到房中,小姐便叫相公道:"妾今有一句知心话儿,未知相公尊意如何?"梦龙道:"夫人有话不妨说来,我是无有不依的。"小姐道:"那春兰虽是个婢女,与妾犹如姊妹一般,平日在闺房作伴,左右相随,不忍分别。望相公收为侧室,招他做个二夫人。"梦龙笑道:"足见夫人贤德,度量宽宏。下官早有此心,只是未敢明言。今蒙提及此事,下官那有不允之理?"回头便叫春兰谢谢小姐。春兰叩了四个头,又拜谢老爷收房,就此改称为二夫人，与小姐以姊妹相称。梦龙大喜道："今日克践园亭盟约，也不过聊以酬报罢了。"

下一天便去禀明堂上，自然应允。即叫春兰换了衣裙，出外拜见翁姑。另设新房，当夜梦龙睡在二夫人处。只可称得美满姻缘！

又过了几天，仇千岁辞别回京，梦龙与绣凤小姐前去相送，父女间依依不舍，未免下了几点别泪。这些琐事。毋烦细表。自此以后，许家一门团聚，过那快乐光阴。

只说梦蛟夫人陈氏，身怀六甲，临盆那一天，午时产下男孩。三朝满月，亲朋贺喜，又是一场热闹。驹光迅速，容易过去，春鸿秋燕，来往如梭，不觉又是一年。那提督夫人怀孕已将足月，二夫人结下珠胎，说也巧极，同日产下两位官人。都生得眉清目秀，品格非凡，也是将来栋梁之器。那陈夫人生的长子，取名德福；仇夫人生的次子，取名德禄；侧室李夫人生的第三子，取名德寿。两房有三位贤公子，十分聪俊异常，皆因白氏娘娘积下的阴德，子孙兴旺，瓜瓞绵长。青娘也得靠福，子贵夫荣。

我今慢说许府中事，再说京中吏部陈伦，现升为内阁大学士。那淮安节度使顾锦云，也授了吏部尚书之职，奉旨进京，见过圣驾，将家搬进衙门，方始前来拜望亲翁。陈伦迎接入内，两下见过了礼，分宾主坐定。只因多年阔别，分外殷勤。陈爷即传话到内堂。二媳闻知爹爹来了，立刻出来拜见。晓得母亲也随父进京，便道："女孩儿明日定来探望亲娘。"顾爷道："如此甚好。汝母正在那里想念你们呢！"顾小姐道："现在母舅为人改变，自经绣凤表妹谏劝后，与许家结了婚姻，他的存心作事，比较从前大不相同。爹爹明天理当去拜望母舅，也是我母亲脸上的光辉。"顾爷听了，点头称是，即起身辞别亲翁，上轿而去。也不等到明天，就吩咐打轿往仇府。

仇千岁闻报出接。从前虽意见不合，此刻却言归于好。究竟是郎舅至亲，挽手到厅堂上。礼毕坐下，顾爷便把手一拱，说道："那年舅兄寿诞令妹欲到京都，面祝千秋。怎奈路途相隔太远，只得差人带些礼物送呈，实深惭愧！"仇练道："老妹丈说那里话来！我与你至亲情重，何须客套？承蒙厚贶，不当之至！"当即吩咐整备酒席，留顾爷在此饮宴。丢下不提。

再说陈伦自升任内阁后，末及数月，大媳陈连夫人生下一女，取名云霄。二媳妇陈达夫人，一胎生下二女，取名碧霄、琼霄。一时亲戚都来道贺。仇爷也来恭喜，见了陈伦父子，便道："闻得两房都生千金，老夫特来叩贺，聊作汤饼之会。"陈连弟兄齐答道："不敢！不敢！两房共生三女，虽则聊胜于无，终究是别人家的。"说罢，微微一笑。仇爷听了，忙说道："如此说来，待老夫作伐为媒，你道如何？"陈爷问道："不知是那一家？倒要请教。"仇爷道："如今杭州许梦蛟年侄、陈夫人生下一子，取名德福；我家女儿，花朝生下一子，取名德禄；那春兰李氏，也同日生下一子，取名德寿。一月之间，连添三位公子，都生得聪敏可喜。这也是他家积德所致，将来定做公卿。据我想来，彼产三儿，此生三女，堪称天缘配就，实非人力所为。可将云霄配了梦蛟子，碧霄许了我外孙，琼霄对了春兰的孩儿，真是门当户对，璧合珠联，最好也没有了。"

陈爷听说此话，不觉哈哈大笑，道："那有三女同配一家，姊妹竟成为妯娌！真可算为奇事。这个媒人做得正着，花红银两却也不少。今日先请你一杯酒，浇浇你的媒根。"正在厅堂上谈笑，来了吏部顾爷，一同坐下饮酒。直闹到更阑人静，方才尽兴各归。

撇开京中，再讲到杭州去。许仙在家纳福，朝欢暮乐，享受荣华。三房儿媳妇添丁，心中无限的快活。那日正与二位娘娘谈话，外边有一宫娥走入，跪下禀道："启上千岁爷，外面家人传话，京中有书信一封，说是仇千岁那边遣人送来的，请千岁爷观看。"许仙接书在手，拆开来细细一看，不觉把头连点了几点，即便交与二位娘娘过目。见那信内情由，是为着联姻一事，许仙先开言道："京中两位陈年侄，生下三位千金，今由仇亲家作伐为媒，愿与我家三个孩儿。我一门娶彼三女，实是千古美谈。况且亲上加亲，也是三生石上订定的前缘呢！"娘娘唯唯应是。又唤梦蛟、梦龙进来，聚议这段亲事，个个赞成。就写了一封信，差人到京去回覆仇家，不须细表。

光阴去得很快，又过了一月，其时正值小春天气，白氏娘娘忽然心血来潮，把袖里阴阳一算，便开口向许仙道："千岁爷，你今日可省悟么？佛家有云：要晓前世因，今生受者是；要知后世因，今生作者是。所以照现在想起来，我与你一代只好管自身，儿孙自去管儿孙，何劳我们代为烦心，恋恋不舍呢？譬如我当年不再转世，怎能今日享此荣华？你若当年不再还俗，怎能得此富贵？但是彭祖年高，转瞬已逾八百；陈抟睡去，醒来已过千年。倒不如山中无甲子的为妙。我三人凡缘已满，快快收拾回返蓬瀛去罢！”青娘也道：“不觉又是二十年了，好似大梦一场！”娘娘道：“青妹之言甚是。自古道：浮生若梦。又道：知足不辱。你一世为人，享受富贵；我二人两度降世，偏多苦恼。可见仙家不宜久居凡间，还是及早回头的好。”许仙听了，早已合意，便道：“我也看破世事，只不知何日始脱凡尘。”

三人正在叙话时，空中来了法海禅师。他前番奉了如来法旨，放出白氏、小青，换骨临凡。如今夫荣子贵，骨肉团圆，二十年尘缘已满，又奉到佛祖之命，宣召许仙夫妇归入仙班。故此法海驾起祥云，从空来到许家。却巧三人坐在中庭，便叫：“三位仙人，老僧稽首了！”许仙与白氏青氏见是禅师降临，一齐起立，忙问：“佛爷何来？”法海道：“吾奉如来法旨，相请三位同登天阙，故命老僧前来指引，并劝仙姑不要贪恋红尘，被世上虚荣所累，速即与家庭诀别，同着老僧去见如来，修真学道，将来定能身坐莲台。如今老僧在空中等候，切勿迟疑了！”说罢，法海已升空而去。

那许仙便与娘娘传唤儿媳等都到堂上，吩咐道：“今晚摆列香案在庭前，做爹娘的要脱离尘世，与你们长别了。我儿三媳切勿悲哀，不得视为丧事。快去请亲戚邻友，都来会面，好与他们一一永诀，留作将来纪念。”这句话一说，那敢怠慢，连忙差家人到各处去知照。不多一回工夫，诸亲百眷都到。陈彪夫妇先来相送，个个称奇道异。虽此次算不得丧事，然而人生永别，怎不伤怀？此时梦蛟梦龙，泪下双行，哭叫“爹爹、二位母亲”，道：“何故今朝遽返蓬莱，使孩儿们不能侍奉晨昏，终天抱恨，那得不叫儿等痛心！”三房媳妇也跪下相送道：“我等侍奉公婆未久，今日便欲升天，不能稍尽孝道，叫我等做媳妇的何以为情！”旁侧还有老家人陶仁、秦高，也伏在地上下泪，舍不得主人主母归天。许仙与娘娘同说道：“你们大家起来，不用悲苦。

须知此次回返天阙，是奉如来佛祖法旨，可称世上难逢的机会。古云：佛度有缘人。如今我爹娘有缘得度，你们应当代为庆贺，享受那西方极乐，悲伤则甚？就是我儿也非凡间人物，将来亦能位列天堂。只等你们儿妇团圆，那时再来度你便了。”梦蛟道：“儿闻神仙定多法力，可能使儿再见爹娘？”娘娘道：“这有何难？青妹可在葫芦中取出降神香十六枝，给与我儿，每年到中秋月明之时，将香焚起，你双亲自然驾云而来。十六枝降神香，也有十六番相会。你到功果圆满，儿媳完叙，我当来度你登天。但作事须要小心，处世谨防堕落，儿辈牢记勿忘！”嘱毕，又向陈彪夫妇说道：“本欲追随姑父姑母再过几年，以报当年恩德。怎奈红尘缘满，未便久留。幸有蛟儿侍奉天年，半子收成有靠，请勿悲哀。”陈彪夫妇含泪以应，说不出别的话来。娘娘更嘱咐了陶仁、秦高几句话。

天色已晚，方起身到庭心中，站立在香案前，许仙夫妇便叫一声：“诸亲友儿媳们听者，吾三人就此去也！”道言未了，脚底生云，冉冉腾空而去。梦蛟、梦龙等不禁痛哭失声，抬头一望，见天上一朵彩云飘飘然向西方去了。当下诸亲友散归，只苦了梦蛟等儿媳五人，惟有等候来岁中秋佳节，占了降神香，再请父母相会的了。

从此以后，无事可记。光阴迅速，如流水一般的过去，不觉又是数年。这一班小弟兄，渐渐大将起来。勤攻书史，能武能文，十二岁上就入泮，十六岁金榜题名。京中陈老爷便将三个孙女，送到杭州，与德福、德禄、德寿团圆花烛。是时正值荣归祭祖，又是大大的一番热闹。再过了几年，三房媳妇各生子女，好不欢喜。后来梦蛟梦龙也得白日飞升。我这部《后白蛇传》便告终结，又作俚言四句以留纪念云：

功成缘满见真如，岂是寻常怪诞书。
方信人间伉丽福，迥殊天上挽仙车。

图书在版编目(CIP)数据

白蛇全传/梦花馆主著. —长沙:岳麓书社,2019.8(2024.9 重印)
(中国古典小说普及文库)
ISBN 978-7-5538-1099-7

Ⅰ.①白…　Ⅱ.①梦…　Ⅲ.①章回小说—中国—民国　Ⅳ.①I246.4

中国版本图书馆 CIP 数据核字(2019)第 066676 号

BAISHE QUANZHUAN
白蛇全传
作　　者:梦花馆主
责任编辑:曾　倩
责任校对:舒　舍
封面设计:浙江有观文化创意有限公司
特约插画:王　烯

岳麓书社出版发行
地址:湖南省长沙市爱民路 47 号
直销电话:0731-88804152　0731-88885616
邮编:410006

版次:2019 年 8 月第 1 版
印次:2024 年 9 月第 5 次印刷
开本:890mm×1240mm　1/32
印张:10.75
字数:310 千字
印数:18 001—21 000
书号:ISBN 978-7-5538-1099-7
定价:29.00 元

承印:湖南省众鑫印务有限公司

如有印装质量问题,请与本社印务部联系
电话:0731-88884129